为改革开放四十周年而作

家园

对现代化进程中"城市病"治理的思考

杨黎光　著

SPM 南方出版传媒 广东人民出版社
· 广州 ·

图书在版编目（CIP）数据

家园：对现代化进程中"城市病"治理的思考 / 杨黎光著. —广州：广东人
民出版社，2018.10
ISBN 978-7-218-13227-3

Ⅰ.①家… Ⅱ.①杨… Ⅲ.①报告文学—中国—当代 Ⅳ.①I25

中国版本图书馆CIP数据核字（2018）第237462号

JIAYUAN——DUI XIANDAIHUA JINCHENG ZHONG "CHENGSHIBING" ZHILI DE SIKAO

家园——对现代化进程中"城市病"治理的思考

杨黎光 著

出 版 人：肖风华

责任编辑：梁 茵 廖志芬
封面设计：水玉银文化
责任技编：周 杰 吴彦斌

出版发行：广东人民出版社
地　　址：广州市大沙头四马路10号（邮政编码：510102）
电　　话：（020）83798714（总编室）
传　　真：（020）83780199
网　　址：http://www.gdpph.com
印　　刷：珠海市鹏腾宇印务有限公司
开　　本：787毫米×1092毫米　1/16
印　　张：25.75　字　数：320千
版　　次：2018年10月第1版　2018年10月第1次印刷
定　　价：58.00元

如发现印装质量问题，影响阅读，请与出版社（020-83040176）联系调换。
售书热线：020-83780685

第六章　枝叶繁茂与形散神聚 // 217

精神与担当，保证的只是我们的出发，而决定我们究竟能走多远，站立在什么样的历史高度上，恰恰是方向与方法。

改革是个系统问题，取决于各个要素之间的合力，要素与要素之间的彼此关联，形成最后的力量。

这里的一小步，都折射出当代中国城市振兴的一大步。

第七章　天健的薪尽火传 // 253

在世界近现代史上，有一种现象特别值得我们的注意，那就是我们如何去评价国有企业这样的公共机构在各国现代化进程中的作用与意义。

中国在迈向现代化的过程中，国有企业既担当大任，又始终步履维艰。在华夏深沉的大地上，总能生生不息生长出一种自我更新、自我奋进的力量，产生出明确且富有建设性的内生动力，薪尽火传，引领我们一代代人迈向清丽胜景。

第八章　以人为本的栖居家园 // 297

如果我们相信文艺复兴所倡导的人文精神，为世界范围内的现代化进程提供了基本原则的话，那么，这种人本主义在城市空间上的落实与展现，就成了当下城市复兴的题中之义。

如果我们认同城市的核心是人，那么它的存在和发展，就在于解决人的安居乐业问题。这是城市工作的价值取向。

等到"二线插花地"棚户区全部建好的时候，我一定要带着家人来看看，看看人改变世界的天翻地覆的力量。

那些眼花缭乱的专业设计数据，对我来说或许过于陌生，但规划愿景却足以让我对改造后的这片土地，怀有足够的期待。

因为，我坚信将有一个不一样的"插花地"，一个不一样的罗湖。

"城市病"的历史，几乎与现代城市的历史一样长。"城市病"的治理，也很难在短时间内得到全面康复。

而城市的再生，关系到国家现代化的进程，是每一个国家实现复兴不可或缺且最为重要的资源。因此，我们需要殚精竭虑倾力以赴，这是全民族的责任。

序　言

俯瞰人类历史的由来往返，我们就会发现，在与一个生产力和人文品质跃升的阶段，其实都是由先于城市化进程的革命性推进。

由于历史沉重，中国在迈向现代化的过程中，始终步履维艰。

人类文明的进程，革故鼎新，滔滔奔涌，但就其终极指向而言，基本上还是沿着不断提升人类福祉的横轴持续演进的。

毕竟，文明的动力，源于人，并为人、因人而进步。

而在这幅绚烂绮丽的文明图景中，城市，或许就是其中最动人心魄的存在，从某种程度上讲，几乎所有具有人类意义的进步与发现，也都在这方天地酝酿衍生的。而人类开始世界性的城市化以后，几乎所有重要的历史情节，也无不以此为出发点，或在此画上它令人惊叹的句号。

世界上最古老的城市，出现于迄今约五千多年前的底格里斯河与幼发拉底河流域的美索不达米亚平原上，在那儿由苏美尔人创建了最早的城邦国家，后逐渐发展成城市的雏形。苏美尔城里逐步集中了政治、经济、宗教和集市中心。这就逐渐形成了城市的两个核心功能：城，政治的、宗教的；市，经济的、贸易的。这是在19世纪中叶，由考古学家们通过辛勤的考古发掘发现的。

差不多在相同时期，古代印度河流域也出现了高度发达的城市文明——摩亨佐达罗和哈拉帕两个城市，它们分别位于现今巴基斯坦的信德省和旁遮普省，考古学家们认为这是一对姐妹城。

在中国，考古界公认的最早的城市，坐落在山东省日照市的五莲县丹土遗址。据考，它是属于龙山文化晚期的一座城镇的雏形，距今有四千八百多年的历史。而洛阳，是可以考证的中国最古老的都城，建城史四千多年。夏、商、东周、东汉，北魏、西晋等朝代曾建都于此，有"九朝古都"之称。虽然中华文明史中的许多远古时期的城市都已经消失了，但现在仍存有战国以前的城市：陕西省的咸阳、河南省的商丘、河北省的邯郸、山东省的曲阜等，这些都是有着数千年建城史的古老城市。

2013年安徽省文物考古研究所的专家，向新华社记者披露了一个重大考古发现：经过五年发掘，于1998年发现的安徽含山凌家滩原始部落遗址，是迄今为止考古发现的中国最早的城市遗址。这表明中国早在五千五百年前就出现了城市，从而使中国产生城市的历史向前推进一千多年。凌家滩遗址位于长江、淮河之间的巢湖流域。据考古专家描绘，现在被大片庄稼覆盖的凌家滩，在远古时期是一座繁华、热闹的城市。在这个遗址中，发现了居住区、庭院区等，房子带有明显的"城市规划"和精心设计的痕迹，养殖业、畜牧业、手工业初步形成了规模化。

这一发现的重大意义，在于中国城市文明的起源，远远早于人们过去所作的估计。专家认为，凌家滩古城展现出失落久远的灿烂文明，将使中华民族的文明史，由"上下五千年"延伸到七八千年，甚至更久。

当然最后做出定论，还需要考古专家们经过相当一段时间的深入研究和严谨的论证，从而得到学界的公认。

但要说，世界上最年轻的都市，恐怕疑义不大，它就是我面前的这座灯光璀璨高楼林立，有着近两千万人口，却只有短短不到四十年历史的——深圳。

1979年3月，中央和广东省决定将原宝安改县建市，至此深圳市诞生。1980年8月26日，全国人大常委会批准在深圳设置"经济特区"，1981年3月，深圳市升格为副省级城市。

经过短短的几十年建设，深圳市已被国务院定位为"全国性经济中心和国际化城市"，成为与北京、上海、广州并称"北上广深"的中国一线特大型城市。

自1979年3月至今，深圳的建市史还不到四十年。如今成为世界上最年轻的"现代都市"。

城市的存在与发展，不但使各种充满想象力还是创新力的合作成为可能，更重要的是它极大地优化、提升社会资源的集聚方式和整合效率。空间集聚也许是城市最常为人们所提起的显著之处，城市正是依靠这种人类历史上前所未有的方式，引领了人口、资本、技术和各种相互作用下最具效率的发展模式。

俯瞰人类历史的由来往返，我们就会发现，在每一个生产力和人文品质跃升的阶段，其实都是内生于城市化进程的革命性推进。

正如美国学者格莱泽在《城市的胜利》一书中所说的那样，城市放大了人类的力量。

而被马克思称之为"一百多年创造的财富，相当于人类几千年创造的财富总和"的现代化，只要深入它的历史肌理经络中去探视，我们也会发现，它的发展递嬗成一种我们称之为"城市化"的东西，自始至终都是它的发展动能和外在彰示。

没有佛罗伦萨、威尼斯、伦敦、曼彻斯特、巴黎、柏林，甚至鲁尔、格拉斯哥，不知道我们又该怎样谈起这一段人类历史最为辉煌的时光。

正是这一大批如雨后春笋般地产生的现代都市，将欧洲这片已在中世纪泥泽里酣睡太久的大地，轰然推进了这段命名为"现代社会"的炫目时光中，进而将"世界精神"带到全球的每一个角落。

2015年12月17日，我国酒泉卫星发射中心，用长征二号运载火箭成功发射了一颗探测卫星，它以国人耳熟能详的《西游记》中的人物"悟空"命名。这颗探测卫星担负了一个独特的使命：到太空中去寻找神秘的暗物质，或者它存在的某种证据。新华社在发布的新闻稿中对此的结论是，"标示着中国空间科学研究迈出重要一步"。

基于自身的知识兴趣，此则并没有引起世人太多关注的报道，却引起了我强烈的思考乐趣，当然，这是一种不无哲学意味的思考。

有生，就有死，有好，就有坏，有阳光，就有阴影。至于 "物质"与"暗物质"相生相杀的图景，则从终极意义上呈现了这种辩证哲学。

就在我正在此书的写作中，2017年11月30日，终于传来了好消息。国际权威学术期刊《自然在线》上发表了中国科学院的一项报告：宣称暗物质粒子探测卫星"悟空"，在太空中测量到了电子宇宙射线的一处异常波动。这一波动此前从未被观测到，意味着中国科学家取得一项开创性的发现，且有可能与暗物质相关。虽然根据现有的探测数据量和理论模型，目前还无法做出断定，但这一疑似暗物质的踪迹，是近年来科学家离暗物质最近的一次重大发现，也将打开人类观测宇宙的一扇新窗口。如果后续研究证实这一发现与暗物质相关，将是一项具有划时代意义的科学发现。

城市之于人类的正向效用，已经讲过太多了，那么城市会不会也有自己的"暗物质"呢？

　　答案无疑是肯定的。几乎从城市诞生的那一天起，它也将对人类的异化和戕害的"毒气"，在城市的各个角落悄悄地散布。

　　令人目眩神摇的"城市化"步伐，在给人类带来福祉的同时，也带来了城市发展的种种"外部性"问题，比如人口膨胀、畸形发展、环境污染、交通拥堵、违法搭建（在国外即是贫民区）、环境压力、卫生难题和安全威胁等，并催生了一个世界性的难题，即所谓的"城市病"。而"城市病"的产生，又会严重制约经济的发展、城市的繁荣，危害人民的健康。

　　人类为解决"城市病"带来的危害，付出了极大的成本和代价，至今仍有很多问题没有根本解决，但人类治理"城市病"的努力和探索从未停步，并持之至今。

　　中国，自十一届三中全会以后，开始了为实现现代化的改革开放。四十年来，在实现现代化的过程中，推动了世界历史上从未有过的飞速发展的"城市化"，这一宏图被学者们称之为"人类历史上最大规模的城镇化进程"。

　　迄今为止，中国平均每年仍有接近2000万的人口，以各种形式进入城市，中国城镇化总人口已超过7亿。联合国设定100万以上人口的城市，即为特大城市。而中国100万以上人口的城市，已经有100多座，还有两万多个大小不一的城镇，如雨后春笋般在中国大地上生机勃勃。

　　四十年来，中国几乎所有的集镇、县城、中大型城市（即是人们所说的一、二、三、四线城市），都发生了翻天覆地的城市面貌和人口结构的变化。这种飞速发展的同时，也带来了规划滞后、管理粗放、空间老化、城市生态失却活力等问题，并以一种外人难以想象的速度与力度，降临到这些似乎才刚刚进入"城市化"中的人们头上。

　　"城市病"，是一个世界范围内的人类课题，但由于我国经济基础单薄，聚居人口众多，城市化进程太快等原因，使得我们不但遭逢西方积淀已久的那些城市"通病"，更有源自本身发展基因，而充满着中国特色的个性问题。而这些问题，有时候会以灾害的形式危害社会和民众，使解决问题的时间变得越来越紧迫。

为此，城市的管理者、规划者、建设者和学术界的许许多多有识之士，都投入了治理"城市病"的行列中，进行了不懈地努力和研究，提出了一个又一个解决方法。政府部门更是为治理"城市病"起到了决定性的作用。中国的城市化进程，就这样在不断地解决问题中前进。

当我决定写作此书时，迎面而来的第一个问题，便是它在我的思考主脉上处于什么位置，这样的一种精神劳作可能在哪些方面，深化我的关于"追寻近代中国现代化脚印"的思考。

每一本书的写作，对于一个作家来说首先是立意，立意就是主旨，就是思想。可立意不是从天而降的，它是深入思考的结果。思考的时候就是孕育的时刻，这个时候对于作家是最重要的时刻，也是最痛苦的时候，因此常常需要启迪。往往一个启迪的火花，就会点亮一片天，照亮你的思路。

为了找到落笔的着眼点，2018年1月8日的晚上，我特意来到深圳罗湖桥头。罗湖桥架在深圳河上，沟通着深圳与香港，因此这里通常被称为罗湖海关。罗湖海关恐怕是全世界最繁忙的口岸，此刻已是夜晚，罗湖桥的两端仍然人流如织，往返穿梭，不胜熙攘。

在海关朋友的陪同下，我登上了口岸大楼的平台，望着这座串联起深港两地的铁桥，不知道为什么，突然怔怔的竟有点恍惚起来了。

关于罗湖桥，最早的记载可以追溯到詹天佑主持修建的广九铁路，当然，历经一百多年风雨沧桑的那座旧桥，已经作为文物移到新桥旁边的空地上了。

时光之上，月光之下。

短短的一段轨架，集聚了历史所有的感喟与沧桑，最终以这样的一种僵硬的姿态，静卧在莽草与枯枝之中，在月光和灯光混杂映照下，闪射出一种沉着坚韧的别样光泽。

历史健忘，难为情的只是患历史感的人。

眼前的故物，身边的故人，一个同样久远的声音又如期而至：

"我们与一座城市的春天刻骨邂逅，而那些走过罗湖桥的人，终究在桥上成为一座城市的见证者——"

差不多八十年前，一位美国作家在路过罗湖桥时，动情地写下了这样的诗句，她的名字叫赛珍珠，1938年以描写中国农民生活的长篇小说《大地》，获得了当年的诺贝尔文学奖。

从目前可考的资料来看，赛珍珠是1934年告别中国，途经香港回美国定居的。这首《罗湖桥》是不是就是这一年写下的，我没有进一步的考证。

但这又有什么关系呢？

奔走在深港的每一个人，与中国近现代史的这些丝丝缕缕，又岂止是只有刻骨邂逅呢？

选定今天的日子来到罗湖桥，对于我有两个意义：一是，2018年是我国改革开放四十周年，而面前的罗湖桥是中国改革开放一个标志性的地点；二是，今天也是我南下深圳工作二十六周年的日子，1992年的1月8日我来到深圳定居，下车的地方就是罗湖桥边的罗湖火车站。

两个时间节点在我的脑海里慢慢地浮起：四十年，中国的历史被改写了，古老而又蹒跚的中国，发生了前所未有的巨变；二十六年，我见证了罗湖桥头的日新月异，也用自己的笔，孜孜不倦地记录了许多这个日新月异的历史细节。

想到这儿，我的心被重重地撞了一下，此时此刻，天启般的灵感使我转过身来，面对身后这座城市，一座梦幻般的不夜城，一段中国现代化进程中的传奇。

都市的夜，总是愿意把它全部的能量，以一种喷薄而出的姿态，在太阳转过身去的这一段时间里闪耀绽放。

它的美，它的壮观和宏伟，竟是如此的令人感奋战栗。

我不知道别人会以什么方式来描述1978年，或者会以什么来标示中国现代化进程中，最为关键的这次演化进步。但我认为，我转过身来看到的这一片，此时已经完全沉浸在无尽繁华之中的土地上，毫无疑问是最合适的具象化标志。

中共十一届三中全会后的1980年8月26日，五届全国人大第15次会议决定：在广东省的深圳、珠海、汕头和福建省的厦门设置经济特区。

决定是明确了，但作为中国改革开放"落实抓手"的经济特区，到底应该从哪里开始建设，就成为一个亟待决定的问题，领导、专家、地方政府各有主张，众说纷纭，莫衷一是。

也就是那年8月，有个调研组受中央的委派专程来到南方之南，考察深圳经济特区到底从哪里开始建设好。当年12月，报请中央审议通过后广东省委作出决定，搬掉横亘在口岸地区的罗湖山，进行招商引资，将罗湖打造成为深圳改革开放的第一个阵地。

一个当时叫宝安县，现在叫深圳市的现代化城市由此起步了，一个后来被学者称之为中国现代化史上的"春天故事"，在此泼墨起笔了。

如今近四十年过去了，在我眼前拔地而起的是一座极具现代化特质的城市。从一个当时人口只有三四万的边陲小镇，跻身国内一线城市，管理人口达2000多万，GDP总量至2017年底已达2.2万亿元，超过了广州，逼近香港。进出口总额超2.6万亿元，连续25年位居全国第一。1980年香港的GDP总量达467亿元人民币，而当时的深圳仅3亿元，还不到香港的一个零头，如今近四十年过去了，深圳的GDP总量已经与被称为"东方之珠"的世界金融中心——香港，只有小小的一段距离。

凝望着夜空，四十年前那些岁月的片断与细节，已经渐渐隐没在时光的流逝中了，那些已在时光中写就的闪亮歌句，却仍在眼前的楼宇间吟诵。

激越，而且辽远。

我出神地凝望着这一片歌声逝入的夜空，我想，已经为这本书找到了一个出发的支点了。

2008年改革开放三十周年之际，我的文学创作进入了一个有点"宏大"的主题：即是对近代中国现代化进程的探索与思考。八年中，我完成了三部以"思辨"为主旨的长篇报告文学。其中《大国商帮——承载近代中国转型之重的粤商群体》，追溯的是"一条线"，探索的是粤商发展的历史脉络和现实意义；而《中山路——追寻近代中国的现代化脚印》，考察的是"一条路"，研究的是民国时期提出的"实业救国"之路的意义与成败；《横琴——对一个新三十年改革样本的五年观察与分析》，了解的是"一个岛"，分析的是改革向纵深发展后的试验点"自贸区"的创新与局限。如今着笔所要书写的《家园——对现代化进程中"城市病"治理的思考》，记录的是"一个点"，核心是深圳罗湖"二线插花地"棚户区改造的缘由和意义。四本书，一百多万字，形成一个系列，纵观千载，近看百年，俯视今天，表面枝蔓纷繁，根脉却是一致的。潜隐在文字底下的脉络是清晰的，那就是近现代以来中国现代化进程的曲折和艰难。

现代化进程，从某种意义上说，就是城市化的进程。

这本书的主题，探索的是城市化进程中人类所要付出的代价，而这个代价包括关于"城市病"的治理。

深圳经济特区早期的城市中心——罗湖，是中国改革开放的出发地，而新中国这一轮改革开放又是中国近现代史上规模最大的城市化时期，那么对于这一片土地的关照与省思，在这样的历史节点，就显得特别有意义了。

在着笔书写对"城市病"治理的思考时，选取中国最早进入城市化进程的深圳罗湖为着眼点，有着一定的典型参考价值。而深圳罗湖的"二线插花地"棚户区的产生，正是"城市病"的一种极端的表现形式，对类似棚户区这样的"城市病"的治理，恰恰细节化和具象化地呈现探求"城市病"治理的中国路径。

以四十年走完世界其他地区三四百年城市化进程的中国，它是如何以一种"制度动能"破解"城市病"这个世界难题的，当然极具样本意义和借鉴价值，何况它还携带着一个在现代化进化史标轴上的"城市重生"的命题。

由于历史沉重，中国在迈向现代化的过程中，始终步履维艰，辗转曲折，但令人惊讶的是，在这个文化母体当中，在这片深沉的大地上，它总能生生不息生长出一种自我矫正、自我更新、自我奋进的力量出来，并在命运共同体的名义下，在团结、同情、渴望美好事物的情绪中，产生出明确且富于建设性的内生动力，引领我们一代代人迈向清丽胜景。

冬天的南方说不上寒冷，但悱恻轻寒却是笃实的。从楼上下来的时候，已近午夜。眼前的一切，依然沉着而且生动，恍如深奥而又亲切的寓言。

说不清理由，但再出发的感觉清晰锐利，我写过这座城市里的许多人许多事，但这座已经浸入我灵魂的城市，却从未以一种生命主体进入过我的笔，这是一个意外。

或许它缺乏的恰恰只是一个时机，比如现下，又如此地。

此时，赛珍珠的诗句又在我脑海中浮起：

凝望着蓝空，

聆听着云层间和草梢上掠过的那低哑歌句，

在静谧中寻找那看不见的灵性时，

我渐渐感到，

那些过于激昂和辽远的尾音，

那此世难逢的感伤，

那古朴的悲剧故事，

还有，那深沉而挚切的爱情，

都不过是一些依托或框架。

或者说，都只是那灵性赖以音乐化的色彩和调子。

而那古歌内在的真正灵魂却要隐蔽得多，复杂得多。

就是它，世世代代地给我们的祖先和我们以铭心的感受，

却又永远不让我们有彻底体味它的可能。

我出神地凝望着那歌声逝入的长天，

一个鸣叫着的雁阵掠过，

打断了我的求索。

……

第一章
从"12·20"特大滑坡事故说起

沿着地皮滑来的泥土，像一条条巨龙，裹挟着地面上一切物品顺坡而下，摩擦着大地发出一阵阵的颤动。

人们无法想象，278万立方米的土方，滑动中有多大的破坏性？

一次"蝴蝶翅膀的振动"带来怎样的效应。防患于未然，解决"二线插花地"的潜在危险，摆上了党委政府的案头。

一

在自然界中，我们习惯把它分为宏观世界和微观世界。宏观世界，指的是星系、宇宙。微观世界指的是分子、原子。那么一块土，一片树叶，一只虫子，不管它们是属于哪个世界，它们的移动一定是微不足道的，因为它们太平常，太微小了。

可是20世纪70年代，美国有一个名叫洛伦兹的气象学家，在解释空气系统理论时，提出了一个流传久远的理论："蝴蝶效应"。对于这个理论最为通俗的阐释是：亚马逊雨林里一只蝴蝶翅膀偶尔的振动，也许两周后就会引起美国得克萨斯州的一场龙卷风。

对于后来酿成重大灾难的深圳光明新区"12·20"特大滑坡事故来说，它的源起，也一定是来自一次"蝴蝶翅膀的振动"，即最先一块泥土的蠕动。

2015年12月的一天，那是一个平平常常的上午。深圳光明新区红坳村一处山边的余泥渣土受纳场，堆积着从各处运来的成百上千万吨淤泥渣土。突然有一处渣土开始蠕动起来，最初，这一定是一个不太容易引起人们注意的细节，因为对于像一座小山似的渣土受纳场来说，一处泥土的蠕动一定是毫不显眼的。

一开始的蠕动是缓慢的，缓慢得无法察觉，就像人们无法察觉到江河里一股水最初的流动。可是成千上万股的水，朝着一个方向流动时，它所逐渐产生的推力是无法估计的。这块泥土的蠕动，就是由一个神秘的力量推动的，这股神秘的力量就是——水。

人们一定很疑惑，这水是从哪儿来的？其实，成千上万吨的淤泥和渣土都是带有水分的，当它们在堆积如山的时候，水分因地球的引力是朝着底部渗透的，此时如果没有做好排水，把不断聚集的水分排出去，就会形成基底的松软，松软的底部承受不了越堆越高的淤泥渣土的承压，在一个临界点上开始移动。这个移动不断地加大，于是成块成块的泥土，就动起来了。刚开始，它可能只是在已经堆积如山的渣土中慢慢地蠕动，一寸一寸，甚至可能是一厘米一厘米，以一种肉眼几乎无法觉察的位移，在开裂，在蠕动。但人们还是发现了它的异常，可是由于采取的措施不得力，最后，这个蠕动带动一团，拳头大的一团，包裹大的一堆，课桌般的一股，绿道般的一带，终于在12月20日的这一天，在多处力量汇集下，整座堆积起来的渣土泥山，刹那间就被一种积聚起来的巨大力量撼动了。随即，天崩地裂，朝着低洼处，摧枯拉朽般的奔涌而下。这就是所谓的"滑坡"。

滑坡的力量，究竟有多大？

我看过爆破，整栋楼的爆破，几秒钟的功夫，十几二十层高的楼房顷刻间坍塌下来。也从新闻纪录片里看到，战争中一颗炸弹落下，整栋楼就像骨牌积木般土崩瓦解。但我真的很难想象，究竟是怎样的一种力量，能够将整栋八九层高的楼房推动着平移几十米。如果不是亲眼所见，你根本无法相信，一次滑坡竟有如此巨大的破坏力量。

　　事后统计,事故中总共有22栋楼房坍塌,究竟有多少栋如前所述被平移埋没的楼房,没有人能给出准确的数字,但有记者亲眼目睹有两栋楼房,被滑动着的泥土推动着前行。

　　国务院事故调查组在2016年公布的调查报告中,将这种力量具体化成这样细想极恐的数据:在经过24天的清理处置后,事故现场外运土方278万立方米,现场见底验收面积18.4万平方米。

　　对于我们常人来说,恐怕一下想象不出278万立方米土方,堆叠在一起是多大的体积?滑动中的它又有多大的破坏力?

　　让我们看一看它所造成的破坏,在它经过的土地上,除了摧毁了22栋楼房,还死亡了73人、17人受伤,有4人失联（即既没找到人,也没找到尸体）,90家企业受到影响,直接经济损失达8.81亿元。

　　我再次来到现场是两年后2017年12月的一天,这里早先是老宝安县的光明农场,深圳全面城镇化以后,被划为光明新区。虽为新区,离老城区罗湖却有几十公里远,发生灾难的地方,更是在一处山边。

　　趁着午间这段寂静,我终于还是得以再度端详:几丛青草从黄土中执拗的长出,一切已被重新翻过,包括脚下这片曾经翻滚的黄土,只是生命已经没了叹息。散落在各个角落的一座座塔吊,突兀却是鲜明,整个现场现在已经是一个大建筑工地。或许是工人午间休息的缘故,骤然间便有种被魔法突然点化似的,呆立在那片灼烫的阳光下。偌大的一片土地,就这样刹那间没了曾经的喧闹与繁杂,怔怔地,泄露出不易觉察的落寞。

　　陪同我的一位记者告诉我:这里已经以整体出让的方式给了一家企业,一期工程已全面启动,"一个全新的产业园区很快又将重新出现了"。这是可以预见的结局,只是那个曾经出现在一张张报纸,一个个屏幕，一段段视频中——深圳光明新区"12·20"特别重大滑坡事故，现在又在哪里呢？

时光，有时真是很玄妙的一种存在，从故事到历史，从历史到传说，从这本书到那本书，挟风带电，一路奔跑，最终抵达的，往往却是如此这般的模糊境地。

不管在别人眼里，深圳光明新区"12·20"特大滑坡事故此刻已成了怎样的一种叙述，但在陪同我的记者脑海里，却是铁一般的存在：坚硬、清晰而且尖锐。他是第一个抵达事故现场的记者。当年那刻，逃生的人们嘶叫凄厉，慌忙呼号，事故本身的记录，是一种动词形态的刻骨记忆。

时隔两年之后的今天，我们在努力地揣摸那次骇人的事故，当时到底是以一种怎样的顺序惊心动魄地展开的？

但揣摸就是揣摸，细节已经很难得到证实了，因为一些了解细节的人被埋在这片黄土之下了。

午间的阳光，燎烤得眼睛有点儿疼痛，这样的死生现场，抵达与转身都是一种痛苦，一种无从闪躲的伤与痛。这场被称为"深圳光明新区'12·20'特别重大滑坡事故"所造成的破坏，超出我们想象的事情还有许多许多。

造成这场特大滑坡事故的原因，后来相关的专业调查报告上是这样描述的：

> 深圳光明新区红坳受纳场没有建设有效的导排水系统，受纳场内积水未能导出排泄，致使堆填的渣土含水过饱和，形成底部软弱滑动带；严重超量超高堆填加载，下滑推力逐渐增大、稳定

性降低，导致渣土失稳滑出，体积庞大的高势能滑坡体形成了巨大的冲击力，加之事发前险情处置错误，造成重大人员伤亡和财产损失。

严谨而又专业的描述，失却的往往是丰富的人性和细节的鲜活。

灾难对当地的后续影响，也是巨大的。例如受波及最严重的红坳村。

自2004年深圳宣布在全市范围内推进全面城市化以来，全市大大小小2000多个各种村落，就都已改称社区了。虽然政府文件是这样规定的，但在民间，很多深圳原居民还是习惯性的称自己是某某村人，比如现在坐在我面前的吴红琼，就是祖居红坳村的原居民。在接受我们采访时，她们一家已经完全搬离红坳村了，这也是这一滑坡事故的又一个直接后果：滑坡造成的灾害使得红坳村不得不整村搬迁。在相关新闻报道中，此次搬迁行动被定义为"凤凰涅槃，红坳新飞"。但对于自小就生活在这里的吴红琼来说，心中那股不舍和依恋，依旧鲜明而且深刻。

吴红琼告诉我："整个滑坡过程，也就十几二十分钟，你甚至都感知不到在一些灾难电影里我们看到的，那种绝望的嚎叫和慌乱的奔逃，一切就在你猝不及防中发生了。等你回过神来，熟悉的楼房、村道、树林和建在旁边的工厂，都没了。"

苏世雄不是原居民，他来自湖南平江，在这里开了一家生产天花板的工厂。事故发生时他就在现场，所以他的描述则更形象些。苏世雄介绍说，2015年12月20日那大，自己是在11点40分时打算开车离厂外出吃饭的。

　　而11点40分，这正是"这一滑坡事故发生的时间——一个天崩地裂的时刻。他说，那时的他刚刚上车，透过汽车挡风玻璃，看到远处的山边斜坡上黄土滚滚，直奔工厂而来。感觉不对劲的他，立即下车跑回工厂叫上妻子和尚在机器前忙碌的二十多名员工赶快逃命。"下了楼本来还想去开车的，但一看奔涌而来的黄泥，离自己的小车不足五十米了，已经来不及了，只好拉着老婆的手，和大家拼了命似的往厂外的长风路方向跑，三分钟，也就三分钟，整个工厂全部湮没在黄泥中了。"

　　因而苏世雄也是光明新区"12·20"特别重大滑坡事故中，抢救出最多人的，他的厂二十多名员工全部脱险。

　　"十多天后，抢险救援的部队官兵挖了十八米，找到了写有我公司名字的一份文件交给了我。"这是苏世雄除了那二十多名员工生命外，唯一拿回来的东西了，价值几百万的货、车和整条生产线就完全埋在泥土里了。

　　事发后，他依然选择留在了深圳从头再来，只是把工厂搬到几十公里外的龙岗区去了。

　　彭楚鑫的父亲老彭，神情里带着一种凄凉，话语中哽哽咽咽的全是悲伤，他说，2015年12月20日中午，是他生命中最不堪回首的一次奔跑，因为他身后的道路，就在他奔跑的过程中一寸一寸地破碎了。他的妻子与大儿子，就消失在那滚滚而来的泥土中。

　　19日晚，在龙岗区木棉湾小学当老师的儿子彭楚鑫，来到位于红坳村边的恒泰裕工业园看父母，并一同商量12月31日结婚的事宜。20日中午11点，一家人正准备吃饭，突然感到地板一阵一阵地颤动。老彭他就跑出去看看究竟，刚一出门就猛然回头对屋里的人喊，"不好了，山上的泥土滚下来了，大家赶紧跑！"。家人还没有反应过来是怎么一回事，翻滚的泥流已经到了跟前了。慌乱中，大家各自逃命。

沿着地皮滑来的泥土，像一条条巨龙，裹挟着地面上的一切物品顺坡而下，摩擦着大地发出一阵一阵的颤动。一辆被黄泥裹挟下来的货车，成了老彭的救命稻草，他紧紧地抓住货车的车头保险杠，任凭巨大的冲击力往前不辨东西南北地拖滑。大约滑了五十多米，车被一块大石头卡住了，老彭的一条腿也被黄泥压在下面。这时，刚刚逃出来的苏世雄厂里的工人们，见状赶紧将他抬出来。当老彭刚刚被抬出后，身后的两栋楼房，在滑坡泥石的巨大推力下，轰然倒塌了，一眨眼工夫连屋顶都没了。

老彭是逃出来了，但妻子和即将成婚的大儿子却消失在泥土中，永远失联了，同时失去的还有那场再也无法举行的婚礼。

顷刻之间，灭顶之灾。

关于这场特大滑坡事故，没有比这更准确的描述了。田泽明或许是唯一的例外，他是唯一一个在事故现场被抢救出来的人，在抢险"黄金72小时"里，他的出现曾给彻夜祈祷的人们，带来了一线的希望。

毫无疑问，他应该是我此次写作最想采访的人之一，可惜的是，诊疗后的他，很快又没入了茫茫的人海，我们怎么也联系不到他了，我们甚至不知道他是否还留在深圳——他差点把命也留下来的地方。

唯有祝福！

事实上，此前就有机会应约来写这次事故，但都被我谨慎地拒绝了，不是因为把握不了，而是始终相信，剔开这些多少已经结痂的伤口，无论是对当事人还是我自己个人来说，都是件非常不容易的事。

比如，河南人何卫明。

38岁的河南人何卫明现在去到哪里，都会把手机紧紧地攥在手里，因为，这里存放着他生命的全部。存留在手机里的照片，是现在的他与已逝的亲人建立联系的唯一方式。话题刚一挑起，他便已泣不成声：爸、妈、小儿子和女儿，老婆、妹妹、弟媳、妹妹的孩子，弟媳的三个孩子以及五名工人，全都埋在滑下来的泥土里面了，永远的阴阳两隔……

我满含着泪合上了我的采访本，这是一次不得不瞬间就宣告结束的采访——他已讲出了灾难的全部，再也无法往下说了。我们也理解了所有，探求生动的细节和具体的场景都是异常残酷的，望着他那满面泪痕的神情，再往下谈已纯属多余了。在他的心里来不及和亲人告别，最后的那一抔覆盖亲人们眼帘的黄土，该是怎样的冰凉与绝望啊！

二

事发后，国务院成立了由多部门人员组成的调查组，对滑坡事故进行了全面、深入的调查。后来多达110名责任人员受到了处理，被采取刑事强制措施的53人，包括被检察机关立案侦查并采取刑事强制措施的涉嫌职务犯罪的19名党政干部。后来，总共有23名责任人和19名国家工作人员被追究刑事责任。

国务院审查后公布的调查报告指出，此次特大事故暴露出5个方面的问题和教训：一是涉事企业无视法律法规，建设运营管理极其混乱；二是地方政府未依法行政，安全发展理念不牢固；三是有关部门违法违规审批，日常监管缺失；四是建筑垃圾处理需进一步规范，中介服务机构违法违规；五是漠视隐患举报查处，整改情况弄虚作假。

从事故本身来看，这样的分析与批评，无疑是中肯、准确和权威的。但从何卫明厂里走出来的时候，望着不远处那一片曾经发生灾难的现场，望着光明新区已经恢复正常下的蓝天绿地，想着那些已经消逝了的厂房和生命，我又觉得事情的缘由，可能不仅仅止于这些。它会不会也借助那么一个，看起来毫不起眼的突如其来的偶然，袒露出它全部的狰狞与酷烈呢？

古希腊神话里，有一个特别的理念，叫作命运，上至诸神下到众生，无不在它的覆盖笼罩之下，它高于一切主宰一切，一切在它面前都难以逃遁无从规避。当然，这种理念后来有了一个更为具象的名词：宿命。

作为一名追求一定要亲临现场的作家和记者，在我的职业生涯中，亲历过太多的灾难。例如1998年的"嫩江抗洪"，我曾在吉林省的镇赉县蹚着齐腰深的洪水，采访有关方面紧急抢救被淹没了的四个监狱里的一万多名犯人；2003年的初春，我沿着"非典"疫情发生发展的路线，从广东省的河源、惠州、深圳、顺德、珠海，直到重灾区的广州，跑过珠三角几乎所有的城市，记录了抗击"非典"疫情的全过程；2008年的四川省"汶川大地震"后，我到过重灾区北川县城，那时一线救灾虽然已经结束，但见识过大地震后仍在咔咔作响的废墟和倾斜的房屋，心在一阵阵地颤抖。

虽然不能说对于灾难已经见多不怪，但作为一名彻底的人道主义者，我总是会为每一场突如其来的灾祸，而一次次体验那种直达肺腑的痛。自然界一场接一场的悲剧，悍然摧折的是生命，却又让我相信：偶然之下，一定有一个已被我们习惯称之为宿命的东西踞立其上。

其实在我的一生中，对我内心冲击最大的灾难事故，还不是以上我所提及的洪水、瘟疫和地震，而是1993年11月19日，发生在深圳市龙岗区葵涌镇致丽工艺制品厂的一场特大火灾。

那时我刚从安徽南下深圳不久，在一家报社做编辑。当时的葵涌镇致丽工艺制品厂发生了一起火灾事故，我知道这是一场特大事故，因为它烧死了84个人，其中绝大部分是打工妹，还重伤了20人，轻伤25人。这是我到深圳后，遇到的第一场特大火灾。

由于我当时是报社编辑，并没有到现场去采访，所以对灾害到底有多严重，并没有形象的印象。当时报社有一位年轻的摄影记者，非常优秀和敬业，他千方百计地深入到已被封锁的现场，拍了一批新闻照片回来。

记得那是一个傍晚，当时还没有数码相机，他是用胶卷拍的现场。那时的报纸版面，也还没有完全彩色印刷，所以仍然需要一些黑白照片。他把胶卷冲洗成黑白照片后，装在一个大信封里放在桌上，然后就吃饭去了。

由于是晚饭时间，当时的编辑部办公室里，只剩下我一个人，我想看一看灾难现场"特大"到什么程度，于是拿起了信封，抽出了第一张照片：一间空空的大房子，夕阳从窗外斜斜地透进来，照射在地板上停放着的一排一排覆盖着白色床单的遗体，一具挨着一具，几十位昨天还是鲜活靓丽的姑娘，今天静静地躺在地上，整齐得叫人一阵一阵的心慌。房间内没有一个活人，只有夕阳还在依依不舍地抚摸着这些年轻姑娘们的遗体。

这样充满了冲击力的画面，已经使我不忍再往下看了，但照片紧紧地粘在我的手上。接下来是一张一张的特写，看着看着，我仿佛被重重地捶击了一下，只听脑子里"轰"的一声，心里有一口热血要喷出来。

画面拍的是仍然还活着的人，但都在医院的病房里，一个个被严重烧伤的姑娘，赤裸的身上涂满了柏油一样的黑色烫伤膏，痛苦地蜷在白色的床单上，形成强烈的黑白对比。

我又看到一张已被燎烤烟熏得乌黑乌黑，却依然难掩俏丽的青春脸庞，从白色的床单下露了出来。她无望地看着镜头，满脸都是痛苦难耐的神情，那对眼白显得特别的醒目，眼睛里全是渴望活下去的企盼。灾害就是这样残酷无情地摧残着青春靓丽的生命。

这些活着的苦难者的画面，冲击得我热泪夺眶而出，心里堵得喘不过气来。我跑到窗边打开窗户，想吸一口新鲜的空气。当时报社编辑部在深圳红岭中路司法局大楼的6楼，窗外对面的马路上，是深圳青少宫的"大家乐"舞台。"大家乐"，顾名思义就知道是共青团提供给青少年们娱乐的地方，有点像大型的卡拉OK。那时的舞台是露天的，一群年轻的打工者正在舞台上忘情地欢唱。欢快的歌声通过高音喇叭，不管我愿不愿意硬是挤进了我的耳朵。此刻，不知为什么，我竟忍不住嚎啕大哭起来，放纵的哭声混杂在欢快的歌声里，在空旷的大办公室里，显得是那样的难以抑制，那样的忘情忘形，泪水模糊了我眼前的一切，怎么也擦不清晰。

这是一个让我一生也挥之不去的，关于城市灾难对生灵伤害如此严重的人生体验。

后来，有位文友收集了遗留在现场宿舍里的女工们家书，编印成薄薄的一本小册子寄给了我：质朴纯真的语言、无处停放的心跳、戛然而止的梦想，就这样无数次地停泊在我一个又一个辗转难眠的夜里，一下，又一下地，撞击着我的心，我的梦。

无从告知的伤与痛，二十五年过去了，也没有从我心灵中抹去，时至今日仍使我难以忘怀。

且不说从电视、报纸、网络目睹耳闻的那些都市悲剧，就说深圳这窄窄两千平方公里不到的土地上，在我来到的二十多年的时间里，这座年轻的城市，随着它以人类历史上从未有过的速度发展过程中，也无可避免地遭逢不少灾害。抛开那些冰冷的数字，我总是不由自主地浮想联翩，不期然而然地想探知这一个个跃动的生命，在戛然而止的生命旅程中，有着怎样的曲折来路，潜藏着怎样的幽隐故事，甚至他们曾经火热的心灵，跃动过怎样的追求与远方。

这是一个文化人的情怀，一个人道主义者的内心世界，又是多少有点偏执的个人思想，它让我时时陷入痛苦不堪的境地，却又欲罢不能。

可是为什么会发生这些灾难？

后来，用了许久我才明白，无论是自然的灾难，还是人为的祸患，恐怕都是现代化进程中，人类要付出的许许多多的代价之一。

可我总是无法简单地接受，由几个失职者来承担责任的结果。我所想的是，人类文明发展的进程中，虽然不可避免地要付出代价，但，聪明的人，负责任的人，更多地应该去研究避免灾难的发生。

这是一个思想者的思考。

英语中"文明"一词"civilization"是从拉丁语"civitas"发展衍化而来的，在我原先的理解中，城市天然地应该与文明、富足、美好联系在一起的，否则，人们为什么要从四面八方涌来城市？可实际上，城市在给予人类种种美好与梦想的同时，却又周期性在自己的母腹里，孕育了一个又一个的悲剧，一场又一场的麻烦、不堪、困局，甚至灾难。

2015年12月20日当天，据说深圳有位网民就光明新区这场特大滑坡事故，在网络上推出了一个帖子，标题是——"最发达城市的最不可思议",当晚的点击量还很大。

真的是不可思议么?时隔几年以后,我依然在思考这个问题。是,又不全是。偶然背后的必然,这是最浅显的哲学认知。

深圳,这个"最发达的城市",为什么会发生这么大的"最不可思议"的滑坡事故?

我想去寻找其中的原因,追究人的责任不是我的方向,因为国务院调查组、公安、检察、法院等,已经给出了结论并做出了处理。

我想在人为因素之外,探究原因。

费了很大的周折,终于找到了一位采访对象,由于我可以理解的原因,他提出一定不要在我写的这本书中出现他的姓名,这是他接受采访的唯一条件,如果我同意,他可以和我谈谈从他的角度所了解的一切。我接受了,因为我相信,作为一名在固体废弃物处置领域工作了十几年的执法人员来说,他的看法,是我们理解光明新区"12·20"特大滑坡事故极为关键的逻辑板块。

采访是在福田中心区一间不太起眼的咖啡厅里进行的。刚刚落座的他,始终还是有点局促,看得出他的紧张。

采访很快就进入了主题,他说:"我不是说这桩事故中人没有责任,人是有责任的,在付出了那么多生命代价的前提下,否定人的责任是良心的泯灭。但我们是不是也应该好好想一想,这种偶然事故背后的必然。我知道现在说这种话,多少有点儿逆势而为的味道,但我相信这样的反思,对于我们城市的建设和管理,不是完全没有意义的。"

他一开口,就切入了我的思考,我认真地听,飞快地做着笔记。

他将手中的咖啡拿起来,可并没有喝又放下了,语速还是有点快。但,他的介绍,确实让我看到了灾祸由来的另一面:"2000年以前,也就是我开始进入这个执法领域的时候,因为深圳在建的项目数量相对较少、规模也不大,待建地和低洼地广泛分布,建筑类的淤泥渣土排放,应该说还是基本平衡的,不同的建设项目间基本上就可以自行消化,绝大部分淤泥渣土也都用在'三通一平'中的土地平整以及滨海地带大型工程的填海造地中,也没太多听说要建渣土受纳场的强烈诉求,我们的执法主要也只是针对渣土撒漏、违法倾倒等进行管理。"

他喝了一口咖啡,接着说:"但到了2005年左右,渐渐地,就感觉到压力了。那时候市内待建地已大幅减少,低洼地带也基本填平,盐田港、大铲港、滨海大道等大型填海工程也基本结束。国家也开始加强对填海行为的管制。平衡,在这一阶段开始被打破了。为了应对这种局面,政府层面也把渣土受纳场的建设列入工作范围,深圳真正意义上的余泥渣土受纳场,其实就是那时候开始出现的,主要分布在龙岗中心城、塘朗山和宝安西乡一带,印象中较大的有4个受纳场。

"问题是,这种压力并没有随着受纳场的出现而有所缓解,随着深圳地铁建设的推开和世界大学生运动会的成功申办,建筑淤泥渣土排放难的问题,在原特区内外终于全面爆发,甚至对深圳市的社会经济、城市环境、交通安全形成了严重挑战。

"2007年全市产生的各类淤泥渣土,我印象中是不到1000万立方米,大概在950万立方米左右。但后来这一数字却一再被刷新,你猜一猜,现在有多少,现在这个数字已经达到年产生3000万立方米的数量了。"他说,进入2010年以后,他在深圳相关部门的各类文件里,"井喷"一词,成了描述淤泥渣土数量的固有搭配词汇。导致淤泥渣土数量井喷的一个重要原因,就是地铁轨道交通的建设。

他说,他自己算过一笔账:"深圳的地铁站通用尺寸为190(米)×19(米)×20(米),这些从地下挖出来的土方再乘以1.2的松散系数，可以计算出一个地铁站所产生的土方量达到8.7万立方米，用20立方米一车的泥头车要运4350车次！例如地铁二号线的建设，后来的统计数字显示，开挖的土方就达到540万立方米。加上这一时期火热到烫手的房地产建设，特别是地下车库的配套，开挖的土方也不容小觑。如何处理这些数量巨大的淤泥渣土，成了相关部门头痛的事情。深圳后来又不得不陆续建设了5座受纳场，但依然难以满足轨道交通、旧城改造，再加上遍布深圳的房地产开发项目等所产生的淤泥渣土。

"发生特大滑坡事故的红坳村受纳场，就是在这种背景下产生的。事实上，在政府部门规划建设的受纳场之外，深圳原特区外地区，也时不时地会冒出一些小规模的'地下'受纳场。这些私设在旧村荒地上的受纳场，也开始暗自收费接纳淤泥渣土。为掩人耳目，这些受纳场的作业时间往往选择在夜里进行，一夜之间能倾倒一两百车次，一车根据所载土方数量收费300元左右。这些受纳场尽管很多都是夜里才收纳渣土，但往往动作迅速，有的甚至几个月内就填满封场。而事故发生地的光明新区由于相对地广人稀，更是成为了泥头车乱倒淤泥渣土的重灾区。2012年、2013年泥头车乱倒现象猖獗时期，光明新区不少偏僻道路的路边甚至路面，时不时就可看到乱倒的土堆或建筑垃圾。

"但在巨大需求和巨大利益面前，虽然深圳市政府有关方面三令五申，严厉打击私设余泥渣土受纳场的行为，但仍然有人以各种名目在打着擦边球，消化着越来越多的淤泥渣土。很多场地承包方更是对外声称，他们承包的是基本农田的泥土改良项目，需要接纳这些'优质土壤'。

"事故的发生可以说是偶然，但我始终认为，从某种程度上讲，它也是必然的，不是在光明新区就会在其他什么地方，不是在2015年发生，就会在2016年或者2017年发生，打个未必恰当的比喻，体内的新陈代谢系统出现了问题，人早晚是会病的，人是这样，城市也是这样，城市其实也是一个生命体，它也会生病的！”

在他看来——是城市病了。

无论是过去还是现在，对于现代化对于城市化，我们总是陷入了一种过于乐观的情绪当中，我们甚至经常会把它与幸福美好画上等号，但，它们真的是这样么？

历史无声。难为情的，永远是我们此类患了历史感的人。

<h1 style="text-align:center">三</h1>

在城市研究当中，有一个如雷贯耳的名字——列斐伏尔。列斐伏尔是一位现代法国思想大师，是西方公认的城市社会学重要奠基人。他在反思城市给人类带来的一切正向效用外，也深刻地关注到城市作为一个社会产物，给人类、人性带来的戕害和异化。在20世纪60年代，他动情地写下了这样的文字：人类发展的手段与目的颠倒，在这种颠倒中，城市越来越表现为反对人的动机，不受人意志控制的坚硬的实体。

马兴瑞，现任中共广东省委副书记、省长，在深圳光明新区“12·20”特大滑坡事故发生的时候，他刚刚履职深圳市委书记，作为深圳市的一把手，主持了救险工作的全过程。他是怎样熬过那一个又一个的抢险之夜，我并不完全清楚，但是与他一同参加抢险的人们，经常看到他即使劳累得靠在指挥部办公椅上小憩的时候，仍然深皱着的眉头，表明他的脑子一直在思考。

他在思考什么呢？

那些年，深圳的发展可谓顺风顺水，科技创新、产业升级、城市建设各方面都取得不菲的成就。深圳只用了三十五年就超过了许多西方发达城市几百年走过的历程，创造了人类城市建设史上前所未有的发展速度，已经让她傲然跻身于国内一线城市之列，其经济竞争力直逼近在咫尺的香港，成为无可争议的国内"最发达的城市"之一。光明特大滑坡事故就如同一声响雷，将种种"最发达城市的最不可思议"，以一种极端而且尖锐的方式，推到了这座城市的每一个人的面前。

五小时一次轮番上演的事故抢险新闻发布会，事故现场的消息时时传出，除了祈祷，不少人的眼光也已投向城市的深处，投向繁华背后的那些不易觉察的积垢沉疴了。

而此时的马兴瑞思考的不仅仅是眼前的抢险，而是在全市范围内还有多少类似的安全隐患。在听取市安监部门汇报情况的时候，马兴瑞的眉头又再度紧锁起来，目光长久地盯着桌面上那张深圳地图，此时聚集的是东起小梅沙，西至南头安乐村，这方长达84.6公里的狭窄地带，然后将手指落在一块地方，目光停在那儿很久。

这块地方离光明新区滑坡现场有五十多公里，在深圳的罗湖区与龙岗区的交界处，绝大部分属于罗湖区管辖，一小部分属于龙岗区，基本都在山的边坡上。在深圳它有一个专有的地名叫"二线插花地"。

看着这块地方，马兴瑞的心情不由得又凝重起来。

差不多与此同时，深圳罗湖区委书记贺海涛正站在这片"二线插花地"上，这里距光明新区滑坡现场，中间隔着福田、南山、宝安好几个行政区，差不多在深圳一东一西两个地理方位上，但此时区委书记贺海涛的心情和市委书记马兴瑞一样沉重。光明新区滑坡事故发生以后，马兴瑞书记要求全市普查城市重大安全隐患，贺海涛立即联想到了这里，因为眼前的现实就像一座山，而且是压在心头很久的山。光明的

"山"滑坡了，罗湖的"山"呢……

作为罗湖区住房和建设局负责棚改工作的周小建，总是尽可能快地将前方抢险指挥部传来的信息，及时抄送给罗湖区各位领导。在那段日子里，他发现区委书记贺海涛即使下班以后很久，也还是待在办公室里迟迟没有离开，推门进去送材料，总见他坐在办公桌的后面扶额沉思。

他又在想什么呢？

作为罗湖区的一把手，贺海涛深知自己的面前也有一座"山"，这座"山"同样存在着"滑坡"的风险。如果罗湖的这座"山"发生了"滑坡"，那么它所产生的危害，一点儿也不会比光明红坳村淤泥受纳场的这次"滑坡事故"小。因为在这个风险区里，沿着山的自然边坡，很多年来密密麻麻地建有多米诺骨牌一样的一千多栋房屋，居住着9万多人。

所以那天，刚刚参加完里的抢险救灾后续处置会议后的贺海涛，特意让司机绕到龙岗区与罗湖区交界处的这片被称为"二线插花地"的地方来，这里属于罗湖区管辖。

其实对这块地方，贺海涛早已烂熟于心，他从福田区调任罗湖区区长时，就专门到这儿来做过调研。几年来，这里一直是他的一块"心病"，特别是一到台风雨季，区里在做各种防风防洪抢险预案时，对于这块地方总是给予特别的强调。甚至对一些建在边坡危险地带的楼房，区里还要求街道有关部门在台风来临前，开展"清楼行动"，帮助一些住户暂时搬离，安排到安全的地方临时居住，避免风险。所以，当光明特大滑坡事故发生后，市里要求各区各部门严查城市各种安全隐患时，他就在第一时间到了这儿。

今晚他穿行其间，曲道窄巷，已近子夜时分的这里，却依旧是万家灯火，人影川流，从各个窗户闪射出来的繁星般灯光，衬在背后黝黑的山坡背景下，形成黑白两重世界。

巷道上、墙壁里随处可见裂缝断隙，藤蔓类植物穿插其中，电线与电话线蛛网般胡拉乱扯纠缠其间，一千多栋未经政府规划批准而搭建的楼厦，沿山边的斜坡一幢挨着一幢，连接成一个多少有点玄幻色彩的"非写实世界"，而这个"非写实世界"里，却真真切切地蜗居着成千上万的人！像这样的地方，还不止一处。

作为一名在罗湖工作多年的区委领导，贺海涛还知道，这片区域的边缘地带，还有个已经封存多年的垃圾填埋场。更令人忧虑的是，深圳已经探明的三条地震断裂带，其中一条"横岗——罗湖断裂带"恰恰就在这片区域的底下穿过。

贺海涛虽然是学财经出身，并且是税务方面的专家，但现在管理的是一个行政区，而罗湖区是深圳市最早建成的中心区，其经济总量与居住人口，远远超过内地一些省会城市。形势的发展，强迫着他学习更多的知识。他知道垃圾填埋区内，最常见的气体以甲烷和二氧化碳为主，当然也有像$NH4$、$H2$、HS那样的微量气体。一般情况下，这些填埋气体是安全的，但如果发生泄漏迁移，甲烷等填埋气体通过地下裂隙、公共管沟，扩散到填埋场区边缘或建筑物室内时，无声、无味却又易燃的甲烷，一旦遭遇明火也极易引起火患。

走在逼仄的巷道上，望着不远处陡峭的山壁，贺海涛心里头真的是在翻江倒海，他不敢也不愿想象：万一有一天光明的滑坡事故发生在这里，会是怎样的一种场景……

贺海涛心情沉重地站在那儿，一声叹息，落地成坑。

过了不到一个星期，贺海涛忽然得知市委书记马兴瑞要来罗湖"二线插花地"调研。果然2015年12月26日，马兴瑞书记带着市委、市政府的有关领导和规划国土委、住房建设局、水务局、城市管理局等职能部门的负责人，来到了罗湖。此行目的只有一个，更加深入地调研"二线插花地"的现状，以便于研究确定解决方案。此时，光明特大滑坡事故现场的抢险正在紧张进行中，上千台挖掘机在日夜不停地奋战，抢险指挥部每5小时就要向外公布一次抢险近况。市委、市政府的主要领导，差不多日夜都在指挥部指挥抢险。可就是在这个万分紧张的时刻，马兴瑞却带着着一行人来到了罗湖"二线插花地"现场，可见对这个地方的高度关注和解决这个地方问题的紧迫性。

罗湖区的"二线插花地"一共有三块，并不相连，它们分属不同的街道办事处管辖。马兴瑞书记要求每一块都要到现场去看看。

连日来，一直在全面指挥滑坡事故抢险的马兴瑞满面倦容，可以看出由于缺少睡眠，眼圈有些发黑。可他十分仔细地穿行在"二线插花地"狭窄的巷道里，看着那一幢挨着一幢的楼房，乱拉乱扯的电线，没有市政和消防设置的巷道等，他不时地停下来，眉头越拧越紧。

当马兴瑞走到"二线插花地"玉龙片区的山边，看着那沿着山的边坡，层层叠叠盖上去的一幢一幢楼房，非常担忧地回过头来问大家，"这样的楼房，一旦上面的一幢倒下，会不会像多米诺骨牌一样，一起倒下？"大家都没有直接回答，因为答案是明确的。

马兴瑞神情凝重，喃喃地说："不能再拖了，不能再拖了，必须马上办！"

又过了不到两周，2016年的1月9日，深圳市委办公厅给罗湖区委打来电话，通知区委书记贺海涛当天晚上10点，到光明新区滑坡现场抢险指挥部参加会议。晚上10点开会？对，这就是市委书记马兴瑞的工作风格，紧急的工作一定要"马上办"，不能拖延。事实上，市委常委晚上开会，历届市委班子都是常态了。所以类似这样的通知，区委书记贺海涛当然一点也不意外。

按照往常的习惯，贺海涛提前半小时就到达了会场。俄顷，各区、各部委局办的负责同志也陆续到场，侧面了解了一下会议议程，依然是与光明特大滑坡事故后续工作有关，核心内容还是抓实全市安全生产，消除公共安全隐患。

很快的，深圳的两位主要领导，书记马兴瑞、市长许勤也到达了会场，手里都拿着厚厚的一叠资料。贺海涛抬头望了望不远处的他们，看到了书记和市长身上的疲惫与憔悴，不远处的滑坡事故现场，抢险的机械仍在轰鸣，挖掘处置工作还在进行中。

会议首先向在场的负责同志通报了事故抢险的最新进展，市长许勤随后也通报了中央和省的各级领导的相关批示，以及国务院调查组进驻深圳调查的情况，很快地便转入会议主题了，书记马兴瑞同志讲话了。

马兴瑞在讲话前突然抬头问了一声："贺海涛同志在不在？"

贺海涛没想到马兴瑞书记在讲话前点了一下自己的名，他立即回答："在。"

马兴瑞听后点了点头，却没有对贺海涛说什么，然后开始了自己的讲话。

贺海涛隐隐感觉到，今晚的这个会议一定会与罗湖有关，与自己的工作有关，否则书记不会特别关心自己在不在现场？

马兴瑞那边却早已侃侃滔滔了，他主要讲了光明特大滑坡事故血的教训，讲了全市安全生产的形势和压力、讲了安全生产制度要抓实落地，讲了十多天来自己在事故现场的煎熬与感悟，讲了即将要紧急召开全市性的安全生产工作会议的必要性与重要性，还讲了即将出台的落实安全生产制度的措施、政令。

说到这儿，突然他抬起头来，朝着贺海涛说了下面一段话：“海涛同志，‘二线插花地’要马上启动改造，坚决消除那里高危的地质灾害隐患、危旧楼房的安全问题。今天这个会议就是决定，“二线插花地”的改造以罗湖为主，龙岗区配合。这事拖了很多年了，不能再拖了。此次市里的决心很大，这笔历史欠账应该还了，不还迟早是要出事的，出大事的，早还比晚还好。光明滑坡这件事，让我们清楚地看到，一些历史欠账不赶紧想办法还，这个城市就会生病的，一旦城市生病了，就会有像光明滑坡这样的惨剧发生。警钟长鸣，夙夜不息。这事你们要联手尽快拿出一个具体的可操作性方案来，马上办。”

“好的！书记，我们罗湖全力以赴。”贺海涛立马答道。此时的他终于明白了，会前马兴瑞书记为什么要点自己的名字了。

就是在这次会议上，马兴瑞书记提出，以国家“棚户区改造政策框架”为指引，来制定罗湖“二线插花地”改造方案。

会议还在继续，贺海涛的心却开始沸腾了。那天子夜时分踏访“二线插花地”的种种图景，和后来陪同马兴瑞书记调研的情景，又如电影闪回般一遍遍地在他脑海里循环回放。他有点儿惊讶，有着大战前般的紧张，也有一种要如释重负的感觉，毕竟多年压在自己心头的那份“沉重”，终于可以彻底解决了。

紧了紧肩膀，贺海涛聚拢起精神继续做着笔记。在笔记本上，他在“历史欠账”这四个字下重重地划了两道杠，又在旁边注了几个小字——这是城市病的治理。

四

城市为什么会"生病"？

诺贝尔经济学奖得主，美国著名经济学家斯蒂格利茨曾经说过，影响21世纪人类社会进程最深刻的两件事：新技术革命和中国的城市化。

斯蒂格利茨博士先后在耶鲁大学、斯坦福大学、牛津大学等世界著名大学任教。他的研究方向是宏观经济学、微观经济学以及金融学等。1997年斯蒂格利茨任美国总统经济顾问委员会主席，1997年至1999年，任世界银行副行长兼首席经济学家。2011至2014年，任国际经济学协会主席。2014年12月，他在提前出版的美国《名利场》杂志上，发表了《中国世纪从2015年开始》一文，引起全世界的关注和争论。

斯蒂格利茨所说的，始于1978年改革开放之后的中国城市化进程，确实是人类20世纪末到21世纪初，最为动人心魄的人类图景之一。它用了近四十年的时间，便完成了世界其他各国几百年才走完的现代城市化道路。

权威机构统计数字显示，我国的城镇人口由1978年的1.7亿人，增加至2010年的6.7亿人，平均每年增加1584万人。城镇人口占全部人口的比重，从1978年的17.9%，提高到2010年的49.68%。到2011年，中国城镇人口比重首次超过50%，达到51.27%。到2014年，进一步上升到54.77%，达到欧美发达国家的城市化人口平均水平。2016年末，中国的城镇常住人口7.9298亿人，常住人口城镇化率已经达到了57.4%。

2018年1月18日，国家统计局局长宁吉喆在国新办举行的新闻发布会上介绍称，2017年末中国大陆总人口（包括31个省、自治区、直辖市和中国人民解放军现役军人，不包括香港、澳门特别行政区和台湾以及海外华侨人数）13.9008亿人，城镇常住人口8.1347亿人，比上年末增加2049万人；乡村常住人口5.7661亿人，减少1312万人；城镇人口占总人口比重（城镇化率）为58.52%，比2016年末提高了1.17个百分点。

城市人口占总人口比重达到58.52%是个什么样的概念呢，一般人也许并不能充分理解它的深远意义。事实上，这在人类发展史上，绝对是一个关键性的概念。

比如英国，不少西方历史学家就把英国城市人口占比达到总人口54%的1851年，作为英国进入现代化的标志。1851年作为一个分水岭，将英国的历史划分为近代国家和现代国家。这样的一种学术论断，未必为所有人能接受，但如此这般的历史分期，绝对不是故作新奇语的做法。

我们知道，城市的最早起源是人类安全与宗教的需要。但随着人类社会的进步，城市的功能慢慢地成了提升人类优化资源配置、提升资源聚合效率的社会平台，而资源聚合的前提，则是以产业导向的人口聚集。所以西方史学界以城市人口的占比，作为人类历史分期的衡量指标。从这个角度上讲，人类现代化的进程与人类城市化的高歌行进是画等号的。

我认为，谈论城市，即是谈论人类的命运。实际上，无论是从历史维度，还是从现实角度来看，城市的的确确不仅在过去，而且更重要的是在将来，是人类命运之所在。所以我一直有这样的一个客观认知，现代化从现实意义上讲，就是人类的城市化，它们是一块硬币的两面。

正如亚里士多德所说的那样，人们来到城市，是为了生活，人们居住在城市，是为了生活得更好。从目的上讲，城市的发生与发展，是以人类福祉的进步为依归的。

问题是：与世上的其他很多事物一样，城市本身的发展也总在不知不觉的演进中，逆向地走向了自身目的的背面，成为一个"人类的异化存在"，变身为一种违背人的本性、抹杀人的尊严、忽略人的需求的负面力量，这其中最突出的恐怕便是所谓的"城市病"了。

异化，是德语"entfremdungd"的意译，这是一个来源于德国古典哲学的术语，一般的世俗解释是：主体在一定的发展阶段分裂出它的对立面，变成外在的异己力量。当我们在讨论城市的发展时，我们通常是指人类以城市发展的名义，制造了一个反对自身的异质存在。

这是一段被过度引用的文字——狄更斯在他的《双城记》里写道：这是最好的时代，这是最坏的时代；这是智慧的时代，这是愚蠢的时代；这是信仰的时期，这是怀疑的时期；这是光明的季节，这是黑暗的季节；这是希望之春，这是失望之冬；人们面前有着各样事物，人们面前一无所有；人们正在直登天堂，人们正在直下地狱。

事实上，除了狄更斯，睿智如雨果，也对法国大革命后如日方升的巴黎，充满了鄙夷厌恶之情。仅是一句"环绕巴黎的城墙使巴黎悄声埋怨"，已经足以让人苍然欲滴。但雨果对于大革命后迅猛扩张的巴黎，显然没有停止批判的意思。在不厌其烦地详细描写肮脏、邋遢、杂乱和种种隐而不彰的生命威胁之后，用他独有的细腻笔触动情地写道：从路易十一王朝以来，巴黎顶多不过扩充了三分之一，但事实上它失去的美好成分，比它增加的面积还要多。

我们也许会感到奇怪；无论是英国的光荣革命还是法国的大革命之后，在工业革命的强力推动下，英法两国的城市化都得到前所未有的发展，弥漫在每一个角落里的，都是昂扬乐观积极向上的城市精神。而为什么狄更斯、雨果、左拉、巴尔扎克，他们却对急剧演化的城市，保持着高度的警惕？仅仅将这归结为一种作家内心的那种根深蒂固的田园诗意是肤浅的。

一种更广为接受的解释应该是，作家天赋里的那种直觉，让他们比常人更敏锐地感受到，已在城市深处萌动的异化力量。无数次出现在狄更斯小说里的伦敦毒雾，终于在1952年12月，演化成死亡人数多达4000多人的"伦敦烟雾事件"。

英国工业革命之后，经济发展蒸蒸日上，吸引大量的人口涌向城市、涌向伦敦。城市为获得经济能源使得燃煤量飞速上升，城市发电靠煤，蒸汽火车的动力也来自煤，工厂靠烧煤进行生产制造，居民家庭烧饭取暖也靠烧煤。我们知道，煤炭在燃烧时，会生成二氧化碳、一氧化碳、二氧化硫、二氧化氮等物质。这些物质排放到大气中后，会附着在烟尘上，凝聚在水汽中。在城市上空空气流动不好的时候，烟尘与水汽就会混合变成"毒雾"，笼罩在城市的上空多日不散，它们不仅使空气质量恶劣，还影响视线，妨碍交通，熏黑房屋，污染衣物，危害居民的身体健康。高浓度的二氧化硫和烟雾颗粒，进入人的呼吸系统后，会诱发支气管炎、肺炎、心脏病。伦敦居民的肺结核、咳嗽的发病人数，比世界其他地方都多。烟雾经久不散，使当时的伦敦城，犹如一个令人窒息的毒气室一样。

1952年的伦敦烟雾事件并不是伦敦第一次受到烟雾侵扰。英国本来就是一个多雾的国家，但是从19世纪末期的工业革命起，烟雾就越来越重，曾于1813年的12月、1873年的12月、1948年的11月，伦敦都发生过较严重的烟雾事件，因此，伦敦也就逐渐有了"雾都"的外号。

狄更斯的《雾都孤儿》就是在这种历史背景下创作的。

1952年的11月至12月初，伦敦出现了异常的低温，居民为了取暖，在家中大量烧煤。大量的煤带来了大量的烟，这些煤烟从成千上万的烟囱里直接排到伦敦的上空。如果煤烟在大气中迅速扩散，就不会聚集而产生浓雾。可当时正好有一股反气旋在伦敦的上空，使伦敦上方的空气升温，导致高处的空气温度高于低处的空气。这样，伦敦的气流就无法上升了，全部停滞在了伦敦城的顶上，同时把煤烟也留在了伦敦上空，并且越聚越多。这时，城里的煤烟和废气仍在不断地从市民家中和工厂中排放出来，于是聚集在伦敦空气里的污染物就越来越多。同时，那几天的空气里水蒸气含量很高，在寒冷的空气中，水蒸气被冷却到了"露点"。"露点"，是个气象学概念。它指的是在气象学中，空气中所含的气态水，达到饱和而凝结成液态水所需要降至的温度。在这温度中，凝结的水飘浮在空中称为雾，而沾在固体表面上时则称为露，因而得名"露点"。此时到达"露点"温度的伦敦上空，由于大量的煤烟为它们提供了凝结核，于是浓厚的烟雾就出现了。

后来据有关专家统计，在此次事件的每一天中，伦敦排放到大气中的污染物有1000吨烟尘、2000吨二氧化碳、140吨氯化氢（盐酸的主要成分）、14吨氟化物，以及最可怕的——370吨二氧化硫，这些二氧化硫随后转化成了800吨硫酸。燃煤烟尘中有三氧化二铁，它能催化二氧化硫氧化生成三氧化硫，进而与吸附在烟尘表面的水化合生成硫酸雾滴。

1952年12月5日白天，伦敦出现烟雾，但是烟雾不是很浓。当天下午，烟雾渐渐呈现黄色。当天晚上，烟雾逐渐变浓，能见度变得只有几米。此后几天一直到9号，烟雾一直很浓，并且有股臭鸡蛋的气味，覆盖了30英里的范围。许多伦敦市民因烟雾感到身体不适，呼吸困难、眼睛刺痛，发生哮喘、咳嗽等呼吸道症状的病人明显增多，尤其是在老年人、婴儿和本身就有呼吸道疾病的人群，以及本来就有心血管疾病的人群中，死亡率陡增。后经统计，因支气管炎死亡704人，为正常时期的9

倍；因冠心病死亡281人，为正常时期的2.4倍；因肺结核病死亡77人，为正常时期的5.8倍。除此之外，因心脏衰竭、肺炎、肺癌、流感以及其他呼吸道疾病死亡的，也都成倍增长。

居民们出门都要小心翼翼，因为迎面而来的人看不清对方的面孔，外出一趟回家时，发现脸和鼻孔都变黑了。最严重的地方，居民们说，自己在走在路上看不见自己的脚。伦敦的公共交通都受到很大影响，泰晤士河上的船、陆地上的火车，以及机场的飞机，在这几天都被迫停止运行。城区内需要一种叫作交通引导员的人，手持电筒或火炬，指引公共汽车缓缓前行。大街上的轿车都亮着车前灯，司机把头伸出窗外，仔细地观察着前方，一点一点地缓缓行驶。政府建议家长把孩子留在家中，因为出门怕孩子走丢。社会治安恶化，拦路抢劫、入室抢劫、盗窃案件在这几天增多，因为烟雾可以掩盖罪犯的行踪。

在这场大雾期间，有个著名的农牧业展览在伦敦伯爵宫举办。参加展会的农民把牲畜带到伦敦的过程中，有些牲畜就呼吸困难了。抵达伦敦后，有一头牛因呼吸困难死亡。后来在这场展会中，一共350头牛中，竟有52头严重中毒，11头牛死亡。吓得有些农民赶快自制了一些口罩，给牲畜们戴上。

这起后来被归入20世纪十大环境公害事件之一的环境污染事故，震惊了世界。据说，当年在悼念活动中，狄更斯的《雾都孤儿》是除了鲜花之外，最为炙手可热的悼念品，这也从侧面印证了作家们的敏锐和深刻的洞察力。

至此，伦敦毒雾事件倒逼英国政府对空气污染开始高度重视。

1956年，英国政府颁布了世界上第一部现代意义上的空气污染防治法——《清洁空气法案》，大规模改造城市居民的传统炉灶，逐步实现了居民生活天然气化，减少煤炭用量，冬季采取集中供暖；在城市里设立无烟区，区内禁止使用会产生烟雾的燃料。发电厂和重工业作为排烟大户被强制搬迁到郊区。1968年又追加了一份《清洁空气法案》，要求工业企业必须加高烟囱，将烟雾排放到更高的空域，从而更好地疏散大气污染物。1974年出台了《空气污染控制法案》，规定工业燃料里的含硫上限等硬性标准。在这些刚性政策面前，空气污染明显好转。到1975年，伦敦的"雾日"已经减少到了每年只有15天，1980年降到5天，伦敦此时才开始丢掉"雾都"的绰号了。

但是，随着经济的发展，城市的环境问题并没有让英国政府一劳永逸。20世纪80年代以后，汽车走进千家万户，数量激增。汽车尾气取代煤烟成为英国大气的主要污染源。汽车尾气中的铅，吸入人体后就无法排出，会严重影响人类后代的智力。随后英国开始推行无铅汽油，但是到了80年代末90年代初，人们发现汽车排放的其他污染物如氮氧化物、一氧化碳、不稳定有机化合物等也极为有害，它们被阳光中的紫外线照射后，会发生复杂的光化学反应，产生以臭氧为主的多种二次污染物，形成"光化学烟雾"。这并不是仅在遥远的伦敦，而已在我们身边严重存在，每年秋冬季节在深圳上空中出现的空气污染，相信是我们每一个人的切身体验，我们称之为"雾霾"。

可见与城市污染进行斗争任重而道远。

五

城市急剧发展所带来的问题，远不仅仅局限于空气污染。我们来看看欧洲另一个超大型发达城市——法国巴黎。

巴黎又有小巴黎和大巴黎之分。小巴黎指的是大环城公路以内的巴黎城市内，面积105.4平方公里，人口200多万；大巴黎地区包括城区周围的七个省，共同组成的巴黎大区，这片地区在古代就已经被称作“法兰西岛”，面积达12000平方公里，至2016年底人口约在1100万，占全国人口约五分之一。这个数据知道的人很多，但在巴黎地下墓穴里，安放着600多万尸骨，知道的人可能就不一定多了。

这个地方叫巴黎地下尸洞，在现今巴黎4区、5区和15区的地下，以及闻名遐迩的蒙玛特高地的地下，延绵的总长度300多公里，离地面深约20米。而它们的成因，就是由于18世纪城市人口的逐渐膨胀，巴黎恶劣的卫生和环境，造成了绝命瘟疫的流行。

1786年巴黎爆发天花疫症和瘟疫，致使大批巴黎居民感染死亡。当时的巴黎人习惯死后葬在家附近街区教堂的墓地里，可是由于死亡人口骤增，以至于巴黎地面上的墓地严重不足，大批的尸体无地掩埋。于是一块墓地就会被挖掘好几层，人们为了埋葬新的逝者，将以前地下的白骨都掘出地面，尸骨多到溢了出来。当时的巴黎市长为了解决公众卫生危机，毅然决定将市区公墓里的死者全部挖出来，把翻出的尸骨全部转移到当时巴黎地下废弃的采石场。这项工程由教堂的教士们来操作。没想到工作量远比当初预料的要多得多，后来竟然到20多年后的1810年才正式完成，最后堆放的尸骨大约在600多万具。好多法国名人也长眠于此，其中有哲学家孟德斯鸠和帕斯卡、科学家拉瓦锡、讽刺作家弗朗索瓦·拉伯雷、女作家赛维妮、诗人兼作家拉封丹，还有大革命时期的罗伯斯庇尔及其政敌丹东、路易十五的情妇蓬帕杜，甚至还有莫扎特的母亲。

1994年，巴黎市政府将300多公里的地下尸洞中的1公里左右开放为参观区域，因此我有机会在巴黎朋友的带领下，亲眼目睹了这条令人骇然的地下尸道。这里最初是一个地下采石场的通道，这个采石场历史悠久，自中世纪就开始采掘了，现今的巴黎圣母院、罗浮宫和巴黎市区的许多古老的石头建筑，大都是用从这里开采出的石头建造的。巴黎尸洞工程由于太大，持续了很久。因为尸骨太多而无法一一相配，有很多已经找不全尸骨了，最后教士们决定不再寻找整个人的全部骨头，而是将骨头分类堆放，只简单地标志出哪堆骨头是哪一年的，哪些骨头是从哪个公墓转移来的，然后零星地设了几块石碑，刻上几句拉丁文的铭文。

当你走进尸洞时，看到的是高约2米至3米光线昏暗阴森潮湿的地道。地道的一边是石墙，另一边就是成堆的尸骨，当中宽度仅2米左右供人通行。你穿行其间会惊讶地发现，不计其数的人的大腿骨，被排列成了比较整齐的骨头墙，而头盖骨则在大腿骨组成的墙上镶了几道边。这些骨头让人忘记了他们曾经是血肉之躯，是无数个生命。

18世纪的最后二十年，是法国最激荡的二十年，皇帝和革命者先后一个一个被推上断头台，大革命的血雨腥风中，巴黎人的生活还要继续，人们还要生存，环境卫生还要改善，城市仍在发展。可政府迅速更替，这个被遗忘的尸骨转移工程，得益于教堂的坚持。那些虔诚刻苦的教士们，在那样混乱恶劣的环境中，负担着那么繁重肮脏沉闷的工作，竟然还有心思把人们的遗骨，整洁优雅却无奈地拼成一幅幅接近图案的形状！

我后来从网上看到一篇介绍巴黎尸洞的文章，一位没有具名的网友在参观完巴黎地下尸洞后，在网上留下了这样的感叹：

　　探索地下尸洞，从几百万人的遗骨排列成的小径中穿过，不仅需要勇气，还需要一颗平静的心。回到地面，再一次呼吸到新鲜空气的你，一定对死亡有了新的敬畏。人的骨头可以这样不计尊严地堆放，却又被堆放得如此地有尊严。用希腊文、拉丁文和法文撰写的石碑，其中不乏拉辛、荷马、维吉尔、贺拉斯、卢梭和《圣经》里的名言。例如，这里有《奥德赛》的名句："辱没亡灵，天诛地灭！"，还有贺拉斯的警言："切记，每一天都是你的末日。"

地下墓场的变迁，颇具讽刺意味。巴黎圣母院、卢浮宫等宏伟建筑均由早期采石场内的石块建成。往昔不见天日的地底顽石，今朝成了世人景仰的大厦；然而，巴黎的建造者和设计者们，以及几代建筑师、劳工、商贾、士兵和农民，如今却长眠地下，不为人知。

我有同感，这段文字写得极为贴切，显然书写者有着极大的人文情怀。参观完巴黎地下尸洞，最令我过眼难忘的还是墓道口石碑上写着的古罗马著名诗人贺拉斯的警句：切记，每一天都是你的末日。必须承认，这的确是一句让我们难忘的箴言，同时它的存在，也似乎毁掉了我那次巴黎之游的所有美好的回忆。

当我们的眼光扫过纽约、莫斯科、东京、里约热内卢，甚至像河内、曼谷、约翰内斯堡这样世界范围内我们习惯把其称为二三线城市时，我们也无不为它的环境、交通、卫生、人口、治安和贫民窟问题而心怀忧思。

2015年我到菲律宾首都马尼拉时，恰逢马尼拉郊区一个贫民窟发生特大火灾，大火吞噬着贫民窟里乱搭建的简易房，居民们像蚁虫一样四处奔逃，电视画面上的悲惨情景和贫民窟内那些无奈绝望的神情，尤其是那些老人和孩子们的哭声，让我这个外国人也无不为之揪心。其中有一个画面时到今日依然历历在目，因为贫民窟里的乱搭乱建，把本来就窄小的巷道挤得像是一条羊肠，消防车根本无法驶入其间，为了阻止火势的迅速蔓延，居民们只好与消防队员联手，以手推肩撞的方式，将一堵堵简易房间的墙壁推倒，而数以千计的居民，抱着年幼的孩子和抢救出来少得可怜的财物，伫立在当局为他们临时圈定的公园里避难的情景，也令人嘘唏不已。

看过电视新闻，晚上恰好没有其他的安排，我叫了一辆出租车喊上当地华人导游，绕行到了那个名字有点拗口的公园里，借助导游的翻译，我与其中的几位难民聊了几句，对他们的艰辛与坚韧，算是多少有点了解了。

那一晚的月色很好，明净而且皓洁，但我知道这一捧月色，照在他们身上，肯定是一种与我完全不一样的感受。

类似的情景，从电视新闻中，我还看到过巴西的里约热内卢郊区的贫民窟火灾。里约热内卢的贫民窟，在世界上知名度很高，不仅经常出现在新闻中，还有不少好莱坞电影是在这儿拍的。那儿的房子许多建在山坡上，那个山坡比深圳"二线插花地"要陡峭多了，极简易的房子一层叠着一层，让人一边感叹巴西贫民顽强的生存力量，一边让人揪心，万一发生大火，消防车怎么进来？所以火灾发生的时候，从新闻中我们看到的救火，基本是靠人手扑灭，那种惨状真的让人不忍目睹。

每当碰到类似的情景，我就不由自主地怀疑起亚里士多德说过的"城市的存在是为了人类'优良的生活'"的论断。

人类创造了城市，但它真的给人类带来了所期待的福祉吗？

似乎是，又似乎未必是。这是一个充满二律背反意味的论题，但我认为在人类的泪水和历史的悲伤面前，这样的反思与质疑是必要的，不可或缺的。

城市也会生"病"！

我们知否？

儿时的教育让我们相信，祖国发展已经找到了独特的康庄大道，避开其他人遭遇到的所有麻烦，直通美好与幸福，但改革开放打开国门，我们最有价值的收获之一，却是通达美好的道路上，向我们迎面走来的挫折与麻烦，真的一点也不比其他国家少。当下最为现实的一个，便是自以为是的认为，只要精心谋划，国外常见的那些"城市病"就有可能全面避免。

事实远非如此。它其实只是我们一个一厢情愿的迷思罢了。

不过在中国，"城市病"似乎还有一个更具特色的表达方式——城市的历史欠账。如此这般的表达方式，充分地反映了中国人，面对城市这个体量惊人的人造物时，那种发自心底的谦卑心态。传之久远的文化，让我们更愿意相信，城市的这种反目的异质力量，其实只是我们自己在某一方面做得还不够好罢了，或者叫缺乏经验。

按照这种理解，"城市病"这种城市发展过程中滋长的异质力量，其实是我们人类自己囿于视野局限、资源支持和配置缺失等原因，才致使了城市的规划和资源分配，难以匹配城市历时性发展，最终导致了城市整个生态系统的失衡，引发了像人口膨胀、交通拥堵、环境污染、治安恶化、灾祸频仍等一系列与城市"生产、生活、生态"有关的系列结构性问题。

不管我们对于在城市自身躯壳里生成的异质力量有着怎样的理解，给予怎样的命名，它总是以一种不以人的意志为转移的加速度，反作用于我们人类自己。

关于"城市病"，还有一个并非众所周知的规律，来自权威专家的研究表明，当城市化在30％到50％时，"城市病"尚处于显性阶段，多以零星、间断的形式出现。但当城市化达到50％到70％时，"城市病"则呈现集中多发、爆发的明显态势。

这也是为什么近年来，"城市病"这个以前还是那样的陌生和不明就里的名词，开始进入平常百姓的日常言谈中的原因，人们总需要为频仍加诸在自己身上的难题，找到一个解释，或者分析。

但对于只有短短不到四十年历史的深圳来说，对于来自天南地北的深圳人来说，关于"城市病"，在他们自己心底里依然愿意相信：那只是一件与自己相隔遥远的事，这也解释了当"光明新区特大滑坡事故"传来的时候，他们在电脑上敲出的文章标题，竟然还是"最发达城市的最不可思议"。因为人们没有看到"最发达城市"辉煌下的阴影，所以发出了"最不可思议"的感叹。

但，它确确实实来了，仿佛一眨眼工夫，就到了你跟前跟你脸贴脸似的。事实上，它已不是一种恍恍惚惚的感觉了，而是一种坚硬的现实。

2016年的5月30日，由中国社会科学院财经战略研究院、中国社会科学出版社与中国社科院城市与竞争力研究中心，联合完成的《2016年中国城市竞争力报告》发布会在北京举行。会上该报告主编、中国知名城市学研究专家倪鹏飞，介绍了报告中体现了的一个重大转变，除了继续对国内各大城市的竞争力进行排序外，报告还首次引入了中国"城市病"的研究内容，并对国内38个大城市进行了"城市病"指数排名。

对此倪鹏飞是这样解释的，为推进中国城市化健康发展，关键在于针对性地预防和治理"城市病"，为所有城市居民创造一种可以幸福工作、生活于其中的氛围。他在报告中也分析了中国各大城市产生"城市病"的原因，他认为中国在城市化加速推进的同时，由于基础设施和公共服务难以跟上城市化进程的步伐，加上缺乏科学、合理和前瞻性的人口及产业的空间活动的规划及政策引导，中国城市化面临着越来越严峻的挑战，中国一些城市已经患上比较严重的"城市病"。"城市病"在中国所表现出的特征有：交通拥堵、环境污染、贫困失业、住房紧张、健康危害、城市灾害、安全弱化等。

倪鹏飞在接受媒体采访时还强调，中国的"城市病"也有别于国外以前发生的"城市病"。国外的"城市病"可能是在大城市，比较单一，中国的"城市病"爆发的范围特别广，不仅是特大城市和超大城市有"城市病"，一批中等城市也出现了"城市病"，像太原、石家庄都有不同程度的"城市病"，而且病症模型太多，呈摊大饼式的在城市的各个角落蔓延滋长。

而倪鹏飞研究团队根据"城市病"的产生机制，为中国"城市病"开出了药方：

第一个方向是人口和产业空间分布均衡化调整，建构一个适度倾斜而平坦的城市中国。人口空间分布均衡化调整的目的，就是要推动人口从高密度区域向低密度区域迁移，以满足生态系统与社会系统的承载能力限制。

第二个方向则是提高城市配套建设与管理服务水平。研究团队相信，城市的生态系统与社会系统的最大承载力，不是恒定不变的，而是与生态资源的利用效率、社会管理的水平相关。因此，提高配套建设与管理服务水平，等同于在资源约束条件不变的情况下，扩大人口承载能力，缓解城市病的发生。

这些对于深圳人来说，或许都不是重点。重点是报告中赫然列明"城市病"指数前五的城市分别是：深圳、北京、杭州、温州、广州——深圳竟然排在第一位。

虽然深圳本地媒体对此多采取低调处理的态度，并没有广泛见报，但此份报告通过各大网络平台的传播，还是引起了深圳网友的疯狂吐槽，正如他们在网络空间贴出的帖子所说的那样，这个话题自带槽点，"实在太容易引起共鸣了"。

当然，引起共鸣的岂止是网民，深圳的管理者们对此也是高度重视，报告的核心内容，经过不同方式的编辑、择要已经一一摆放在深圳领导者的案头了。

我不清楚，类似的报告是否也曾摆放在马兴瑞、贺海涛这样的市区主要领导的案头上，但作为深圳市最早的建成区罗湖区的一把手，贺海涛对这些所谓的"城市病"早已深有感受。

余泥受纳场滑坡作为一种城市灾害，自然是"城市病"的一个极端样本，但无论是在深圳市，还是具体到罗湖区，"城市病"事实上已经出现在这个城市里的一些角落，排列在城市生物钟的时针上。

2014年的5月，发生在深圳的"5·11"特大暴雨，相信深深地印刻在每一个深圳人的记忆中，也正是从那一天起，那个关于"城市良心"的地下管道问题，便开始规模化的一遍又一遍，出现在我们的讨论话题中。为了查明辖区的内涝情况，那天贺海涛与司机从红岭中路发车，自西向东纵贯罗湖全境。从最西边的深圳大剧院开始，到毗邻盐田罗沙路西岭下路段，映入他眼帘的内涝点就不止有六七处，不少名贵小车干脆就在积水里直接趴窝了。

贺海涛后来在采访中对我们说，"那天晚上我还特意看了看'三防'指挥部的相关通报，你猜有多少，全市发生内涝的积水点就有120多处，罗湖区在这里面应该还不算是最严重的。随后的两年里，深圳正式挂牌整治的内涝点也有300处，我来罗湖工作之前，还听说过因为内涝积水的原因，一位到访深圳住在罗湖香格里拉大酒店的国外政要，后来是坐上了武警部队调来的冲锋舟才转到机场的。"

六

理论是苍白的，而生活教给我们更多。事实上没有什么比这些鲜活得有点苦涩的现实场景，更准确地诠释了什么是城市发展的"历史欠账"。

"城市病"之于我们意味着什么。除了"二线插花地"、城市积水内涝外，如果还要贺海涛在罗湖区"城市病"的病单上，再列上几个"病症"，他会列上什么呢？

交通拥堵，他肯定会列上清单的，只要去过水贝又或者笋岗片区的人，也都会支持他将交通拥堵列为罗湖区亟待诊疗的"城市病"名录的。那么停车难会不会也列上呢？估计他也会将之写上的，但作为罗湖城区综合协调发展的掌舵人来说，他最头疼的问题，恐怕还是罗湖的城区空间问题，在他看来，包括"二线插花地"在内，罗湖的城区空间是罗湖区一系列问题的"牛鼻子"。

近些年来，在深圳有个流行的说法：那就是罗湖老了，意思就是说罗湖区的硬件躯壳老了。事实上就一个城区而言，作为硬件的躯壳老了，它带来的往往便是软硬件综合衰退。"二线插花地"那样的城市灾害隐患是一回事，更为严重的本来是罗湖发展载体的空间，此时也扭过身来，化为罗湖发展的制约因素了。

深圳最早建成的城区——罗湖，此时此刻星散在它各个角落的城市功能区、生活小区、产业园区确实都老化严重，加上建成时间长，规划理念、建设品质乃至治理管理方式，也很难匹配这座日新月异狂飙突进城市的发展，更要命的是罗湖区没有富余的土地了，除了梧桐山山边一带犄角旮旯里，还有些零星待建地外，罗湖区真的没有可供再开发的成片土地了。

没地，就缺少发展空间。新兴的战略性产业便无从引进，没有新的产业注入，也就无从谈起高端人才的导入与培育了，而没有人才持续不断地涌入，一个充满活力的城区竞争生态又从何谈起？

贺海涛是在罗湖发展的关键节点上接任区委书记的。他自己的说法，则是他与罗湖新一届领导班子，是在实现全面振兴的转型期，领命走上领导岗位的。但每一个罗湖人都知道，他们身上承受的又是怎样的压力与重担。

而"城市病"的治理，无疑是重中之重。

罗湖区与龙岗区交界处的这块"二线插花地"，贺海涛何尝不知道，它是安置在罗湖的一颗"定时炸弹"！他与罗湖区历任的领导班子，都曾多次推动它的整体性整治改造，但因为这样那样的难以克服的困难，那些雄心勃勃的计划先后都无疾而终不了了之了。

贺海涛是2011年11月从福田区调到罗湖区任职的。从那一年起，他与罗湖区领导班子的其他成员，就多次联系世界第一大房地产公司万科，和跻身世界500强的央企华润集团等实力雄厚的市场主体，希望他们在城市更新的政策框架下，联手推进罗湖"二线插花地"的彻底改造。

"可企业一算账，都感到困难太大，成本太高，改不动也改不起。人家毕竟是企业嘛，效益是他们考虑的重要指标，这也是合情合理的。所以，他们普遍不愿接手，辗转曲折，我们还是只好暂且放下了。"虽然念头放下了，但贺海涛的心依旧系着这里。"险情排查小修小补的工作，每年都在坚持着，但感觉还是挺悬的，这些工作即使做了，也知道实在是无法解决根本的问题，但对于我而言，我还是尽心尽力地持续推进着。"

2016年5月28日下午，我受邀到罗湖东晓街道木棉岭社区，参观罗湖区联合相关部门举办的"木棉岭'二线插花地'地质灾害应急实战演练"，罗湖区分管领导也到场观看检查了相关演习。

在木棉岭社区165栋楼房附近举行的这场演习，实战意味很浓，场景细节设计真实、具体，来自周边社区的300多名群众参与热情也很高，演习效果和现场反响都非常好。东晓街道的有关负责同志告诉我，此类演习迄今已举行了4届，就是作为政府部门不断地提高居民风险防范意识，演练风险一旦出现之时的应对之策，它已经成为街道的一个主要工作和大型群众演练活动。

这类避险演习，就是在区委、区政府极力倡导下持续举办的。区委、区政府的初衷是提升"二线插花地"内社区居民应对突发地质灾害的处置能力，以及加强他们的逃生自救避险意识，都是许多预防万一的措施之一。

这种苦心，知道的人不多，但区委、区政府秉持初心未曾稍改。

罗湖区的基层干部常说：假如说"二线插花地"是罗湖的一块心病，那么罗湖已经足足痛了二十年，如果说它是悬在罗湖上上下下心头的一把剑，那么这把剑也已经在罗湖人头上悬了二十年了。

问题是，这把利剑什么时候，能从罗湖人头上安然地摘下来呢？

不知道别人是怎么想的，至少在踏入2015年以后，贺海涛隐隐地感觉到，某种影影绰绰的曙光，已经在前方闪烁绽现了。

　　具体的理由倒很难说清，但贺海涛却非常坚信自己内心的这种感觉，无论是国内的宏观态势，还是深圳具体的内在情势，作为负责罗湖这方水土的区委书记贺海涛，似乎都能从中寻觅到蛛丝马迹。只是他很少跟别人提及此事罢了，直到2016年1月9日晚的这一次市委常委扩大会议。

　　一切，似乎在那一瞬间突然明亮了起来，这种山重水复后的柳暗花明，感觉真的让人心头一亮。

　　会议结束后，市委书记马兴瑞、市长许勤又特意留下贺海涛叮嘱再叮嘱。贺海涛走出会场时已经是凌晨1点多钟了，他特意让司机摇下了车窗，他想深深地吸上几口初冬凌晨深圳的清新空气。

　　真的很清新，从身体到思想都有一股透彻心底的清凉。贺海涛此时的心头，既有卸下"悬顶之剑"的轻松，又有扛上千斤重担的压力。

　　生活就是这样，工作就是这样。

　　2016年2月17日，深圳市城市公共安全和安全生产工作会议在"12·20"特大滑坡事故事发地——光明新区举行，这样的安排可以看出深圳市委、市政府的某种显然的刻意，不过，此时此刻的深圳似乎并不排斥这样的刻意与强调。1月9日晚上研究的那些想法与计划，在这次大会上已经完全变成秩序井然、逻辑严密的刚性文件了。而"二线插花地"的改造，也被明确为这样的一句话：以二线关"插花地"的改造整治，作为2016年深圳"城市管理治理年"的工作突破口，将二线关"插花地"，打造成为深圳整治消除城市安全隐患的新标杆。

　　"二线插花地"改造的大致模式、工作路线图和行动时间表，也一并在此次会议报告中得到了初步确认。"罗湖棚改"的号角，就是在这次公共安全会议上正式吹响的。

在这次大会上，市委书记马兴瑞还将2016年命名为深圳的"城市管理治理年"。与"二线插花地"改造整治同时启动的，除了基层治理层面的制度建设外，还涉及深圳的市容环境、黑臭水体、危破住房、交通拥堵等问题。其实，这些问题都是属于"城市病"的范畴。

年轻的深圳，也是有着自己的生命节律的，而且这种节律以一种加速度的趋势，将其他城市几百年建设的时光在自己身上迅捷演化，不由自主地在岁月年轮上划下一道道的痕。

很多人看出来了，市委书记马兴瑞、市长许勤当然更看得出来了。事实上主政以后，他们就在想如何解决这个问题，只是光明新区突如其来的这场事故，让他们不想再等了，也不能再等了。

必须马上办！

坐在大会会场底下的贺海涛当时究竟有着怎样的心情细节，我们并不了解，作为罗湖区委书记的他，肯定也想了很多。时隔多日之后，贺海涛坐在自己的办公室里，回望两年多前的那个上午，他说：很多事情已经变得清晰多了。必须承认，当年的他在领受"二线插花地"改造整治任务时，想得更多的是消除城市公共安全隐患，摘下这把二十多年来一直高悬在罗湖人头上的"达摩克利斯之剑"。而现在，我认为它的意义还可以再扩展些，从更长的历史刻度来辨识它，定位它。而这些，在2016年2月17日，光明会议散会后，大家乘坐公务车返回罗湖，驶过深南东路邓小平画像前时，已经开始有所启示了。

熟悉深圳地理区位的人都知道，作为深圳不同时期的中心城区，罗湖区与福田区是以南北向的红岭路进行划分的，它与东西向的深南大道，恰如其分地构成了深圳某种极富启示意义的历史坐标，在它们的交叉点上，深圳人的心理城标——邓小平画像矗立其上。

而与邓小平画像构成对角线的，则是数公里之外的罗湖桥，它周围那座在经济特区建立之初，便被夷平的"罗湖山"，事实就是罗湖区名称的由来。

"罗"字来源于上古越语，是壮侗语系对山的习惯称呼，带有"罗"字的山名，是古代百越族人的语言遗留。

在这条对角线偏左位置，有一座现在看起来已经不太起眼的大厦，它的名字叫"国贸大厦"。所谓的"深圳速度"，就是深圳的建设者们在建这栋楼时创造出来的——"三天一层楼"，而沿着这条对角线如珠玑般分布的，是深圳各大银行和五星级酒店的密集楼群，而深圳改革开放前三十年的绝大部分典型事件和成就，基本上都发生在这条对角线的周边地带。

比如，改革开放之初的第一批外资企业、合资企业；

比如，国土拍卖第一槌；

比如，深刻改变了中国命运走向的邓小平"南方谈话"；

比如，……

等等，等等，太多了。

更不用说，一直被称为中国改革开放"精神脐带"的罗湖桥，正是它的存在，使得被长期封闭的中国，呼吸到了不绝如缕的外来养分，并在那个春天时节，催生了一个别样的美好中国。如果说，中国改革开放前四十年的历史浓缩在深圳，那么，深圳近四十年的历史，也毫无疑问可以在罗湖找到它的全幅展示。

"二线插花地"改造启动消息的公布，对于罗湖来说，绝对是天大的事情，刚从会场出来的罗湖区委常委、区属职能局委办的相关负责同志上车以后，你一言我一语就都热火朝天地议论起来了，而贺海涛在进入罗湖地段后，却突然沉默了起来，他又陷入了沉思。

他在想什么呢？

是的，他在定位"二线插花地"的改造之于罗湖的意义，而号称深圳"改革橱窗"这条街景对角线，此时此刻恰如其分地为他提供了一个由历史与现实交织而成的绝好思考坐标。

读书的时候，我并不是十分清楚，为什么古人一到那些有历史感的地方，往往就会浮想联翩，写出无数极具纵深感和穿透力的诗篇来。步入社会以后，我才慢慢地明白，从某种意义上讲，这些名胜古迹，它将历史延揽入内的方式，延展了我们思考的时间轴和空间轴，并架设了一种意义非凡的人文坐标，而这种人文坐标天然地具有定位功能，让你在时空交错中清晰你的思维、你的人生方向。

"我很难一一对应地说出，什么场景让我想到了什么，但穿行在深南大道上，确实会使我更好理解'插花地'改造的历史意义和现实价值，因为这一段街景实在是太有意义了。比如著名的"京基100"那幢高100层的大厦的旁边，就有即将进入城市更新范围的低矮危楼，它具象展现了我们为什么要实现城区存量空间的改造更新。如果加上邓小平画像、罗湖桥那样的参照图景的话，事实上，它也很好地回答了，如果我们对城区长久以来存在的沉疴痼疾无可奈何的话，我们将很难获取向下一个四十年进发的新动能，也将愧对改革先贤们的重托，黯淡了罗湖曾经拥有过的历史荣光。"

他说，也正是在那一时刻，他才充分理解，1月9日常委扩大会议后，马兴瑞书记留下他叮嘱的那句话：你要深刻理解"二线插花地"改造，对于深圳发展的深远意义，要把它放在深圳战略发展的全局上来看待。

　　深圳经过四十年的迅猛发展，取得了举世瞩目的成就，但基于它独特的成长基因，以及任何人都无法规避的时代局限，它也留下了许多历史欠账，蓄积了不少可以概括为"城市病"的城市发展问题。

　　深圳要继续保持自身澎湃的发展动能，力争让自己跻身于世界明星城市之列，实现国家对它要求的辐射、带动功能，就必须要围绕"生活、生产、生态"这三个既相互区别，又彼此紧密联系的系统，重塑城市的发展动能源体。

　　这是生长于斯的重托，也是历史的必然，更是深圳这座光荣城市的内在使命，舍此，深圳无法瞭望到另一个"辉煌的四十年"。

　　也就是说，包括"二线插花地"在内的城市品质的提升、城市能量系统的改造、城市文化精神的重塑等城市振兴计划于深圳而言，已是箭在弦上了。

　　只不过一个突如其来的光明滑坡特大灾难性事故，将此项计划提前了，并迅速地落实了。而担当突破前锋任务的，又再次落到四十年前已经充当过类似角色的罗湖区身上了。

　　"我们与一座城市的春天刻骨邂逅，而那些走过罗湖桥的人，终究在桥上成为一座城市的见证者"，八十年前，一位与中国有着深刻因缘的诺贝尔文学奖得主赛珍珠，经罗湖桥过往香港时，写过一篇传之久远的散文《罗湖桥》，留下了这样如此浪漫隽永诗句。

　　2016年的2月17日，离农历丙申年春节已经很近了，并不是每一个人对于春天都有相同的理解和体验，但它毕竟是活力和热情的巡回，特别是当又一个时代大轮回即将来临之际，这种难以言述的兴奋与期待，实在是自然而然的事。

为了写作此书寻找灵感，我曾经冒着骄阳爬上了"二线插花地"背后的那座被称为蚊帐山的峰顶。一直没有弄明白它为什么叫蚊帐山，这座山虽然不大，却有点陡。尽管不高，但它毕竟是山，也是罗湖的一个制高点，从这儿努力地往东南罗湖方向眺望，我看见了深圳的摩天大厦"京基100"和"地王大厦"的雄健身姿，并动情地想象大厦旁的种种繁华与无尽的喧闹。必须承认，那一刻，我的心有一种想飞起来的感觉，已经许久没有这种类似的感觉了。

我相信世间万物就像家乡田间里的一粒种子一样，它的基因决定了漫长的时光度过，并让自身的精神，以一种螺旋式上升的方式，一而再再而三地重现。

天，时势也。

时势所然，故曰天命。

受命而正，所谓雄杰。

人，就是一步一步地受命而前行。

而人们受命前去的"二线插花地"，到底是怎样的一番前世今生呢？

……

第二章
穿行"二线插花地"

　　山道上，坡梯间，百转千回的巷陌里，我穿行在写满人生故事的楼群中。慢慢地走，细细地看，终于明白了什么是"二线插花地"。

　　62万多平方米的面积，1300多栋楼宇，9.3万的居住人口，都市里的另一种存在。

　　痛彻心扉地理解了：改造的迫切性。

一

乍一听，"二线插花地"这个名词还带有点烂漫的色彩，和我们看到的现实完全风马牛不相及，它怎么叫了这样的一个名字，它的存在到底意味着什么？

我始终相信：这是一个逻辑的起点，只有弄清楚了它的由来，才能理解它的存在。虽然作为一个深圳的媒体人，听到"二线插花地"这个名词已经很久了，可是我也一直没有弄明白它的由来，曾经问过不少人，大多只能说出其然，即是"二线插花地，两不管地区"。没有人能清楚地说出所以然来，这名字到底出自何处？直到今天要动笔写作这块"插花地"了，作为一名有点考据癖的作家，我觉得一定要弄清楚"插花地"这个名词的由来，多番寻觅之下，还真让我在故纸堆里找寻到它的历史踪迹了。

胡林翼，对晚清历史有所了解的人，应该都知道这位名列晚清"中兴四大名臣"的名人。出生在湖南益阳的他，字贶生，号润芝。

在平定太平天国暴乱、兴办洋务、督抚鄂川等事务中，胡林翼多有革故鼎新之绩，为时人称重，并深刻地影响了晚清的政治格局。著名经学家、诗人王闿运，对胡林翼就曾有"中兴之业，实基自胡"的评语。晚清文史学家李慈铭，对胡林翼的评价就更高了：老谋深识，烛照不遗，固中兴第一流人。

胡林翼的生平事迹当然不会是本书的记述重点，之所以在这里提到他，完全是因为我在他的《胡文忠公遗集》中意外发现，他竟然是最早提到"插花地"这个名词的人。

在辑录了胡林翼生前撰写的奏稿、书牍、诗文的这本《胡文忠公遗集》里，胡林翼在论及乡镇治理时，罕见地对"插花地"进行了系统论述：

> 所谓插花者，其情形约有三种：如府厅州县治所在此，而所辖壤土乃隔越他界，或百里而遥，或数百里之外，即古所谓华丽之地也。又如二壤本属一邑，中间为他境参错，仅有一线相连，即古所谓犬牙之地也。又如一线之地插入他境，既继而复续，已续而又绝，绵绵延延至数百里之遥，即古所谓瓯脱之地也。①

从这段文字里，我们可以清楚地看到，历史上"插花地"久已有之。之所以称其为"插花地"，其实就是指两片或两片以上，因地界互相穿插或分割而形成的零星分布的土地，又或者是指两个辖区之间，没有明确归属的区域。除了"插花地"的称谓外，在古代它大概还有"华离之地""犬牙之地""瓯脱之地"的说法。

细细读过胡林翼的书中论述，对于什么叫"插花地"应该有所了

---

① ［清］胡林翼撰，胡渐逵、胡遂、邓立勋校点：《胡林翼集》（二），岳麓书社2008年版，第970页。

解了，但依然会有人问，出现这种"插花地"，大多是有历史原因积淀而成的。深圳作为中国最年轻的城市，它怎么也会出现了这种犬牙交错的"插花地"呢？

这恐怕还得从深圳独特的城市历史说起，与其他城市不同的是，深圳这座城市的出现和成长，并不是历史自然生态逐渐形成的，从某种程度上讲，它是一种体制力量基于现实的政治考虑催生出来的，体现的是人的主观意志和体制性的惊人力量。

如果没有中国共产党的十一届三中全会，没有改革开放，没有邓小平在南海边画了这样一个"圈"，没有一批中国共产党有识之士的努力，那一定没有深圳这座城市的诞生。所以，我把它称为一种"主观意志"。

当然，这种主观意志已经为现实所认可、所证明、所赞叹，但就其具体形态而言，与此同时它也因此多了不少与其他城市迥异其趣的诸多特点。

比如，"二线"。

比如，"插花地"。

为了说清楚它形成的历史渊源，我们还是要从历史中去寻找，寻找曾经亲身经历过这段历史的老人。

吴南生，1922年出生的老人，曾任广东省委书记、广东省政协主席，也是中国作家协会的会员，1936年即开始发表作品，笔名左慈，曾著有长篇报告文学《松柏长青》和剧本《续荔镜记》《万山红》等。1979年初，中央决定筹办四大经济特区的时候，他就是筹办广东省内深圳、珠海、汕头三个经济特区的具体负责人，当时他还曾兼任过中共深圳市委第一书记、深圳市市长。

关于深圳建经济特区最早的那段历史，没有谁比吴南生老先生更为熟悉的了。当我提笔写作此书初稿时，吴南生老先生还健在，可当我进入修改第二稿的时候，老先生已经仙逝了。

很荣幸的是2000年，深圳经济特区成立20周年的时候，深圳《晶报》副总编林航曾到广州当面采访了吴南生老先生，其中的一个采访题目，恰恰就是关于"特区二线"以及"插花地"由来的问题。今天，林航找到当年的采访本和见报文章，向我回忆起了与吴南生老先生交谈的情景：

吴南生是个有心人，从领导岗位退下来以后，他对自己亲历过的共和国历史，特别是特区的建设史，进行了认真详细的梳理，将有关的历史文件、新闻报道、人物访谈，按编年在笔记本上进行分门别类，空白处还写有或长或短的注释。

谈到经济特区为什么会划分"一线""二线"时，吴南生很快就把笔记本翻到了编号"1981年7月"的那一页，上面有一页中央文件的复印件，认真看还是可以看出这是一份中央批复件，虽然由于复印原因字迹多少有点漫漶了，内容是中共中央、国务院在批转《广东、福建两省和经济特区工作会议纪要》的批复件。

吴南生把重要内容已用红色画线作了强调，红画线的上面，有这样的一段文字：

> 海关对特区进口货物、物品，要给予特殊的关税优惠。特区与非特区的分界线进行了严格的管理控制后，凡经批准进口供特区使用的生产资料和消费资料，除烟、酒按最低税率减半征税，少量物品照章征税外，其它均免征关税。特区运往内地的货物、物品，应按一般进口的规定征税。

看过电视连续剧《邓小平》的人也许会记得，关于经济特区的设立，小平同志曾经说过一句传之久远的话，大意是中央没钱支持特区建设，只能给政策，其他的只能靠深圳自己去"杀开一条血路"了，而中央给的政策最后主要就体现在税收优惠上。

而无论是经济特区的设立，还是税收优惠覆盖，都必然意味着要"划一个圈"明确具体范围，以便在这个"圈"里面进行面向现代化的实验，引领已经封闭太久的中国，走向世界，走向复兴。这实际就是经济特区设立的初心，虽然不同的历史阶段有不同的理论深化，但理念核心基本没变——说到底，就是划定一定的区域，降低试错成本，实验各种走向现代化的可能路径。

"圈"是由"线"划定的，线如何走，多大范围合适，太小或许起不到设想中的那种作用，太大一时半会又怕不好控制管理。事实上，这就是当时以邓小平为核心的第二代中央领导集体重点考虑的问题了。

早在新中国成立初期，中央就已将宝安县划为中华人民共和国边境管理地区，其边境线是原宝安县与周边地县接壤的行政分界线，按照中华人民共和国边境管理规定，实行严格管理。进入边境地区的人员，必须持有中华人民共和国边境通行证。

经过广东和国务院多个部门的反复酝酿推敲，"深圳经济特区管理线"的具体方案，终于正式浮出了水面。

1982年6月，国务院92号文件正式批准设立"深圳经济特区管理线"。两个月后的1982年8月，国务院在109号文件中，对此又作了更为详细的规定："深圳经济特区管理线正式启用后，即将原宝安县边境管理线调整到经济特区管理线"。"深圳经济特区管理线"和国家批准的边境管理线从此合二为一。

随后的1986年广东省六届人大通过的《深圳经济特区与内地之间人员往来管理规定》，又按照中华人民共和国边境管理规定，实施对“特区管理线、边境线”的双重管理。

吴南生介绍说，根据这一系列的中央文件精神和相关法律规定，一条东起小梅沙、西至南头安乐村，长达84.6公里，高2.8米的铁丝网，在武警边防部队及相关部门共同努力下，很快就建起来了。

这道84公里长的铁丝网，将深圳分成两部分：被它“网”在里面的327.5平方公里，就是法律意义上的深圳经济特区，实施国家允许的税收优惠政策。铁丝网的外面，则是1600多平方公里，与特区税收优惠无缘的宝安区和龙岗区，当然它们在行政上是归属深圳经济特区管辖的。

“铁丝网”以及配套的巡逻公路，共同构成了沿用至今的深圳经济特区陆地管理线。为了区分深圳与香港的边境线，深圳人习惯地把沿深圳河而展开的深港边境线称为“一线”，把“特区管理线”称为“二线”。特区管理线沿线还开设了同乐等9个进入特区的检查站，以及多个供当地村民出入的“耕作口”。这些“耕作口”的设立，是便于一些村民，家被圈进了特区管理线内，可部分耕地却在特区管理线外，村民们需要进出耕作。检查站和“耕作口”配有武警边防人员驻守，对进出特区人员和车辆进行查验放行。

作为来深圳的第一批开拓者，应该对1985年起实施的内地往返深圳必须凭中华人民共和国边境地区通行证和居民身份证通过的情节记忆深刻，在那一个个被当地人称之为“二线关”的内外，也演绎了一出出悲欢离合的传奇故事。

明白了什么是“二线”以后，对于为何在“二线”沿线会出现胡林翼所说的“插花地”，就比较容易说清楚了。

1985年国务院的109号文及广东省人大通过的相关管理规定，只是对划分"二线"的必要性和合法性进行了说明，对于这条线怎么划，虽然也有个大致的说法，但在具体划分与建设管理线的过程中，依然存在着许多模糊地带。"二线"铁丝网和巡逻道的搭建架设，在实际操作中考虑更多的并不是行政区划和历史习俗的划分，从某种程度上讲，技术上的便捷性反而是当时建设部门的首要原则。

吴南生老人的看法是公允客观的。他说，当时的经济和技术能力，根本不可能要求建设部门在充分勘核、确权论证后才上马搭建，"看问题要有历史的眼光，理解历史，要站在当时的具体情景中来理解"。

正是在这种背景下，由于行政分区的划分与二线关巡逻道的不一致，包括深圳在内的几大经济特区里"二线插花地"的问题，就是在这种历史背景下横空出世了。

由具体负责行政区划管理的民政部门相关专业人士，来解释这段由来或许更全面些。

在他们看来，"二线插花地"的出现，最大的原因就是行政区划线与二线管理线不完全相同。以往划分行政区域的标准，主要以山、河、固定物及特定界点之间的连线划分。而当时深圳设置的二线管理线，主要是方便巡逻，方便管理。二线管理线的走向往往是沿山路而设，这就产生了二线管理线与行政区域界线不一致的区域。例如，按行政区划罗湖区的一部分土地，因"二线"铁丝网的设立，被圈到特区外去了，而特区内的罗湖区政府受制于铁丝网和"二线"特殊的管理规定，又难以越过铁丝网去管理被隔在二线外的区域，特区外的龙岗区政府因土地不在该区行政区域管辖界线内，管理起来更是于法无据，这样在两地之间就形成了深圳历史上独特的"二线插花地"现象。

<h1 style="text-align:center">二</h1>

我采访了"二线插花地"内的老居民龙园山庄住户葛敦杰，他的说法比起吴南生老人和民政部门有关说法，显然更形象些，因为他是亲身体验：

> 我是1996年到这里来买房的，刚开始入住的时候，家里头的每一个人心里都挺高兴的，毕竟总算是有了一套属于自己的房子了。而且距离特区内直线并不远，但房价低许多。但很快大家就都意识到自己身份的尴尬。说自己是龙岗人，围绕小区周围的铁丝网，已经把小区和龙岗分隔开来了。说自己是罗湖人，小区大门本身却是一个"自管关口"，按道理讲，进进出出是要查证的，查了证出了大门才算进了严格意义上的深圳经济特区。而要去自己户口所在的龙岗区，就得先出"自管关口"进特区，再走挺长一段路从清水河"二线关"出特区。当时小区周边一片荒芜，很多路还是泥土路，家里的亲戚来玩，都不相信这里就是深圳经济特区，认为我们混得不好，一次两次，慢慢的心里头也挺闹的。

而葛敦杰老人的一次报案经历，更是让他深刻体会到这种管理权属模糊不清，带来的困惑与担忧。

有一天他到附近的比华利山庄看亲戚，恰好从楼上看到楼下有人在抢劫，于是他立即打110向罗湖区东晓派出所警方报警，但接线的工作人员却跟他说，此案按属地管理原则应该归属龙岗区警方处理。后来他又拨起了龙岗区布吉派出所的电话，可布吉派出所又说不属于他们管，并指点他去罗湖区某派出所，结果又被打发回最初的东晓派出所。

"一来二去，一个半小时过去了，抢钱的贼早跑了，而我在楼上，就无奈地打了一圈电话。"

"二线插花地"这种由于管理权属的模糊和真空，不但给当地的百姓带来了极大的生活居住困扰，也严重地阻碍了深圳城市的一体化进程，使之成为深圳经济特区一个例外的存在，一个被光彩和荣耀遗忘的角落。

这一道划在特区分界线上的"城市疤痕"，以及衍生于此的种种传说与故事，渐渐地，也引起了专家、学者和政府官员的重视与忧思。

关于"深圳经济特区管理线"有没有必要继续存在，即"二线"的存废问题，在进入20世纪90年代以后，更是成为深圳内外广泛讨论的焦点话题，包括原深圳市委书记厉有为在内的多位官员学者，也纷纷加入了论战，论战甚至多次蔓延到全国"两会"等议政场所。

毋庸讳饰，"二线"在建立之初，对十经济特区的发展起到了一定的历史作用，确保了深圳经济特区早期的改革开放实验，在一个稳定、可控的范围内顺利试行，但随着时间的推移和城市的高速发展，它的弊端和高昂的维护成本也渐渐显露出来了。

"二线"的存在对深圳人来说，不仅是物理空间上的阻隔，更是心理上的深刻隔阂。原中国城市规划设计研究院深圳分院副院长朱荣远在多年前讨论"二线"该不该撤时，就曾在《深圳晚报》上发表过类似的观点。他认为在人们的心里，关内、关外表现的是两种不同的价值标准，"关内""关外"也成了对人们身份的一种特殊的识别方式。为此，他强烈倡议废除"二线"，推进深圳的城市一体化。在他看来推行城市一体化，不但有利于突破这道空间和心理关口，而且对于构建具有国际竞争力的深港城市群意义重大。

但由于各种各样的因素，这些讨论在相当长一段时间内，还始终只是停留在口头阶段，作为深圳一道独特的风景，"二线"依然沿着高低错落的山脉逶迤伸展，在时光的风雨中傲然挺立。

世纪之交的那几年，深圳对市区的"插花地"进行了调查摸底，经过认真调查核实，发现深圳"二线"沿线共有"插花地"22处，分别是罗湖区与龙岗区交界的沙湾大望厦村、布心山庄等17处，福田区与宝安区交界的梅林关口西南侧、中康北路二线南侧2处，南山区与宝安区交界的留仙洞村和西丽白芒牛城村、西丽白芒村2处，盐田区与龙岗区交界的三洲田水库的背仔角1处。而这22处"插花地"中，规模最大的无疑就是交给罗湖区主导改造的这一块了，它包括木棉岭、玉龙和布心三个片区，面积约62万平方米。

"二线插花地"或许只是历史的"潦草之处"，但对于许多人来说，这样的存在，却成就了他们描摹生命图案中别具意味的起笔。

在为时一年多的采访中，我和我的助手曾对民政部门认定的这22处"插花地"进行了不同程度的踏访，见证了这些"插花地"的沧桑变化，也感受着坚韧生活其上的万千以生命之名演绎的种种故事。

我相信，这样的踏访，是一种向深圳深处的走进，更是一种对于深圳一段历史的别样观察，颇有一种历史沧桑感。

走完这22处"插花地"以后，我发现一个特别有意思的现象，那就是罗湖龙岗交界处的这一块"插花地"，在人口规模和建筑密度上，几乎没有任何一块"插花地"可以与之比肩。更为重要的是，我认为对于这个现象的深度挖掘，肯定会发现一些长久以来被遮盖的某种东西，而这些东西对于我们理解中国的城市、理解深圳的成长，是具有非同一般意义的。

对于一个思考者而言，我更感兴趣的是这块占地面积 62 万多平方米，建成的各类楼宇 1300 多栋，建筑面积达 130 多万平方米，居住人口为 93000 多人，相当于内地一个县城规模的"插花地"，是如何从一片蛮荒之中，生成如此这般密集的聚居区的？

从后来采访了解到的情况来看，至少在深圳建立经济特区之前，这里是一片非人居的荒野。在这座被笼统称之为"蚊帐山"的山脚下，此前村民对它的记忆绝大部分是与捡拾柴火有关。我在采访一些上了年纪的本土老人中得知，这里连果树都极少，基本上都是一些荆棘、苇草和杂树。"没水没电没路，山路崎岖，蚊虫也多，一般人是不会在这里建房的。"

没有任何理由可以怀疑当地居民的说法，这里过往的历史与现实，简单而且清晰，简单得仿佛时光已经静止，清晰得恍若一张白纸。

那么在建立经济特区之后呢？人们是从什么时候开始顶着种种不确定的危险，铤而走险地迁入此地，并在短短十几年时间里，演绎成如此这般的繁闹呢？

从事后的采访来看，最快也不早于 20 世纪 80 年代末，才开始陆续有人迁居此地，当时的人们为什么愿意迁居到这块并不适宜人居住的地方呢？

这里面大概有两个原因，一是有市场需求，离此不远处的罗湖区内的水贝、田贝等地，开始有人开设"三来一补"的工厂，基于就近便利的原则，收入微薄的外来工，需要一块落脚地居住，而这里处于管理盲区的特性，恰恰给需求者提供了某种可能；其二，也正是看到这种市场需求，某些铤而走险者勾结当地的权势者，违法违规开发一些廉价住房，专供都市的低收入人群居住，牟取非法利润。

那时在这样管理权属处于模糊地带的地方，构建简易住房并不是一件特别困难的事情，除了向土地的名义所有者、当地不明所以的权势者缴纳数额不等的"管理费"外，成本低，且不需要太多的手续，一切都在"睁一只眼闭一只眼"的默许下，在这片似乎已成"法外之地"的地方肆意蔓延。

我在了解梳理这一段历史的时候，甚至还在报纸资料中，发现了这样一则看起来毫不起眼的报道：在90年代中期，布吉街道（当时叫布吉镇，属"二线"外的龙岗区）有三名负责土地规划的基层干部，因为给"二线插花地"的私建者越权批发建筑许可证并有受贿情节，而受到司法部门的严厉惩处。

报道篇幅很小，豆腐块大的这一丁点文字，却给我开拓了想象空间，虽然具体情节已经隐没在时光的长河里了，但历史留存下来的吉光片羽，还是让我们对于擅建者的建设情节，有了基本的想象脉络。

最早或许只是那些承担不起员工昂贵房租的工厂主，还有附近深圳最大的农产品批发市场——布吉批发市场的个体老板，看上了这里距离工作地点比较近，在向这里的实际控制者，或者名义控制者或明或暗地支付一定数额的"管理费"和所谓的"喝茶钱"之后，便开始在这里自主建设供自己或员工们居住的楼房。再后来，市场敏感者便以交付"管理费"的名义，开始在这里成规模地开发违法建筑了，从建筑数量来讲，这一段时间应该是违法建筑爆发性增长的阶段。

类似这样的都市情节，我其实并不陌生，反而是对像"二线插花地"这种房屋质量、结构、功能并不适合居住，而且与城市形象、城市功能明显脱节的非正式居住区的形成充满了好奇和研究的兴趣。

三

对于城市，我们是不是存在着太多似是而非的观感与认知呢？

在大多数人看来，流光溢彩线条优雅的城市空间，自然是一个钢筋水泥筑就的天堂，那里是理性精神和人文温度的完美结合。事实上，正是这种影响广泛、深入人心的都市迷思，支撑着人类历史上最大规模的人类迁徙活动，前仆后继，不绝于途。

事情真的是这样么？或者换个说法，这就是城市发展的全部么？

国际劳工组织在2006年推出一份研究报告，显然碾碎了我们这种似是而非的迷思，残酷的现实以一种突兀锋利的方式公之于众。

国际劳工组织公之于众的这份研究报告里显示，第三世界里的正式且被权威许可的房地产市场，仅仅供应了超过20%左右的城市新房储备。那剩下的80%居住空间，又是通过何种方式予以提供的呢？正如这份调查报告显示的那样，成千上万怀抱"城市梦"的城市居留者，在被近乎天文数字的房价驱赶出正规房产市场以后，不得不转而求助于自建简易房、非正式出租房，私占土地或人行道。

联合国有关机构在回应此份报告时，也不得不承认："过去三四十年来，非法或非正式的土地市场，已经为南半球大多数城市的大多数新建房储备，提供了地皮。"

联合国甚至为这"80%"的城市居留者起了一个名字：城市的擅自定居者。

类似的报告与声明在往后的几年里，一次一次被提交到社会公众面前，它以一系列翔实却不无冰冷感觉的数字，反复告诉我们这样的一个事实：即使在这个号称史上最为繁荣与富庶的21世纪，就世界范围内而言，绝大部分居留者的居住空间，依然很难与2000年前的人类划出本质的区别。

即使进入了绮丽绚烂的现代，城市也并不能如早期都市学家想象的那样。对于很多人来说，他所居住的城市，并不是由玻璃和钢筋构成的，在很多时候，那个属于他的城市，更多地由粗糙的砖头、稻草、回收塑料、水泥块和废旧木头所构成的。

毫无疑问，乐观主义者所鼓吹的，那种关于现代城市高歌行进的历史，并没有为时光所全部证实。

即使不是全部，肯定也有不少城市，如这份研究报告最后篇章所归纳的那样：我们不得不痛苦地认知到，21世纪的大多数城市蜷伏在泥泞之中，被污染、粪便和腐烂所包围。

美国知名的城市规划专家普里西拉·康纳利，通过大量的田野调查也得出了类似的结论。"60%的城市增长是人（特别是女人）的增长。他们勇敢地把自己的居住区，兴建在无任何公共服务的外围土地上，而他们赖以为生的非正式工作，在总就业率中占了相当大的比例。"

同样的趋势，在亚洲也是俯拾皆是。20世纪80年代末的一项研究表明，90%以上的南亚城市住房增长发生在贫民窟。卡拉奇不规则延伸的棚户区内擅自定居者人口，每10年翻一番。印度贫民窟继续以比总人口快250%的比率增长。孟买每年大约面临4.5万套住房的短缺，这个数字最后都转化成了贫民窟的住房增长。每年移民到德里的50万人中，估计有40万人定居在贫民窟中。到2015年，印度首都有超过1000万的贫民窟人口。

瑞典规划专家高塔姆·查特吉对此发出警告说："如果这样一种趋势持续不衰的话，我们将会只有贫民窟而不再有城市。"

当然，受制于当地的经济发展水平，非洲方面的情形则更呈现出极端的面目。非洲贫民窟以两倍于欧洲大陆城市的速度增长。实际上，令人难以置信的是，1989至1999年十年间，80%的肯尼亚人口增长，被吸纳于内罗毕和蒙巴萨恶臭熏天的、拥挤不堪的贫民窟里。与此同时，任何缓解非洲城市贫困的现实希望，都从官方视野中消散了。

2004年10月国际货币基金组织和世界银行年度联合会议上，英国财政大臣戈登·布朗及托尼·布莱尔发现，最初计划在2015年达成的联合国非洲千禧年发展目标，将不可能在近几代人中实现："一直到2130年，撒哈拉以南非洲才会获得普通的初级教育；2150年，贫困率将降低50%；而可避免的婴儿死亡要到2165年才能完全消除。"

到2015年，非洲将有3.32亿贫民窟居民，这一数字将以每15年翻一番的速度持续增长。

如果说这些多少有些刻板的数字，无法为你提供更为直观的感受，那么根据印度作家维卡斯·史瓦卢普小说《Q&A》改编而成、由英国知名导演丹·博伊尔导演的电影《贫民窟的百万富翁》显然会给你带来更为感性的认知，获得第81届奥斯卡最佳影片奖的光环让它进入了中国的千家万户。

肮脏、逼仄、杂乱和危机四伏的贫民窟里，人如蝼蚁，在充满血、眼泪和恐惧的人生轨迹上，每一个人都如出没在风波里的一艘小船，任何一个突如其来的意外，就有可能让一个身影永远地消失在生命曲线的尽头——甚至一声音响也无法发出。

事实上，无数的事例只是证明了这样的一种观点：当代城市存在着行走在主流叙述之外的另一种存在，残酷而普遍的存在。

德国住宅专家艾哈迈德·索利曼，在讨论开罗特有的城市居住空间时，对外来游民进入城市后的四种基本住房策略，进行了极具洞察力的分析：

第一种，如果进入中心就业市场的机会是最重要的，家庭可以考虑租一套公寓；廉价出租公寓提供了职位的中心性和安全性。当然，拥有此种能力的，大多是年轻的高技能人士，虽然现时他们的存在是边缘性的，但经过努力，不少幸运者终将以一个成功者的姿态，进入城市的主流阶层。

第二种，选择是处于中心但非正式的避难所，一种被索利曼描绘为"一个非常小的房间或有屋顶的处所，环境糟，租金便宜，或完全不要租金，有很好的工作机会，但职位安全性无法保证；这样一种非法居民最终将被迫搬到强占土地者营地及半正式住房中。"选择此种居住方式的，多为从事繁重体力工作的寻梦者，他们当中只有极少数有幸在城市里，实现他们自己的梦想。

第三种，也是最廉价的住房解决方案，是擅自占用公有土地，常常是开罗荒芜的郊区，并几乎总是处于污染的下风口；或政府忽略了的公共土地。"例如，埃尔德克拉区40%的合法或非法擅自定居区，已经有40年的定居历史，没有来自当地官方的公共行动或干预。"这种情况不但在开罗，在巴西、印度和东南亚的大多数国家都广泛存在，它们的存在为世界各地的报纸和电视，贡献了层出不穷的火灾、疫病和各种匪夷所思的人伦悲剧。

第四种解决方案，最终为大多数开罗贫民所选择，是在有合法所有权但没有官方建筑许可证的广大半正规开发区，或在农民村庄购买的土地上购买一块宅基地。尽管远离就业机会，但这样一块地方是安全的，在经过相当多的社区动员和政治谈判之后，通常会由政府提供基本的市政服务。这样的人居解决方案，在深圳以及广大的中国城市里，也非常容易找到它恰当的样本，在所谓的"城中村"里，名目繁多的各类僭建，甚至将其所在城市的整体高度，拔高了一到两米，改写了城市的天际线景观———一如深圳。

当然，我无意将"二线插花地"等同于国外的贫民窟与形形色色的擅自定居地，因为我深知这两者的本质区别和它们的不同未来。我想表达的只是，作为人类历史上最大规模的城市化进程，深圳乃至中国，是不是也存在着类似的城市非主流人居住区。

城市化，作为人类历史最伟大的发明之一，它的出现不但深化了人类对于自身以及未来生活的理解，而且在整合各类资源优化资源效益方面，它也发挥着越来越重要的作用。但由于人类对于城市角色定位的认知欠缺，以及各种相关的支撑配套系统不足，最终便导致了像此类非主流人居住区的出现。

毫无疑问，这是一笔所谓的"历史欠账"，也是一道刻在历史书页上的"城市疤痕"。

就中国的近代城市发展来说，比如上海、天津、广州等在近代以后迅速崛起的城市，它在不断迈向美好的过程中，其实也都曾出现过"由粗糙的砖头、稻草、回收塑料、水泥块和废旧木头所构成"的贫民窟等非主流人居住区。

上海的"三湾一弄"——潭子湾、潘家湾、朱家湾和药水弄，北京的"龙须沟"，沈阳的铁西区等等，通过各种各样的文艺形式，已经深刻地存留在民众的记忆当中。

事实上，绵延至今的中国城市化进程中，类似于"二线插花地"这样的非主流人居住区，可谓比比皆是，虽然对它的称呼多有变化，但近年来，一个广被接受的名词，渐渐地进入了我们城市的主流叙事——

棚户区。

何谓棚户区,按照相关定义,它指的是简易房屋和棚厦房屋的集中区。也即是城市中结构简陋,抗灾性差即抗震、防火、防洪性差,居住拥挤,功能差、居住环境差、无道路、无绿化、无公共活动场地、采光通风差的房屋集中的地方。

例如,900个人合用一个厕所,这是一个什么样的体验?这样的情景就存在于中国的棚改区——内蒙古自治区包头市东河区北梁棚户区内。特别是在那些虚饰浮薄的"两厨两卫"地产广告的影响下,上述的那种体验,对于很多都市人来说,更是一种近乎天方夜谭的想象。

但,这是一种存留在中国,存留在21世纪的现实。

为了深入了解中国城市非主流人居住区的现状,2017年5月,我们专程来到了内蒙古自治区包头市东河区北梁棚户区,这是李克强总理亲自挂点的一个棚改区。在这一块被包头人称之为"城市伤疤"的土地上,我们见证了中国一个典型的棚户区样本,当然也见证了在中央政府的大力支持下,包头北梁人挺身而起齐心协力奔赴美好的努力。

我们到达北梁的时候,当地的棚改工程已经如火如荼地展开了,关于这个棚改区的昔日景象,我们更多地只能在棚改指挥部的历史文档和旧时照片中去依稀寻找了。

好在,那个900人合用的厕所照片还在,这是一个用木板搭建起来的蹲式厕所,顶上由木板和塑料混搭而成的顶棚覆盖。据相关人员介绍,这里的粪便实行每天一次的人工转运。由于厕所已经拆除了,照片又是黑白的,传说中的脏乱恶臭已经无从寻觅了。

但即使这样,这个不到二十平方米的蹲式厕所,依然令我们对于包头北梁棚户区昔日的情景,有了一个更为便捷的想象线索。而指挥部里的旧时照片,带给我们的则是一个更为直观形象的观感。

无序的搭建、蛇行的巷道，由砖木和形形色色的塑料、帆布以及废旧海报混搭而成的房屋，太阳一晒就开始淌油的墙壁，三五个人进入屋里，就完全无法转身的逼仄空间……

所有这一切，明白无误地告诉我们，这里曾经发生过的底层生活，和那种面对梦想恍如大地般的生命的坚韧。

据说，北梁是蒙古民族从游牧走向定居的最早发生地，同时也是"走西口"历史的文化地标，岁月荏苒，曾经的荣光已慢慢凋谢剥落，这一片金戈铁马掠过，离情别泪洒过的土地，早已没有了它昔日的风采。

占地13平方公里，有着11个行政村，12万多居民的北梁棚户区，已经蜕变成不折不扣的"包头市的城市伤疤"。90%以上的房屋都是土木结构的危旧房，市政基础设施极度匮乏，脏、乱、差、危、坏，成为包头市低收入人群和社会底层人员的集中聚居区。

值得庆幸的是，在李克强总理的直接推动下，在中央各部委和各大银行机构的支持下，这里的棚户区改造工作已经全面启动，进展顺利。

一页翻过。

类似这样的非主流人居住区到底有多少呢？这恐怕是一个任何机构也无法准确给出的数据，统计难度倒在其次，主要是事关城市形象，个别城市管理者还是过不了自己心里头的那道坎。但我们从相关的报告中还是多少可以借斑窥豹，事实上，就如中国的其他许多事情一样，我们可以从另一个侧面逆推事实的风貌。

据有关权威部门的统计，2008年到2016年的8年间，在党中央和国务院的大力推动下，全国完成的棚户区改造，已累计使得8000多万住房困难的群众"出棚进楼"，这是什么样的一个概念呢？

如此规模的受益人口，相当于一个欧洲大国的人口！至2017年年底，法国总人口6757万，英国总人口6657万，欧盟国家中人口最多的德国总人口8267万。

而2017年年初全国"两会"召开期间，一直不遗余力推进中国棚改工作的国务院总理李克强，在他所做的《政府工作报告》中更是明确提出，当年棚户区住房改造的目标是600万套，这意味着又有近2000万人，受益于中国政府的此项惠民政策。

随后的5月，李克强总理主持召开的国务院常务会议，又对他心心念念的棚改工作提出明确的"三年计划"，确定了2018年到2020年棚改三年"攻坚计划"，明确三年内将继续改造各类棚户区1500万套。初步匡算下来，这又将惠及5000万的中国老百姓。

也就是说，在短短的十二年时间里，将有1.3亿棚户区的城市居民，实现"出棚进楼"，从"忧居"到"乐居"。毫无疑问，这是一项举世瞩目的辉煌成就，获得了包括联合国人居组织、世界银行在内的世界范围内各界人士的赞誉。

这是一个了不起的数字，与此同时，它也是一个令人沉重的数字。也就是说，至少有20%的城市居住者，居住在低于当地平均品质的非主流人居住区里，居住在卫生条件、治安安全、交通保障等完全得不到有效供给条件的居住空间里。

在棚户区改造的相关新闻报道中，我们经常可以看到对棚户区的定义："城市疤痕"和"历史欠账"，当然这是一个对于类似于棚户区这样的居住区的恰当描述。但关于这个问题，设若将它放在人类历史发展的坐标系中来进行思考，肯定会有另一番面目。

美国著名社会学家梅拉妮·米歇尔在评述此类问题时，提出了一个极具见地的理论框架，即认知城市空间的问题，必须进行提高我们审视问题的思考维度。

她说，只盯着空间没有多大意义，反而超脱空间形式，升维对潜藏在它背后的社会经济文化活动进行观察，再降维落到空间上是非常必要的。

城市空间，从来都是一系列社会问题的背景，这是我这些年的认知，也是我决定接受邀请来写罗湖"二线插花地"改造的原因。因为我始终认为，城市化是中国现代化进程中最为重要的场景之一，而城市空间的变迁改造，关系着恰恰是这个社会内在的深层原因，即人关于命运的理解与关于未来的选择。

人，无论何时何地，都是城市发展的内驱动力和最为坚韧的支撑力。

四

现在我们要从宏观探讨的空间，回到地面上来，看一看深圳的"二线插花地"到底是一个什么样的现实存在？

从安徽迁居深圳，二十六年了，这样的时间长度不算短，足够让一个人对于他所生活的城市拥有一切必要的了解。此外，又因为自己一直在深圳从事传媒工作和文学创作，自认为对于深圳大大小小的角落还是比较熟悉的，工作上的需要是一个方面，更因为无论作为一个记者，还是作为一个作家，了解社会，了解人，都是自己的职业要求。因此，我经常到社会的各个层面去走走，感受一下人间烟火，润泽一下个体心灵，寻找创作灵感和细节，所以仅就深圳境内而言，我从没去过的地方很少。

但，"二线插花地"却是一个例外，此前在我还没有接手写作此书时，我真的还没有走访过这样的一个现实存在。地处偏僻肯定是一个主要原因，但也有一些影影绰绰的传说，让我对此地心存回避。记得很久以前，我因为要写一个案件，涉及的一个采访对象就住在木棉岭的一个小区里。那天是个傍晚，我从报社吃完饭出来招了一个出租车，司机问我去哪儿，我说了这个地名，没想到司机突然说，对不起，这个地方我去不了。说着一个劲地道歉，请我下车。当时，我还真有点火，说我要投诉他拒载。他说，你就是投诉我，我也去不了。接着，我又拦了一辆出租车，没想到，这位司机听说我去的地方，也找了个理由拒绝了我，说不认路。我说，你是出租车司机怎么会不认路，他说，那儿在山边太偏僻。他这么一说我也犹豫了，站在路边正纳闷，一位报社跑公安线的记者走过来，问了缘由后他告诉我，那儿是"二线插花地"，很乱，治安不太好，劝我晚上就别去了。我想，司机们拒绝我是否也是这个原因呢？这件事在我印象中很深刻。后来，我要找的这个采访对象第二天来了报社，"二线插花地"也就一直没有去了。

但无论如何，这不能不说是个遗憾。当然，没有实地走访，并不意味着我对它一无所知，后来我担任了《深圳晚报》的总编辑，这里发生的许多新闻，都曾无数次地出现在我所审视过的稿件中。

现在想起来，印象最深的恐怕还要算2004年的台风季节，深圳的长排村一段20米高防护墙的倒塌，造成一对母子被埋的新闻事件，当时可以说轰动一时。

罗湖、龙岗两区交界的这处"二线插花地"，所存在的巨大地质灾害隐患，以及一条已经探明的地处横岗—罗湖地震断裂带的现实，也正是借此事件全面进入社会公众的视域，并从此成为了这座城市经久不衰的公共安全话题。

印象深刻的还有来自报社摄影记者拍下的那张新闻照片：

事故发生于一次台风到来之后，祸从天降的那一刹那，电光石火之间，山的边坡上防护墙倒塌，碎石击穿山边的房屋，分散在两个房间里的一对母子，最后的生命姿态却是——将手伸向对方。这是一张从旁边山坡上，透过已被防护墙碎石洞穿的屋顶拍摄的照片。画面上，石块和泥渣已将母子俩的大部分躯体覆压了，裸露在画面中的只是一小段伸向彼此的手臂，隔着兀立在断垣上那个残存的门框，他们的手几乎快可以握上了，相互距离不到一米，却最终还是没有握上——永远的握不上了。

基于新闻职业伦理，犹豫再三，最终我还是没有同意编发这张照片，但是图片中传达出来的悲剧冲击力，却深深地震撼了我，给我留下了长久的印象，以至于我在往后很长的一段时间里，一看到"二线插花地"几个字眼，脑海里第一个跃现出的，已经不是出租车司机的拒载，而是这张照片，以及它所带来的情绪记忆。

也正是由于有了这次处理新闻照片的经历，"二线插花地"开始从一种纯粹的认知概念，变成了具体而且鲜活的体验。

从记者的报道中，我第一次了解到长排村竟然是一个分属于罗湖、龙岗两个行政区管理的自建小区。长排村又分长排新村、长排老村，老村的一部分属罗湖区的东晓街道办事处管理，另一部分和整个长排新村则属龙岗区布吉街道办事处管理，这是一个带有典型的"二线插花地"特征的地带，违法乱搭建由来已久。

照片中，那些依岩傍山高低错落辗转曲折，没有经过规划批准而建起来的楼房，着实也令我倒吸了一口凉气。"一次台风就引发这么大的地质灾害，还死了好几个人，若不好好整治，早晚还得再出事！"

后来的几年中，由于政府部门的强力介入，采取了一些有效措施，类似的重大地质滑坡灾害没有再次发生，但根本问题并没有得到解决。所以关于这片土地上的各种负面新闻报道，依然不绝如缕，或治安案件，或违法搭建，或物业纠纷，不一而足。发生的事情倒不是特别大，但这些信息碎片一层一层地累积起来，关于"二线插花地"的认知，也就渐次建构起来了。

"都市里的非都市存在"——这是我个人关于这一片土地的最初认知。

但这种认知，此前一直是通过见报或没见报的新闻报道这种媒介来达成的。对于这片行走在传闻与惊耸中的土地，却始终缘悭一面。直到2017年农历的除夕，当时已经开始在着手准备写作此书了。

那天吃过午饭后，妻子与女儿仍在厨房里忙着准备年夜饭，正在书房里看"二线插花地"资料的我，突然想到应该再到实地去看一看。今天是个特别的日子，明年的今天随着改造工程的全面展开，"二线插花地"肯定就不存在了。于是，我起身出了门。

同时，我自己也坚信这样的时刻，或许真能看出一点平时未必看出来的东西。除夕，毕竟是一个特别的日子。

出了门，叫了一辆的士，司机没有犹豫就载着我，朝着那片"插花地"开去了。

虽仍然叫"二线插花地"，但"二线"早已没了，"插花地"也没见到什么花。

入口真的不好找，绕了好几圈，才巡沿曲折的山道走到了小区的入口处，找到了傍山铺开的这片土地。我知道"二线插花地"改造工作已经全面铺开了，有相当多的当事人已经签约搬离了，还有一些虽暂未搬离，但也如万千深圳人一样，在这个除夕的日子里，早已迫不及待地踏上了返乡探亲的路途，曾经的喧闹与繁华，随着人迹的稀疏远去，已经消减了很多。

由于即将就要进行改造了，"插花地"内大量的居民已经开始搬迁，区内到处是废弃的桌椅和破沙发，以及垂吊而下的各类招牌广告，各种废弃的布条纸张，在深圳初冬凉风的吹袭下，随风扬起后又随地落下。这自然是一片棚户区的景象，与远处深圳林立的高楼有点格格不入。

还没有搬迁也未回乡探亲的部分人家，也早早地在自家门口摆出香案、祭品，以及种种叫得出叫不出名字的民俗供品，几伙小孩兴奋地在逼仄的小巷里冲来闯去，将多少已有些落寞的巷道，催生出一份难得的热烈与生动。

希望，与祝福，即使在辞别来临之际，也依然表达得如此真切浓烈。

缭绕的香火中，那一张张掩映在烟雾中的脸庞，时近时远，却不改往昔的那种熟悉与亲切。是的，必须承认，那些蛰伏已久的幼时记忆，散发甜美的光泽，在这里，在此时，从此间渐次飘出。

倏尔之间，竟有点情难自已起来了。这毕竟是人间烟火，你无论在哪里居住，高尚的小区，或低档的棚户区，你都是人，都有着人的亲情和人的寄托，尤其在除夕这个容易引人思乡的日子。无论在什么样的居住区里，只要有人的居住，就会有人文特色的文化表现。比如，现在面前祭奠先人的香案，比如，尽管就要搬迁了，残旧的门楣上，仍然贴着大红的祝福春联。

　　因为政府所主导的"棚户区改造工程"的全面展开，签约搬迁的"空楼行动"已经开始实施了，也还有几栋楼房底层有几间房门是开着的，往里头看了看，由于楼与楼之间的距离太近，房间采光不好，又没有开灯的缘故，里面一片暗淡，若不是定睛细看，几乎辨识不出里面的空间格局。

　　道路上随处可见的裂缝，逶迤弯曲不知所终，在被油烟与岁月熏黑的墙壁上，不时出现的拇指般宽裂隙，更是给人一种随时就可能分崩离析的骇人感觉。

　　下午的阳光洒照在触手可及的楼群间，穿越杂乱的电线杂绳投影在地，将几乎每一条巷道都切割成龟裂的碎片，涂抹着厚厚油渍的沟坎，更是无声地诉说着过往的曾经与故旧。

　　作为它们共同背景的蚊帐山，山顶上，荆莽丛丛，在微风的吹袭下，蓬蓬抖动。千古如此，静默，却又执拗，居高临下俯瞰山下众生，熙攘往来，日月穿梭。

　　必须承认，这样的穿行，是一次悲喜交加的穿行，是一种五味杂陈的漫步。

　　山道上，坡梯间，百转千回的巷陌里，我穿行在写满人生故事的楼群中，慢慢地走，细细地看，两个半小时的徜徉给了我太多的感触与思考：

　　疼彻心扉地理解了——改造的必要。

　　形象深刻地明白了——都市里的另一种存在，与另一种坚韧的人生。

　　江畔何人初见月，江月何年初照人？解决这样一个多少有点哲学意味的疑问，一次突如其来的造访，显然是难以完全弄清楚的，但这样的造访"二线插花地"，对于许多人来说，这是一个完全陌生的名词。

天渐渐地暗下来了，除夕夜越来越临近，从罗湖、龙岗交界这片"二线插花地"狭窄的巷道里，独立往山下走的时候，我就在思考一个问题：为了公共安全和适宜人居，这里即将发生的改变是理所当然的。对于政府方面来说，是一项泽及千秋的德政，但从另一方面讲，我们也需要认同这些都市里的"边缘地带"对于城市发展的深刻意义。

五

2014年，读书界有一本引发了强烈反响的译书，名字叫《落脚城市》，是记者出身的加拿大人道格·桑德斯写的，此书还有一个副标题：最后的人类大迁徙与我们的未来。

道格·桑德斯是加拿大《环球邮报》驻欧洲记者站站长，分别于1998、1999、2000、2006年四次获得代表加拿大新闻界最高荣誉的"国家新闻奖"，并被评选为2006年度加拿大最佳专栏作家。《落脚城市》一书的写作，是源于他对美国规划学家《美国大城市的死与生》的作者雅各布斯的一次采访。受此影响，他走访了全球五大洲二十多个国家与地区，对从乡村到城市的迁移潮和发展中国家的城市化等现象进行深度调查，最终于2011年在美国、英国、加拿大、德国、荷兰、西班牙等十几个国家和地区出版了《落脚城市》一书。

2012年《落脚城市》由上海译文出版社引进国内出版。该书作者道格·桑德斯也受邀访问了北京、上海和杭州三地，与中国的学者和媒体进行了交流，共同探讨了中国在城市化进程中遇到的问题，探寻可以借鉴的他国经验。

《落脚城市》一书的内容，主要是通过对世界范围内类似于棚户区、贫民窟之类的城市"边缘"地带的考察和研究，阐述了作者关于现代城市"边缘地带"的独特观点。在他看来，"城市边缘"是城市存续的关键元素，是一座城市生生不息的动力源，没有它的存在，城市作为这个时代最为庞大的"迷幻故事"，根本是无法书写的。

这些围绕在城市中心的边缘社区，不但以最大限度的宽容与自由度，容纳了涵育城市活力的多元文化，为来自五湖四海的城市寻梦者提供了和谐共处的最初落脚空间，将面目各异的人生故事渐次有序地编织进城市恢宏的"梦幻的故事"里，这些被主流叙述所否定的边缘地带，事实上几乎是所有城市"再崛起再发展的策源地"。

必须承认，这是迄今为止我所看到的，对非主流人居住区所作的最有力的辩解。众所周知，此前在汗牛充栋的相关文本中，类似"插花地""棚户区""贫民窟"这样的"城市边缘"的意义与价值，其实并没有得到精当准确的阐释与注解。

只是像《落脚城市》这样的事实与理据俱佳的论证来得太迟了。

边缘的，终将以某种方式来到中心，这是我读完此书后最大的感受。

无论是作为深圳边缘地带的一个片区，还是作为生活在城市边缘地带里每一个怀抱城市梦的人，它们迈向中心的努力，事实上从未停步。

具体到"二线插花地"而言，这片土地其实也有几个关键时刻：比如1980年深圳经济特区的建立，"二线插花地"后来发生的一切，都来源于经济特区的建立，和一个现代都市的起步对人们的吸引；比如1986年某一个已经不可考据的清晨或者午后，一班建设工人在这里开始架设"二线"铁丝网（即正式称谓为"特区管理线"），它与其他地方的区分开始划分，独特的生命形态由此渐渐显露；再比如2003年的10月8日，罗湖区政府全面接管这片"二线插花地"……

这是一个很重要的日子，它是改变这块土地面貌的开始，原先的"两不管地区"终于明确了行政管辖权。

由于时间久远，"二线插花地"管辖权的厘定仪式，到底是一种什么样的场景，已经无从考证，但我想它不会是一个有着太多戏剧情节的场面。

在我的想象里，这样的历史时刻也不外乎是来了几位领导，一通讲话后，挂上一两个管理部门的牌匾就是了。

后来，在2003年10月9日的《深圳特区报》二版上，我果真找到了关于这个历史时刻的报道，标题就叫做《罗湖全权接管二线关"插花地"》。

通过报道中的那些文字，我们只能约略知道，从2003年10月起，位于罗湖、龙岗交界处的这块方圆15.11平方公里的"二线插花地"，从此结束了"无娘家"的时代，罗湖区全权负责这块"二线插花地"的行政管理工作，成为了他们的"新管家"。

此外，经过省市有关部门的审核，为具体负责这块深圳市内面积最大的"插花地"，有关部门还决定成立了东晓和清水河两个新设的街道办事处，他们将与原先就存在的东湖街道办事处一起，承担起二线关"插花地"的管辖工作。

据报道，罗湖区和龙岗区的主要领导，当天都出席了此次正式的交接仪式。我特别留意到报道中还使用了"正式宣告'插花地'两不管时代的终结"这样的评语。

文字是记录历史的，没有文字，我们对于过去的那些动人时刻，根本无从了解。但文字又是刻板与干枯的，历史丰富鲜活的人性细节，却是很少能够凭借文字存留下来。

好在当时经历此事的，还有不少人依旧生活在这里，他们的讲述或许有助于我们更好地理解这里发生的一切，复活了沉淀在时光河床上的昔日细节。

我找到了一位采访对象，她在这儿已经居住了二十多年，名叫罗香梅，一开口我就听出了她的客家人口音，果然，她告诉我，她来自广东河源市的东源县，那里主要是客家人居住地区。

客家人，是古代从中原地区向南方迁徙的汉族移民。客家人到广东的源流始于秦始皇征岭南融百越时期，历经魏、晋、南北朝、唐、宋等朝代发展，至南宋时已形成相对稳定的族群，在广东是三大主要族群（广府、潮汕、客家）之一，广东的梅州、河源、惠州等地，最早定居的就是糅合了原百越诸族的客家先民。罗香梅的老家东源县，原属河源市的郊区，1993年才设立东源县，仍隶属河源。客家话，本是中原雅言，只是到了南方后吸收了一些土著语言，但其主体仍是中古雅韵。所以，客家话相对于广东本地的粤语、潮汕话，与北方语言要近一些。因此，对于北方人来说，听起来相对好懂一些。

客家人从中原迁徙而来，并不是到了梅州、河源等地就止步了，而是继续往南，如今深圳的龙岗、龙华、坪山、盐田、大鹏、石岩、西丽、梅林和罗湖区广九铁路以东地区，都有客家人的居住区。

客家人吃苦耐劳，个性内敛，族群团结，生存的韧性强。他们怀揣着梦想，脚踏着实地，哪里有希望，就往哪里去。在南海边，他们又跨过大海，前往印度尼西亚、马来西亚、泰国、新加坡、越南、美国，甚至遥远南美洲的秘鲁、智利、阿根廷，以及毛里求斯等80余个国家和地区。如今客家人约有8000万。其中约600万人分布在香港、澳门、台湾地区，所以客家人自豪地说，"凡有海水的地方，就有华人，有华人的地方就有客家人"。

罗香梅就是这样的客家人。改革开放伊始，身处粤北山区经济落后的客家人，拖家带口，来到深圳。他们从最底层干起，什么活都做，什么苦都能吃，蚂蚁搬家似的一点一点地积累着财富，一步一步地朝着美好生活移动。

罗香梅说，20世纪80年代末期她们就来到深圳了，开个小店做点小买卖。最初的时候，她和老公孩子是住在罗湖东湖公园附近的。"租的房子，是深圳原村民的老祖屋，地方不大，又破又旧，下雨天有时还会漏雨。"但是她很满足。她说，"好在一家人能住在一起，虽然辛苦，辛苦之余也会有开心的时候，毕竟日子过得比老家好"。后来房东涨房租，"本来也没有想搬到这里来，只是房租涨得有点狠，老公的朋友介绍说，这里的房子便宜"。

20世纪80年代末至90年代初，"二线插花地"内的房价，由于没有合法的手续，也没有房产证，更不用缴税，所以一平方也就一千多块钱。而市里其他地方的房价，至少也要比这儿贵四五倍。所以罗香梅和老公商量了一下，觉得"反正每月的房租也要交一千多块钱，不如咬咬牙到这儿来买一套，后来东借西凑，凑够了四五万块钱，就到了这里买了一房一厅四十多平方米的一套房，总算是在深圳有了自己的房子"。

罗香梅接着说，"那时只是觉得房子便宜，也没多想房子有没有合法产权，我们是从农村来的，那时的农村人哪里想到什么产权不产权的问题，只是觉得有了一个自家的窝，一家人住下来了，就有了家了，再也不要今天往这儿搬，明天往那儿搬。心一直安定不下来，孩子们也跟着遭罪。我们最大的企盼就是安居乐业，没个窝，怎么安居？我们从河源来，山区来的，来了好多年，总算有了一个不用再搬家的窝了，终于可以心安理得地住下来了。再后来自己也在这里开了家小店，卖点饮料日用品什么的。"

"住下来后，对这儿最大的感受是什么呢？"我问。

罗香梅想了想，蹦出了一个让我感到有点意外的字——乱。这个乱字，是罗香梅多年居住在这儿最深刻的体会。她讲的时候，语言也有点乱，但清楚明白地表达了那个岁月最大的心理感受：

首先是，治安乱。

由于是"两不管地带"，中间又隔着一道"二线"铁线网，没有派出所，就没有常住警察，也就没有治安管理者。山上无老虎，猴子充大王，一些无业人员、社会混混、地痞流氓在这儿成群结伙，占山为王。那时进入特区是要边防通行证的，无业人员、社会混混很多是没有边防通行证的，因此无法进入特区。于是，这里的"二线"铁丝网就不时的被人剪破，成了无业人员进入特区的暗道。这儿也成了许多流氓地痞聚集的地方，而流氓地痞又分成了好多伙，经常无缘无故地结伙打架，划分势力范围。

罗香梅说："常常看到有人在这里打架，有一言不合单打独斗的，也有成群结队打群架的，几乎天天可以或远或近听到有人在打架的声音。有时晚上还不是一单两单，这边的声音刚刚消停，那里吆三喝五的又有人打起来了，甚至拿刀挥棒，无法无天。有些人到我店里买东西也不给钱，看他那一副凶神恶煞的样子，我也不太敢向他要。还有的士司机也在这里被打，有一次几个小流氓坐霸王车，司机朝他们要车费，他们仗着自己人多，就在我家店门口把那个司机打得满脸都是血。我老公看不下去想出来劝几句，被我拉住了。看那阵式，一言不合一定会过来打我老公。后来一些的士司机都不愿意载客到这儿来。更为夸张的是，我老公的一个也在这儿买了房的老乡，甚至还为自己专门买了'意外伤害保险'。"

罗香梅的介绍，让我明白了当年我来这儿，出租车司机为什么拒载。

再就是管网乱，没有市政配套。

这也是罗香梅感受比较深的地方，她说："地下管网、消防管道、排水设施等这些市政配套，对我们来说还是有点远。就我个人而言，感受最深的还是小区里没有路灯。主要道路上有路灯，但里面的小路，基本上都是没有路灯的，晚上回家，黑黢黢的，都要靠各个小门店的自用灯照明。没有灯，到了晚上到处都是黑黑的，除了回家外出都不方便，还有就是没有安全感。正是这个原因，虽然会多支出一点电费，我老公还是让我的店打烊了，也要把门口的灯打开，说是给晚归者留盏灯照照亮，这是行善的事嘛，我听后自然是乐意的。"

还有一个乱，就是小区内卫生脏、差、乱。

罗香梅用自己的逻辑，形容小区的卫生情况。她把人们习惯性讲的"脏乱差"，说成是"脏差乱"。她坦言自己是从农村来的，对于卫生状况本来也不是像城里人那样特别讲究。但到了这里住下来以后，屋前房后以及区内巷道内的卫生情况，还是让她也看不下去了。

她说，由于区内没有物业管理，没有环卫部门，人们也就没有养成卫生习惯，加上住的人也杂，随手乱倒剩饭剩菜垃圾不说，就是有人很不自觉，一些用过的妇女用品，也经常是随处乱丢。

罗香梅在这儿住了二十来年，她的介绍都是亲身经历，所以，说得通俗而形象。她所说的这些"乱"，足以让我们对当年的"两不管地带"的"二线插花地"是如何的一个存在，有一个清楚的具象。

2003年那次交接仪式，罗香梅因为要看店的原因，并没有到过现场。但自那次罗湖区接管后，区内点点滴滴的变化，她却是真真切切地感受到了。

很快，罗香梅就发现区内安设了写有"罗湖公安"的治安岗亭，"顶上安有一盏警灯，360度转，虽然照射的范围也有限，但远远看着，心里头还是安心了许多，终于有警察管了。"很快罗香梅又从报纸上看到，这一带新设了一个派出所——清水河派出所。有了派出所以后，警察经常出现了，保安也多了。山上有老虎了，猴子就跑远了，警察出现多了，小流氓就收敛多了，区内的治安明显好转了。

接着城管环卫部门也上山了，街道有人打扫了，垃圾有人收集了，卫生状况有了明显的改变。物业管理慢慢地也引进来了。有了物业管理，这儿的环境慢慢的好转了。

2006年前后，罗湖区工商部门也上山了，在"插花地"内开展了大规模的整顿行动。原来在"二线插花地"内的门店、饭馆、超市、发廊、服装店等，基本都是无照经营，经商环境十分混乱，产品质量得不到监督和管理，如今这种现状得到了很大改善。借着这股整治无证经营的东风，罗香梅也办下了自家的日用品店的营业执照，结束了自己无证经营的生涯。

罗香梅说："其实刚开小店的时候，不是没有想过去办执照，但是问来问去都不知道去哪里办，因为这儿是'两不管地区'。再后来，看到左邻右舍大家都不办，也就断了去办的念头了。能办，我当然去办，办了我的小店就是合法经营了，哪个开店的不想合法经营？"

2008年北京"奥运会"召开前夕，罗香梅还看到了山下入口处开设了一个儿童游乐场。"其实游乐玩具并不多，也就是在空地摆了几个旋转木马跷跷板什么的，虽然自家的小孩已经过了玩这些东西的年龄了，但看到小区其他小孩在那儿玩，欢笑声不断，心里还是挺热乎的。

终于，我们家住的地方，像是一个城市里的小区了。我们来深圳这么多年，终于生活得像个城里人了。"

一点一点的改善，一点一点的变化，对于已经将这里当成自己家的人来说，"插花地"内的变化，也一样在他们的心里静静地累积起来了。

即使在现实里的认知，深圳依然是两个泾渭分明划分的"我的深圳"和"他们的深圳"，但对于居住在"二线插花地"里的人们来说，此时此刻的他们，心情就如当初离家出发时那样，心怀忐忑却没有犹豫。

因为他们同样相信，出发了，就会有抵达的一天，心在，梦就在。

只是，正如千千万万如罗香梅这样的一些"都市里边缘地带"的住户，在他们的心里，依然希望自己能早日融入"我们的深圳"，成为这座城市温暖母体的一部分，而不是一个例外的"边缘"的存在，这是她们的渴望，十几二十年的渴望。

这让我又想起《落脚城市》的作者道格·桑德斯所说的：我们绝大多数人都是"被"城市化的一员，回不去故乡，也离不开城市。从乡村到城市，全球三分之一的人口正在进行最后的大迁移。这个时代的历史，其实有一大部分是由漂泊的无根之人造就而成的。道格·桑德斯走访了世界各地之后，他认为城中村或外地人进城的落脚之地，是"创造新兴中产阶级、消除农村贫穷落后，以及终结社会不平等现象的关键因素"，"是从农村向城市迁徙的中点，是通向中产阶层的天梯的第一阶"，保证了城市中产阶级的流动性与活跃性，"它们具备资产阶级的梦想、拓荒者的坚忍与爱国者的价值观"。尽管这种现象的存在，产生了许许多多的城市问题，像罗湖的"二线插花地"，像存在于许多城市的棚户区，但，道格·桑德斯看到他们的存在，对于社会的发展也具有一定的积极意义。

在中国，改变他们的生存状态，政府进行了多年的努力，例如全国性的"棚户区改造"，这一点笔者在后面还会谈及。

在深圳，应该说，无论是深圳市政府，还是完成管辖交接的罗湖区政府，在这方面的努力也一直是持续的，一切都在往好的方向演进，而且是看得见摸得着的进步。但由于各种各样的原因，关于这片土地的某种可以称之为质的飞跃，即彻底的改造，却在随后的十几年里延宕了。

罗香梅和其他居住在这里的人们一样，都在期盼这一天的到来……

第三章

城市的荣衰之变

　　在中国的传统文化中，将城市视为一种与人一样，同样有着生老病死状态的生命体的理念，很早就存在了。

　　只是这种生态理念，在中国大地上方兴未艾的城市化浪潮中，被大多数人广泛忽略罢了。在现代化的旗帜下，人们似乎更习惯相信高歌行进的城市化，是一种永恒向上的人类历程。

　　事实上，果真如此吗？

一

　　这个阳历新年过得真不轻松。

　　在很多深圳人的记忆里，2016年的新年倒数，是和着从光明新区特大滑坡事故现场，隐隐传来的上千台抢险挖掘机轰轰隆隆的声音到来的。

　　新年假日里，光明滑坡事故现场大兵团作战似的一台台挖掘机，仍在日夜不停地运转着。而深圳全市各级政府机关和有关职能部门的上上下下，这些天来，也都陷于一种高度紧张的状态里，以往的欢度新年的气氛，由于一种秘而不宣的默契，已悄然隐退。

　　新年前后的这些天，罗湖区委、区政府的主要领导，各自的足迹都遍及区内各个角落，现场督导会也是一个接着一个，罗湖作为深圳最早的建成区，随着时间的推移，城市市政设施逐渐老化，一些历史原因形成的"城中村"里的那些拥挤的"握手楼""亲嘴楼"和"二线插花地"里那些无序的建筑群的公共安全隐患，始终是高悬头上的达摩克利斯之剑。区委、区政府的领导层里，"每一个人心里头其实都捏了一把汗"。睡梦里，一辆消防车的鸣笛而过，都会让人立即惊醒，不去弄明白是怎么一回事，紧绷的神经都很难松弛下来。

近些年来，特别是光明新区的滑坡事故发生以后，干部们更深地体会到了什么叫"人民公仆"。尤其是基层的干部，每一个节假日，他们所承受的压力，只有近距离地观察和了解他们的人，才能体会到。可这种压力，既不能叫苦，也无法推卸，只能默默承受，让他们一次一次地领会了重如山的责任。

今年这个新年，由于光明新区特大滑坡事故的发生，深圳从市里到区里的各级领导过得都不轻松。

贺海涛作为罗湖区的一把手，当然也是如此。

事隔一年多后的这天，当贺海涛在办公室里接受采访时，他不时会翻开的正是当时的一本笔记本，笔迹依然清晰，循沿这一片文字与下划线，列席市委常委会的那个夜晚的所有细节，刹那间恍若打开闸门如泉涌来。

从时间上讲，所有关于"罗湖棚改"的故事，就是从这一时刻开始的。

曲折与荣光，泪水与欢笑，困顿与崛起，它们的起点统统始于此刻。

那天会议结束后，书记马兴瑞和市长许勤又特意留下贺海涛交代了一番，主要是要求贺海涛及早摸清"二线插花地"的基本情况，拟出具体的工作路线图。"任务就算交给罗湖区了，过几天市里还要开个大会，在会上正式宣布一下，但你们可以先动起来摸摸情况。"马兴瑞书记说。

会议结束已是深夜1点多了，走出会场，夜风迎面而来，少了白天的喧嚣，入夜的深圳，此时似乎多了几分平常少见的沉着与稳重。

贺海涛突然感到，生于中原的他，其实更喜欢的还是这种略带寒意的夜晚，似乎唯有这样，才能让所有的人生经历在脑海里深刻记忆。

比如，今晚。比如，那个遥远得多少有点陌生的第一次南下深圳的夜晚。

回家的路，从光明新区，经过宝安区，进入南山区，然后就上了深南大道。深南大道自东向西，纵贯整个深圳。现在，参加会议的同志们是自西向东而行。

大家都说深南大道是深圳城市发展史的展示橱窗，是一部立起来的深圳历史，是一条凝固的时间之河。坐在车里的贺海涛，望着窗外快速掠过的一切，思绪翻飞。临战前的兴奋，抑或与大战前的紧张与压力，此时此刻的他不愿也无暇去细细辨认了。

他只感到肩上沉甸甸的。

2016年2月17日，深圳市委、市政府在"12·20"特别重大滑坡事故的发生地光明新区，召开了一个重要的全市干部大会：深圳市城市公共安全和安全生产工作会议。在这个会上宣布启动"二线插花地"环境综合整治和危旧房屋改造工作。会上市委书记马兴瑞强调说，为了消除社会公共安全隐患，确保居民生命财产安全，立即启动"二线插花地"的改造示范项目。

事实上，为了解决"二线插花地"包括安全问题在内的各种问题，深圳历届市委、市政府也曾多次动过心思，但由于改造整治难度实在太大了，工作支撑与工作路径都面临着极大的考验，所以迟迟未能实质推动。

但这一次，因为有了光明新区特别重大滑坡事故血的教训，延宕多年的"二线插花地"整治改造工作，在2016年2月17日这一天正式启动了。

历史是不能假设的，现实也是。

但我依然忍不住要想象一下：2016年2月17日的这片土地，会是怎样的一种光景。

可以肯定的是，在移动互联网时代，“二线插花地”启动全面整治和危旧房屋改造的消息，在当天显然已通过各种渠道浸透到这里。

问题是，居住在这里的人们，是以怎样的一种心情与举动，来迎接这个消息的到来？

整治，毕竟要牵动这儿的千家万户。改造，要涉及此地的芸芸众生。几乎每一个人的生活和利益，都要涉及。如何改造？改造后的未来又是怎样的？这是居住在“二线插花地”里的每一个人，都十二万分关注的大事！

逝者如斯，不舍昼夜。

场景细节已经无法复制，但多年以后，经历了无数辗转曲折的回迁居民，肯定会长久地回望2016年2月17日的这个夜晚，因为它代表的是一种涅槃式的重生与跃升，是一段生命旅程的另起一段别样的书写。

随后召开的中共深圳市委六届二次会议，马兴瑞代表深圳市委、市政府，更是将2016年明确为深圳的“城市管理治理年”，决定采取切实措施提升深圳的城市治理质量，构建城市管理的长效机制，确保城市的公共安全。

而罗湖、龙岗两区交界处的这片“二线插花地”的整治改造工作，在此次深圳市委全会上再次被浓墨重彩地提及了，明确地将“二线插花地”改造工作，列为深圳推进城市管理治理提质增速的“牵一发而动全身”重点工作。

　　在事后见报的新闻报道中，我们留意到马兴瑞书记在讲话中，还特别提到了"城市病"这个问题。他说，深圳的各级领导要时刻保持清醒头脑，决不能躺在过去几十年改革开放高速发展成果的"功劳簿"上睡大觉，否则就难以逃脱城市发展的"周期率"的惩罚，要采取有力措施防范和治理"城市病"。

　　我不知道，"城市病"这个当代公共治理研究的核心概念，这一次是不是首次公开出现在深圳的政府文件里，但毫无疑问的是，这是一个意味深长的标志性事件，充分表明深圳这座城市的治理团队，在城市管理认知方面所达到的一个新的深度与高度。

　　虽然学术界对于是谁最早提出"城市病"概念尚存在争议，但它进入公众视野并成为一个经久不衰公共议题的时间，绝对不会超过十年。由于人口、产业急剧向城市集聚而引发的一系列社会问题，也由此得到了社会公众前所未有的普遍关注。人们终于清楚地认识到，这些问题的存在以及持续恶化，不但深刻地制约了城市面向美好的发展，还给生活在城市里的市民带来了诸多的困难和问题。

　　城市，这个人类最伟大的发明，突然间似乎就走到人类初衷的背面了。

　　"城市病"概念的提出，事实上是对现代城市发展过程中，存在的各种问题研究的一种形象表达。从认知高度上讲，城市在这里已不仅仅被表达为一个承载人类活动的物理空间，而是被视同为一个与人类一样，同样有着生老病死的生命活体了。它会成长发育，也会输出协助人类迈向美好的能量，但，它与人一样也会衍生出各种各样的"疾病"来。

　　起源于宗教和安全原因的城市，关于它的认知，其实也有一个循序渐进逐步深化的过程。也正是这种认知的深化，人类才得以不断调校城市的角色定位，开启了城市作为一个人类活动平台，与人类相向而行迈向美好的一段又一段历程。

而"二线插花地"整治和改造计划，与"城市病"概念，同时出现在此次深圳市委全会的文件中，也显示出"二线插花地"整治是纳入"城市病"统筹治理的整体框架内的。这样的治理思路不仅极大拉阔了"二线插花地"的治理意义，也顺应了城市治理的当代潮流。

值得一提的是，为了强调这次"二线插花地"的整治和改造是全市性的重要工作，在此次深圳市委全会上，特别明确了"二线插花地"整治改造的责任主体是市委、市政府，罗湖区委、区政府具体执行和落实。

由于市委主要领导已经提前打过招呼，对于"二线插花地"整治和改造，贺海涛心里当然是早有准备的，但对于罗湖区的其他干部来说，此则消息的传出还是带来不小的冲击。特别是相关职能部门的干部，一看到贺海涛都忙不迭地问："贺书记，那'插花地'改造，真的交给我们罗湖区来做吗？"

"是让我们来执行和落实，但市里会全方位支持。"贺海涛答道，"这样的决定，市委、市政府的主要领导已经充分考虑过，我们罗湖义不容辞。"

2015年7月20日，刚从广州派到深圳兼任深圳市委书记的马兴瑞来到了罗湖区调研，这是新任领导的工作惯例，主要是摸清了解基层情况，倾听基层诉求，为具体施政提供决策参考。

应该说，此惯例相对来说形式意味多一些，一般初来乍到的领导在调研现场很少做出具体决策的，但事实却证明了这不是一次"一般和惯例"的调研。

"汇报情况，他听得极仔细，不时也会插上几句点评，但点评却能切中问题实质。可以看出，调研之前，马兴瑞书记是认真做过准备的，对罗湖区的情况很是了解，对如何破解难题，也有自己的独特想法。"贺海涛在采访时说。

贺海涛回忆说，当他汇报说到罗湖区的发展所受到的空间制约时，"马书记停止了在工作手册上的笔记，抬起头来望着大家说，这是关键，是罗湖发展的牛鼻子，解决好这个问题，其他的问题就有破解的可能"。

其实那天贺海涛汇报的罗湖发展遇到的瓶颈时，也提到产业转型、治理创新和民生改善等几个方面。"但马书记一语中的，单刀直入直指罗湖发展的要害是空间瓶颈，坚定地认为空间更新是破解罗湖发展困局的关键，并当场就提出了破解思路，那就是通过市里的'简政放权'，在罗湖区开展城市更新改革试点，提升城市更新的推进效率。"

马兴瑞书记提出，深圳的城市更新改革试点交由罗湖区具体承担。"只要不违反法律法规的，能交给罗湖做的，有利于罗湖快速推进工作的，出成果见成效的，原则上我都支持。回去我们再讨论一下，没有别的什么障碍，就把它定下来。"

猛药去沉疴，罗湖区试点城市更新改革的消息，很快就在区委大院内流传开来了。曾经陪同我们到外地采访的张欣竹是区委宣传部的一名基层干部，他回忆起自己听到这个消息时的心情说，"2015年的罗湖，确实很期待类似这样的消息，毕竟压抑得太久了。你可能都不知道，那几年，罗湖的GDP增速连续落后于全市的平均水平，受发展空间的制约，也没有什么太令人振奋的重大改革举措出台，在罗湖干部当中，大家心里头其实都憋着一口气，也就是憋着一股劲。这下好了，感觉抓住了罗湖发展的牛鼻子了，一子落满盘活，大家心里都很兴奋，罗湖真的要好好地干一场了”。

二

心理学研究告诉我们，一件事情之所以能引起人的心情兴奋，从根本上讲，恰恰就是它暗合了人们心里的某种期待。期待越久，实现的时候兴奋越高。

试点城市更新改革的消息，之所以会引起罗湖区上上下下的强烈关注，也充分说明，它接通了罗湖人潜藏已久的某种心理预期。我留意到，在相关新闻报道中，记者使用了“破冰蝶变”“鹰之重生”的字眼，我相信，它真实地描述了罗湖人当时的心情与壮怀激烈。

一个月后的8月29日，深圳市委、市政府以“政府令”的形式，在《政府公报》上正式刊登《关于在罗湖开展城市更新改革试点的决定》，正式决定在罗湖区启动城市更新改革试点，期限为两年。

“政府令”发布后，罗湖区迅速与市各对口部门衔接，迅速梳理出涉及城市更新工作的事权共计25项，其中22项事权按照“政府令”的相关要求，通过授权或委托的方式下放至区行使，其余3项因法律规定等原因无法下放的，则以绿色通道的形式承诺加快审批。与事权下放相配套的，深圳市规划国土委员会还依照市里的相关要求，将涉及城市更新的各基础数据信息，全面向罗湖区开放，包括罗湖辖区国土地理信息、产权信息、地籍、房产档案查询系统等等。

而罗湖人的热情更是被全面点燃了。

一个月的功夫，他们就在几十部相关法律和千万字计的案例、报告、学术论文中，梳理出城市更新的创新方向、路径和模式，并在结合深圳实际的充分摸底、讨论基础上，拟定了落实城市更新改革试点要求的架构设计、标准建议、流程优化等一系列文件，提交市政府常务会审议。

小操是罗湖区"两办"（即区委办公室和区政府办公室合署办事机构）的工作人员，他回忆说，2015年7月到8月间，经他手的关于城市更新的材料，不少于1500万字。"当然，这里边有不少是区各相关职能局递交上来的，但我们'两办'自己撰写整理的少说也有七八百万字。负责文字工作的同志，经常是连续几天通宵加班，也就是我们经常说的工作状态'白加黑，5加2'（白天黑夜连轴干，周六周日也加班），在那段时间里是很平常的事。而我们的分管领导也是这样，凌晨三四点钟我们送材料到办公室，和我们一同加班的领导当场一二三四五给出意见，修改打印完毕通常已是清早六七点钟了，九点钟准时送上会场交付讨论审议。我们办公室的状况是这样，其他区职能局的情况虽然不了解细节，但相信也差不多。"

制订工作方案是这样，具体落实也是这样，罗湖区城市更新三级联动架构，也几乎是在一周之内完成了垂直设立。

由区委书记贺海涛、区长聂新平共同担任"双组长"的罗湖区城市更新领导小组，基本上每周召开一次会议，协调各职能部门，研究工作推进过程中的各种难题。

更重要的是，罗湖并不是就城市更新做城市更新，而是将其放在罗湖全面振兴的宏观框架下协调推动，按照罗湖区自己提出的工作要求，那就是"城市更新、产业升级、招商引资三个同步推进"和"功能提升、产业升级、民生改善、安全生产四个联动"。

与此同时，为了让城市更新与基层治理更紧密地联系起来，罗湖区还利用基层街道办事处"大部制"改革之机，在每个街道设立发展更新部，配备专职人员，专职从事城市更新的相关工作，在机构设置上促进了空间更新与社会创新、制度创新和民生创新的横向联系。让城市更新这个"牛鼻子"，真正发挥了提纲挈领统揽改革全局的作用。

当然，最受瞩目的还是罗湖在城市更新工作中的理念创新、思路创新和执行创新方面。

罗湖区首先将系统承接原分散在市规土委、市住建局等7个市直部门的22项城市更新审批权，进行资源整合、流程再造。如改革多部门串联审批做法，全面推行"一站式"服务，在行政服务大厅设立专门窗口，实行集中受理，相关部门后台信息共享、并联审批。

这样的审批权限梳理和流程优化，成效非常明显。试点后，城市更新的审批层级由四级简化为两级，审批环节由25个减至12个，审批时间也由冗长的三年压缩到了一年之内。

而被深圳市委、市政府概括为"凝聚罗湖整体智慧的'科学更新、协同更新、高效更新、阳光更新'改革试点工作经验"，在具体实践中也绩效显著。据罗湖方面提供的数据，短短的几个月里，罗湖新受理的更新项目有14个，推动了9个项目的开工，完成了全区建成区域更新项目的全覆盖。

2016年10月，深圳市委、市政府正式对外宣布，提前复制推广罗湖更新改革经验，在全市范围内实行新的城市更新工作规程。深圳市委、市政府的此项决定，事实上，完全肯定了罗湖人在城市更新改革试点工作方面的做法和经验。

原定的试点期限是两年，实际上满打满算也就是一年的功夫，罗湖又一次以自己的责任与担当、智慧与热情、创新与拼搏，完成了看起来似乎不太可能完成的艰巨任务。

时隔建立经济特区三十多年后的罗湖人，以试点城市更新改革之名，再次完成了一次华丽的腾跃，光亮炫目，召唤起的是人们对于罗湖往时英姿的热烈记忆，人们相信即使时至今日，这位昔日改革者身上，依然保存惊人的能量与热情。

这是一代一代罗湖人的精神承继。

三

区长聂新平是2015年年底调到罗湖任职，与刚刚升任区委书记的贺海涛搭班子的。这样的一种工作经历，反而让他可以以一种相对超脱的心态来仔细审视、分析深圳各区的发展态势。

聂新平身上的知识分子气息极为浓郁，言谈中特别喜欢引用数据来论证自己的观点。

他说："你知道，2015年之前的五年里，罗湖产业空间增加了多少吗？我研究过，受土地资源和城市更新政策不确定因素的制约，罗湖辖区内除一栋刚落成尚未全面启用的'京基100'大厦外，罗湖区5年内未增加一栋写字楼。罗湖区现有甲级写字楼7栋，而辖区面积甚至比我们还小的福田区有多少栋？我调查过，有27栋，总面积比约为1：3.4。从纳税额的角度看，罗湖的落差就更为明显了，罗湖纳税亿元以上的楼宇是20栋，而福田是50栋，仅招商银行大厦去年纳税就达65亿元。

"产业空间的不足带来的后果就是，优质企业的不断外迁以及新兴企业无法落地成长。好的走了，新的又来不了，优质税源也就无从谈起了。马兴瑞省长（马兴瑞于2017年升任广东省省长）说罗湖发展的最大约束是空间瓶颈，有些人可能不一定理解，但只要把这组数据摆出来了，相信理解的人肯定会多了不少。

"罗湖区的管辖面积本来就小，行政区域土地面积78.75平方公里，其中建成区面积只有33.21平方公里，其余的主要为深圳水源保护区和梧桐山森林保护区。经过三十多年的开发建设，待建土地几乎为零。所谓的空间瓶颈不是随便说的，而是有充分依据的。更为严重的是，这种空间约束会对产业产生挤出效应，而产业的外迁则会拖动人流、物流、资金流的外移，慢慢的整个城区的活力和竞争力就会明显下降。

"调我来罗湖前组织部门找我谈话后，我专门查了罗湖近年来的固定资产投资情况。从数据上来看，可以说一直在低位徘徊，2004年至2008年连续五年出现负增长。没有土地，基础设施投资也面临着诸多政策性限制，有钱也投不出去啊。"

空间约束带来的负面效应是显而易见的，有时它就像那块率先倒下的多米诺骨牌，它一倒，后面哗啦啦就跟着群体效应了。

就罗湖区而言，它的核心及特色产业主要有三块：金融、商贸和珠宝，由于多家金融机构因历史原因将总部设在罗湖，依仗旧有的底子，近些年来还勉强立得住。但商贸、珠宝产业后续发展的内驱力，却出现了放缓。就拿表现较好的2016年来说，商贸业的增加值虽然增长3%，但增速已经连续三年低于GDP增长。536个限额以上批发业企业中，有308个销售额同比下降。一直傲视同行的零售业，近年来也呈现出增长乏力的态势，全年限额以上零售业销售额仅增长3.6%，零售业前20强的核心零售企业销售额仅增长7.4%。

而罗湖享誉全国的黄金珠宝业，也受全国经济增速放缓的影响，处于转型升级的调整期，增速较前些年有所下滑。2016年，全年营业收入1013.08亿元，增长2.4%，珠宝法人企业2765个，增长7.9%，专业交易市场27个，减少1个。曾经被寄予厚望的战略性新兴产业，虽然多方着力，但落地情况与其他城区相比也并不理想。2013年，经市有关部门认定的罗湖战略性新兴企业实现的增加值，占全市战略性新兴产业增加值的比重不到2%，与南山、福田两区相比，罗湖战略性新兴产业规模不大、效益不高，在业内具有影响力的龙头企业也很少。而从集聚的规模效益来看，罗湖文化创意产业虽有一定集聚规模，但以低附加值的生产环节为主，效益有待提高；互联网产业园虽然也集聚一定数量的互联网企业，但企业规模、业内影响力都不大，集聚外溢能力相当有限。

经济活力是一个城区最为关键的核心竞争力，也是多种因素的外在表征，同时也会带来多方面的影响和牵动，比如社区活力、文化活力和治理创新不足等一系列问题。

曾经笼罩着无限荣光的罗湖怎么了？是什么让这么一个记满了中国改革开放青春记忆的罗湖，如此步履沉重？

先发优势真的在不经意间，就跌入了"先发劣势"的宿命泥淖，难以自拔么？抑或如马兴瑞书记在市委全会上所说的那样，罗湖正在承受着城区发展"周期率"的惩罚么？

1993年，随着道格拉斯·诺斯获得了当年的诺贝尔经济学奖，他和那本令他声名鹊起的经典名著《经济史中的结构与变迁》也开始流传远播。

道格拉斯·诺斯是美国经济学家和历史学家，新经济史的先驱者和开拓者。由于他建立了包括产权理论、国家理论和意识形态理论在内的"制度变迁理论"，获得了1993年的诺贝尔经济学奖。他曾任东方经济协会会长、西方经济协会会长等职务。历任华盛顿大学、剑桥大学等世界著名大学经济学教授，2015年11月23日逝世于美国密歇根州的家中，享年95岁。

诺斯对经济学的贡献主要表现在三个方面：一，用制度经济学的方法，来解释历史上的经济增长；二，作为新制度经济学的开创者之一，诺斯重新论证了包括产权制度在内的制度的作用；三，作为经济学家的诺斯，将新古典经济学中所没有涉及的内容——制度，作为内生变量运用到经济研究中去，特别是将产权制度、意识形态、国家、伦理道德等，作为经济演进和经济发展的变量，极大地发展了制度变迁理论。

《经济史中的结构与变迁》一书，是诺斯以西方产权理论、制度变迁理论对经济史进行解释的一部代表作。1994年由上海人民出版社引进出版。

诺斯是新经济史学派的创始人，他在《经济史中的结构与变迁》一书，还提出了一个影响久远的学术概念——路径依赖。

这个学术名词指的是，人类社会中的技术演进或制度变迁，均有类似于物理学中的惯性特征，即一旦进入某一路径（无论是"好"还是"坏"）就可能对这种路径产生依赖。一旦人们做出了某种选择，就好比走上了一条不归之路，惯性的力量会使这一选择不断自我强化，并让你轻易走不出去。

路径依赖理论，对包括经济制度演进在内的诸多社会现象，进行了充满说服力的诠释，为我们理解纷繁复杂的人类世界，提供了一种全新的视角。

深圳综合开发研究院高海燕研究员，在解读深圳先发区罗湖近年来碰到的问题时，就主张采用路径依赖的理论对之进行解读。

在他看来，罗湖的发展奠基于改革开放初期的政策红利和前店后厂的发展路径，这条路在带动了罗湖第一轮迅猛发展的同时，也沉淀了经济路径、政策路径和文化路径的依赖性，而这种依赖性所潜藏的负面因子，在时光进入21世纪以后便开始渐次呈露，并形成了一种强大的约束性力量。而表现得最为突出的，莫过于"土地、资源、人口、环境"的严峻挑战了。

对于罗湖前些年发展遇到的这些问题，区委书记贺海涛和区长聂新平这一届新领导班子上来以后，用了一个"三期叠加"概念进行了解释，即，增长速度换挡期、结构调整阵痛期、前期刺激政策消化期。

诗人李白曾经写过一首词，叫《忆秦娥·箫声咽》，里面有这么几句流传甚广的词句——乐游原上清秋节，咸阳古道音尘绝。音尘绝，西风残照，汉家陵阙。

意思是讲，秋日佳节，站在高处遥望冷落的乐游原，看到通往咸阳的古路上人马稀少。夕阳的光照下西风静默流淌，映入眼帘的只有昔日长安城留下的这些坟墓和宫阙。

李白写的这首词，抒发的也许只是世事变迁思故幽情，但在我的理解中，它其实也讲出一座城市的生命变迁。

西汉时期的长安城，无疑是世界上最大的城市之一。但数百年过去，曾经的繁华和勃发已经根本无从寻觅了，让人们念想起来它的只有夕阳下的这些残缺陵阙了。

在中国的传统文化中，将城市视为一种与人一样，同样有着生老病死状态的生命体的理念，很早就存在了。至少作为后人，我们从《诗经·黍离》之类的文艺作品中，就可以借斑窥豹。而向子期"叹黍离之愍周兮，悲麦秀于殷墟"的诗句，更是将这种时光生命之感，表述得淋漓尽致。

只是这种生态理念，在中国大地上方兴未艾的城镇化浪潮中，被大多数人广泛忽略罢了。在现代化的旗帜下，人们似乎更习惯相信高歌行进的城镇化，是一种永恒向上的人类历程。

事实上，真的是这样么？

四

2013年3月，美国人口调查与统计局公布的2012年美国人口普查数据显示，全美创纪录地有超过1/3的郡县正在逐渐消亡，由于人口老龄化以及本地经济衰退，这些地区的年轻人纷纷外出打工，并在异地成家立业。

值得注意的是，这只是一个年度数据，但已足够触目惊心了，毕竟在大多数人的眼里，城市是人类创造的伊甸园，它是永世存续的。

而联合国教科文组织提供的数据，更让那些执着怀抱"城市梦"的人轻松不起来：从1950年开始，世界萧条城市的数量大于城市化城市的数量，在1960—1990年间，萧条城市数量增长了一倍，而城市化城市数量只增长了约60%，大多数萧条城市在工业化国家。在20世纪后半叶，超过10万人口的萧条城市，美国有59个，英国有27个，德国有26个，意大利有23个。

而俄罗斯的情况则显得更糟糕。俄罗斯不是西方发达国家，但曾经是社会主义强国，计划经济时代的社会主义国家，尤其在斯大林时代是可以用国家的手段进行城市化建设的。俄罗斯的城市建设始于沙俄时期的领土扩张，俄罗斯的大多数城市都始建于18世纪的下半叶，其大部都位于其国土的欧洲部分。在叶卡捷琳娜二世统治时期的1775年至1785年，以行政改革的方式建立了162座新城市，其中146座位于欧洲部分。

1861年废除农奴制之后,随着资本主义的快速发展,以及铁路建设的急速推进,劳动分工和地域分工得到强化,沙俄城市建设的节奏加快,城市、城镇增加。可以说,这个时期的城市建设是经济自然发展的结果。苏联时期的工业化进程,使得城市化进程加速发展并达到了顶峰。

苏联解体至今的几十年间,虽然俄罗斯城市建设还在缓慢推进,但以农村人口向城市流动为重要标志的城市化进程,已基本处于结束阶段。工业化裹挟下的城市化带来诸多问题,而人口和发展资源向中心城市的集聚,使俄罗斯城市网依旧较为稀疏,城市发展不平衡加剧,城市发展画卷呈现"斑驳"之态。

我手头没有找到俄罗斯萧条城市的具体数据,但我于2016年夏天曾经再次去俄罗斯的远东旅游,最后到达伊尔库斯克市,准备去贝加尔湖去寻觅尘世的静谧。

伊尔库斯克,1652年建成,是俄罗斯西伯利亚最大的工业城市,拥有360多年的城市发展史,同时也是俄罗斯远东地区的交通和商贸枢纽。去著名的风景区贝加尔湖游玩,必经伊尔库斯克中转,这里被俄罗斯人视为"西伯利亚的心脏",还有"东方巴黎"之称。1996年我曾来过这里,印象中它是一座拥有60万人口的大城市。可今天走在伊尔库斯克市中心的大街上,却像是走进了一座人口稀少的安静老城。二十年过去了,城市没有什么变化,还是那些苏联时代建的"板房",还是那条"叮咛哐啷"铁轨都磨圆了的电车路,还有那些沙俄时代建的已经糟朽了木质的旧别墅。如果不是看到一些衣着现代时尚美丽的俄罗斯姑娘从你身边经过,真的以为自己走进了一张你当年拍的老照片里。联想到几天来经过的俄罗斯远东地区的几座重要的城市,都有一种感觉,人口变得越来越少,城市都在逐渐萎缩。

着手写这本书的时候,一位曾在西伯利亚从事多年旅行社工作的朋友，从微信上给我传来一篇网文，标题很耸然：慢慢朽烂——俄罗斯西伯利亚、远东，在废弃！

这是一位网名叫"海参崴老乡"的作者贴的一篇帖子。文章读来，既解开了我去年旅行中的疑惑，也让我过目难忘：

如果城市和村庄有生命，俄罗斯西伯利亚和远东的城市，无疑已进入垂暮之年，这些计划经济时代的璀璨之花，正一朵朵凋零，行将就木……

当你走进这些掩映在森林、草原和海港间的俄罗斯西伯利亚远东的小城和村庄，如同进入了一个个城市墓群！这不是虚幻中的世界，也不是斯皮尔伯格的星战大片的爆破拍摄现场。这是真实的世界。

你若问世界上最大的工业废墟在哪儿？

答：在俄罗斯西伯利亚和远东。

它的面积有多大？

答：1200万平方公里。

与世界上其他地方的废墟不同，俄罗斯的废墟不是一个废车库，一栋废农舍，一座废工厂，而是整座整座的城市，整片整片的村庄。由于人口锐减和剩余人口向欧洲回迁，在这里，一座座工厂、城市和村镇在废弃。这片废墟的分布范围可用壮观和浩瀚来形容。在西伯利亚和远东地区的1200多万平方公里范围内，到处都有它的踪影！这里正变成世界上最大的工业废墟和民用废墟。

你若问世界上最大的焚化场在哪儿？

答：在俄罗斯西伯利亚和远东。

它的范围有多大？

答：从南到北跨越了20个纬度，从东到西跨越9个时区。

在这里不需要焚化炉，城市建筑、街道、港口的硅酸水泥被风化成了沙土，钢材、型材被锈蚀变成了金属碎渣，村舍变成了木屑和泥土，西伯利亚和远东那一座座城市和村庄正被岁月无情的焚化。如果城市也有生命，这里就是世界上最大的城市墓群！

……

我们将眼光向整个西伯利亚和远东地区望去，那里有很多这样的留守俄国人，从马加丹的港口、到高加索的车站，从摩阔崴内港，到谢姆昌（谢幕场）小城……他们在守望着这片土地，与他一起腐朽、风化、慢慢变老。风烛残年的老人、风烛残年的城市、风烛残年的俄罗斯！

当年的一片片人造城市，毕竟经不住岁月的检验，人们争先恐后地向富裕的俄罗斯西部涌去。当俄罗斯人涌向欧洲，当乌克兰共青团员和其他当年被征集、流放、鼓动到此地的波罗的海、高加索、中亚的移民返回西欧、北欧、高加索、中亚老家，一座座城市和乡村便慢慢变成了空巢。

……

作者是中国人，否则写不出这么流利的中文文章。他显然在俄罗斯生活过很久，熟悉了解俄罗斯，他并不是在耳闻传说，而是带着一种复杂的情感，踏察了俄罗斯西伯利亚和远东地区，用充满忧虑的笔触，记录了所见所闻，还拍下了一座座被废弃了的城市现场照片，发在网上。有一张照片，最让我难忘，在一座城市里，由于没有了人烟，熊竟然在居民区大行其道。

当然，俄罗斯的城市萧条与西方发达国家的情况并不完全相同，但却更让人触目惊心。

城市，就其本质而言，不过是人为了某种目的，在特定的空间内，将各种资源按照自己的意愿，进行某种聚合与输出。而决定一座城市是否迈向伟大和卓越的关键因素，则在于它是否找到一种新的技术或者方式，是否提升资源聚合输出的效率。

而这种技术与方式，就其终极坐标而言，它也会走上一条能量始于聚合终于耗散的生命之路，除非它能在自身能量耗尽之前，顺利地找到一种新的能量整合范式。

说到这里，我个人觉得可以套用库恩的范式理论来进行理解。

托马斯·库恩是美国著名科学哲学家，范式理论由托马斯·库恩提出，它指的是一个共同体成员所共享的信仰、价值、技术等等的集合。指常规科学所赖以运作的理论基础和实践规范，是从事某一科学的研究者群体，所共同遵从的世界观和行为方式。范式理论的特点是：第一，范式在一定程度内具有公认性；第二，范式是一个由基本定律、理论、应用以及相关的仪器设备等构成的一个整体，它的存在给科学家提供了一个研究纲领；第三，范式还为科学研究提供了可模仿的成功的先例。

城市的建立和发展，对应的是库恩所谓的"前范式"阶段，城市经过激烈的竞争，建立一种新的资源聚合产出范式，而在"范式确立"阶段之后，城市也会和无数生命体跟随不可逆转的时光之矢，在自己的母体里慢慢孕育出所谓的"反常与危机"，然后又是一轮激烈的竞争与遴选，优胜劣汰，最终又有一批新的城市，依靠新的范式，走上世界城市群的中心舞台。而这个阶段，库恩笼统地将之称为范式"革命"阶段。

更为重要的是，新范式的获得并不是必然的，它需要整个城市以一种命运共同体的意识，发挥主观能动性去寻找，当然这是一次艰难的涅槃之旅，是一次沐浴着血与伤的重生之旅。

2016年11月10日，也即是唐纳德·特朗普以276张选举人票击败了希拉里，成功当选美国总统的第二天，有一本由非专业作家写的自传体小说，突然冲上了美国亚马逊图书销售总榜第一名，几天之内就收获了百万量级的销售数量，前后连续34周雄踞《纽约时报》畅销书榜。

这本书有着一个极为普通的名字，普通得恍如18世纪乡村文学的那种腔调——《乡下人的悲歌》，它在美国社会产生广泛而且强烈的反响，除了比尔·盖茨专门具文推荐外，其现象式的销售表现，甚至引来了美国第一大报《纽约时报》和英国影响力最大的《泰晤士报》的评论，当然美英大报对此书的解读，更多侧重于该书的政治内涵，它们的推荐语不约而同的都是"读懂了特朗普为什么能赢"。

说实话，此书之所以引起我的关注，倒不是叙事背后的政治意涵。我所感兴趣的反而是作者的叙事背景——美国的所谓"铁锈地带"。

《乡下人的悲歌》是由一个名为J.D.万斯写的，他虽毕业于美国耶鲁法学院，但作者与故事主人公一样，成长于美国"铁锈地带"的一个贫苦小镇。高中毕业后加入了美国海军陆战队并在伊拉克服役，退役后就读于俄亥俄州立大学和耶鲁大学法学院，目前在硅谷一家投资公司担任管理职务。

严格来讲，它是一本励志类的小说，讲述的是出生在俄亥俄州一座钢铁城市的主人公，如何在失望与贫困中顽强地拼搏，终于完成人生逆袭的动人故事。当然，作者通过个人生活图景的翔实记录，揭示了美国底层工人的群体命运和普遍诉求，而正是这一点深深地叩动了万千美国人的心灵。

但我与其他很多人一样，则是通过作者的描述，了解到了更多关于美国"铁锈地带"城市的真实情况。

正如作者在序言中写到的那样："你们要知道，我的童年很穷困，生活在'铁锈地带'俄亥俄州的一座钢铁城市。从我记事时开始，这座城市的工作岗位就在不断流失，人们也逐渐失去希望。至于我家的情况，用委婉一点的说法是，我和父母间的'关系比较复杂'，他们中的一位接近整整一生，都在和毒瘾作斗争。把我带大的外祖父母连高中都没毕业，而我的整个大家庭里上过大学的人也寥寥无几。各种各样的统计都会显示，像我这样的孩子前景黯淡。我们当中幸运的那些，可以不用沦落到接受社会救济的地步；而那些不幸的，则有可能会死于过量服用海洛因，我的家乡小镇仅仅去年就有几十个人因服毒而死去。"

不得不提及的是，序言最后的一句也深深地打动了我："对于我们这些实现了美国梦的幸运儿来说，那些我们经历过的恶魔，一直就在身后不远处对我们穷追不舍。"

我是通过翻译软件在网上读的英文原著的章节，当然是囫囵吞枣式的粗浅阅读。理解了英文的意思，而体会不到原文的文学韵味。但必须承认，该书即使是以城市发展田野调查报告的角度来看，也是一本极具研究价值的小说。

它具象地描述了一座资源型城市，由于产业的衰落，引发的一系列人口、治安、社区问题，以及生活在这座城市里的人们，所经历的挣扎和奋起。毫无疑问，主人公令人悲伤的人生轨迹，其实是由一个转型失败的城市所带来的。

"铁锈地带"指的是美国中西部五大湖附近那一片传统工业逐渐衰退的地区。

　　了解美国历史的人都知道，19世纪后期到20世纪初期，美国中西部因为水运便利、矿产丰富，迅速崛起成为美国的重工业中心，钢铁、玻璃、化工、伐木、采矿、铁路等行业纷纷兴起。

　　而匹兹堡、扬斯敦、密尔沃基、代顿、克利夫兰、芝加哥、哈里斯堡、伯利恒、布法罗、辛辛那提等工业城市也声名渐渐远播。这些灿若繁星的城市，组成了美国五大城市群之一，表征上升期的美国综合国力。

　　但随着美国步入以服务业和新兴科技产业为主导的经济模式之后，这些地区的重工业就纷纷衰败了。成批连片的工业厂房被大规模地废弃，而仍然存留在厂区的大量机器，由于失去了使用价值，渐渐生满了铁锈，成片的锈红色机器成了这一地区的一个表象特征，有不少美国警匪片黑帮片，就是在这种关闭的锈迹斑斑的厂房里拍摄的，因此人们形象地将这一片地区，称之为"铁锈地带"，简称"锈带"。

　　而这其中的标志性事件，莫过于2013年12月3日，曾经辉煌一时的美国底特律市，正式对外宣告破产，成为了美国历史上宣布破产的最大城市。

　　底特律，曾几何时，它在我们的眼里几乎就是"美国梦"的代名词。这个曾经居住人口达到180万的美国第四大城市，因为拥有成千上万家制造汽车的相关企业，而成为蜚声全球的"汽车城"。通用、福特、克莱斯勒等汽车公司的总部都设在底特律。由于产业缺乏创新，结构单一，加上城市治理长期缺乏方向，于1967年发生规模空前的暴力事件之后，城市治安也陷入了每况愈下的境地。失业率一直居高不下，财政危机持续恶化，大批有产者争相外逃，城市人口也由此大幅下降，市区里遍布废墟，人口骤降到了70万。底特律成了深陷财务危机的美国"最悲惨的城市"。

180亿美元的负债，让底特律市陷入了绝望。财政的拮据，更让底特律陷入多重恶性循环之中。为了省钱，底特律很多地方连路灯都关闭了，这又让治安更加恶化，糟糕的环境则让有意前来的投资者望而却步，没有了投资，税收更是越征越少，也别提培育什么其他产业了。可以说，在最近几年，企业关门，员工失业，官员舞弊，暴力横行，美国人听惯了来自这个"汽车之都"的坏消息，无奈地将之称为"底特律的疲劳综合征"。

最终，在别无选择之下，底特律只能选择破产保护。底特律所在的密歇根州州长斯奈德说，这是一个艰难的决定，但却是唯一可行的方案，不如此无法解决底特律的财政紧急状况问题。但这也意味着底特律的债权人将面临血本无归的境地，其中包括底特律的一些养老基金。

2008年的金融危机，更是成为了压垮底特律的最后一根稻草，底特律市终于无可挽回地滑向了崩溃的边缘。

一个美国的繁华大都会，最终沦落为"悲惨世界"，并不得不宣布破产保护，这当然有老工业基地的沉重历史包袱因素，但更凸显出底特律城市治理和转型的失败，其中夹杂的种族矛盾更显现出美国社会的分裂。繁华过后是残败，治理不彰太不堪，政客可以甩甩衣袖离开，最受苦的总是底特律最底层的民众。

底特律市破产的历史，折射出的恰恰就是马兴瑞书记所说的，城市发展"周期率"，产业兴衰周期引发城市的荣衰之变。

当城市内部无法持续产生吸引新兴产业落地的吸引力后，城市产业就会出现结构化的呆滞，原本集聚的产业集群，慢慢出现离散状况，"青黄不接"的产业空心化趋势随之呈现，城市发展由于失去了支撑基础，开始走上全面溃败之路。

在世界范围内，类似于美国这样的"铁锈地带"还有不少，比较知名的就有德国的鲁尔地区、法国的洛林地区、俄罗斯的西伯利亚与远东地区、还有俄罗斯的乌拉尔山地区（乌拉尔山脉是欧、亚两洲的分界线，绵延2000多公里，介于东欧平原和西伯利亚平原之间）以及近邻日本的北九州地区等。

五

中国有没有类似美国那样的"铁锈地带"呢？

或者说，我们存不存在虽不至于像美国"铁锈地带"那么极端，却有着某种类似的中国的"铁锈地带"？

2012年12月，我应邀参加了在哈尔滨举行的纪实电影节。在宾馆休息的时候，无意间在当地报纸财经版一个毫不起眼的角落里，看到这样一则消息，内容非常简单，就几句话：2012年12月，辽宁省沈阳和鞍山等6个城市宣布，将废弃的工业区恢复为耕地。

随后的行文套路一如既往，被记者编辑们往一个预设的方向拧——增长了耕地多少，着眼于生态修复等。作为一名有着几十年报纸从业经历的我，编辑的良苦用心我自然了然于心，事实上，消息传达的内容，完全配得上更为显著的版位。消息所反映出来的现实意义，远远大于"增长了的耕地"。

我所读到的，是沉重与苦涩；我所读懂的，却是一个东北工业基地背后的悲怆与无奈——一个共和国长子的悲怆与无奈。

有位担任该电影节评委的朋友邀我小聚，说是小聚，其实是播放"只供私下讨论"的影片——一部反映沈阳棚户区改造的纪录片《铁西区》。

事实上，它是一部并不能参赛的纪实影片，只是评委们都觉得，在电影节上播放这部差不多十年前完成的影片，是作为专业评委应有的姿态。

这部纪录片很长，据说有九到十个小时的长度，分三部，当天晚上播放的是第三部《铁路》，也不短，看了足足三个小时。

其实这部影片我很多年前就看过，是书友推荐的，当时把它当作探索性的纪录片来找的，当时网上找不到，最后竟然是从街头卖盗版碟的小贩那儿找到了。据说，这些年可以在网络上下载了，当年我看的是影片质量并不太好的光碟，有点像以前的黑白影片，正好应合了影片所反映的事实。它所记录的是生活在沈阳铁西区俗称"工人村"的棚户区里的人物图景：他们的抗争与沉沦，他们的不甘与无奈，他们的苦涩与期盼，以及他们远远眺望着的虚实难辨的未来。

导演王兵以一种不动声色的冷静与隐忍，让人们透过一个工人村，真切地体验了一个别样的东北，一曲城市艰难转型的时代悲歌。

影片真实得有点残酷，拍摄的情景压抑而沉闷。

那段时间，所谓的东北现象是一个热门的公共话题，各种论断众说纷纭，但在我看来，几乎没有一篇文章，在深度与洞察力上，可以与这部连对白都少得可怜的纪录片相颉颃论高下。

为了共和国的发展，东北——这个共和国的长子，在贡献完最后一份心力之后，淹没在一片无力感之中——欲振无力，欲罢不甘。

影片的最后，是一段长长的铁轨，锈痕斑斑，以一种古怪的姿态静默存在。画面没有人，也没有声响，只有被狂风不时吹起又落下的枯叶和废旧的塑料袋，让人相信这是一幅真实的都市图景。

这是一段压抑得令人连失声痛哭都失去冲动的画面，我不知道在我有生之年还能不能看到类似的画面，但在2012年的这个冬夜，那则报屁股上的报道和这部似乎已经湮没在时光河床中的纪录片，却让我在聒噪的井蛙之见之外，完成了一次关于"东北现象"的全新理解。

衰败，与没落，已经见证。

问题是，传说中的重生之路又在哪里呢？

据说，鹰活到30岁的时候，它赖以生存的爪子便开始老化了，不能有效地捕捉猎物，喙也变得又长又弯，难于伸展和撕裂食物，全身长出了又密又厚的羽毛，而这样的羽毛反而使翅膀变得分外沉重，再也不能如往常那样在高空中任意地翱翔，和俯冲到地面捕猎食物。

此时的鹰，会有两种选择，一种是无可告慰地等着死去；还有一种去经历一次十分痛苦的历程，独自飞到绝顶高处，用头抵着粗糙的岩石，在崖壁上不断摩擦，把老化的喙一层又一层磨去剥掉。此时的鹰是无法吞食任何食物的，只能凭借体内残存的能量，维系随时可能殒灭的生命。

几个月后，新的喙总算生长出来了，但这只意味着重生第二步的开始，它要使用刚生长出来的新喙，把爪子上老化的趾甲，一个一个拔掉，鲜血一滴一滴落下，洒落在悬崖上，在空气中。然后又是痛苦而漫长的等待，在奄奄一息的残喘中，等待着新趾甲的长出。新趾甲长出后，鹰会再用新长出来的趾甲，把身上又长又重的羽毛一根一根拔掉。等到新的羽毛长出来后，鹰，这才算完成了涅槃般的重生！

新的喙，新的爪，新的羽毛，重新翱翔蓝天，鹰再获新生，又能活30年！

这或许是动物界最为感人的重生事件，问题是对于我们人类来说，在世界城市之林中，谁又能是浴血重生的这只"鹰"呢？

在许多人看来，有资格接待G20峰会的城市，大概只有像华盛顿、伦敦、东京等这种经济大国的首都。然而在2009年，美国总统奥巴马却再次选中美国城市匹兹堡，作为G20峰会的会址，而这已经是匹兹堡第三次承办G20峰会了。

为什么？

在随后发表的声明中，奥巴马解释了自己为何再次选择匹兹堡作为G20峰会会址的原因。这份声明声情并茂，奥巴马说，匹兹堡从传统钢铁等夕阳工业基地，以绿色、环保增长模式为载体，成功地转变为新经济型的现代城市，为美国乃至世界亟待产业转型的城市和地区，树立了成功的典范。

在20世纪五六十年代，匹兹堡也和其他"铁锈地带"的工业城市一样，同样遭遇了经济停滞、污染严重、产业外迁、人口流失、治安恶化等一系列随时可能会让匹兹堡陷入万劫不复境地的城市衰退问题。而1948年发生在匹兹堡市南部的"多诺拉工业烟雾事件"，造成了近6000人的二氧化硫中毒，更是使匹兹堡获得了"人间地狱"的名声。

但匹兹堡市民与政府和企业并没有放弃，他们依然怀抱梦想，为匹兹堡的复兴日夜奔走。政府也制定并积极实施了地区经济多元化战略，决定将改造重点转移到促进新兴产业发展上来，转移到大力发展教育、旅游和服务业上来，尤其是医疗和以机器人制造为代表的高科技产业。

20世纪八九十年代汤姆·默菲就任匹兹堡市长期间，更是着力推动城市高品质社区、新兴商业中心、国际会议中心等建设，重建了展现匹兹堡的活力和朝气。这一系列针对性的举措，最终吸引了大量的外国投资，目前已有300多家美国和跨国公司的总部，最终选址匹兹堡。

与此同时，政府和卓识远见的企业家们，还联手投入了巨大的资源与热情，推动匹兹堡大学和卡内基·梅隆大学的品质提升，将之打造成为匹兹堡高科技产业发展的新引擎。

正如美国媒体有关报道所声称的那样，匹兹堡的成功转型与重获新生，代表着恰恰就是美国乃至世界城市未来复苏和发展的方向。

美国的底特律与匹兹堡，这两座城市构成了城市转型振兴的两个极端，它们带来的启示与话题是多方面的，是能启发人们思考的。

是甘于沉沦，还是挺身而起，一如那只艰难爬上悬崖峭壁的鹰一样，磨喙拔趾扯羽，完成一次关于生与死的涅槃。

正所谓：一念天堂，一念地狱。

受制于城市发展的周期率，类似于底特律与匹兹堡的故事，几乎每天都在全球不同的地方上演，决定它们最终走向的因素，每一个细微的差别都有可能划现出两条泾渭分明的不同道路。

而在这些林林总总的因素中，基于我个人对于世界城市史的观察与研究，支撑城市成功转型的，往往不见得是资源和技术，有时某种精神性的东西，反而起到了至关重要的作用。

进入21世纪，遭逢发展瓶颈的罗湖，面对兄弟城区的急速崛起，心里未免有过失落，但重振罗湖昔日雄风的时代课题，始终摆放在罗湖人的面前，振兴的念想在区委、区政府的历届领导班子中从未放弃，完成转型走向振兴的精神火焰，其实一直熊熊燃烧在一批批罗湖人的心中，他们盯住每一个可能的机会，探索每一条可能的路径，左冲右突，不懈前进。

令人遗憾的是，由于种种局限，种种制约的因素，他们还没有找准破解困局的突破口。

这个创造了许多个"第一"的改革弄潮儿，在转型振兴的道路上，确实需要一个精准的抓手，纲举目张地推进它的振兴计划，与此同时，他们也需要事关全局的一场硬仗来提振士气，来为罗湖迎接新时代的新发展，蓄积新势能。

是的，他们宁愿自己是匹兹堡，而不是底特律，他们宁愿自己是那只立崖磨喙的鹰，即使血与痛是过程中的必然，也决不退缩。

他们在思索，他们在日夜寻找，直到找到这个以"城市更新"之名的罗湖振兴计划。此时此刻，罗湖人终于明白，通达未来的路，其实就在于你走过来的路，发展的增量，恰恰来自于对存量的认知。

在新时期，一味推行外延扩张的城市发展模式，事实上已经走到了自己的尽头了。只有以重新认知城区存量，才是探知城市未来的基础，才是重新激活城市发展内驱力的因由。

以空间变革促进产业转型，以空间变革促进治理提质，以空间提挈民生改善，城市更新不仅是全面认知城区存量的最佳抓手，更是接续未来发展的新动能、新范式。

但仅有城市更新是不够的，罗湖在走向振兴的道路上，它还需要一次"压力测试"，一次在短时间内能引爆改革激情、提升队伍士气、摸清能力限度的"压力测试"。

一句话——罗湖需要那么一场样本式的战役，让自己聆听到自己灵魂拔节而起的声音。

而"二线插花地"的整治改造行动，无疑是一个绝妙的试验样本。

区长聂新平在接受有关媒体采访时就曾说过，"当下的罗湖面临城区老化、产业老化、基础设施老化、人口结构老化的'四大紧约束'，只有以空间更新为抓手，并促进空间更新与产业升级、民生改善、安全生产等方面的联动，在罗湖再度打造一个充满活力和创新能力的城市生态系统，才有可能实现罗湖再立时代潮头的愿景"。

无论是城市更新也好，还是即将到来的"二线插花地"的整治改造也好，罗湖都有充沛的内驱动力去承接、去试错、去积累经验、去披荆斩棘。

这是一次没有退路的选择，更是面向未来的决绝担当，贺海涛在"二线插花地"整治改造动员会上的讲话落地铿锵。

无论是区委书记贺海涛还是区长聂新平，他们从来都没有说出，他们现在所想的、所做的，其实就是为罗湖的未来注入新的能量，塑造新的范式，但这又有何妨呢？

我们也都明白：愿意干是基础，但能不能干才是关键！

罗湖到底能不能？

罗湖主导的"二线插花地"整治与改造的消息刚一传出，类似这样的疑问便不绝于耳。有外部的，也有来自内部的，当然，这里面有关心的，有狐疑的，也有许多是善意的担心。

道理是浅显的。如果"二线插花地"的整治改造工作好干，怎么可能还会延宕到今天？整治改造的难度毫无疑问是巨大的。

从20世纪90年代末开始，深圳有关方面就多次动了整治改造"二线插花地"的念头，但其一目了然的困难和盘根错节的利益纠缠，不但让几个房地产公司都早早就却步，而且作为主导方的深圳市政府，思虑再三觉得时机还未成熟，终于还是将谋求问题根本解决的想法，暂时搁置了起来。

一搁就是十几年，毕竟是一个内地县城级规模的危城再造，毕竟是涉及近十万的人口迁徙居住。十万人口是什么概念？按照联合国的城市人口划分标准，十万人口是一座城市人口的规模概念。真的是牵一发而动全身的改造啊。稍一差池，很容易事与愿违，好事办不成好结果。

这期间改善的提议倒是从不间断，一定规模的整改也不绝如缕，"二线插花地"内的民生，通过政府不懈的努力，也得到一定的提升，但实质性的大动作却始终未见启动。而这一次，罗湖真的行么？十几二十年的"硬骨头"这次真的能啃动吗？

有关的疑问，贺海涛自然也有耳闻，也是充分理解的，但此时此刻的他，内心却没有犹豫，现实也没有给他留下犹豫的空间了。

贺海涛的底气究竟从何而来？因为他已经看到了事情已经到了拖不起的紧迫，看到了市委、市政府的决心和支持，看到了干部们的热情，看到了基层工作人员的努力，甚至他也看到了解决的路径。

六

2017年9月1日，一场国家级的特别"开学礼"在罗湖区隆重举行，除了来自全国32个省、自治区、直辖市近300名医改干部外，国家卫计委主任李斌、国家卫计委副主任、国务院"医改办"主任王贺胜等一众领导也都联袂出席。

这究竟是一堂什么样的课，竟然引来如此之多的领导嘉宾？

这堂课就叫"全国医联体建设现场推进会"，是由国务院"医改办"钦点的会议地点，目的是总结目前全国医联体建设工作的进展，现场交流和推广深圳罗湖区等地区的典型工作经验，以点带面，进一步推进全国医联体建设。

"罗湖医改模式"有什么特点？以至于全国性医改推进现场会，竟然要在这里开？

2016年11月17日，李克强总理在中南海国务院驻地主持了经济发展和民生改善座谈会，在医疗卫生的民生问题讨论环节，特邀参会的国务院医改专家咨询委员会委员曾益新，向李克强总理详细介绍了深圳罗湖区在医疗卫生改革方面的探索。曾益新在会上向李克强总理介绍说，目前深圳罗湖区正在试点"医共体"模式，整合辖区内的公立医院和社区诊所，打破分层管理，努力探索办好"老百姓家门口的医院"之路。

一直高度关注医疗改革进展的李克强总理马上接话指出，"你们提出的'医共体'建议很有价值"，对于深圳罗湖区的医改模式给予了高度的评价，并当即要求有关部门，好好总结来自基层的改革经验，复制推广，加速我国医疗卫生改革向纵深发展。

而这样的肯定评价，很快就被媒体以"总理点赞罗湖医改"的报道题目广泛报道，随后"罗湖医改模式"更是光荣地入选了2017年国家"深化医改重大典型经验"。

"罗湖模式"医改探索是2015年正式启动的，它以打造"三个共同体"为基本理念，即"管理共同体""责任共同体"和"利益共同体"，通过整合区属医疗卫生资源建设"医联体"，实现医疗卫生资源全方位贯通。与此同时，罗湖区还通过实行"以事定费、购买服务、专项补助"的方式，凸显医疗卫生服务的公益性，和政府投入的绩效管理。而整个改革的最大亮点，则是对医保基金管理方式进行突破性改革，通过"总额管理，结余留用"的方式，由"保疾病"转变为"保健康"。更让政府、医院、医生和患者形成"利益共同体"，提升了医疗资源的利用效益。

改革两年多来，"罗湖模式"革命性地破解了社康中心"缺医少药""检查不方便""只签约不服务""重医轻防""医养分离"五大难题，初步实现了社康中心能力、预防保健能力、患者满意度、医务人员收入"四提升"和医院运营成本、居民就医成本的"两下降"。"强基层、促健康"的医疗改革目标成效显现。因此，罗湖也实现了一个区医院——罗湖区人民医院，被评上了"三甲"医院，实现了罗湖人多年的梦想。

正如参与报道的有关媒体所评价那样，近年来深圳的改革，虽然持续推进多方发力，取得不少明显的成绩，但像"罗湖医改"这样产生如此广泛影响的改革，还并不很多，个别媒体为此甚至发出了"那个闲置已久的深圳改革火车头，是不是又开始启动了"的提问。

这样的论断是不是为时尚早，姑且不论。但罗湖这两三年来相继推出的城市更新、医疗改革和基层治理多路线、多维度改革，确实已经彰显沉寂已久的罗湖谋求重回改革中心的不懈努力。

媒体与外界，关注更多的是罗湖为未来中国探路的魄力和实绩，而就我个人而言，我同样关注这些改革和执行，对于罗湖城区活力的激活和干部队伍能力的锤炼，但最为关切的，却是这系列改革对于整个罗湖精气神的提振。

那么作为罗湖区委领头人贺海涛呢？

他从这些系列改革中又读解出了什么呢？

采访的时间是紧迫的，秘书不停地来催，因为贺海涛后面还有一个巡查工作安排，领着区有关职能部门巡查罗湖的一些河流，研究下一步对河流污染的治理，这是区里的又一项新任务。我抓紧时间又提了一个问题：在他的心里，他会认为什么东西是罗湖振兴的最为关键因素呢？

他想了一下，说："我认为还是热情与内在的能力，改革创新的决心和能力。"他接着解释说，"罗湖是靠改革创新起家和立区的，没有强烈的改革创新的热情，和经过多次难题淬就的能力，是啃不下任何改革'硬骨头'的，也难以破解发展道路上的'瓶颈'与障碍的。"他说，"改革创新依旧是深圳乃至国家最大的资源，也是人类社会最大的资源。但改革，它需要热情，更需要能力。为什么我们没有二话就敢接下'二线插花地'的整治改造任务，那是因为经过一年多的共同磨练，我相信我们的班子和干部队伍，已经具备了完成这种任务的能力了。"

采访结束后，我乘车回家。从罗湖区委办公楼到我现在住的南山区，中间隔着一个福田区，一路向西，很有一段距离。我坐在车上，恍惚穿过一个深圳经济特区发展的时光隧道。深圳这几十年的发展，先是罗湖，接着福田，而后南山，人们习惯把它叫作"西进"，如今，已经"西进"到前海了。每一个时期，发展的侧重点都不同，当然困难也不同，但每一个时期都会有一个区成为"亮点"。而后每一个时期的"亮点"也都会有逐渐暗淡的困难。实际上，一代一代特区人，一届一届城市的管理者，就是在不断地解决困难中前行的。

罗湖区如今的改革与"二线插花地"的整治与改造，将会迎来一个怎样的罗湖与未来呢？

历史，会睁着眼睛在看着他们。

因为，沧海横流，方显英雄本色。

第四章
寻求"最大公约数"

　　当代"善治"理论告诉我们，任何一项有助于促进区域整体发展进步与文明和谐的公共治理，总是努力追求共赢共享、各得其所的良好效果。

　　越是在一个诉求多元的现代社会，越需要寻求共识。一个了解各方诉求、实现互利共赢的治理过程，是善政者的认识，也是善政者的智慧。

一

城市空间更新作为与城市生态周期相伴始终的动态过程，在共和国的历史上，它取得的成就几乎与它所碰到的难题一样多。

而究其实质而言，城市空间的更新效率，完全取决于我们如何在城市居民的个人产权保护与国家、社会和他人利益之间，找到一套相对平衡而符合各自诉求的制度设计。

当然，这样的制度设计不具备一劳永逸的固定形态，因为它最终系结的是人性诉求这个最不可捉摸的东西。事实上，也必然要求这种制度设计随时应变，持续回应时代的需求，变革自身的形态和底层逻辑。

在进入本章写作前，有人建议我先去了解一下罗湖区另一个城市更新项目"木头龙小区"的改造情况，并说这个项目已经进行了快十年了，有比较才有鉴别，通过深入了解这个个案，再来看罗湖"二线插花地"的改造工作，一定会有新的感想。他并没有说具体的情况，但话中显然有故事。故事是一定会吸引作家的。

我立即找到一直落实我采访工作的罗湖区委宣传部的赵鋆汐，请她帮我去找一找"木头龙小区"改造的有关资料，她答应说，马上到有关部门去要。小赵是一位对工作十分负责的同志，我们在罗湖区的所有采访和资料的查询收集，都是由她负责的。一年多来，小赵工作作风严谨，从未耽误过一次我的采访工作。可这一次等了好久，也未见到她找来任何有关"木头龙小区"改造的权威资料，而我知道小赵已经去过有关部门。这让我感到有点奇怪，于是决定自己先去现场看看。

其实，木头龙这个地名我并不陌生，它勾起了我的一段回忆，因为我第一次来深圳就是住在这个地方。那还是三十多年前的1986年的5月，当时我在内地一家杂志社工作，到深圳文锦渡海关采访一桩重大走私案。从罗湖火车站下车后，就被一辆小巴车拉到了这儿，住进了一家民营招待所。招待所的后面有一片住宅小区，几十幢新建不久的多层楼房整整齐齐地排列着。在20世纪80年代，一个来自内地不发达城市的我，对这样的一片新建小区和住在小区里操着不同口音的人群，留下了很深的印象。

当时我问招待所服务员，那是什么地方？服务员说，木头龙住宅小区，政府盖的。那时一直记不住这个名字，因为，木头龙这几个字，在说粤语的人嘴里像是卷着舌头在喉咙里滚了一下就出来了，对于第一次来广东的我，根本听不清楚到底是哪几个字，所以也记不住。后来看到了木头龙的路牌，我才记住这个地名，可一直没有弄明白，这个地方为什么叫木头龙？问了好多人都讲不清楚。但对深圳的地名，第一个进入我印象中的就是这个木头龙。

1992年元月我来到深圳工作，对广东文化与北方文化的差异，最先的感觉竟然是对地名的理解。例如，深圳，"圳"，它的本意是田边的水沟。既然是沟，又在田边，一般是不会太深的，可它的前面就是缀了个"深"字。这就让北方来的人听起来不容易理解，田边嘛，怎么还会有深的水沟呢？再例如，深圳东部最大的海滩有两处，相隔不远，分别叫作大小梅沙。因为有着很好的沙滩，因此成为深圳最好的海滨浴场。叫沙，北方人能理解，沙滩嘛。可叫梅沙，北方人就理解不了了。沙滩上哪有梅树呢？不但沙滩上没有，沙滩周围也没有。这个梅，可能不是植物的意思吧。还有最著名的罗湖海关所在地——罗湖，它的周边除了深圳河根本没有湖，当地原住民好像也不姓罗，可地名就叫罗湖，后来还成了区的名字。湖的前面缀了个"罗"字，怎么也无法理解。

地名，特别是历史悠久的地名，一般都带着深深的历史烙印和地域特点，是经过岁月的沉淀遗留下来的文化。后来，我来深圳很久才弄明白。广东的很多地名的发音，源于上古越语，古时的"越"与今天的"粤"是通用字。例如，罗湖的"罗"字，是壮侗语系对山的称呼，是古代百越族人的语言遗留。"罗湖"的地名，则是指山的周围有很多的池塘，而如今的罗湖海关附近，就曾经有一座罗湖山，改革开放之初推平的。广东属岭南地区，历史上就是古代百越族的居住地，所以它的很多让如今的北方人无法理解的地名，都可能与古代百越族的语言发音与遗留有关。

木头龙这个地名，是不是也带着古越语的遗留，我没有考证过，但用现代汉语尤其是普通话来讲，是无法理解这三个字是怎么结合的。它的原意好像不是木头的龙。虽然没有弄明白木头龙地名的由来，但它却是我来深圳后最先留下深刻印象的地名。

时光一晃，三十多年，没有想到，我第二次到木头龙小区，竟然是2017年了。

那天，我在罗湖采访结束得比较早，木头龙小区离我采访的地方比较近，拐了几条街就到了，虽然我已经从网上和新闻报道中了解了一些情况，但看到小区的现状时，还是让我很震惊。

木头龙小区位于深圳罗湖区文锦中路，始建于1983年，小区内共有61栋楼宇，1300多户住户，是深圳经济特区建立初期，政府建给来参与特区建设的国有企业和海关工作人员居住的小区，正因为如此，它以一种非常独特的方式，传递给我关于深圳的最初印象。

记得当年，我站在招待所房间的窗户前，看到每天上下班时间，是小区内最为热闹的时刻，成群结队的人流，自信爽朗的笑声，人们的脸上写满了对未来的憧憬与向往。

由于当年特区建设之初涌来深圳的人太多，政府无法及时提供足够的住房来满足人们的基本居住需求。于是，这个小区里最初有一个很有意思的现象，也是当时特区普遍存在的现象。一个单元里，也就是本来设计为一户人家居住的套房里，往往住着同一单位或同系统的几户人家，洗手间与厨房是公用的，来自天南地北的人们，为了特区建设，也是为了自己的明天生活会更好，就这样硬生生地和来自不同地方的人在这里朝夕相处。

很巧，当时接待我的海关办公室的一位同志，他也住在木头龙小区里，曾邀请我到他家里做客。他当时是从北方调来的，还没有分配到住房，一家三口临时和别人合住在一个单元里。他告诉我，大家来自全国各地，生活习惯作息安排自然千差万别。但令人赞叹的是，很少会见到邻里磕绊和矛盾。反而在楼下的空地上，经常看到大家围在木桌或者从自家搬出来的茶几周围，吃饭喝茶聊天，一种与当时内地完全不同的社区文化和城市观念，正在这里悄然生成。

这让我感到非常新奇，对这种在特定的历史时期产生的特别的人际关系和邻里文化充满了新鲜感。几年后，我来到深圳工作，也经历了一段时间这样的生活，几户人住在报社租的同一个单元里。据我所知，从外地调到深圳的人，很多都有过这样的经历。

这是木头龙小区给我留下深刻印象的另一个原因。

深圳的发展，在世界城市发展史上绝对是一个奇迹，它的背后究竟潜藏着怎样的发展逻辑，是一个值得细细研究的复杂课题。但在它起步之初，就深深种下的这种包容理解开放的城市文化，肯定是一个因由。作为一位从内地迁徙而来的深圳移民，我深知内在的包容与理解，对于一座城市的发展来说，是怎样的不可或缺。当年木头龙小区的居民，那样的邻里关系的融洽，人与人之间的理解，几户人家同住在一套单元里，磕磕绊绊是无法避免的。但如果太斤斤计较，能生活得那样其乐融融吗？后来，随着城市住房的改善，所有最初在木头龙小区过渡的人，都逐渐有了自己独立的住房。

我朝着木头龙小区走去，今天它的地理位置可以说十分优越，它几乎就处在闹市的中心，周边的商业配套已经非常成熟，沿街满是高档商场，地铁公交系统非常完善，出行十分便利，旁边的学校医院都很近，深圳市最大的医院——第一人民医院和罗湖区最好的中学——翠园中学，都离它不远，小区四周已经建起了不少现代化的高楼。可就在这林立的高楼中间，非常刺眼地出现一片废墟似的建筑——

隔着马路，陈旧围墙里的小区一片破落、朽败，院内路边竟长着一人多高的茅草，绝大部分房屋已经无人居住，当年的那些防盗网锈迹斑斑，空置的房子门窗残破，一部分楼房已经被拆毁，院内堆满了建筑垃圾，整个小区荒草丛生、恶臭弥漫、蚊虫肆虐，可极少数破败不堪的楼宇里，竟仍有人居住的痕迹，因为点点的阳台上有人晾晒着衣服，时不时有三三两两的人，在小区里进进出出。

如果不是小区门口"木头龙住宅小区"那几个水泥字，我真的不敢相信自己的眼睛：这就是当年的木头龙小区？

时过境迁，充满疑惑地注视着它的我，脑海里依然散发着温热的记忆，可心里却怀疑自己的眼前是不是出现了错觉。

木头龙小区建于特区成立之初，由于受时代局限，当年的设计标准不高，又用了海砂做建筑原料，经过三十多年的风雨，如今已被相关专业检测机构评定为危楼。再加上地下管网失修，消防设施落后，市政配套老化，因此于2010年列入深圳第一批旧住宅区更新改造试点，也就是人们称为的"旧改"，由一家深圳民营房地产开发公司益田集团负责拆迁开发。

这本是一件好事，一开始绝大部分业主与开发公司达成了补偿协议，搬出了小区另行租房居住，等待小区开发完成后，迁回新居。可没有想到，开发公司与少数业主关于拆迁补偿，竟然谈了近十年，直到今天仍然有少数业主没有与开发公司达成协议，致使小区改造拖延了近十年，至今没有开工建设。由于绝大多数业主早已签约搬出，小区内已经没有物业管理人员，并且部分搬空的楼房已经被拆除，这才出现了眼前的这种情景。

少数业主与开发公司的十年博弈，除了让小区改造迟迟无法完成，改造成本逐年加大，更是让绝大部分已经搬出小区租房居住等待回迁的业主痛苦不堪。且不说一些年迈老人已经风烛残年，渴望着早点搬进新房，就是当年准备回迁新房结婚的青年，如今孩子都上小学了，仍然在外面寄读寄宿。搬不进新房，居无定所，生活无法恢复正常，这就让已搬出的业主对未搬出的业主，产生了强烈的不满，当年小区里融洽的邻里关系早已荡然无存。

这时我才理解，小赵为什么迟迟没有从有关部门要到"木头龙小区"的材料。直到我已经完成此章写作后的大约一个月后，小赵才拿来一本书，这本书里收集了一篇文章叫《木头龙——魂萦梦绕新家园》，里面客观地写到了木头龙小区改造的困局。

30多年前，在我脑海里留下的那幅美好的画面，与今天呈现在我面前的情景，形成强烈的反差。它使我怀疑，物质满足的不断提高，生活真的能越来越美好？我不想对木头龙小区少数业主与开发商的博弈是与非做出评价。因为对自身利益的争取，只要是合法的，都无可非议。可是用十年的时间，居住在废墟般的环境里，最终会得到什么呢？就是得到了，这个代价是不是有点太大？

"旧改"，正式的说法叫城市更新。它的完整含意，据《深圳市城市更新办法》规定，城市更新主要指对特定城市建成区（包括旧工业区、旧商业区、旧住宅区、城中村及旧屋村等）根据城市规划和有关规定程序进行综合整治、功能改变或者拆除重建的活动。

城市更新，作为城市发展演进的重要载体和核心动能，它的制度供给决定了它的更新效率。如果我们用库恩的范式理论来审视这些渐次更迭的制度供给，你就会发现，更新效率的提升，只能依靠持续的制度范式创新。

而木头龙小区十年的更新路，它所遭遇的困顿与阻滞，除了具象地袒露当下城市更新所面临的现实难题外，也昭示着城市空间更新的内在驱动力，恰恰就是制度范式的创新供给。

作为深圳经济特区建立之初建设的多层住宅，多在6层左右，没有电梯，木头龙小区楼宇除了破旧，已全面呈现出它的安全隐患，无法满足小区住户日益增长的物质生活需要，因此木头龙小区从2007年起，便开始在业主当中酝酿更新改造的可能路径。

2009年12月1日，深圳推出了《深圳市城市更新办法》，正式宣告深圳城市更新大幕的开启。

2010年，备受瞩目的深圳城市更新单元也随之对外公布，深圳共有8个旧住宅小区被列入第一批改造计划，罗湖区的木头龙小区赫然在列。

8年多过去了，8个旧住宅小区除了鹤塘小区因仅有百余户业主，已经成功完成全部签约，其余7个小区都因为签约率未达到现行政策规定的100%而停滞不前，木头龙小区即是其中的典型代表，并广泛受到媒体的关注。

早已蓄势待发的民营房企益田集团于2007年即进入木头龙小区，进行业主的意愿征集工作，接下来就开始了与小区业主关于拆迁补偿协议的谈判。

从事后公布的签约进度来看，谈判伊始，没有任何迹象显示这将是一个烂尾十年的小区更新项目，乐观是有根据的。

2012年，项目签约的总数就达到了小区全体业主的80%。

2015年上半年，签约户数与面积均达到了90%，未签约剩下60多户。

2015年下半年，木头龙小区的户数和面积签约率均达到了95%。

2016年12月，户数和面积签约率达到近98%，未签约剩下30余户。

2017年8月，户数和面积签约率突破了98%。

从数字上我们可以看到，木头龙小区超过90%以上的业主，都完成了签约并搬出了小区，但未签约的60多户业主，将这个近十年的美好光阴全部耗尽。直到2018年6月中旬，仍有4户业主未与开发商达成协议。

据说，这其中的原因在于少数业主对开发商提出的补偿标准及相关程序存在不同意见，并在这种对抗性情绪的支撑下，与开发商开始了长达十年的博弈。

反过来，对于那些已经签约搬出小区另租房居住的1200多户业主，这近十年的苦苦等待小区改造完毕回迁新楼的日子，也是苦不堪言。

71岁的陈大爷是木头龙小区业委会成员之一，他说："我们这个老小区内，平均年龄也有六七十岁，年纪大的有九十多岁了，还有些初始业主都去世了，大家都已经在外面租房住了快十年了。现在有些高龄老人在外面都租不到房了，因为房主害怕他们年龄太大，在租住期间死在自己的房子里，因而拒绝租房给他们，致使老人们只能投靠亲戚。"

近年来，关于木头龙小区的"旧改"动向的新闻报道，陈大爷均将它打印下来用信封封好，递送至未签约业主的家里，就期盼着他们能理解，能早点签约搬出，小区能早点动工改造。

而另一位业主郑先生的说法，则将这种时光度过描述得直白形象："本来我想换套新房子给儿子当婚房的，现在孙子都两个了，新房还没谱呢！"59岁的郑先生属于最早签约的一批业主，等待木头龙小区改造已经将近十年了。

还有人在网上给未签约业主写公开信，希望他们能早日与开发商达成协议，好让小区尽快开工，让小区绝大多数的老业主们能早日搬回新家园。

对业主、开发商和政府来说，这是一个"三败"的局面，对于业主来说，是安居梦延宕十年的痛楚，毕竟人生有多少个十年？对于开发商来说，正如益田集团相关人士对我们所说的那样，且不说这十年来的其他投入，"益田集团这些年来每年支付给已签约业主的租金，就达到近一亿元。"而对于政府来说，这样一块城区核心地块，迟迟得不到实质更新，各种显性隐性的成本付出，也是显而易见的。

表面上看，木头龙小区更新推进迟滞的原因，是签约率没有达到《深圳市城市更新办法》所要求的100%，但要洞察这里面更为深层的因由，则需要将之放在更为宏观的历史框架下来进行省察思考。

深圳列入首批更新计划的8个住宅小区，7个都因为签约率未达到现行政策规定的100%而停滞搁浅，木头龙小区由于它所处的地段和区位，成为了其中的典型代表。

城市更新的难度如此之大，其根本之处还是如何在城市居民的个人产权保护和国家、社会、他人利益之间，取得相对平衡的制度设计。

共和国成立之初，由于几乎所有的产权从理论上讲都是归属于国家的，个人产权实际上是被悬置的，因此城市空间更新在形式上，几乎也完全是由国家主导的。个人在这其间，并没有太多的发言权或拥有等量的对抗力，即使个人对于分配给自己的居住空间有什么不同意见，基本上也全都在所谓的"组织结构"内予以化解。

但随着个人产权的逐步确立和深入社会体系的方方面面，一场以个人产权保护为核心的所谓维权运动，事实上已经成为了中国近年来最为吸引眼球的新闻。

个人以产权确认和产权保护为生态逻辑，迅速成长成为一种能量惊人的社会力量，它将包括在空间更新在内的各种城市改造，纳入了一种全面的"协商与博弈"的阶段，设若政策设计未能妥善兼顾其间复杂的利益关系，那么这种旁逸斜出的博弈力量，将迸发出巨大的破坏性，给包括空间更新在内的城市发展，制造种种障碍和阻隔。

二

殷鉴不远，当罗湖"二线插花地"棚户区改造项目启动的消息公之于众时，无论是规模、户数、面积、人口的复杂程度逾木头龙小区百倍的它，又将面临什么样的现实与阻碍呢？

万众瞩目！

在正式启动"二线插花地"改造之前，罗湖区有关方面邀请了北京上海若干棚改专家来深圳把脉支招。

来到深圳的棚改专家们，非常仔细地了解了情况，又到各个"二线插花地"现场进行察看，表现出一如既往的认真与细致。

然后是，专家们的异口同声——难，太难了。无论是改造标的的体量，还是产权复杂的程度，即使不能说绝对不可能完成，但难度却是前所未见的。为此，专家们甚至还有了"三个前所未有"的看法："二线插花地"改造范围之大——前所未有；建筑体量之大——前所未有；复杂程度之大——前所未有。

勘探数据呈现出来的地质灾害危险指数，也让他们捏了一把汗。

可整治改造势在必行，军令状都领了，刻不容缓。但难度空前，且可资借鉴的政策工具几乎没有，一种所谓的二律背反处境，就这样真真切切地摆放在罗湖区领导们的面前。

数字枯燥却从不骗人。划入整治改造范围内的三大"二线插花地"片区，面积达62万平方米，建筑面积138万平方米，居住人口9.3万人，涉及当事人8310户。

当事人也好，在这里的居民也好，过半户籍并不在深圳，大多数人为外地籍贯，当中还包括来自港澳台同胞近700人，另外还有已迁居美国、法国、日本、澳大利亚等国家的当事人。从某种程度上讲，这也是一个"国际村"，一个为中国独特的现代化进程中所形塑的"国际村"。

项目要实质启动，意味着不但要做通居住于此的9.3万人的工作，取得他们的支持和协助，还意味着要满世界去寻找那七八百"蛰居"海外各个国家和地区的当事人，难度与工作量可想而知。

有工作人员苦笑着开了一个玩笑，当然只是个玩笑话，说，设若政策没有制定好，工作没有做到家，当事人的误会不满与抵触情绪广泛蔓延，只要有一个导火索，9万多人闹将起来，引发了群体性事件，"那就是将42军调来也是没办法的"。

玩笑是玩笑，但玩笑话反映了拆迁工作在人们心头的压力。潜在的隐患笃实无疑，人们往最好的方向努力，但"好事没有办好"的担心，使为政者不可能不认真思考可能会发生的"最坏结果"。

这个担心，在为政者的心目中，似一朵阴云久久不能散去。

而被专家们所小心翼翼不予提及的房屋楼宇权属问题，则更是一个谁碰谁头疼的问题，它混合的历史与现实的种种难题，挟泥带沙汹涌而下，后来的实践也恰恰证实了这一点：

用一名现场工作人员的话来说，一栋房子的利益关系，如果用关系导图来标示，有时你就是用两张A4纸黏起来也未必标得清楚。

据说，这些身经百战的外地棚改专家们，临走留下了这么一句话：这是"中国棚改第一难"。当然，我认为"第一"是一种现实形容，未必是一个可以用数据来论证的准确说法。可这句评语由于是形象的形容，在随后的媒体报道中，被记者们一次次地反复引用。

这是预测与评估，但现实进度却似乎与这种预测与评估拉开了很大的一段距离，呈现出完全不同的另一种面目：

经过充分的准备和政策制定，又经过进入千家百户的各种简要通俗的宣讲政策后，2016年12月20日——罗湖"二线插花地"棚户区改造项目正式启动签约。

当天在罗湖体育馆签约现场，早上6点多钟就有人到达排队，8点左右排队等候签约的已有近千人。据现场工作人员统计，正式启动签约当天共有1570名房屋当事人完成签约。

12月22日，也就是罗湖棚改正式启动全面签约的第三天，截至下午6时，累计签约3200户，当事人签约率超过三分之一。

而随后的24日，罗湖"二线插花地"棚户区改造项目三大片区中，布心片区更是传出了令人振奋的消息：即正式启动签约的第5天，布心片区51%的总户数当事人完成签约，"二线插花地"首个签约率过半的片区出现了。

而整个三大片区改造项目的过半签约率，出现的时间是12月26日，用了一周的时间，签约数便已过半！

我采访了一位当时报道签约情景的记者，那一天，她全程都在罗湖围岭公园罗湖棚改现场指挥部。

各片区的签约数，是通过网络实时传输到现场指挥部电脑上的，因为当天中午签约数已经接近半数了，所以现场指挥部的所有人员，都在紧张地等待最后数字的出现。

这位一直在现场的记者对我说："我第一次真切地感受到数字的魅力，几乎每一个人从现场回到指挥部，一放下自己手头的工作，就会凑到统计组的电脑前瞅上一眼，等到过了49%的时候，几乎整个指挥部的人都围过来了，16点45分，是的，我记得很清楚，就在那个时刻，签约率冲过了50%，且不断地往上摸高。"

作为现场总指挥的罗湖区委常委、常务副区长王守睿，那时他在干什么呢？

已经连续多天工作到凌晨三四点钟的他，虽满脸倦容，但此时此刻就站在围观人群的外面，喜悦与振奋以一种极其克制的方式，在他的心中暗暗涌动。

是感动，还是感触，还是两者兼具，低调的他从没与他人分享过。

时隔多时以后，我们在采访中问到这个问题，他也没有回答，只是说那时的他，依然感觉到有千山万水要走过。

截至当天晚上7时，当事人累计签约达到4662户，总户数签约率为52.29%。

初战告捷！

王守睿常务副区长的感觉是对的，对于一个沉积了几十年的历史问题，摆在每一个参与其中的人来说，面前依然是千山万水。但初战告捷，对于罗湖区方面来说，对于所有参与棚改工作的同志们来说，收获的是信心，更是继续走下去的力量。

2017年1月4日下午，罗湖召开了中共罗湖区委七届二次全体会议。

作为罗湖区工作重中之重的“二线插花地”棚户区改造工作，自然也是大家聚焦此次会议的重要内容。

区委书记贺海涛在会上郑重对外宣布，经过两周的一线人员的艰苦努力，罗湖“二线插花地”棚户区改造项目，已完成签订前置协议5626户，签约率达到63%，完成清楼（即整栋楼的居住人员全部搬空）64栋，已示范性拆除了21栋楼房，完成人员搬离13169人。

此时，与会的区委委员们注意到一个细节，在读完这一段报告后，北方汉子贺海涛突然走到主席台的中间，深情地给大家鞠了一个躬。

一切都在不言中，这一鞠躬，让台下许多参与棚改工作的同志们，心头一热，大家立即明白了区委书记的心意，人们的眼睛都不约而同的湿润了。

是的。贺海涛以这样一种极具个人色彩的方式，向奋战在棚改现场多日的“战友们”致敬！

贺海涛不是一位情感外露的人,沉着、内敛是绝大部分认识他的人对他的印象。但这一次,他没有刻意掩饰自己的情感。当然这也不可能是一个临时起意的举动,以怎样的一种方式表达他此时此刻的感动与感谢,在贺海涛的心里或许酝酿已久。他觉得,再多感谢的话,表扬的话,都难以表达作为区委一把手此时此刻的心情。唯有此深深一鞠躬,背后写满了无尽的语言。

而,这一鞠躬动作,在会场产生了极大的共鸣,收获的是整个会议最为热烈的掌声和欢呼声。

作为罗湖人,在场的每一个人都清楚明白,他们的书记如此动情,是源自区委、区政府派到棚改一线上千工作人员的日夜辛劳而取得的成绩。

懂得——彼此的懂得,彼此的感动,彼此的动情。

棚改项目与其他的"旧改"项目不同,其他的"旧改"项目签约环节中,90%是一个核心指标,过了90%,如果不是碰到像木头龙小区那样的情况,基本上就算是大局初定了。

而棚改项目,作为政府主导的"旧改"模式,它在签约率方面的关键指标则为80%,而罗湖"二线插花地"棚户区改造项目,达到这个关键指标用的时间是多少天呢?

答案是:35天。

到了2017年1月24日,罗湖棚改现场指挥部正式对外公布:罗湖棚改3个片区房屋当事人签约7106户,签约率突破八成!

大局初定。

光从进度曲线上看,势如破竹一路飘红,似乎很难看到什么障碍和阻隔，所谓的"中国棚改第一难"的论断，难道只是专家们的过度担忧？

不是，专家论断并非空穴来风，他们的理据充分而且坚实，那么问题来了，是什么让"中国棚改第一难"，呈现出与专家论断大相径庭的另一番情景来呢？

整个采访写作已经进入了十个月了，我们与罗湖区长聂新平终于在这个傍晚时分，找到了"好好聊一下罗湖棚改"的时间了。

"难是真难，好在我们找到了不错的解决路径，而且执行得还不错，至少现在看来还不错。"儒雅的聂新平话说得很严谨，这大概与他多年在市政府办公厅工作有关。

聂新平所说的"不错的解决路径"，依我的理解，其实就是事前精准的政策设计，以及围绕政策设计所作的数据收集与分析。

没有任何确凿的证据可以显示，当深圳市委、市政府决定全面启动罗湖"二线插花地"的棚户区改造工作时，就有清晰具体的政策路径。

对于像"二线插花地"这样的都市非主流人居住区，其他地方整治改造模式也都是沿用城市"旧改"更新的一般模式。事实上就像罗湖此前已经启动的城市更新工作一样，政府负责政策设计和统筹规划，引入更多的政策性资源，但起主导作用的是市场化的地产公司。通俗地讲，政府掌舵，但划桨的事基本上就交给了市场。

这种依靠市场力量进行城市空间的更新，其价值与作用毋容置疑。人类自从创造了城市这个"最伟大的发明"以来，市场这只看不见的手，在城市发展与演进中，就一直在起着决定性的正向作用。

以产业升级为引子，以产城融合为逻辑，市场力量以一种不显山不露水的方式，持续地推进着人类城居方式、资源集聚和知识技术的升级换代，引领人类迈向更为美好的生活境界，实现人类的自我解放和物质生活水准的提高。

1978年中国共产党十一届三中全会启动了我们的改革开放，在短短四十年里，中国在现代化进程中便取得了近两百年来最为显赫的成就，实现了无数志士仁人的世纪梦想与毕生追求。

而这其中的最主要经验，莫过于从计划经济的世纪迷思中走了出来，持续释放市场的自主力量，用官方的话语来说，就是"发挥了市场的决定性作用"，彰显了市场在聚合资源、驱动创新方面的巨大作用。而2017年召开的中国共产党第十九次全国代表大会在报告中也明确指出，建设现代化经济体系，让市场在资源配置中发挥决定性作用。

这在外被视为在中国未来的现代化推进中，将继续坚持四十年来的市场化改革路向，围绕使市场在资源配置中起决定作用，继续深化经济体制改革。

三

没有人会怀疑市场的价值与作用，但市场力量是不是就无坚不摧呢？显然也是否定的。

亚当·斯密，作为一名坚定的市场主义者，在他的旷世名著《国富论》中，虽然也动情地讴歌市场这只"看不见的手"，但也不得不从无数的历史印证中承认，市场在引导市场中自利的买者和卖者，使社会获得了可以从市场获得的最大收益时，也显而易见存在着所谓的市场失灵情况，无法有效率地分配商品和劳务。

在去世前将自己的全部手稿销毁的亚当·斯密，并不是经济学说的最早开拓者，他最著名的思想中有许多也并非新颖独特，但是他首次提出了全面系统的经济学说，为该领域的发展打下了良好的基础。因此完全可以说《国民财富的性质和原因的研究》一书（简称《国富论》），是现代政治经济学研究的起点。

当罗湖接过"二线插花地"棚户区改造任务，也有人提出按照通行的城市模式进行改造，但罗湖方面很快就发现，这条路子未必适合像"二线插花地"这样的复杂人居区。

"别的暂且不说，就市场而言，光对这些房屋复杂的权属关系进行厘定，就是一个让人头皮发麻的巨大繁杂的工作"，深圳房地产研究中心高级研究员李宇嘉开宗明义地说。

而政府各项职能中最重要也是最为本质的，莫过于对权属的界定与保护了。没有这个前提，社会运营和市场交易就根本无法成为一种可能。在李宇嘉看来，像"二线插花地"这样违法建筑占据绝对优势的人居区，政府的强力介入是解决问题的必要条件。

此外，市场化运作的前提是利润，也就是说对于参与其中的企业来说，它必须是有利可图的，但对像"二线插花地"这样的地质灾害高易发区来说，它很难通过提高容积率等方式来实现企业利润的，而动员搬迁、基础配套、商务谈判等刚性支出，却一点也不比任何城市"旧改"项目低，"这些问题都会极大地削弱企业的参与积极性"。

事实上，关于"二线插花地"的改造，罗湖方面此前也曾与万科、华润这样的地产巨无霸企业进行过接触，希望他们以某种方式介入到项目改造当中来，但这些企业了解了"二线插花地"的基本情况之后，无不知难而退，投入巨大利润微薄是一方面原因，而复杂的权属结构，更让这些企业大多选择退避三舍。

我曾仔细地从报纸的各种公开报道中，梳理"二线插花地"整治改造的政策脉络，没有任何迹象显示在整治改造启动之初，就已明确它的具体政策方向和执行路径，我更愿意相信罗湖的棚改之路，是"一步一步闯出来的"。

但此前城市更新的经验与教训，肯定会是罗湖进行"二线插花地"整治改造政策设计的历史背景，如何既充分发挥市场力量的效率优势，同时引入某种体制力量，确保整改工作的基本方向和工作进度，也必定会是政策团队的思考基础。

但这些都是方法论的问题，我更感兴趣的是，罗湖在推进"二线插花地"棚户区改造过程中，政策设计的逻辑原点。

区长聂新平用了一句话"确保每一个人'帕累托最优'"，来定义罗湖政策设计的逻辑原点。

"帕累托最优"，也叫做帕累托效率，意大利经济学家维弗雷多·帕累托在他的关于经济效率和收入分配的研究中最早提出了这个概念，因而以他的名字帕累托命名。"帕累托最优"，是一个经济学概念，它指的是资源分配的一种理想状况。即，从一种资源分配状态到另一种状态的变化中，没有任何人境况为此变坏，且至少使得一个人变得更好。经济学家经常用这个概念，来描述社会公平与效率的"理想王国"。

人们追求"帕累托最优"的过程，其实就是管理决策的过程。"帕累托最优"研究的管理活动，其目的是充分利用有限的人力、物力、财力，优化资源配置，争取实现以最小的成本，创造最大的效率和效益。

经济学理论认为，在一个自由选择的体制中，社会的各类人群，在不断追求自身利益最大化的过程中，可以使整个社会的经济资源得到最合理的配置。市场机制实际上是一只"看不见的手"，推动着人们往往从自利的动机出发，在各种竞争与合作的关系中，实现互利的经济效果。另一方面，虽然在经济学家们看来，市场机制是迄今为止最有效的资源配置方式，可是事实上由于市场本身的不完备，特别是市场的交易信息并不充分，往往对社会经济资源的配置造成很多的浪费。

提高经济效率就是意味着减少浪费。如果经济活动中没有任何一个人，可以在不使他人境况变坏的同时，使自己的情况变得更好，那么这种状态就达到了资源配置的最优化。这样定义的效率，被称为"帕累托最优"效率。如果一个人可以在不损害他人利益的同时能改善自己的处境，他就在资源配置方面实现了帕累托改进，经济的效率也就提高了。

"帕累托最优"在指导自然资源开发时，是一个十分有用的原理。但其"无人受害"的标准过于严苛，在现实中完全达到困难很大。

"帕累托最优"毕竟是个专业的学术概念，用我们通俗的语言来讲，或许就是确保人民群众的利益不受损有增益。

当然，对于贺海涛而言，"帕累托最优"在他这里有一个更为通俗的表述——"寻求最大公约数"。

在他看来，越是在像"二线插花地"棚户区改造这样一个诉求多元的治理项目中，就越需要寻求"最大公约数"，不能搞那种非此即彼的零和博弈，多年的基层治理实践，已有太多的事例证实，这就是减少矛盾冲突的不二法则。要寻求"二线插花地"棚户区改造工作的顺利推进，就只能在寻求"最大公约数"的治理过程中，充分获取各方信息、了解各方诉求、促进互谅互让、实现互利共赢。

这样的政策设计逻辑，在公共治理中也有一个逐步深化认知的过程。此前我们的一般认知是，为了确保绝大部分群众的利益增进，往往会减损甚至剥夺少数人的利益，比如新中国成立初期的土地改革，就是循沿这种革新思路的。

事后看来，罗湖这样的政策设计，不但极大扩充了技术执行的灵动空间，以一种共同体的力量，广泛吸纳社会各种协同力量。与此同时也有力避免了政策效率降低、政策执行的人为障碍，为城区治理铺就了一层温暖的人文光泽。

后来出台的笼统概括为"尊重历史、面对现实、以人为本"的棚改政策和补偿方案，以及更为具体并广受赞誉的"一户一策的协商谈判机制""下保居住上管暴富的补偿原则""一把尺子量到底的政策标准"等等，细究之下，无不衍生于此，也恰恰是这种"帕累托最优"的政策设计，确保了罗湖"二线插花地"棚户区改造工作的推进效率和良好的社会反响。

"帕累托最优"！寻求最大公约数！

城区治理，经此一跃，决然地迈上了"善治"的康庄大道。

愿景有了，方向有了，但并不意味着路就有了，依然有很多问题需要罗湖去琢磨，去创新，去突破，去杀出一条血路来。

毕竟在这方面，深圳没有什么现成的路径可资借鉴，此时此刻的深圳，依然需要罗湖再一次驮负起去开山劈岭的使命。

现行的城市更新模式肯定不行，否则像万科、华润这样的地产巨擘不会望而却步，在全国其他地方已经有所推广的棚户区改造模式，也许是一个不错的方向，但对于深圳来说，也依旧会有不少的政策和现实障碍需要去破解。

比如，按照原有政策进入棚改许可的小区楼龄，必须在三十年以上。对于深圳这座中国最为年轻的城市来说，拥有三十年楼龄的小区显然并不是太多。当然，这只是冰山一角，类似的政策障碍，在推进棚改政策于深圳的落地还有许许多多。

包括棚改在内的城市更新，经过多年的演进，事实上已经建构出来一个复杂严谨的法律法规体系，它不但有关于城市空间更新的一般原则，更衍生出明确详细的操作程序和标准。而且为了确保整个操作公平正义，这套体系还尽其所能地压缩自由裁度的空间，塑造出自己难越雷池一步的刚性面目。

这些法律法规，好处在于它确保了法律的公平施行，维系了各方利益的大体平衡，确保了城市更新的基本效率，但它带来的另一影响，则在于它有时不免显得僵化，缺乏现实的灵活性和适应性。

事实上，这也是深圳方面在推进"二线插花地"棚改实质启动时，最感头痛的问题之一。

某种必要的突破，甚至是"冲禁"，也就成为此次整治改造工作的题中之义，一个绕不过去的坎。

这需要勇气与担当，更需要创新的智慧与腾挪转圜的谋略。

据说，在关于"二线插花地"执行路径设计的第一次务虚会上，某住建部门一位官员上来的第一句话就是"这事没法弄，政策障碍太多了"。

我们无法猜测这一盆冷水兜头浇下，在场的其他人心里头究竟是怎样的一种感觉。可以肯定的是，已经累压在心头的石头，此时又多了几块，自然是越发的沉重了。

不过，大家也不得不承认这位官员讲的其实也是事实，他直白的语言，表现的是一种深深的担忧。

三十年楼龄的规约还不是最难办的，比它更让人左右为难的还有更多。

比如，"二线插花地"内真正合法合规修建的楼房，即便不能说完全没有，毫无疑问的却是凤毛麟角寥若晨星。整治改造，如何对待这些规模化的违建，如何在"帕累托最优"的原则下，将这一栋栋违法建筑背后的当事人，也妥善转化为支持整治工作的正向力量，以寻求最大公约数？

或许，你会说，这还不容易，弄个特赦令将它们洗白了不就行了么？

那么，另一个问题就来了，根据公平原则，你是不是也应该将占深圳建筑总数四分之一的38万栋、面积达4亿多平方米的违法建筑，也纳入特赦令范围之内呢？毕竟，同一座城市你不太可能将同一行为进行区别对待，这恰恰就是法治的根本理念。

再比如，拆迁补偿对于利用集体用地建房的当事人来说，是有明确的补偿标准的。以户为单位，超出380平方米（原村民为480平方米）按照相关法规是不能赔偿的，但由于历史原因，"二线插花地"范围内，超出此项标准的当事人却比比皆是。

怎么办？

再比如，与坐拥成千上万平方米建筑面积的超级当事人形成鲜明对比的是，"插花地"内也有不少只有区区三四十平方米的蜗居者，如何在"帕累托最优"的原则下，让这些蜗居者也享受到党与政府的关怀，并就此再次标高深圳这座城市的人文刻度呢？

凡此种种，不胜枚举。

在通达彼岸的路途中，一道道关隘矗立其间，以一种不可一世的姿态和神情，挡在棚改的道路上。

好在无论是罗湖还是深圳，在它们的文化里，似乎从来就没有在困难在障碍面前裹足不前的基因。

面对一个更为美好的未来，罗湖也好，深圳也好，从来都不回避自身的使命和担当，它们都明白有些路真的需要自己去探索，驮负着中国现代化的使命和要求。

我们不讲宿命，我们只知道这是已被他们深刻体认的角色认知和担当认知。

过河卒子，从来是一往无前的。

四

2016年1月9日，时任深圳市委书记的马兴瑞和市长许勤专门为此召开了专题会议，要求以罗湖区"二线插花地"棚户区改造为切入点，消除"二线插花地"的地质灾害、危旧楼房等公共安全隐患，改善"二线插花地"的居住生活环境，探索具有深圳特色的棚户区改造模式。

这是一个定调的会议，而最值得注意的莫过于"探索具有深圳特色的棚户区改造模式"的表述，如果说"棚改模式"的确认，是一种路径的最终选择，那么"探索具有深圳特色"的"棚改模式"的表述，则向罗湖区敞开了创新的空间。

那么，什么是具有深圳特色的棚户区改造模式呢？在我收集到的材料中，并没有看到过有关的完整表述，虽然在不同的报道和报告中，你或许可以看到零零星星的不同表述。

实际上，本书写作的一个目的，恰恰就是从实践中提炼概括这种"棚改模式"的具体内涵，但从此次专题会议的相关报道起来，马兴瑞、许勤意识中的深圳特色的"棚改模式"，据相关人士从历次罗湖棚改市级专题会上领导讲话的内容归纳来看，至少包括以下几个方面：

一是"二线插花地"棚户区改造工作实质推进，是关系到近十万民众的生命安全问题，人命关天，所以不存在"改与不改"的任何讨论余地，整改工作必须切实推进如期完成；

二是整个棚改工作必须坚持确保它的公益方向，人民的利益高于一切，城市的公共安全高于一切；

三是改革权限下放给罗湖区，同时与上级主管部门保持紧密的沟通，在不违反基本原则的前提下，具体政策路径可以也应该有所突破，政策设计完毕后上报市政府审批；

四是为了降低政策的影响和保持法规的必要稳定性，针对"二线插花地"的创新性政策，在短时间内只在"二线插花地"棚改项目内"封闭运行"，避免由此带来不必要的社会动荡。

事隔多日，贺海涛在讲述这些棚改往事时，自然多了几分当时尚未完全体悟到的感触。

他说，当时最明显的感触是：在书记和市长的大力支持下，找到了方向感了，心里也比以前更有底了，信心增强了。

但一年多后的当下，他对此又有了更为宏观的省思。他说，在结合深圳的建设历程，以及深入学习习近平总书记系列重要讲话精神以后，他更体会到，无论是整个国家的改革开放，还是某一个领域的革新演进，从底层逻辑而言，有些原则是相通的。他说："比如，一切改革必须以人民利益为依归，有了这个原则，就不至于迷失方向把路走岔了，也不至于犯下大错。其次改革采取先从局部地区和某个领域进行单点突破的路径，是另一种实事求是，有助于降低试错成本，提升改革效率。"

深圳市将政策创新的权限下放给了罗湖区，是一种信任，但对于罗湖区自身来说，一种更为现实的东西却是：压力。

创新不是蛮干，更不是由着性子来。你相信棚改政策是推进"二线插花地"棚户区改造的优先选项，你就得去疏浚那些政策关隘，去为你的突破找到理据，瞻前顾后评估这种突破可能带来的社会、法律、政治后果。

历史就是这样，最具戏剧性的现实情景，等到书写的时候，往往便只剩下刻板和干涩的几行字。

这样的案例在漫长的历史长河中，数不胜数，而最新的一个，自然就是罗湖棚改的政策突破过程了。

我查遍了几乎所有公开的资料，对于这种政策突破，唯一记载在案的文字就是这几行了：

短短几个月的时间，在市规划国土委、市住房和建设局、市法制办等市直部门的指导下，罗湖区委、区政府组织各方力量，研究了28部相关法律、800万字法规条文，开展摸底调查和研讨论证数十次，9月底形成了棚改政策、模式和标准上报市委、市政府。

800万字，是个什么概念？作为一个差不多一辈子从事文字工作的我，对此有清楚的认识。我的写作生涯是从大学毕业以后开始的，随后展开的几十年的时间里，我几乎将自己的所有热情和岁月，都投入到此项劳作当中来。差不多穷尽一生，不含新闻写作，共创作了20多本书，其中包括3部长篇小说、11部长篇报告文学、2部散文集、1部中短篇小说集、1部中短篇报告文学集、1部电影电视剧本集、1部言论随笔集，它差不多花费了我1万多个日日夜夜，宵衣旰食。而把这些统统归纳在一起，细细统计一下，总共也才700多万字，但在书架上已经排了长长的一列了。

28部相关法律、800万字法规条文、数十次摸底论证，标示的只是一种工作强度和工作宽度，我更感兴趣的是，已被刻板表述所省略的个中曲折隐秘的细节，因为我有充足的理由相信，数字的背后拴系的不只是一段动人的故事，更是一段传奇的起笔。

但我追访了几位身历其间的干部、专家，甚至是参与其中的第三方独立咨询机构，他们的回答无一例外都是十分的简略。

不得不承认，在结果导向的改革创新中，这种刻意的低调和多干少说，在社会转型期的改革突破中，是一条充满中国式智慧的有效途径，只是对于历史来说，细节的缺失，也意味着历史最具价值和最为动人的那一部分已经缺失了。

历史的意义不在于场景的重现，而在于那些潜藏在细节中的可资借鉴的教训或经验。

对于社会公众而言，他们所知道的是，以某一个他们所忽视的时间节点为开端，长期搁置的深圳棚改工作突然间就加速起来了。

2016年2月，《深圳市人民政府关于加快推进棚户区改造工作的实施意见（试行）》《深圳市人民政府购买棚户区改造服务管理办法（试行）》《深圳市棚户区改造项目认定办法》便开始征询意见，在业界和一部分专业社会人士当中流传了。

5个月后，《深圳市棚户区改造项目界定标准》经市政府常务会议审议后，更是公开对外发布，众所瞩目，引发如潮热议。

我注意到，与广东省的界定棚改标准相比，深圳市的界定标准有三点差异：一是期限差异，深圳市将广东省界定标准中的"超过40年的危旧房屋"，修订为"30年"；二是在广东省界定标准的基础上，深圳市增加了"二线插花地"棚户区改造项目界定标准；三是深圳市将城市更新计划中，符合棚户区改造界定标准的改造项目，也纳入了棚户区改造范围。

差异，就是突破。更令人欣慰的是，以法规条文方式呈现的这样一种完成式突破，已稳稳摆放在我们面前了。

外人或许不会知道，但我深知：多少人为它已走过了千山万水。

最为艰难的政策隧道打通了，光亮以一种充满希望的方式，召引着执着前行的人们。

2017年8月，《关于加快推进棚户区改造工作若干措施（征求意见稿）》也正式对外咨询。

马兴瑞、许勤期待中的"具有深圳特色的棚改政策"框架，借由此份征求意见稿也渐渐浮出了水面。

稿中提出的棚户区改造，推广"政府主导+国企实施+公共住房"的实施模式的字眼，也被外间广泛视为此次征求意见稿中最大的亮点。除此之外，稿件中还提出了全市范围内使用年限在三十年以上、存在住房质量安全隐患、使用功能不齐全、配套设施不完善的老旧住宅区项目，应当纳入棚户区改造政策适用范围，不再采用城市更新的方式进行改造。在这一点上，也被业界点评为深圳城市更新的一次关键性转折。

而稿中提出的棚户区改造项目的住宅部分，除用于搬迁安置住房外，应当全部用作人才住房和保障住房，且坚持以租为主，根据辖区人才住房和保障性住房的建设供应情况，确定租售比例。福田、罗湖、南山、盐田四区的棚改项目，所建人才住房和保障性住房只租不售，则被视为深圳为了应对高企房价对人才的挤出效益而设置的针对性政策。

备受关注的内容还有，稿中还明确提出"签约期内少数业主住户拒不签约、拒不搬迁，阻碍棚户区改造项目实施，损害大多数业主利益的，经报告审议通过后可依启动行政征收、行政处罚等强制程序"，此一举措则吸纳了社会各界对于加快城市更新速度，防止"木头龙小区现象"再度出现的建议，以社会公共利益平抑了个人利益的过度主张。

此份借鉴罗湖区模式并吸纳了省市相关部门意见的征求意见稿，甫一公布，立即收获了业界的广泛好评。

普遍认为，这份极具深圳特色的棚改法规性文件，除了借力棚户区改造作为中央大力推进的人居政策所固有的政策红利外，最明显的一点就是突出地强调了项目改造的公益性，并在公益基础上导入政府力量，强化了棚改工作的效率保证，丰富了棚改工作的推进手段，充分利用了政府的公权力、公信力和效率优势在权益界定、集聚资源和提供底线保障方面的固有优势。

五

2017年对于深圳政坛来说，是一个重大人事变动不断的年份，先是马兴瑞升任广东省省长，不久在深圳历练多年的许勤旋踵也北上就任河北省省长，几个月的功夫，深圳市两位主官分别履新，但对于这两位主官，罗湖人却是永远铭记的，用贺海涛和聂新平的话来说，这两位领导对于罗湖区的转型发展，实在是有"再生之功"的。

贺海涛时至今日，依然清晰地记得许勤临走前，以深圳市委书记的身份向他说的这样一番话。"'罗湖要发展，只能坚持改革创新，向改革要动力、要潜力、要新的红利，以改革谋求转型，赢得优势、赢得竞争力、赢得未来'。这是许勤同志的原话，回顾罗湖棚改的政策设计全过程，我心里对这一番话就特别有感触有体会。"

我不知道在这里引用鲁迅的这句名言是否合适，但写作至此，我脑海中想起的恰恰就是这句：

于一切眼中看见无所有，于无所希望中得救。

在有着明确三千年文明史的中国，寻求现代化之路也好，在两百年中华民族屈辱史奋身挺起也好，于1978年邓小平在悬崖边为拯救共和国的未来，开启了改革开放的新征程也好，甚至具体而言的罗湖棚改也好，似乎都是：于一切眼中看见无所有，于无所希望中得救。

相比较于罗湖区其他的部委局办，罗湖区城市更新局可能是当时成立时间最短的职能机构，从某种程度上讲，它完全是为了聚焦城市空间更新，承接试点深圳城市更新改革而设立的。此前他们刚刚完成了深圳城市更新工作整个制度框架的梳理，并结合深圳市部署的试点要求和罗湖区的具体实践，重塑了深圳城市更新的整个流程制度。

罗湖来不及歇一会儿脚，甚至连喘一口气的时间也都没有，这次是区住建局的团队来到了"二线插花地"的棚改现场。

宋太平，罗湖区住房和建设局局长，军旅出身，身高马大，转业多年办事讲话却依然未改军人特色。我开始进入罗湖"二线插花地"采访工作时，第一个向我介绍全面情况的就是他。那天是2017年的元月17日，在罗湖围岭公园内的"二线插花地"棚改现场指挥部的临时会议室里，宋太平局长对市区两级决策层的决心意图了然于胸。他以现场指挥部副指挥长的身份介绍说："区领导把棚改整体制度设计任务交给我们，我们整个专业团队必须连轴转，在前期整体研究棚改模式、棚改指挥架构、棚改攻坚策略的基础上，抓紧完善棚改政策设计。现在，要从8个维度找准最大公约数，在社会利益平衡面上构建棚改政策体系，形成有力有序有效推动棚改的核心制度支撑。"

棚改战役牵动全局，首战必胜。早在激情燃烧的军旅生涯，宋太平从军校合成参谋专业毕业后，多次参加济南战区和广州战区陆海空三军合成战役演习。从封锁渤海海峡，到东海南海实兵对抗演练，无数次参与战役谋划，制定作战方案，研究协同计划，统筹合成指挥。在波诡云谲的校场，战役思维已经在他的脑袋里定格。

凡事预则立，不预则废。"经过一百多天的高强度工作，大家确实都有点疲惫，这种疲惫既有体力上的，也有精神上的，包括我在内的所有同志们，都想喘口气歇上那么几天，哪怕就是有那么一周也好。但我心里非常清楚，在这种情况下，根本是不可能的。全区上下都眼巴巴等这些东西，说压力，区领导身上的压力更大。在协调会上，当贺海涛书记将任务交给我们时，他特意问了我一句——有没有问题，我的回答不可能有别的。"

罗湖棚改全国关注。按照区委、区政府决心部署，战役谋划特别是政策设计应当严丝合缝，标准+补助+奖励的政策尺度，不能出现大的闪失。宋太平还向我们描述了一个细节，贺海涛几次在布置完任务后，都会特意朝他坐的方向，说上这么一句话：宋局长，向同志们问候一下，大家辛苦了。

宋太平感受到书记是了解他们工作强度的。虽然只是一句问候的话，但却是温暖和力量的注入。

而我，作为一个书写者，一个重大历史事件的记录者，更在意的是，在那些关刻时刻，是什么东西带动了罗湖这驾改革战车的日夜驱驰风雨兼程呢？

天时地利时势所然是一方面，但一个团队的价值共识和精神默契是不是也是其中极为关键的一部分呢？

还是那个词：懂得，彼此的懂得。

在团队里，你知道我所要的，我理解你所做的，更重要的是彼此都心怀美好。配合的默契，埋头的苦干，没日没夜，更没有怨言，只有责任。

道理浅白；能量，却澎湃汹涌。

在城市"旧改"中，棚户区改造作为一种政策工具，它的适用范围，主要是针对城市里面结构简易、抗灾性差和生活配套匮乏的人居密集区。棚户区并不是一个新名词，也非一日而形成的。从历史渊源上讲，这种城市非主流人居区在我国大抵有三种成因：

第一种即从新中国成立前就绵延至今的所谓贫民窟；第二种即新中国成立后伴随着资源开发、产业建设衍生而来的厂矿工人区，这种棚户区以当时所谓的"三线"为多；第三种是历次人口迁徙所形成城市边缘地带的密居区。

随着以人民为中心的治理理念的认知深化，近十年来，党中央和中央政府以棚户区改造之名，着力推进城市人居环境的改善和提升，特别是针对低收入人群的居住环境提升，更是出台了包括资金支持、政策扶持和审批加持在内的一系列优惠政策，有力地促进了全国各地棚户区的改造。

而随之此项工作的推进，棚户区改造作为一项高效的政策工具，也从东北逐步推向全国，德政之花在神州各地争相绽放。

作为国内市场发育和市场体系相对完善的广东，此前在城市改造方面，本来是以市场主导为主的，但随着棚改政策红利的全面释放，近年来广东也终于将棚改政策工具，纳入了自己城市空间改造的工具箱里了。

但为了平衡各种政策工具的适用范围，防止棚改项目的一窝蜂上马，又专门出台了广东棚户区改造的适应条款，将棚改项目限定在楼龄40年以上的简易住宅区。

但深圳建市都没有40年，在整个特区内，除了极少数旧村还保留有零星的宗族祠堂，以及作为文化遗产保护的客家围屋等极少数原村民老屋外，基本上没有40年以上的房子了。所以，罗湖区方面如果想在"二线插花地"棚户区改造项目中，适用棚户区改造的政策，首先要突破的，恰恰就是"40年"这一项条款。

事实上，也正是此项规定，在"二线插花地"棚户区改造项目之前，深圳管辖范围内，基本上没有任何"旧改"采用棚改政策的，虽然棚改作为一项高效的政策工具，它的好处众所周知。

正如前面所述，当罗湖区方面会同市里有关部门，商讨针对"二线插花地"棚户区改造项目采用棚改政策的可能性时，首先要跨越的政策关隘，恰恰就是这个"40年"。

宋太平和罗湖区相关部门的工作人员第一项任务，就是要突破这个政策关口，为深圳棚改后续出台的"二线插花地"整治改造政策，开辟一条康庄大道。

在梳理中国和省市有关棚户区改造和城市更新的相关法规条令时，罗湖方面很快就发现"40年"的政策门槛，是省里边以政府令的形式划定的，中央政府的相关条文并没有对此做出明确的厘定，也就是说，中央只是给了一顶帽子。

既然这样，就有了向省里陈情的基础了，而且从条文上讲，"二线插花地"聚居区的实际情况，跟国务院对棚户区改造的相关规定是相符的，特别是符合规定中的人居安全、生活配套方面的要求要件。

有了工作方向，事情就好办了。罗湖区住建局和区法制办把情况向市相关部门进行了汇报，很快就整理出相关材料向省里作了汇报并获得了理解和支持。

接受我的采访时，宋太平已经有了新岗位——转任罗湖棚改领导小组办公室主任兼现场指挥部常务副指挥长。

时间的度过，职位的变迁，很多事情反而有了更清晰的省思角度。用宋太平的话来说，就是"前前后后这么一串联起来，事情就看得更清楚了"。

棚改政策的采用，对于"二线插花地"的整治改造工作到底意味着什么？

纲举目张——没有思索，也没有犹豫，宋太平几乎是脱口而出。

"二线插花地"的问题经过多年的沉积发酵，可谓盘根错节，看起来好像只是一个局部地区的事情，事实上牵连的却是整个深圳历史，深入到深圳的细枝末节，处理起来堪称千头万绪，这种复杂事务尤其需要有个纲目，提纲挈领，"找出一个线头来才能拧起一股绳"。而"这个线头"，在宋太平看来，就是棚改政策。这是一条路，也是整个"二线插花地"整治改造工作的逻辑主线。"这个政策工具，我们找了七八个月，花费了很多心血，但找到以后，我个人的突出感觉是整个工作更有章法了，后续的事情似乎就一个逻辑推演的过程。"

这就是纲举目张。即可谓"举一纲而万目张，解一卷而众篇明"。

至于第二个印象，宋太平说："棚改政策的确立带来了显而易见的效果，整个工作效率一下子就提起来了"。

城市更新与棚户区改造，从大的概念范畴上讲，都属于"旧改"。但两者之间依然有着明确的区别；城市更新的运作模式是"政府引导，市场运作"，而棚户区改造的运作模式是"政府主导，市场参与"。城市更新，由开发商唱"主角"，属于市场行为。而棚户区改造，政府不仅是责任主体，还要参与整体规划设计，政府的力量覆盖了整个整治改造的全过程。

宋太平说:"体制力量一下子就彰显出来了,各种资源的集聚和整合也一下子找到了恰当的方式,其间也有不少其他城市的同行过来交流,我们前前后后也到访过不少兄弟城市去取经,大家都有一个共识,那就是中国棚改之所以能取得举世公认的成就,归根结底就在于我们依靠的是一种体制性的力量,充分发挥了我们体制的优势。或者说,体制自信。"

棚改政策的确立对推动工作的第三个好处,宋太平是在调任现场指挥部后才逐步感知到的。

这到底是什么呢?

对此,宋太平有一个概括,那就是棚改政策的公益性本质。棚改的公益性本质,从表面看起来并没有太大深意,"二线插花地"棚户区改造开宗明义,一是解除公共安全隐患,二是提升人居品质,这当然都是属于项目的公益描述,这都比较好理解,那么棚改公益本质对于项目推动到底落力于哪里呢?

事实上,它与其他市场化"旧改"模式最大的区别,在于它不存在商业目的,也不预存逐利空间。但不明就里的人一听说,可能会质疑这种非经济设计会不会降低工作效率呢?

事实并非如此,恰恰就是这种非商业的公益路向,确保了主导者与当事人谈判时,能够"一把尺子量到底"。在一般的商业性"旧改"签约谈判时,工作瓶颈往往就在于"旧改"利益,如何在开发商与产权人之间进行划分的问题。

在《深圳市人民政府办公厅关于印发加强和改进城市更新实施工作的暂行措施的通知》出台以前,了解城市房地产开发的人都知道,市场开发商为什么愿意进入"旧改"市场,原因就在于改造后的土地容积率可以提升。"旧改"前地块的容积率为1，"旧改"后的容积率往往可提升到1.8左右，那么多出来的这0.8就成了开发商与产权人博弈的空间。彼此作为有自利本能的理性人，都想在这里面多分一杯羹，你来我往，都想将自己的利益红利推到对方所能接受的底线，这种博弈带来的最直接的后果，就是改造效率的减损。

而本章开头所叙述过的木头龙小区改造，从利益博弈来说，就是因为这个原因，所以延宕了整整十年迟迟无法得到实质启动。

而公益性棚改政策的设定，则将讨价还价的博弈空间完全抹掉了，它带来的后果是"二线插花地"的当事人，只能在补偿标准的公正性方面与政府进行讨论，企图通过拆迁实现一夜暴富的土壤，也随之被清除消解。

宋太平办公室里的一张棚改总体横道图，这是他特意交代同事给挂上的。他的意思是按照市区两级确定的棚改战役总体构想，通过这些鲜活的进度表和进度数据，更迅捷地了解棚改各项工作的进展。当然，军人出身的他，对于此前在部队简捷高效的工作方式依然念念于心。

接受我们的采访时，宋太平办公室墙上张挂的任务图签约率栏里，标示出的进度已经达到89.8%，而此时距离正式启动签约也就两个月多一点，这样的进度说明了很多。冷冰冰的数字后面，是成百上千的"棚改"一线工作人员，几个月来热热的心血和汗水。

一线工作人员的拼搏，工作方法方式也很给力，但宋太平心里头却坚信成绩的取得，说一千道一万，市区两级领导坚定不移的决心是棚改决战决胜的根本前提。但是，好的制度设计是一切的基础。"方向很重要，方向对了事半功倍，方向错了，南辕北辙，越努力反而离目标越远。"宋太平不止一次说到他对制度设计的体会，他有理由这样说，因为他参与了罗湖"二线插花地"棚改整体制度包括政策设计的全过程。

罗湖棚改现场指挥部设在布心片区的围岭公园,这个围岭公园并不大,建在一个山岭上。指挥部虽在公园里,实际上是设在罗湖区一个环卫处的旁边。指挥部的办公室大部分都是临时搭建的简易工棚房,包括食堂和部分小会议室。我第一次走进现场指挥部时,脑海里立即浮现出1986年我来到深圳采访,当时热火朝天的特区建设,许多单位和工地,都是在这种简易房里办公。简易房的办公条件当然不好,房间隔热隔音都很差。一个人从楼下来到楼上,一路上大家都听到楼板响。从办公室到楼下食堂去吃饭,要绕过那些弯弯曲曲的钢管组成的狭窄的楼梯。这个棚改现场指挥部,真的有一种当年特区建立之初的气氛和精神,你一走进去,使你就想到了当年特区的"开荒牛"。

连接指挥部门口和山下马路的是一条长长的甬道,每次采访间隙我都喜欢在这条甬道上随意走走,一方面在脑海里梳理一下采访记录,另一方面我也愿意利用这一段时间,思考一下跟采访似乎有所关联,但又超脱具体采访内容的一些稍为宏观点的问题。

2018年是中国改革开放四十周年,2017年又是中共十九大召开的年份,这样的时间经纬总是让人思绪万千。自改革开放三十年始,我就一直在进行着一项研究和书写,为什么我们一百多年来现代化之路走得是那样的艰难和曲折。中华民族蹒跚在现代化的路上,一波三折,走三步退两步,直到1978年后的改革开放。我并不想在这个历史的节点上,去总结我们取得的巨大成就,因为我们还在路上,改革开放仍在继续深入中,现代化之路还很漫长。现在我们需要的不是举国欢庆,不是整理我们仓库里的成果,而是有必要总结我们的一些经验和做法。我们需要眺望远方,我们更需要回首往事,因为从中华民族在现代化道路上的弯弯曲曲的脚印中，可以看到艰难和险阻，更可以看到挫折和教训。所以，我用了八年的时间，以"追寻中国现代化的脚印"为主线，写了三部曲。以历史为经，它们分别是《大国商帮——承载近代中国转型之重的粤商群体》《中山路——追寻近代中国现代化脚印》和《横琴——对一个新三十年改革样本的五年观察与分析》。本以为，这个写作已经结束了，可开始了罗湖"二线插花地"的采访，它引起我新的思考，而这个思考延续了我的"追寻中国现代化的脚印"的思路。

改革开放的四十年，可以说是中国现代化进程中最值得书写的四十年，这四十年也是堪称中国近现代史上最为辉煌的四十年。

四十年的成就举世公认，对于这些成就的取得，专家学者的分析文章汗牛充栋，众说纷纭。我现在思考的是这样一个问题，人是差不多的那些人，论勤奋论拼搏，数百年来中国人何尝敢有一刻的懈怠，但为什么总是迎来淮橘为枳的结果呢？

方向！只能是方向！

无论是中体西用还是君主立宪，以及林林总总的各种鼓吹，事实上都不切合中国的国情，都没有找准激发中国内在动能迸发的路径。而以邓小平为核心的那一代中国领导人，所促成的改革开放之所以取得成功，就在于他们找到了一个正确的方向，这就是中国特色社会主义道路。这个方向之所以正确，恰恰就在于它将那些深深植根于中国土地的活力与能量激发出来了。通俗地说，就是中央保方向，基层出方案找路径，给百姓空间，给社会选择，如果走过了，中央再纠偏。允许试错，但不允许回头。改革开放，我们就是这样一步一步走过来的。

天佑华夏，砥砺前行。

棚改的政策方向终于确定了，但问题并不由此迎刃而解，方向确定了，执行模式也大体有了框架，接下来的工作便是具体而细致的技术问题，而这恰恰就是决胜罗湖棚改的根本保证。

"二线插花地"的整治改造工作依然在路上，参与其中的每一个人依旧栉风沐雨日夜兼程。

在聂新平区长的办公室里，我们谈得很投入，不知不觉天色已经暗下来了，窗外已经华灯初上，我们的采访仍在进行中。他提出的两个数字，引起了我极大的兴趣。

一个是"85%到90%"。他说，当时在做棚改补偿方案时，贺海涛书记以及整个班子的意思是，设计出台的补偿方案必须确保85%到90%的"二线插花地"内当事人能够"愉快地接受"；另外一个是"1000户"，意思是说整个政策设计的抗压强度，必须设定有1000户"钉子户"。事实上，这两个数字已经为我们描画出整个罗湖棚改技术政策的基本面貌。

毫无疑问，这是一个充满现实主义精神的方案思路，实践了聂新平自己所说的"帕累托最优"原则，又对可能遭遇到的风险充满了警觉，仔细平衡了"当事人期望值、政府承受力、公众容忍度"这三种价值维度。与此同时类似数字的提出，又加深了我对中国城市新一代治理者们的数据治理思维的认识。

以前的城市管理者，服膺的是方向路线以及所谓的艰苦奋斗精神，这当然也是当下所需要的。但像贺海涛、聂新平这样的新一代城市治理者们，他们的治理思维中，无疑更增添了不少诸如数据管理这样的时代意识。

他们深知，一项政策设计最终能不能对症下药达致政策愿景，很多时候恰恰根植于你对治理对象利益诉求的定性、定量和定时分析，而这一切都导源于你事先的数据收集和对数据的分析。

为拟定补偿方案获得全面的数据支持，罗湖区政府除了联手相关机构，对"二线插花地"内木棉岭、布心、玉龙三个片区红线范围内的棚户区改造系列数据，除了自己进行了全面的采集、核查，还委托了第三方调查公司入驻，进行为期三个月的摸底核查，最后又在2016年9月初，对所有权利人信息进行了最后一轮核查工作，并于11月1日开始，通过政务网站及各大传媒，用中文（含简体和繁体）、英文、法文、日文4种语言，对外发布《关于对罗湖"二线插花地"棚户区改造房屋及当事人信息进行公示的通告》，主要公示木棉岭、布心和玉龙3个棚改片区房屋及当事人信息。用罗湖副区长宋延在新闻发布会上的话来说就是：这次信息采集和公示，是夯实罗湖棚改工程的重要基石，固化当事人与房屋相应关系，是完善罗湖棚改方案的重要依据。

毫无疑问，聂新平提及的那两个数字也来自于此次数据信息的采集，而罗湖随后制定的工作方案和补偿方案，也无不基于上述的信息采集和分析。

聂新平在访谈中也透露，他所说的是有信心让罗湖"二线插花地"棚户区改造达到"帕累托最优"，同样也来自于这样的一个摸底数据。"罗湖'二线插花地'棚户区改造涉及的8300多户当事人中，超过八成的当事人，居住面积是在150平方米以下的，在深圳市委、市政府的大力支持下，我们拥有的政策资源和政策工具，使我有理由相信我所期盼中的'帕累托最优'，是可以在这片土地上达成的。"

罗湖最终推出的"一目标两阶段三方向可回转"的工作方案，以及"下保居住上管暴富"的拆迁补偿方案，之所以呈现出了惊人的动员效率和良好的民众支持，从某种程度上讲，也是基于扎实的数据支撑和政策制定者们，对于数据所表达出来的利益诉求的充分尊重。

当代"善治"理论告诉我们,任何一项有助于促进区域整体发展进步与文明和谐的公共治理,总是努力追求共赢共享、各得其所的良好效果,以前那种非此即彼的零和博弈治理方式,已不适应当下的社会情势。当然,在不同利益诉求程度日益增大且变化不断加快的当下,寻求公共治理的"最大公约数"并不是一件容易的事,但这并不能成为可以忽略的理由。

越是在一个诉求多元的现代社会,越需要寻求"最大公约数",谋求共识。而无论是所谓的寻求"最大公约数",还是所谓的"帕累托最优",从根本上讲就是贺海涛所希望的,一个获取各方信息、了解各方诉求、促进互谅互让、实现互利共赢的治理过程。这是善政者的认识,也是善政者的智慧。

而罗湖棚改的实际推进过程中,之所以展现了惊人的动员能力和令外界为之瞩目的签约速度,原因很多,但寻求"最大公约数"和"帕累托最优"的政策愿景、倾听民众诉求的治理姿态和底线保障的民生情怀,肯定在其间起到了积极的作用。

有了真实全面的数据支撑,有了寻找"最大公约数"的政策原则,有了兼顾"当事人期望值、政府承受力、公众容忍度"三个维度的政策坐标,罗湖棚改这条可以命名为"公平与效率"的政策大道,已经铺就夯实,让驱驰其上的这列充满了人文光泽的棚改列车,也由此收获了属于它自己的礼花和赞词。

坐在我面前的陈杏花大姐,是我们采访的第一个棚改区内普通民众,这位客家大姐朴实无华,说着一口客家普通话,她是为了摆脱贫困,在特区建立早期,从相对不发达的粤北乡村来到深圳谋生的许许多多的普通民众之一。看得出眼前的陈杏花大姐,对棚户区改造充满着期待。

她说，她不是第一个签约的人，但她肯定是第一批签约的当事人。我问她，为什么如此爽快就响应号召签约搬家。她说，她们一家三口本来就挤在又小又没有阳光的老旧房子里，儿子长大了多有不便，此次棚改彻底解决了她们家的后顾之忧。"这样，我儿子也可以有结婚的房子了，你说这样的好事儿，我们全家能不支持签约吗？"说着，陈杏花大姐的脸上充满着兴奋的红晕，而她对棚改政策的支持完全是发自内心的。

罗湖制定的并报市委、市政府审议批准的"二线插花地"棚户区改造补偿方案，详细而且周备，它完全是以一种规范的法定语言对相关内容、标准进行描述界定的。对于非当事人来说，看完这样一部法规性政策文件并不是一件容易的事，但我记住了以下的这条内容：对于在一定面积以下不符合基本居住条件的，可以按安居型商品房的较低价格，增购到能满足其基本居住条件的面积。这就是"下保居住上管暴富"的棚户区改造补偿原则。

无它。我之所以记住了它，完全是因为这些语词丛林后面，一个大写的人字成为了它们的共同背景，更因为这些语词背后关联着的是与一种情怀有关。

否则，怎么会在那样短的时间内，有那么高的签约率？怎么会得到那么多棚户区内的民众拥护和支持？！怎么会有许多像陈杏花大姐这样的底层民众的兴奋和感激？

第五章
不绝如缕的精神血脉

　　城市最初的产生，很可能是基于安全和宗教的考虑。进入近现代以后，一座城市的诞生和发展，则更多的受地理、资源和产业禀赋等因素的影响。

　　但如果我们深入到这些城市的历史深处，就会发现，任何一座伟大的城市，都有一种可以称之为精神血脉的东西，在引领它们不断跨向卓越的阶梯。

　　一座城市如此，一个国家也是如此。

一

当身处武汉老家的深圳吴先生，听到敲门声打开房门的时候，他惊呆了！没想到，人，真的千里迢迢地赶来了。

站在门外的是深圳罗湖"二线插花地"木棉岭片区第23责任网格的网格员罗楚龙。"责任网格"是街道办事处为了更好的服务基层、加强管理、不漏死角、责任到人，将街道居民片区划分成一个一个的网格，每一个网格都派有专人负责，责任人就被称为"网格员"。此时，出现在家门口的是吴先生在深圳"二线插花地"木棉岭片区家的责任网格员。可吴先生不敢相信自己眼睛的是，罗楚龙的出现仅仅是昨天自己说的那么一句话，而棚改指挥部那边就把它当真了。

今天，吴先生在我的采访中回忆此事时，仍然是一脸的讶异神情。

当木棉岭片区签约正在如火如荼地时，吴先生却因为身在老家的母亲突然生病了，前几天他从深圳匆匆赶回武汉老家陪护老人家。当棚改指挥部的工作人员打电话给他咨询签约意向时，他说，对于签约他已经没有什么意见了，不过他现在在武汉照看母亲，一时半会脱不开身，可能需要一段时间才能回深圳。可按当时的签约政策，按时签约有奖励补贴，这让吴先生也心急如焚。

正当吴先生左右为难的时候，棚改指挥部的工作人员就问了一句，你别着急，如果我们将协议送来武汉签，您介不介意？“我当时觉得这可能是工作人员的一句客气话，签约有那么大的工作量，涉及那么多的当事人，不敢相信他们真的会为一份协议千里迢迢送来武汉，所以就半玩笑半认真地说，这当然好啦，可这是不可能的。说完，我们俩都笑了。”吴先生继续介绍说，“没想到第二天的清晨八点多，就接到一个电话，说棚改指挥部有个叫小罗的工作人员到武汉来了，问我家的具体地址，说如果我方便想把协议送到我家来签。十点多钟，这位名叫罗楚龙的工作人员就真的到了我家楼下了。”

吴先生感动地继续说，“小罗坐定后，我说，你先别忙着签约的事，先跟我讲讲，你是怎么这么快就过来了？小罗跟我讲，木棉岭片区所属的东晓街道办肖书记了解到我的困难后，当即要求他连夜坐高铁过来协助我签约。接到任务后他上网查了查高铁时刻表，当天由深圳出发17点多的高铁还有票，订了票就过来了。小罗到武汉已经很晚了，找了家七天旅店眯了一会儿，一早他就直奔我家来了。唉，棚改这班人，做事真的很拼啊！”吴先生感慨道。

签约的事很顺利就完成了，罗楚龙收拾好文件放进包里，跟吴先生说了声再见，转身就要下楼。吴先生一再挽留小罗吃了饭再走，可小吴说已经订了中午1点多的高铁回深圳。

站在阳台上，吴先生一直目送着罗楚龙，看着他很快就没入人流中。他后来在采访中对我说：“我真的被感动了，很久没看到过有人这么干活儿的了，就冲着他们这么一股劲，这样的工作态度，说实在的，我还有什么意见，何况补偿条件本来就很优惠，还考虑到给按时签约搬迁的奖励呢。"

"棚改这班人做事真的很拼!"这是吴先生一再的评价,更是许许多多身历罗湖"二线插花地"棚改的人的评价。

罗楚龙是成百上千参与棚改工作人员中的普通一员,他们面对的是"二线插花地"八千多户的当事人,九万多人的居民,这些当事人几乎每一个人都有自己的具体情况和个人想法,或者说得不好听一点,即自己的盘算,让他们在统一的补偿标准下签约搬迁,这可不仅仅是巨大的工作量,还有那细致热情的心。

"棚改这班人做事真的很拼!"这是一句由衷的称赞。

罗湖区为了便于推进棚改工作,将罗湖责任范围内的棚改区划分为三大片区,分别由三个属地街道办事处具体负责,即东湖街道、东晓街道和清水河街道。

东湖街道的党工委书记全洪亮,兼任棚改布心片区的指挥长;东晓街道的党工委书记肖嘉睿,兼任木棉岭片区的指挥长;而清水河街道的党工委书记王华生,则兼任玉龙片区的指挥长。这三位棚改一线的战将性格各异,全洪亮沉稳大气条理性强,肖嘉睿锐气十足创意多多,而王华生呢?在我看来,则最具文艺气质,我在他们专门建的微信棚改工作朋友圈里,经常可以看到他结合工作实际写的感悟心得——激情奔放,文采飞扬。

2017年的除夕下午,我看到他在微信朋友圈里,上传了几张他与几名年轻小伙儿激情相拥的照片,并写上了"英雄归来!"四个字。

后来我问王华生是怎么一回事儿?那几个小伙儿又是谁?何谓英雄归来?一定有什么故事?

于是,由社区工作站人员叶妙城、网格律师李江昊和天健集团玉龙团队梁智亨、苏奇勇共同组成的玉龙"外签队",三天两夜转战粤西3000公里的"签约传奇",通过王华生书记声情并茂的讲述,终于来到了我的笔底。

按照国内其他地方棚改的通常做法,一般是让当事人来到棚改现场,先沟通协商,然后再按相关程序、规定进行签约。这样的流程好处是规范可控,但也带来了不少问题,除了付出大量的时间和精力外,如果当事人现在没有居住在"二线插花地"内,且分散在天南地北的话,势必会极大地影响签约的进度。

能不能结合罗湖棚改区外籍、外地当事人多、实际居住地变动频繁的特点,以上门服务为理念,探索异地签约、提升签约效率,这也就成为了棚改一线创新工作路径的题中之义。

"以前没人试过,我们难道就不能试一试吗?天下的路,都是人走出来的。不走,怎么能有路?"王华生的语言也带着一种文艺范,而且他就是一个坐言起行,说干就干的人。

社区工作站叶妙城,熟悉棚改政策,了解社区动态,律师李江昊谙熟法律、法规,来自天健集团的梁智亨,多年在基建一线历练,洞察人性,有不错的谈判协商技巧,苏奇勇阳光帅气亲和力强,这样一个组合阵容齐整,玉龙片区富有特色的"外签战队"就这样组建起来了。

强阵出击,一路向西。"外签队"一行根据棚改区外地籍当事人的公布情况,决定先去广东省的恩平市,恩平属于江门市管辖,位于广东省西南部,属珠江三角洲区域,是粤中粤西的交汇地。找到当事人签约后,转而去茂名。茂名市位于鉴江中游,东毗阳江,西临湛江,与当事人签好约,不敢耽误,继而又去化州市。化州是个县级市,它的北边就是广西的北流县了。从化州折转回来后再去茂名,补签了还未签约的当事人，凯歌三奏。接着又进发湛江市，湛江位于中国大陆最南端的雷州半岛，地处广东、广西、海南三省区交汇处，签好协议再下一城。凯旋回茂名，又签订了此行的第八份协议。

一路马不停蹄，三天三千公里，光在路上的时间就超过了30个小时，工作强度可想而知，按他们自己的说法就是，"我们不是在签约，就是在去谈判签约的路上"，中间只在茂名的酒店内小憩了几个小时，三天两夜的所有主题都是在赶路、谈判、签约，再赶路、再谈判、再签约，看起来必不可少的打发肚子的问题，在此过程中似乎也被省略了。

"除了路上吃了一次肯德基，第二天与当事人一起吃了个盒饭外，三天两夜基本上都是靠咖啡之类的饮料和饼干提神扛饿的。"梁智亨说，"那几天里，好好坐下来吃一餐饭，都是一种遥不可及的奢侈。"

我对这种高强度的奔波有着自己的亲身体验，所以对"外签队"的紧张劳累感触颇深。2003年初，传染性疾病"非典"在广东肆虐，进而传至全国以及国外，一时间，国内外都在抗击"非典"的传播。我为了采写《瘟疫，人类的影子——"非典"溯源》一书，顺着"非典"疫情在广东发生发展的线路，开车自深圳出发，先河源，再惠州，后顺德，而后江门、珠海等地，一路上跑了多日，最后到达终点站广州。到达广州的那一天，我突然在车里起不了身，一阵钻心的腰痛让我直不起身来，竟然下不了车，最后由同事们硬将我从车里抬了出来。自那以后就落下了腰痛的毛病，只要坐车太久，腰就钻心地痛，而且恢复起来很慢。

二

三天两夜，完成八宗当事人签约，这样的效率在整个棚改协商签约阶段还算不上最快的，但“外签队”以常人难以想象的拼劲，不但实现了上门服务市外签约的模式创新，而且在这个似乎欠缺点戏剧化冲突的场景里，全幅展现了棚改人的工作态度、攻坚力度和精神刻度。

一句话——他们真的很拼。

这股拼劲儿，在自称“三个月里说的话，比以前活的40多年都多”的孙丽萍，以及“忙得老婆都要向领导投诉”的张汉臣身上，同样呈现得淋漓尽致。

网格员孙丽萍今年49岁了，在罗湖棚改区各个责任网格里，她的年龄算是比较大的，她自己也说，搞完棚改自己也许就要申请退休了。

但坐在你面前的孙丽萍，却有着与这个年龄完全不同的昂扬神气，乐观开朗，一副风风火火走路挟风的模样儿。

启动签约刚过了一个月，她不但实现了自己责任网格内的52户当事人的百分之百签约搬迁，而且还协助其他同事，对签约仍存疑虑的30多户当事人，进行了深度的沟通，深度沟通也就是苦口婆心地做工作，最终促成了这30多户当事人顺利签约。

签约是一种结果，它的前面是一系列所谓沟通、讲解和协商的过程，而完成这些动作靠的是言语，以理服人，以情动人的交流，还有最重要的一点，即为当事人着想。因为，毕竟涉及的是当事人的切身利益。在棚户区里居住，又在那样的环境中生活，当事人所企盼的当然是明天会更好。但当事人的“更好”，与政策规定很多时候并不是完全统一的，作为孙丽萍她们这些棚改一线的工作人员，仅仅以理服人以情动人，都是不够的。她们既不能突破政策的尺度，又要说服当事人同意签约，这其中的艰难，如果没有亲身经历，别人真的很难体会。

孙丽萍是如何实现与这80多户当事人的良性沟通的，显然已经无法全面复活彼时彼地的图景细节，但孙丽萍的同事们都说：孙大姐与人沟通的风格，确实很有特点，不但精于对症下药，而且情理交融的交流方式也特别容易打动人。"不知不觉就能将她自己的观点传递给当事人，在这一点上，我们大家都特别佩服她。"

我在采访中把同事们对她的评价告诉了孙丽萍，她听了却有点不好意思。

她说，其实也没什么，只是自己年龄大一点，又是女同志，比较有耐心，也比较能换位思考罢了，老百姓叫将心比心。"我把每一位当事人都当作自己的朋友，出发点不是劝服他们签约，而是从朋友角度为他们权衡利益推敲细节，让他们相信棚改是一件对大家都有好处的事，要看长远，要为子孙后代着想。大家都想争取多一点，是可以理解的，但这次棚改是政府主导的，是非商业性的，是政府拿钱解除我们的危险，改善我们的居住环境。太过分的要求就不合情理了，也通不过政策规定的条款，耽误的是自己的时间，最后还会影响到自己的权益，因为按时签约政府有奖励。"

孙大姐拉家常式的说道，对清醒的人是很有说服力的。80多户当事人已经高高兴兴地签约了，孙丽萍的嗓子却有点儿沙哑。她说："三个月说的话，比此前活的四十多年都多，这几个月讲了几十万句话都不止，似乎把一辈子的话都快讲完了，回到家里就一句话也不想说了，不但嗓子痛，连肚皮都痛，家人跟我说话，我只是做做手势，却不想回答，太累了，说不出话来了。"这似乎没有什么奇怪的，说话，尤其是聚精会神地长时间不停地说话，其实是很累的，不但身体累，心更累。事隔多日，她的嗓子还是没有恢复过来。她说："还是会时不时到这些当事人那里去走走，跟他们聊一聊，看看他们还有什么需要我做的，咱不能签完约就不管了，所以这些天还是在跟他们沟通互动的。"孙丽萍跟我解释说。

第一次听说张汉臣这个名字，是因为有人跟我说，张汉臣被他老婆向领导"投诉"了。人总是有好奇心的，有了这样的"传说"，也就有了去见一见"本尊"的兴趣。一见面，也就很朴实的一个人，就是烟抽得有点凶，几乎烟不离手一根接着一根抽。

也许是看到了我疑问的眼神，他把还没有抽完的烟头，摁在烟灰缸里狠狠地掐了掐，说，"不好意思，主要是提神，睡不够，经常犯困"。

张汉臣，是东湖街道的党工委书记全洪亮手底下的"小头目"，主要是负责布心片区的政策宣传、协商谈判工作。他说，"我这个团队最初就7个人，现在有120多人了，人多不说，布心片区的属权复杂程度，在几个片区里难度系数也算得上数一数二的，是骨头，而且是最不好啃的硬骨头。从去年（2016年）9月份起，似乎就有忙不完的活儿，而且即使到了现在，也似乎看不到尽头。"张汉臣介绍说。

至于自己为什么会被老婆投诉到领导全洪亮那里，这位来自西北的汉子哈哈地笑了起来，还向我咧了咧嘴说："主要还是夜不归宿。"

一个丈夫夜不归宿，对于妻子来说，当然是一件大事。"投诉"也说明了事情不是偶尔为之，因为哪一个妻子都是爱面子的，不到万不得已，不会把这事"投诉"到领导那儿去。

事后才弄明白，张汉臣其实还是给我卖了一个关子，是夜不归宿没错，但主要还是工作太忙总干不完，经常睡在办公室里。

我后来了解到，9月份入驻"二线插花地"棚改区起，除了前面几天外，张汉臣差不多有两个月的时间没有回家睡觉了，张汉臣说，"基本上都在办公室的沙发上打发了，实际上也没有刻意说要在办公室里睡觉，但现场指挥部、片区指挥部几个'夜总会'（夜里总开会）下来，基本上就都十一二点了，而很多工作要求又必须马上落实布置，回到办公室再唠叨交代几句，就已经夜里一两点了，回家冲个凉洗洗什么的起码得下半夜两三点了，早上八点钟又得赶回现场总指挥部开会汇报情况。从时间管理的角度上看，实在是划不来，况且凌晨回到家，免不了会影响家人休息，想来想去，干脆就在办公室里沙发上将就好了。"

至于妻子为什么会去领导那儿"投诉"呢？张汉臣为我道出了缘由：

"主要是我的心脏平时就有点毛病，天气转凉或者工作一上量，就经常会出一点小问题。10月份连续干了几个通宵，心脏就抽得紧了一点，妻子一听说，心里就犯急了，又看到了我这么没日没夜的不归家，心里就不乐意了，加上又说不动我，除了电话连我影子都看不到，一急，就跑到全书记那儿去絮叨了，全书记又当面说我，这样一弄大家就都知道了。"

说着说着，张汉臣又忍不住掏出一支烟。"不过，就我个人而言，我真没有逞英雄的意思，也知道身体是革命的本钱，但你看看，我们这里这些人，他们一个个都是三四个月连轴转，每天工作到凌晨两三点，几十天来也没有完整休息过一天。虽然我算不上什么官儿，但好歹算是个头儿吧，光叫别人往前冲，自己却时不时往后缩，这种事我做不来，臊得慌，老婆投诉也没办法。你看看上了棚改一线，有多少干部，哪个不是这样，大家都拼了劲地往前冲，你稍一松懈，就会落后老远了。什么叫形势逼人，这就叫形势逼人。"张汉臣的话形象地反映了棚改一线干部的工作状况，说得客观实在。

大家都说张汉臣天生就是个“拼命三郎”的主儿，布心片区在这班老老少少的“拼命三郎”们的努力下，捷报频传。“片区港鹏新村我们只用了十天，签约率就摸高85%，是最早达到85%签约率的小区，这应该也算是一个‘第一’。”张汉臣对此工作成效还是颇为自得的。

在罗湖“二线插花地”棚改现场很多接受采访的工作人员，也都会不约而同地谈到一个词——激情燃烧，上了点年龄的人还会跟你说，三十多年前经济特区草创初期时的那些情景，又在眼前重现了，那种特区精气神又回来了。

在为期差不多两年的采访写作中，我的采访本上记了太多完全可以冠以“激情燃烧”名义的动人情节和感人人物：

为了不耽误工作，有的人刚度过新婚之夜第二天就上班了；有的生病不下一线，将药物偷偷藏在抽屉里；有的孩子刚刚出生，一时无暇照顾，就将老婆和婴儿都直接送回老家了；有多少人加班至凌晨怕回家影响家人休息，像张汉臣一样干脆就睡在办公室里……

看起来，这些都是我们已经从新闻报道中司空见惯的好人好事了，且琐碎而不惊人。可成百上千的一线棚改工作人员，集体形成的这种自觉精神，就拧成了一股力量，这股力量可以创造奇迹。所有棚改工作人员吃苦耐劳的精神，全部来自服务于棚改区的人们，早一天完成签约搬迁，就会早一天开始改造，早一天开始改造，新的安全舒适的居住区就会早一天建成。早一天完成棚改任务，那么就会早一天解除棚户区内“悬顶之剑”的危险。佛教说，救人一命胜造七级浮屠。棚户区，9万多人，多少生命？从这个意义上说，大家的奉献精神就有了更大的神圣意义。这种神圣精神就带来了熊熊燃烧的激情。

这股熊熊燃烧的激情，又以一种精神传播的方式，感染了每一个参与棚改其中的人。连一向自诩以客观理性见长的我，在记录着这一切时，也经常被其朴实无华又历历在目的情景感动得眼睛湿润。我来深圳已经二十六年了，又始终从事的是传媒工作，身处社会一线新闻写作的经历，让我对那些记录在文字和影像里的特区拓荒牛情节，早已了然于胸，并深深刻镂在我的脑海之中。而现在在棚改区的所见所闻，我相信是一脉不绝如缕的精神血脉，在时隔近四十年的历史空间中川流赓续。

三

我不知道，这会不会是许勤同志在深圳的最后一个公开政务活动。

自从2008年，许勤从国家发展改革委员会高新技术产业司司长的岗位，调任深圳市委常委、副市长算起，他在深圳足足度过了八九年，应该算是二十年来任职深圳时间最长的市级行政首长了。但进入2016年年底，这种稳定的任职状况，却发生了频繁的变动。

2016年随着市委书记马兴瑞升任广东省省长，许勤也升任广东省委常委，接任深圳市委书记。但他在深圳市委书记的岗位上并没有停留太长时间，3个月后的2017年3月，他又被中央委以重任，升任河北省委副书记、省长候选人、北京2022年冬奥会组委会党组副书记。

2017年1月26日，农历大年二十九，许勤又特意来到了罗湖区棚改现场指挥部，除了向一直坚守在棚改一线的工作人员表达慰问之外，他还详细地了解了"二线插花地"棚户区改造的进展情况。在充分肯定了"二线插花地"的整治改造工作成绩后，他指出罗湖棚改是深圳在新时期推进经济社会发展和城市发展的一件具有标志性意义的大事。

最后，他总结说——罗湖棚改，体现了新时期的特区精神。

　　许勤中肯的评价，话语铿锵，刹那间就把棚改现场指挥部内内外外的情绪点燃了，当时在现场的人告诉我，有的同志甚至眼眶都湿润了。我相信，作为任职深圳多年的市领导，他肯定在很多很多的场合，对于各个部门、各个系统的工作，做出这样或那样的评价，但将某一项工作评价为体现了某一种精神，在许勤八年的深圳任职经历中，似乎还是第一次。

　　这样的第一次，如此的工作评价，绝对不会是一时兴起，肯定是经过充分的调研后某种深思熟虑后的肯定。

　　更让人印象深刻的是，这样的一种精神状况，它不只存在某一个片区，某一个班组，某一个网格，而是一种上下左右全范围全流程的覆盖和激活。

　　因为写书的缘故，罗湖区各相关单位都会把与棚改有关的影像照片等资料拿给我看。有一次，在区教育局我就看到聂新平区长坐在小板凳上与人交流的照片，一了解，原来是聂新平与棚改区内即将进行分流安置的学生家长在交流，听取他们关于对学生分流工作的诉求。"像这样的情况，那段时间里聂区长至少有过十次以上。聂区长告诉我们，这就叫做俯身听需求，然后才能起身干实事。他不但自己做到了，还要求我们把咨询点摆到各个学校门口，说这里的学生家长都比较忙，不大可能专程到指挥部了解咨询相关政策，我们要从服务供给侧入手，把服务做到像自来水一样，只要家长有需要，一拧就有。"罗湖区教育局办公室的有关人员这样告诉我。

　　是的，这谈不上是什么惊天动地的壮举，但这样的照片传达出来的东西，却让我对于燃烧在罗湖棚改现场各个角落的这种工作激情、服务态度，有了更为深入真切的认识。

没有休止符，只有快进键——这是区领导在多次棚改工作协调会上说过的话，这样的概括，毫无疑问是精当的。为了棚改，他们真的是倾尽全力。

曾在新闻单位干过记者的年轻基层干部，现任罗湖区东晓街道党工委书记的肖嘉睿，我与他的交流顺畅而且直接，在谈到棚改现场工作伙伴们给他留下的印象时，肖嘉睿说，"假如从文学性而言，刨除工作强度，他们的工作内容或许会少了点故事性，一般人也许会觉得这没什么好写的，平平常常，琐琐碎碎，每天几乎都是各种交谈，各种跑前跑后，零乱而且刻板，可以入笔的戏剧性冲突几乎没有，真的很难写"。但肖嘉睿却坦承自己却几乎每天都沉浸在感动与触动之中，"平凡的感动，常人的感动"。

肖嘉睿说，我从来就不是一个多愁善感的人，还算是一个善于管控自己情绪与情感的人，但在木棉岭棚改指挥部的这四个多月的日子里，看着那些奔波在棚改一线干部勤劳的身影，自己却多次情难自禁地悄悄流下了感动的热泪。

有一次，开完总指挥部的每日工作协调会，已是凌晨一点多钟了。在回木棉岭指挥部办公室的路上，我突然动了一个念头，就是到自己分管的木棉岭片区各个责任网格走走，当在我走过30多个网格工作点中，几乎没有一个熄灯的，大家都在忙着各种各样的事情，有做进度登记的，有还在与当事人磨嘴皮子讲解的，有的就在清理工作站的接待座椅，还有的就是不停穿梭在各个网格巡逻检查情况的⋯⋯

肖嘉睿说，自己没有去惊动他们，只是一个人，默默地走着看着，但眼睛却不知不觉中湿润起来了。"也不知道是不是入夜了，人的内心就自然柔软起来呢？"

罗湖棚改的各个工作站内，大都会有一块小黑板，平时写写公告通知什么的，有时也不免会成为工作人员吐槽的地方，而且很多时候，其他人也会在吐槽话句的下方，发表自己的意见或者看法。

有一次我在木棉岭片区一个工作站了解收集素材时，在一块小黑板上看到了一条留言，这条留言在其他的文字下面，并不引人注目，但至今仍清晰地留在我的脑海里，而且当时在它的下方，被人画上了很多心形图案。你一定猜不出是什么内容：

到饭点了，你帮我打个盒饭，我就先眯几分钟。

小黑板的旁边，有一个沙发，但当时沙发上已经没有人了。我想，留下这样文字的人，也许就在这个沙发上眯了几分钟，现在一定又去现场奔波了，而忘了把这条留言擦了。这样偶然留下了一个瞬间，一个既表现当时工作情况，又表明留言时疲劳状态的瞬间。瞬间在历史的长河里，就是一滴水。可这滴水，映出了人的精神面貌。

这样的"留言"，其实也描摹出所有的棚改人对于工作的那种忘我投入和勤奋。集体的力量，汇成了集体的精神。

所以人们说，罗湖棚改的每一步都很不容易，每一步都有故事。

在我看来，这些故事的基调，其实可以用几个字来概括：忘我、倾力、勇气、担当和爱。它们，就在其间静默流淌。

乌尔里希·贝克，是世界著名的社会学家，德国慕尼黑大学和伦敦政治经济学院社会学教授。贝克的研究主要集中在"生态问题""风险社会""个体化"和"全球化"等问题。

在他建构的风险社会理论中，针对全球性的风险治理，提出了一个极具创见的学术概念"有组织地不负责任（organised irreponsibility）"。这个学术概念翻译成中文，真的有点拗。贝克的学术意旨在于揭示，现代治理形态在风险社会中面临的困境，并力图为自己的复合治理理论，提出坚实的现实支撑。但随着贝克风险理论的泛化扩散，不少人也把贝克"有组织地不负责任"的概念，应用于基层治理的描述和分析，对日益广泛的敷衍塞责、懒政怠政和没有伦理基础、道德感支撑的纯技术治理风格，进行了深入鞭挞。

在先进技术的驱动下，当今社会正处于全面转型进化阶段，以前的治理技术、治理模式和治理规程，显然已经很难适应日新月异的社会变革。对于一个充满未知风险的社会来说，治理者的担当精神和革新意识，理所当然地成为了引领社会面向美好的核心要素。

没有一往无前的开拓、创新意识，没有为此慷慨赴义的承担，整个社会的运行车轮，势将泥泞深陷迟滞不前。没有纯技术执行的治理风格，与亟须以担当精神引领的社会发展态势之间的内在矛盾，便构成了当下最受瞩目的社会图景。

很明显，以贝克的"有组织地不负责任"学术概念，来观察当下的治理现实，你就会发现有一些基层组织，他们的治理风格，不是以人民为中心，也不是以卓越回应民众诉求为依归，只是按部就班以不出现技术差错为原则，完全抽离了人类社会最为高贵的理想原则，这样的一种治理现实，毫无疑问它只能将这个社会带入平庸凝滞的局面。

只有源于内在的激情和久违的荣誉感，才有可能将我们拖出平庸的社会泥塘。显而易见，没有这种源自内心感悟的激情，整个社会便会陷入一种所谓理性计较的境地，很难在其间贯注卓越的种子。

四

8月的深圳，溽热难挡。夜已深，我的书房一灯如豆，几十年养成的习惯，为了在写作中高度集中精力，我总是习惯在书房里只开一盏台灯，然后把全部的注意力早先是放在稿纸上，现在是放在键盘上。日间不胜喧嚣的窗外，此时似乎也已渐渐安静了下来。屋内，除了我敲击键盘的滴答声外，几乎听不到一丝动静，思绪，此时，却起舞翩然。

在采访和记录了这么多棚改一线的普通工作人员稍嫌琐碎的事迹后，我思考的是，如何归纳他们的精神奉献，又如何找到我起笔的路向。记录好人好事，并不是我创作的初衷，而思想的开掘，才是我的追求。我希望我的创作，是一种精神火花的燃烧，而不是一堆记事本的堆积。

我在思索……

电光石火之间，我突然有了豁然开朗之感，眼前一亮，思路迅即被打开，因为我认为我找到了理解罗湖棚改奇迹的钥匙，也找到了撰写罗湖棚改的起笔之点。它是罗湖棚改惊人效率的支撑，它的存在驱动着罗湖棚改这趟列车一往无前。

20世纪90年代，关于当代政府的历史性转型，有过多少较为深入的讨论，各位学者专家发表了很多很具创见的观点，其中一条便是，他们认为未来的政府运作动力，将发生根本性的转折，公务员队伍的行为动力，很可能不是来自刻板的规章条文，而是来自自己认可的使命和目标。

从世界范围来看，这样的一种判断是有根据的，但这里还需要补足两个逻辑环节，公务员队伍如何认知自身的使命，另一个恐怕就是将使命感如何内化于心外化于行，也即是一种从外在使命内化成自己的行动自觉问题。

所以，如果我们要来分析罗湖棚改现场这篷熊熊燃烧的激情之火，必须扩大我们的审视阔度，在更长的时间轴上，来对其作历史性的观察。

作为深圳乃至中国改革开放的先行地，近年来进入老城区发展轨道的罗湖区，却越来越受到后发地区的挑战，而精神血管本来就奔流着不甘人后追求卓越的热血，必定在寻找着自己的进发口。最为惊叹的是，以其令人惊讶的动员机制和宣导机制，将增加这样的一种激情，深深地注入了罗湖整个城区振兴计划中去，通过城市更新、医疗改革、基层治理等系列举措，一方面为这种激情提供了一个个恰当的出口，避免这种激情以一种不可控的非理性发泄出来，与此同时又通过这系列改革所带来的实绩，进一步让这种激情，以一种健康的生态方式持续加注。

而"二线插花地"棚改现场这种随处可见的工作激情，只不过是这种发展理念又一次精彩绽放罢了。它的成功之处，很大程度上来自它为这种激情设计了良好的导出机制，并通过一系列宣化手段，将这种来自于使命感和卓越意识的激情，转化成为工作现场每一个参与人员的内在自觉。

我清楚地记得，那天采访完贺海涛书记后，他将我送出办公室的时候，握着我的手说，棚改现场的每一个人都值得您去认真采写，但也请您别忘记了棚改现场的后方支持，比如区委宣传部和区府法制办，在罗湖棚改顺利推进之际，我们不能忘了那些进行制度设计和舆论引导的人，比如，区法制办的谌小林和区委宣传部的李筱君。而我现在要浓墨重彩地记上一笔的，是罗湖区教育局关于棚户区内学校搬迁安置的事迹。

整个"二线插花地"三大棚户区中有8千多户，9万多人居住在此生活，俨然内地一个县城的人口容量，这些居住人群，除了吃喝拉撒睡所有生活的需求，还有孩子们的上学问题。但由于历史自然形成的原因，棚户区是一个没有经过政府规划建设的危险区域，也就不可能在其中规划建设学校。于是，需求就带来了市场，在棚户区内悄悄地出现了民办学校。三个棚户区内有两所小学、八所幼儿园，共计有3000多名师生。启动改造工作后，首要的问题就是要解决这个大难题。为此，罗湖棚改现场指挥部专门成立了师生分流安置组，组长就是罗湖区教育局副局长郭天明。

3000多师生的安置分流，而且要在一个假期内一次性解决，不能影响孩子们的学业，这样巨大困难的任务，怎么去完成？为此，我们专门找到了郭天明，想全面了解整个师生安置分流的任务，是怎样完成的。

那天，我们终于如约见到了郭天明，这位罗湖棚改现场指挥部师生分流安置组牵头人。

此时从容，原本儒雅。

坐在我面前的郭天明，似乎没有了昔日的那种挥斥方遒的神采，安静而内敛，他在讲述中给我留下一个深刻印象的是，他总是愿意将成绩和功劳归之于团队，归之于上级领导的指挥和规划，仿佛所有的过往，都只是别人的故事，与自己似乎并没有什么特别的关联。

他介绍说，学校师生分流安置工作结束以后，根据区委、区政府和区教育局王水发局长的安排，他近期的主要工作是研究推进罗湖教育的全面改革。"工作很忙，但也非常有意义。分流安置棚户区3000多师生的工作，已经是过去时了。"郭天明笑笑对我说。

接着，他低头沉思了一下，说了这样的一句话："当然，这项工作在我的人生经历中，是刻骨铭心的。"

2944名学生，292名教职工——郭天明跟我讲述的这个故事，就是从这两个数字开始的。

为什么要在"二线插花地"棚改区签约启动阶段，聚力攻坚棚改区内各片区的小学和幼儿园在校师生的分流安置问题呢？

"二线插花地"棚户区改造工作，是2016年12月20日正式启动的，除了随之展开的签约协商外，"区内学校师生分流安置，算得上是第一个重点攻坚工作。领导讲的理由很清楚，这个问题解决得好，一定会推升签约率上升，起到很好的促进号召作用。解决了师生分流安置问题，家长们就没有了后顾之忧，解决得不好，也肯定会延缓阻滞签约工作的推进。更重要的是，刚刚搭建起来的这台棚改机器，究竟扛得起扛不起市委、市政府交给的任务，师生分流工作就是一个绝好的压力测试工具"。郭天明向我详细介绍说，"就我所知，这件事市委书记以及几位市委常委都有批示，领导的重视，也从另一个侧面，说明了此事是推动棚改搬迁工作的关键一环"。

另一句话，郭天明并没有明说。

领导的重视，同样说明了这件事的难度，是一块难啃的硬骨头。不要说两所小校、八所幼儿园，共计有3000多名师生的分流安置了，有时就是连一个午托班的调整搬迁，也经常闹出了上电视见报端的群体性事件，沸沸扬扬，不胜扰攘。

有人说过，在中国，有两样东西是轻易动不得的：一是祖坟，二是孩子，稍有不慎，对于谁来说那就都是该拼命的事儿，作为从事基层教育多年的郭天明来说，他处理过太多类似的事件，对于这其间的轻重，他自是了然于胸。

郭天明说，刚接到任务时，他自个儿心里也是一团乱麻，头两个星期心里乱得通宵睡不着觉，棚改区内的家长工作地点并不是全在棚改区附近，有的甚至不在罗湖区内，他们散布在全市各个角落，这就意味着他们对于孩子的就学安置诉求也必然千差万别。从理论上讲，2944名学生就有2944个完全不同的个性化需求，从供给侧来讲，这种诉求的回应是完全无法以批量方式予以实现的，只能以点对点的方式去对接这些安置诉求。如此一来，工作量和协调难度就可想而知了。加上还有近300名教职员工的安置问题。"不要说罗湖区，就是整个深圳市，也从来没有处理过类似规模的师生分流安置工作，完全没有任何成熟的经验和做法可以借鉴，这样艰巨的任务，还必须要在春节前完成，以便于全体师生，尤其是学生，在新的学期里到新学校上学的时间要求。你说，我们每一个人能睡得着觉么？"

可不完成任务，行么？！

绝对不行！

显而易见的事实是，如果孩子们走不了或者走不好，那数以近10万计的棚户区内居住的当事人，又怎能愉快地签约搬迁呢？整个棚改工作又如何实现实质启动推进呢？表面看，是3000多师生的分流安置，实际上对整个棚改区的签约搬迁工作，有牵一发而动全身的巨大压力。"您说，我怎么睡得着？"郭天明摊了摊手，说。

郭天明说自己上学时喜欢看电影，他对苏联一部关于二战电影里的一句台词，印象殊深，一直留在脑海里，今天他把它引用到自己的工作中来了。

这句台词的意思是说，苏联虽大，但我们已经无路可退，因为我们的背后就是莫斯科。郭天明说，从历史角度上来讲，两件事当然不同，但我接受这项任务时，脑子里就想到了这部电影，电影准确的名字都记不住了，但记住了这句台词，因为这种背水一战的感觉是相同的。

"这是一个非接不可、非完成不可的任务，我最初也没有太过于认真地思考这个任务的意义，就我个人而言，很简单，没有经验，但在这个战场上，一不能当逃兵，二不能拖后腿，卒子过河，只有往前冲。"郭天明说。

在基层政府，关于"担当精神"有这么一句顺口溜，说的是：基层要勤于扛事，中层要善于扛雷，高层要勇于扛责。我不知道，郭天明在领受这项任务时，究竟还有着怎样的心理细节，但作为一种显然的事实，那时的他，明显地是以"扛雷"的心态决然扛起了事。

五

原本在市教育局任职的王水发，为什么又会来到罗湖，遇见罗湖棚改呢？

他之所以到罗湖来任职，说起来又是一段机缘巧合，事情的发生完全来自一件突如其来的事件，从某种意义上讲，他充当的恰恰就是那种严格意义上的救火队长的角色。

原来的罗湖区教育局局长因为特殊的原因突然离开了工作岗位，为了确保罗湖教育改革的顺利推进，市、区两级组织部门经过认真慎重的研究，决定将时任深圳市教育局师资管理处处长的王水发紧急调来罗湖出任区教育局局长。这就是作为区教育局副局长的郭天明，为何会被任命为棚改现场指挥部师生分流安置组组长的原因。"指挥部下属的工作小组，一般都是区里各相关部委局一把手兼任的，我是一个副局长，本来是不会出任工作组组长的。"郭天明说。

而作为王水发来说，摆在他面前的同样是一团乱麻。"完全没有思想准备，几乎几天工夫就走完了所有的任职程序。当然不能说自己对罗湖教育、罗湖棚改完全不了解，没有一点认知，但到岗以后，发现这其间的复杂程度和紧急程度，还是远远超出我的想象的。我是9月份到罗湖来的，除了要迅速接手罗湖区教育系统的各项工作外，更让我寝食难安的是，整个棚改工作启动已是箭在弦上了，分流安置工作方案的制订，也已提上议事日程。千头万绪，当时对于我这个初来乍到的人来说，压力确实非常大，当时3000多名师生的分流安置工作十分紧急，根本就不会再给我时间去熟悉'二线插花地'内学校的情况。"王水发真实描述了自己当时的心里图景。

于是，王水发在与班子成员商量后，做了两个决定，一是向区委、区政府提请郭天明出任师生分流安置小组牵头人，"天明同志更熟悉这里面的情况，利于开展工作"；二是责任状由自己跟区委签，"出了事，没有按时完成任务，责任我来负"。

接着，王水发又向郭天明表了个态，他说，只要工作需要，他愿意和郭天明一同在任何时候到任何地方去，解决责任范围内的任何问题。他还对郭天明说，"在棚改区师生分流安置工作中，我说你是牵头人，我服从你的工作安排，绝无二话"。时隔多日后的王水发的讲述，听来依然让人感到是那么的诚恳。

迎难而上，态度是前提，但方法与路径同样重要。在这里面，我们不仅看到了诚恳的态度，还看到了很多服务创新和理念创新，他们将"以人为本""以孩子的未来为本"的理念演绎得扎实，而且充满了爱的光泽。

作为深圳市最早的建成区，罗湖区内本来就已沉淀了高密度的人口，像学校学位早就已人满为患供不应求，突然要额外安排这2944名学生，光靠一区之力显然是一个不可能完成的任务，况且即使可能，家长孩子也未必愿意。对于小学和幼儿园的孩子们来说，除了学校的教育品质要符合家长的预期外，就近安排，方便接送，以及由此衍生而来的交通半径问题，也是解决师生分流安置的核心课题，就像有的家长说的那样，"你就是安排了再好的学校，我也无法绕过半个深圳来接送孩子啊"。

如此一来，寻求市教育部门和各兄弟城区的支持和协助，也就成了非常迫切的课题。深圳市各级领导也多次开协调会，要求调动全市的教育资源，帮助解决罗湖棚改区的师生分流问题。但问题是，其他各区的公办教育资源，也同样极为紧张，虽然全力以赴，但实在力有不逮。

怎么办？好在早已沉浸在市场经济浪潮中的深圳，民办教育也发展得很好，早已成为深圳教育的重要板块和重要调剂渠道。

王水发和郭天明他们在设计分流安置的工作方案上，就已经考虑到跨区分流和向民办学校分流的工作路径了。"'协同'是我们的基本工作逻辑，从系统论讲，我相信导入系统外的资源，是解决系统内问题的最好办法。一项工作也好，一个国家也好，甚至一个文明也好，都是这样。为什么中央这些年始终不渝地倡导开放，在我的理解，就是这个道理。"有着博士学位的王水发，对于具体的工作路径向来都有自己的一套独特方法论。

王水发以前在南山区担任过教育局副局长，来罗湖之前还在深圳市教育局工作过一段时间，这对师生分流安置工作的推进自然加分不少，使得他在协调全市教育资源方面显得顺畅很多。

难办的是与那些民办学校打交道，识大局的还好说，明里暗里坐地起价的也有，也有的明里不说不可以，但暗地里却与你打太极耍心眼儿，各种拖延各种推托，增加了分流安置工作组的工作量。

虽然政府在分流安置方面，也计划了一部分补贴资金。"但我们心里也都清楚，资金是政府的，市里如此投入已经很不容易，每一个铜板在我们这里都不能乱花，这是底线的问题，也是原则问题，轻易不能让步。但孩子上学的问题，始终是一切工作的依归，绝不能让一个孩子掉队，是我们在每一个学生家长面前许下的承诺，这个也不能变。在这种情况下怎么办？师生分流安置组的同志，一是把道理讲透，争取对方理解支持；二是将工作做细，精诚所至金石为开。”

闭门羹，我们也不怕。据介绍，郭天明和安置组的同志就曾在龙岗某民办学校的办公室里，足足待了八个小时，弄得佯称不在深圳的民办学校的校长，实在没办法只好出面商谈。冷言冷语，我们也不怕。讲道理，摆事实，相信人心都是肉长的，有了诚意与决心，彼此心的距离，终将是可以拉近的，无非是时间长一点，过程曲折一些，我们多跑一些路罢了。

无论是王水发郭天明他们这些区教育局的领导，还是师生分流安置组的其他组员，那一个月里，他们都无法统计自己打了多少通电话，费了多少口舌，也无法统计自己为了一个孩子的转学，跑了多少公里的路。他们只知道，每一份送到孩子手里的入学通知书，就是对他们付出的最好回报和补偿。

原本住在罗湖布心“一致春晓苑”的黄惠莲，对于师生分流安置组的工作的评价，用了三个“心”来描述——用心、贴心、暖心。

她介绍说，自己与丈夫的工作单位本来是在罗湖的，半年前丈夫和她因为岗位调动去了宝安区的西乡工作，但为了不影响小孩的学业，他们硬生生的没有搬家，坚持了半年多每天6点起床送孩子上学，然后再去上班的长途“跨区之旅”。听到棚改区师生分流安置的消息后，她内心是支持的，但又知道各片区的学位紧张情况，她没有将孩子转到宝安区西乡自己工作的地方，也是因为那儿学位紧张，所以她不太相信罗湖方面能够顺利安排她们小孩的转学事宜。

“没想到，不到20天，他们就帮我联系好了一个不错的学校，并迅速办妥了所有的转学手续，真的很感谢他们。他们是如此地为我们着想，办理得如此快速，显然费了不少口舌，受了很多累，我们这些有孩子的都知道，操办一个孩子的转学，真的免不了要掉一层皮，可他们在如此之短的时间内，办好了近3000名学生的转学分流，其难度根本不是我们所能想象的，他们真的太辛苦了。"看得出，黄惠莲的称赞是由衷的，是发自内心的。

不可想象的事情，不可能完成的任务，终于在师生分流安置组全体工作人员以及罗湖棚改团队的共同努力下，变为了一种可感可知的现实。作为这种迎难而上精神的一种逻辑结果，2944名学生和292名教职员工的分流安置工作，最终以一份亮丽成绩单完美收官。

棚改从表面上看，是一个地方空间形态的改变，事实上它改变的是千千万万人的生活图景，工作面向的是每一个极度差异化的人心，工作方式则呈现为对这些差异化个性需求的对接和服务。而罗湖棚改区师生分流安置工作的顺利完成，恰恰就是这样一种治理理念转型的样本展现，成绩亮丽，得来自然不易。

20世纪90年代中期，美国学者奥斯本和盖布勒合著的《改革政府》一书风靡一时。奥斯本是美国著名的进步研究所研究员。盖布勒是国际著名的政府改革的理论倡导者和实践者。

20世纪90年代伊始，伴随着西方经济的发展和新公共管理运动的深入，在发达国家政府掀起了新一轮行政改革的热潮，期间出现了一种对美国政府行政改革产生很大影响的行政管理理论，这就是奥斯本和盖布勒等人在其风靡一时的《改革政府》（又译《重塑政府》）一书中提出的企业家政府理论。该书出版时在其封套上，引用了美国前总统克林顿的一句话：如果我们要在20世纪90年代激发出政府的活力，我们就必须重新塑造它。《改革政府》一书，是了解现代西方政府管理理论，特别是企业家政府理论的首选，克林顿对其有很高的评价，他说："美国的每一个民选官员都应该读读这本书，此书为我们提出了改革的蓝图"。

我曾粗略地读过此书，虽然就我个人而言，未必完全认可书中的所有观点，但《改革政府》一书中提出的"管理即服务，以人民的需求为核心"政府治理理念转向的观点，我实在找不到可以反对的理由。以"群众的需求为核心"的棚改区师生分流安置工作，实在可以称得上是一次"管理即服务"的很好的范例。

由于篇幅的关系，我无法将师生分流安置过程中，罗湖相关部门的理念创新、路径创新和手段创新在这里一一阐述，但正如区委、区政府所要求的那样，棚改不但是一项重大的民生工程、安全工程，它更是罗湖转变治理理念、创新治理方式的重要抓手，而3200多名棚改区师生的圆满分流安置，则充分实现了政府所期待的这种"大于棚改本身的意义与价值"。

除了圆满分流安置棚改区内的师生，政府和教育主管部门以及棚改指挥部的同志们，对在这儿工作多年的老师们，还格外表示了一份尊重。

"二线插花地"内育苗小学的张金梅老师，给我讲述的一个细节让我印象殊深。她说，2017年1月10日，是"二线插花地"棚改区内各所学校最后一天上课的日子。

那一天学校安排的是学期最后一场考试。张金梅老师担任的是二年级的期末监考老师。考试顺利结束后，同学们下课走出了教室，然后陆陆续续放学回家了。课堂上只剩下了她一个人，毕竟在这所学校里教书数年，今天是最后一天了。望着平时总是熙熙攘攘笑声闹声不断的教室，现在空无一人，学校将不复存在了，她也就不用再回到这儿来上班了。虽然她完全明白学校拆迁是政府办的一件大好事，是为了所有师生的安全，但作为在这儿任教数年的老师，还是有点依依不舍。

张老师突然有点落寞感，心里沉甸甸的，而且这种情绪今天一早上班，好像在不少老师中都有，说笑的少了，批评不守纪律同学的声音也少了，大家默默地做着最后一天的工作，并收拾干净自己在抽屉里的最后物品。

张老师最后环视了一下教室，默默地关好所有的灯，然后锁好门走出了教室。可当她来到学校操场时，她诧异地睁大了眼睛：区教育局长王水发以及棚改现场指挥部师生分流安置组的其他28名工作人员，手捧鲜花齐刷刷地列队站在那里，他们是来给上完最后一节课的老师们送花致敬的。张老师不由得心头一热。

张金梅老师对我说，作为非师范院校毕业的大学生，她走上教师岗位多少有点随机的成分，她还没有完全热爱上这项职业。但经历了2017年1月10日的这一幕后，她相信，这会是她毕生的事业，因为政府的工作人员和棚改指挥部师生分流安置组的同志们，让她真正体会到了教师工作的神圣和受尊重。那天，她的心里一直暖暖的，那束鲜花捧在手上也显得格外的鲜艳。

当代城市治理的理论汗牛充栋，但在这些看起来似乎千差万别的理论学说中，都有一个共同的起点和归宿，那就是"以人为本"，只要是人，人情与人性就应该是所有治理的关切点和立足点，只有在治理过程中注入了"爱与尊重"，方能找到"最大公约数"，达到了所谓的"帕累托最优"，无论是在校园门口摆设的咨询点，还是"最后一天上课日"给即将步入新的工作岗位老师送花，我个人认为，这都是治理理念和治理手段，是一种新的治理作为，也是"以人民的需求为中心，管理即服务"的生动实践。这里也强烈地体现了人情、人性和"爱与尊重"。有了这些，我们可以更大地化解矛盾，提高效率，使我们的工作入脑入心，让社会更和谐，让人民有更多的幸福感。

2017年5月，罗湖区方面针对前一阶段的棚改工作进展，专门举行了一次面向国内各大媒体的新闻发布会。在会上，区委书记贺海涛在谈到棚改工作之于罗湖发展的意义与价值时，又提出了"敢担当、善作为、讲奉献、论实绩"的棚改精神，他认为这种精神是罗湖在此次棚改工作中最大的收获之一。

迎难而上，担当前行，这个好理解，在罗湖棚改的每一个节点上，贯注其间的首先就是这种担当精神。至于"善作为"，则存在多层面的读解与诠释，但依我的理解，最根本的一条，似乎就是政府的所作所为，能让每一个相关的人感受到善意与诚意，感到政府是在为民众所想。

2017年2月19日，在木棉岭社区党群服务中心社区工作站五楼，一场名为"花YOUNG少年汇"的欢送派对正在热烈地进行着，木棉岭社区特意为24位4年级以上的分流学生，专门举办了这次活动。用活动方负责人的话来说就是，怕孩子们到了新学校后不适应，所以请来专业的心理辅导师给他们辅导辅导，同时也想通过这样的活动，告诉社区的所有孩子们——我们永远爱他们，这里是他们永远的家。

这个活动我也参加了，自始至终，我都在一个角落里默默地看着、听着，整个活动场面温馨感人情真意切，我认为仅仅于活动的举办，就足以感动每一个参加的孩子和他们的父母。

必须承认，这样的活动真的深深触动了我，让我的心更柔软，因为在这里，我仿佛读到了很多，也学到了许多。

周兰英，布心片区的临聘网格员。湖南常德籍人，入聘布心片区网格员已经快三年了，她应该是最最基层的一名工作人员了，而且还是临聘的，但她并未因此而忽视自己的一份责任。此时，正是中午时分，周兰英匆匆地行走在片区窄窄的陋巷里，强烈的阳光晒在她红红的脸上，沁出点点的汗珠。

5月份的深圳，正午的气温向来很高，太阳已是火辣辣的。走在棚改区陡峭曲折的台阶上，周兰英总是有点儿喘不来气的感觉，岁月不饶人啊，她暗暗在心里对自己说道，明年3月自己就要退休了。她并不是居住在棚改区内，所以棚改结束后，她也不一定再会回到这个地方。因此有时她也会想，棚改后这一块地方会成为什么样子，自己是不是还有机会再踏旧地。但没有一次她能够将这个问题想个分明通透，可自己目前的全部工作，却是在为了这个地方明天会更好。

每当想到退休的事，周兰英就有种流年似水的感慨，时间过得真快啊！一切似乎就是昨天的事，自己当年来到深圳打工，也是一位风华正茂的姑娘，如今却在弹指之间，几十年的光阴说过就过去了，已经到了快退休的年龄了，这也许是自己最后的一份工作了。

我们都知道，深圳是个移民城市，数千万的人口中，改革开放以后移民来的人口占95%以上，其中湖南人占了不小的比例。在地理位置上，湖南是离广东最近的省份之一，京广铁路横贯其间，使湖南人到广东非常便利。改革开放之初，深圳经济特区主要的出口加工贸易，需要大量的人工，因此南下深圳的湖南人众多。在一个特定的历史时期里，深圳成百上千万的打工妹中，湘妹子是一个重要的群体，她们为深圳的建设和发展，贡献了自己的青春。那时在深圳众多的工厂里，两种口音最多，一个是四川人，一个就是湖南人。人们都说湘女多情，其实以我多年在深圳对湖南妹子的观察，湖南妹子尤其是不发达地区的姑娘，最大的特点是任劳任怨，任劳是能吃苦，任怨是能忍，她们能忍受别人无法忍受之苦，不好高骛远，一步一个脚印地往前走，一点一点地积累着自己的财富，然后把它寄回家乡，赡养父母照顾弟妹。随着岁月的流逝，大部分湘妹子回到了故乡，也有相当一部分湖南妹子就在深圳沉淀了下来，成为新的深圳人。

其中，有一位同样姓周的湘妹子，在深圳创造了一个奇迹。20多年前她和周兰英一样只身来到深圳打工，第一份工作是在深圳南山区的一个小工厂里做手表玻璃表面，一路走来，如今已是首屈一指的"手机玻璃女王"，世界著名品牌的手机都用她生产的"手机视窗玻璃"。2015年3月18日，她创办的工厂在深交所创业板上市，股票名称蓝思科技（股票代码300433），上市不到三个月股价飙升至每股151.59元，而她持有公司股票5.92亿股，算算她的身价有多少？因此，她迅速成了中国内地的女首富，她的名字叫周群飞。当胡润富豪排行榜出炉后，很多人包括媒体都不清楚这个蓝思科技的董事长周群飞是谁？从何而来？因此网上出现了许多传言，其实周群飞就是一个湖南来深圳的打工妹，当然一路走到今天，其中的艰辛和如何得到别人帮助的故事，一定不简单。据我了解，她之所以选取3月18日股票上市，就是因为她是1993年3月18日，带着哥哥、嫂子、姐姐、姐夫、还有两个堂姐妹，在深圳宝安区的黄田，即现在的宝安国际机场附近租下了一套三室一厅的"农民房"，开始了自己的"表面玻璃印刷"创业，一直走到今天，创造了一个乌鸦变凤凰的传奇。

深圳是一个出传奇的地方。

今天我面前的周兰英，当然没有周群飞幸运，更没有创造什么奇迹，但她也是当年从湖南来深圳打工的成千上万的湘妹子中的一员，她与周群飞即许许多多湖南妹子一样，有着一个共同的特点就是任劳任怨，一步一步地走到今天。只是，当年的湘妹子，如今已经变成湘大姐啦。2014年的春晚，让歌曲《时间都去哪儿了》红火了一阵子，周兰英不怎么会唱，但旋律与歌名却是记住了，更重要的是，她也找到了另一种询问时光流逝的方式。

临近退休年龄的周兰英，遇上了棚改，也就自觉或不自觉间，进入了棚改工作一线。本来她想，作为一个最基层的网格员，做做联络工作就行了，反正自己离退休时间也不远了，干几个月就退休了。可是没有想到，参与了棚改以后，她立即被棚改工作中那有形无形的高涨热情所感染，被集体中的一种力量推动着大步前行，因此她根本就不能因自己的年龄而有所懈怠，渐渐地，她不但努力工作，尽职尽责，而且可以说心力交瘁。在今天这个正午火热阳光下匆匆地赶路，仍然是为棚改工作尽心，因为她所服务的其中一个对象真的很特别，也很难办，所以心必须更细，诚意必须更真。

此时匆匆地赶路，却是去送饭。

她擦了一下脸上的汗水，加快了脚下的步伐。从路口的快餐店，到她将要去送饭的当事人郭勇住的那栋小楼，大约是4850步，在一连送了70天盒饭以后，周兰英对此已经烂熟于心。她说："不会错的，如果多绕几步，就是5000步左右，要走35分钟，儿子给我买的计步器错不了。"

在周兰英负责的网格中，有一户需要搬迁的当事人叫郭勇。郭勇的情况真的很特殊，他只有一间7平方米的小屋，恐怕是整个棚改区内最小的单元了。虽然棚改搬迁政策中对这样的底层住户，低于在一定面积以下不符合基本居住条件的，可以按安居型商品房的较低价格，增购到能满足其基本居住条件（即35平方米）的面积。这也就是"下保居住上管暴富"的棚户区改造补偿原则。但郭勇仍然迟迟没有签约。

周兰英了解到，郭勇是一位年事已高的老人，独自生活，且偏僻少言，不愿意与人沟通。这些对她来说，每天自己走了多少步，不是什么了不得的问题，她闹不明白的只是郭勇这位犟老汉，什么时候才会在搬迁合约上签字？又或者如果他最终不签约，会是怎样的一种结局？

这正是周兰英当下最紧要的工作，事实上周兰英也是罗湖棚改区3000多名工作人员当中的一员，除了实时了解网格内的动态情况外，她主要负责与12户重点当事人的签约谈判工作，而郭勇是她手头最后一个攻关对象了，当然也是最不容易做工作的一位。这位老人一个人蜗居在那小小的单间里，不怎么和棚改工作人员沟通。做了许多工作，至今没有签约。周兰英在工作中，发现独居的老人不怎么开伙，于是就在来时顺便给老人带一盒盒饭，带着带着，慢慢地就变成了每天的“必修课”了。这一送，如今已经送了70天了。

说不清什么因由？在这个夏日炎炎的中午时分，她对这个独居多年的老汉，突然间多了些许同情，倔老汉此前种种蛮犟和不讲理的负面记忆，此时似乎也多了一点应该予以体谅的可能性。

他是怎么来到了深圳的？又为何会居住在这只有7平方米的单间里呢？他是否还有其他故朋亲人呢？他为何从来都不愿与他人多说几句话呢？甚至，房门背后的他，究竟是如何打发自己的所有时光的呢？关于郭勇老汉，周兰英有很多很多的疑问与猜测。可是老人不与人沟通，你就无法全面了解他。其实，周兰英也不善言辞，她只能行动，做好服务，希望以情动人，她说，这一点是指挥部的领导一再强调的。

棚户区的山道上不时掠过的各种声响，总是会在恰当的时候，将已经陷于沉思之境的周兰英拉回到现实中来。比起这些看起来有点不着边际的猜测，周兰英显然有更多更为现实的亟待解决的问题。

是的，此时此刻的她，并不知道这样的送饭还要延续多久，甚至她也无法想象某一天，如果这位犟老汉真的突然开了窍想通了，同意签约搬离棚改区时，她自己会有怎样的心情细节。

想到这里，周兰英脸上不由得掠过了一丝苦笑，虽然也就一眨眼的工夫。

她只知道，这一路走来，不，更确切的说法是，她从来都是真诚的，并不掺杂一丝虚假，她相信犟老汉应该有一个好的栖身之处，在他那间7平方米的蜗居里没有阳光。她真心祝愿，这位从未让人看见过存在任何人际交往的犟老汉，应该有更丰盈的晚年生活，至少日子里有更多的阳光，而棚改就会给他带来阳光，只是他还没有充分地理解。所以，她的工作就是让老人理解。

70多天过去了，虽然与他也有过很多很多次的交流，但每一次基本上也只是她在说，郭勇只是间或嗯哼一句，最多也就是在嗯哼之外，点一下头或摇一摇头罢了，仿佛多说一个字就吃了天大一个亏似的。总之，签约搬迁的事，犟老汉始终没有答应。因此，周兰英也不知道这样的送饭和登门，还要持续多久。

到了。敲敲门，门开了，门缝里闪出一个头发灰白的干瘦老头，接过周兰英手中的盒饭，也不清楚是不是道了声谢谢，他的声音从来都是浑浊含混的，还没有等周兰英开口，吱的一声门又合上了。

门合上了。按照惯例，世界会在此时分成两半——周兰英在这边，郭勇在那边。虽然只是一道门板，很近，但似乎很是遥远。每当这时，周兰英的心情总会涌出一星半点的沮丧，看来今天又是白跑一趟了。

怔怔地在门口又站了一小会儿，周兰英叹口气终于转身决定离开了。明天再来吧，她想，只要一天不签约，老汉一天没搬迁，她就一直把饭送下去。怀着多少有些失落的心情，周兰英走下了门前的台阶。

此时，突然身后的门又打开了，伸出个头，是郭勇老汉，依然是浑浊含混的嗓音：明天让人来把约签了吧。

周兰英后来对我说，当时真的不敢相信自己的耳朵——说不上激动，更多的反而是突如其来的愕然吧。

忙不迭地回答，好的好的，周兰英甚至忘记应该再问一句，明天什么时候来比较合适，这让她不得不又敲了一次门。

三秒钟后，门又开了。

一切都得到确证。这一次的转身，周兰英是无比的轻松。笑容，多日来从未有过的开心一笑，涌上眉梢。

这里，我很想说上一句多余的话，周兰英无法和亿万富翁周群飞相比，这是肯定的。但周群飞并不一定比周兰英快乐多。据我所知，就在周兰英快乐地飞快朝着指挥部跑去报告喜讯时，周群飞的工厂却因日本供应商掐断了原材料来源，深圳的生产线几乎弹尽粮绝，美国的客户在等着她履约交货，如果不能按时履约，根据协议赔偿金额巨大。若此事无法解决，她二十余年的辛苦将毁于一旦。有媒体记者在后来的报道中，甚至用了这样的语言：当时急速赶到香港处理危机的亿万富翁周群飞，站在红磡地铁站的月台上，心如刀绞，有那么一刹那，她悲愤得几乎想要跳下路轨……

我不知道人们怎样看待我如此的比较，但我此时宁肯做周兰英，而不想做亿万富翁周群飞。

周兰英的故事，在棚改区里是典型的，但绝非是唯一。截至2017年5月7日98.84%的签约率，每一个数字后面，都有一个百转千回辗转曲折的故事。

关于这段在棚改区里流传广泛的签约故事，不同的人有不同的读解，有人相信这是一个精诚所至金石为开的故事，有人相信这是一个和运气与小概率事件有关的例外样本，但我想破译的是，每月才有四千多块钱报酬的一个即将退休的临聘人员，是什么驱使她自掏腰包，坚持两个多月，给一个与自己并没有亲朋关系的偪老头送饭？

或者关于这个问题存在着的另一种读解：为什么棚改一线3000多名工作人员，他们都将棚改工作当作自己的事业，无不全力以赴。

在张汉臣的桌子上，我看到了好几种不同类型的药，在采访的过程中，我特意问过张汉臣这个问题，是什么促使他在棚改中投入如此大的热情。他的回答是：责任心带来的一种价值认同。

"真的没想过钱的问题，如果纯粹想着赚钱的话，深圳会有一千种更好的方式，我们的政府工作人员，工资并不高。而且从工作强度来讲，没有一种会比棚改工作强度更高，时间更紧压力更大的事。但大家的确把这件事当作事业在做。"张汉臣的话朴实而且真切。

张汉臣所说的"价值认同"，其实就是我们常挂嘴边的"奉献精神"。什么叫奉献精神呢？"奉"，即是"捧"，意思是"给"；"献"，原意为"献祭"，两个字加起来，意思就是"恭敬的交付，呈献"。什么是精神？精神是指人的内心世界现象，包括思维、意志、情感等有意识的方面。

奉献精神，是社会责任感的集中表现，也是一种价值追求。奉献是一种态度，是一种行动，也是一种信念。奉献，方便了别人，提升了自己。奉献，是源自内心小小的感恩的心，是对社会和人民的感恩。而奉献精神更是一种力量，因此，提倡奉献精神，已经是我们建设"和谐社会"的共识。

很多网格员也如实跟我诉说过，在棚改签约攻坚期，他们平均每天的睡眠时间绝对不会超过5个小时。专职的网格员尚且如此，那些从罗湖区党委政府各个部门抽调来的干部就更不用说了。但无论是区政府各部委局办抽调来的处、科级干部，还是从各个社区管理网格抽调来的普通网格员，他们在行政级别上、工资待遇上都没什么特别的提升。"就连加班费也是严格按照有关规定来给付的，说实在的根本不匹配我们的工作强度。"

张海威是可园社区工作站的站长，他说除了要负责自己责任网格的一切工作外，他每天还要抽出一定的时间，处理工作站的事情，因为，"哪边工作耽搁了都不好"。

拿着一份工资，干着两份活，这就是张海威的现实。可贵的是，用他自己的话来说就是"干得很兴奋，这两件事都是为了明天有一个更好的社区，你把它说成是一件事也是说得通的"，张海威说。

其实，岂止一线的棚改工作人员有着如此高昂的工作激情，在我接触到的罗湖上上下下的工作人员，无不如此壮怀激烈的忘我工作。

王守睿原是盐田区副区长，后转任罗湖区委常委、常务副区长，并很快出任罗湖棚改现场指挥部的指挥长，他在担任指挥长的时候，正是棚改区签约全面展开的时候，也是最紧张的阶段，我多次看到他头天晚上主持棚改现场协调会到凌晨一两点，第二天清早七八点钟，又看到他精神饱满地出现在办公室主持早上的协调会，然后处理棚改工作中千头万绪的事情，还要不停地深入到各个片区了解情况，掌握进度。

工作压力和强度巨大，但更为难得的是，你从未看到过他脸上的疲态或者冷暴脾气，一如既往的平和与缜密。我有时也会半开玩笑地向他要总是如此耐心的"秘方"，他的脸上总会露出憨厚的笑意，跟我说，哪有什么秘方？心在，气就在，精神就不会太差。

罗湖区委常委、宣传部长王萍，是一位充满着亲和力的女干部。她朴实低调，虽然讲话轻言慢语，但十分诚恳而富有说服力。如果没有她和李筱君，恐怕我很难接受采写此书的任务。因为，在她们俩来邀请我的时候，我已经进入了另一本书的写作。可王萍诚恳的邀请，充满深情地叙述和解说罗湖棚改一线的事迹和意义，最终说服了我，使我决定放下另一本书的写作，立即投入到罗湖棚改工作的采访中。这与王萍的说服和她对罗湖棚改的理解，以及对一线工作人员的那份真挚感情是分不开的。我投入采访工作后，一开始她一直陪同我在一线。这样的干部，这样的作风，也使我受到很大的感染，自觉不自觉地以她们为榜样。

作为区委宣传部常务副部长的李筱恚，过去我在担任《深圳晚报》总编时，便经常在工作中有接触，是一位把全身心都投入在工作上的同志。拆迁领域历来社会舆情易发高发，罗湖"二线插花地"棚改体量较大、情况复杂、诉求多样、博弈强烈，舆情风险一触即发。如何让群众理解和支持重大民生工程？如何避免社会误读误判甚至引发舆论风险？作为棚改宣传舆情组组长的李筱恚，凭着"老新闻"的实践经验及高度敏锐，针对性地提出了"升、降、疏、堵"四字诀棚改舆论引导法，未雨绸缪，积极有效地从舆论上抢占"法理情"道义制高点。"升"，是提升社会认同度；"降"，则是降低各类博弈预期；"疏"，即强化全周期议题设置，牢牢掌控舆论引导主动权；"堵"，指实行网上舆情"专题监测、一日两报、突发即报"，及时化解重特大舆情和风险隐患。事实也证明了"四字诀"行之有效，棚改获得了社会的广泛认同和一致好评，未发生一起重大舆情事件。这期间，面临多少复杂紧迫局面，度过多少不眠之夜，也许只有李筱恚和她的团队才深有体悟。

在棚改签约协商启动阶段，除了棚改这边千头万绪的工作，区委、区政府的日常工作也依然在忙碌地运转着，像王守睿王萍李筱恚他们，其实也得两边跑两厢兼顾，但在与他们接触过程中，我从来没有听过他们喊过一声累，叫过一声苦，新时代的奉献精神自有自己的一套写法。

可是，我们这个社会很喜欢喊口号，口号本来是决心的表现，可喊着喊着，就变成了"小和尚念经，有口无心了。"也就是说，人们常常说的和做的，不一样。

棚改一线废寝忘食工作的同志们，他们就是把平时耳熟能详的口号，无意识中变成了自觉的行为，而且是集体性的，这就焕发出了巨大的能量，然后以行动重新诠释出，什么叫奉献精神。

奉献精神是一种爱，是对自己事业的不求回报的爱和全身心的付出。对个人而言，就是要在这份爱的召唤之下，把本职工作当成一项事业来完成，从点点滴滴中寻找乐趣；努力做好棚改中的每一件事、认真善待每一个当事人，努力地用这份爱去感染身边的每一个人，用大家的无私奉献，编织出罗湖"二线插花地"棚改区美好的明天蓝图。

在木棉岭片区马山工作部的告示牌上，我看见过片区内的一位当事人自发在黑板上，写上这么一句话：谁说老罗湖不行了，凭棚改这股精气神，就得点赞，罗湖自有它光辉的未来。

诠释这股激情的案例很多，俯拾皆是。每一位身历其中的棚改人，都说这是一段激情燃烧的岁月，更是一次脱胎换骨的人生经历。

我，作为一名作家，记录这些动人场景，是爱好，也是责任。但我更感兴趣的是，许勤贺海涛为什么会对点燃在棚改现场的这种激情，投射下如此关注的眼光？又或者说，在内心里，他们是如何定义这股仿佛势不可挡的磅礴激情的呢？

这会是一个好问题么？我想，是的。至少在我个人看来，关于这个问题的思考，将把我的思维引向历史的纵深之处。

罗君东，应该是我从安徽老家到深圳后结识的第一批朋友，他是一位深圳"拓荒牛"式的人物。

刚来深圳那会儿，对所谓的"三天一层楼"的"深圳速度"很是神往，后来通过就职报社的关系也就与罗君东认识了。"三天一层楼"建的是深圳国贸大厦，这个高160米的国贸大厦就在罗湖的中心区，曾经是深圳市的标志性建筑，也是当时中国的第一高楼。著名的改变历史的"邓小平南方谈话"，有些就是在国贸大厦第53层的旋转餐厅上，邓小平视察深圳建设成就时讲的。如今国贸大厦在深圳高楼林立的现实中，早已是一幢不太起眼的建筑了。可它在深圳的发展史中，仍是一座精神坐标。

1983年承建深圳国贸大厦的中建三局，通过创新滑模工艺，创造了"三天一层楼"的中国建筑速度新纪录时，罗君东是中建三局一公司的滑模主管、设计组组长，那时的他年仅26岁，可以说是"深圳速度"的参与者和亲历者。

标志着滑模工艺创新实验成功的1983年9月18日晚，他就是施工现场的指挥员之一。他说，滑模试验成功的那一刻，"当时的深圳市罗昌仁副市长、中建三局的张恩沛局长、李兰芳副局长相拥而泣的情景，我是亲眼目睹的。他们的那一代人，其实是很有使命感与担当意识的"。罗君东说，他的其他同事们，那时也都把安全帽从头上摘了下来，使着劲地挥舞着、叫喊着、拥抱着，"一个个哭得像个孩子似的"。

因为同在建筑圈的缘故，加上承接棚改服务的国企是天健集团，受天健集团朋友之邀，罗君东也来过罗湖棚改区几次，与一线的棚改人员也有过几次接触。

作为严格意义上的深圳经济特区最早的"拓荒牛"，罗君东对深圳创业之初，燃烧在特区各个角落的工作创业激情，是有深刻感受与记忆的。在他眼里，支撑着深圳一日千里迅猛崛起的，从最深处讲，不是所谓的地缘优势，也不会是什么政策优惠，因为他自己认真思考过，这些理由都无法区分深圳与其他同类型地区的发展区别。"要我说，就是这股劲儿！这种精神！"

到过罗湖"二线插花地"棚改区后，罗君东说：跟我们那会儿特区建立之初很像，不讲条件，玩命干，全力以赴做到最好。

棚改现场一线的工作人员，大多为20世纪八九十年代出生的年轻人，对于80年代特区建立之初，创业者那种独特的精神景观，不可能有太深的认知，但上了年纪的"老深圳"显然就不同了。

老严，工程兵出身，是1982年调入深圳的首批工程兵，刚刚办了退休手续，由于有个侄子就住在木棉岭，签约搬迁什么的就爱找他来商量商量，所以2017年春节前后，他倒是经常到访以前很少来的这片"二线插花地"。

因为少了工作的束缚，与侄子聊完事，老严自个儿也就常常在棚改区里转悠一下，与各式人等攀谈几句，碰到汉中老乡时，甚至还会进屋喝杯茶。他对我说：我看棚改区内的一线工作人员，四十年前特区建立之初的那股劲儿又回来了。

看到的是这股劲儿，看不到的却是这股精气神对棚改工作的全面引领，比如对工作理念的革新，比如对工作方式的创新，比如对工作流程的优化。

罗湖区委、区政府为此归纳为一个框架，即：动力、抓手和路径。

按我的理解，这股不甘人后勇挑重担的激情，是动力；棚改，是抓手；而路径，则是将这股精气神贯注在工作里，对城区发展路径的全面革新和探索。事实上，这也是他期望的棚改工作最大意义，在于能产生"大于棚改本身的结果"。

六

在前面的章节里，我多少也涉及过，城市的最初来源，学术界比较认可的原因，人类历史上最初的城市，很可能都是基于安全和宗教考虑的。进入近现代以后，一座新城市的诞生，则更多的受地理位置、资源优势和产业禀赋等功能性因素的影响。美国、英国、日本等先进国家的现代城市，基本上都是诞生于类似的功能性或经济性原因。但如果我们深入到这些城市的历史细节深处，我们就会发现一个非常有意思的现象，那就是任何一座伟大的城市，无不有一种可以姑且称之为精神血脉的东西，在引领它们不断迭代升级迈向卓越的阶梯。

一座城市如此，一个国家也是如此。

马克斯·韦伯是一位对西方古典管理理论的确立，作出过杰出贡献的德国著名社会学家和哲学家，是现代社会学的奠基人，他在组织管理方面有关行政组织的观点，对社会学家和政治学家都有着深远的影响。他不仅考察了组织的行政管理，而且广泛地分析了社会、经济和政治结构，深入地研究了工业化对组织结构的影响。他提出了所谓理想的行政组织体系理论，其核心是组织活动要通过职务或职位，而不是通过个人或世袭地位来管理。他的理论对后世的管理学家，尤其是组织理论学家有重大影响，因而在管理思想发展史上，被人们称之为"组织理论之父"。

不管我们对马克斯·韦伯那些社会学理论有着怎样的评价，但无可否认的是，他的洞见为我们揭开了一个窗口，使得我们对于社会发展与那些深刻而隐秘的精神资源之间关系，有了更为深刻的认知。

　　国外学者关于中国现代化进程有"三个黄金期"的说法，即洋务运动、1927年至1937年黄金十年和1978年肇始的中国改革开放新时代。这种观点只是一家之言，并未得到学术界的广泛认同。而且就我个人对"近代中国现代化的脚印"的研究而言，对"三个黄金期"的前两个，无论是其规模和成果，都无法与改革开放后的新时代相比拟。其原因无论是在社会变革的深度和取得经济成就的广度，都无法做横向的比较。但，只要我们细细地去观察，这三个时代从某种意义上讲，都有某种精神激情的迸发作为它们的基石，牵引着社会的革新与进步，而且这股相互点燃相互传导的内在激情，还持续塑造并不断深化中华民族的共同意识，使之成为了中国现代化进程最为关键的核心要素。

　　在北京大学第一教学楼的东南侧，有一块写有"振兴中华"字样的石碑。据了解，这块石碑是北京大学1980级学生捐献给母校的礼物，以此纪念1981年，中国男排首次冲出亚洲，中国女排第一次站上世界冠军领奖台，北大学子在燕园一起喊出"团结起来，振兴中华"的响亮口号。

　　为什么时隔多年以后，北京大学学生对此依旧念念不忘，最终在校园里树立这么一块石碑，纪念那段激情燃烧的岁月。道理非常简单，它标示的是改革开放初期，国人心里头的那种精气神，以及这种精神性资源对于那个时代的全面拉动。

　　在20世纪90年代，"城市软实力"概念的提出，进一步为我们揭示了一个国家一座城市迈向卓越的真正动能。随着城市文化、城市精神这些概念，广泛进入知识圈形成了某种共识以后，人们也普遍地将精神资源列为城市发展的禀赋资源，并一直推高它在资源列表中的地位。

事实上，诸如此类的群体性情感，只要将其导入某种理性轨道，避免它逆向发展，泛滥成为一种颠覆性力量，它就必定成为引领社会正向发展的澎湃动能。

经济特区的设立，深圳的发展，从根本上讲，确实都是来源于某种内在的热情，是一种发自内心改变自我命运，让中国变得更加美好的原生热情。当然在官方的叙述中，它的一个更广泛被接受的名字，叫民心民气。

我认为，就中国前四十年的改革开放史来说，承载这种革新激情的最初载体，恰恰就在罗湖。正是罗湖这方奇妙空间，让这种激越精神动能，找到了喷薄而出的管道，并在罗湖这个奇妙空间里，将这朵精神之花，化为一个个举世瞩目的客观现实，书写了世界城市发展史上的又一个辉煌的传奇。

无论是四十年前的拓荒牛精神，还是以"三天一层楼"命名的创新激情，事实上都是在罗湖这个深圳最早的建成区灿烂绽放的，而且自那以后，这种精神性力量也一直成为引领深圳迭代进化的不竭动力。

至于新时期的特区精神，能否为贺海涛提出的"敢担当，善作为，讲奉献，论实绩"所概括，自然是一个见仁见智的话题，对此我完全持开放性的态度。但马兴瑞、许勤、贺海涛关注到的精神力量与城市发展之间隐秘与深刻的关系，则是一个更值得我们深入思考的问题。

当然，作为政府官员，作为一座城市的各级管理者，他们所处的政治地位，他们洞察到的可能更多：比如，这种精神动能，对于下一个四十年改革开放，对于"两个一百年"目标实现的意义。

我还想说这句话：历史健忘，难为情的，总是那些患了历史感和使命感的人。

2018年初春的深圳，整座城市都沉浸在一个令人振奋的消息里：

深圳的GDP以1000亿元的领先幅度超越了广州，成为了经济总量内地第三，亚洲第八的经济城市，其间在学界甚至还传出过深圳的GDP超过了毗邻的香港，虽然随后深圳官方权威部门出来说明深圳与香港的GDP总量尚有600亿元左右的差距。但作为一座只有三十八年历史不到的年轻城市来说，这样的成绩，显然已经足以使整座城市为之奔走相告，为之骄傲自豪。

除了深圳主流媒体继续保持一如既往的克制与低调外，无论从微信的朋友圈，还是深圳各大自媒体，无不沉浸在一片欢呼与振奋当中，类似的信息也成了这个春节深圳人最乐意传播的内容之一，你可以看到他们每一个人脸上写着的骄傲与满足。这也是几千万深圳人，对这座城市的一种精神认同。

作为一名作家，我自然理性一些，欣喜的情绪也会克制很多。因为我清楚深圳与香港与广州，都还是有着很长一段差距的。这种差距可能不一定完全体现在经济数据上，它可能还会在历史在文化中，有很长很长的一段路要走（不仅是很长，而是很长很长）。广州是一座有着两千多年历史的文化名城，它的文化积淀，非深圳所能望其项背的。与深圳一河之隔的近邻香港，是一座高度繁荣的国际大都市，数百年来，它在市场经济建设方面积累的经验，要让深圳好好学上很多年也赶不上。当然，作为一个深圳人，我非常理解当深圳的GDP取得新成绩后，深圳人自豪情绪的流露，我也如此。那天我到罗湖妹妹家接老母亲到我家来过春节时，穿过红岭路，经过罗湖国贸商圈那片流光溢彩时，我也依然控制不住地情难自己。来深圳二十六年了，青春已过，也算深圳建设者中的一员，虽然没有看到53层的国贸大厦的"三天一层楼"，但见识了

69层的地王大厦、100层的京基100大厦，以及后来118层高600米的平安大厦的拔地而起。为深圳今天的成就，也算洒下了自己的汗水。尤其是用自己的笔，写下了这个城市发展中的点点滴滴，记录了历史的许多细节。

除开那些个人化的意绪外，我也在思索：已经夯进了国贸大厦的那种所谓的特区精神，与这座神奇的城市，又是怎样的一种关联呢？

必须承认，这是一个充满启示意义的时刻，也是一个精神自我皈依的时刻。

2018，改革开放四十周年，对于罗湖，对于深圳，对于我们的祖国，都是又一个新起点。也许我们还来不及庆祝，又要踏上征程，因为逆水行舟，不进则退。

第六章
枝叶繁茂与形散神聚

精神与担当，保证的只是我们的出发，而决定我们究竟能走多远，站立在什么样的历史高度上，恰恰是方向与方法。

改革是个系统问题，取决于各个要素之间的合力，要素与要素之间的彼此关联，形成最后的力量。

这里的一小步，都折射出当代中国城市振兴的一大步。

一

2018年3月26日深圳市住房和建设局公开发布了《关于加强棚户区改造工作的实施意见（征求意见稿）》（以下简称《实施意见》），向社会广泛征求意见。

该《实施意见》开宗明义地指出，随着深圳经济特区城市化水平的不断提升，不少制约城市发展的问题也开始逐渐显现，特别是不少老旧住宅区存在着使用功能不齐全、配套设施不完善的情况，部分小区甚至存在着住房质量、消防等安全隐患，直接影响了居民的生活质量和居住安全。《实施意见》的发布就是为了"更好地解决群众住房问题，推动我市棚户区改造工作顺利开展"。

跟几乎所有的法规条例一样，《实施意见》也充满了很多刻板晦涩的专用术语，但这并不妨碍专业的媒体记者敏锐地从中发现里面的"干货"。深圳住房和建设局是在中午时分正式对外发布的，下午两三点钟不少主流权威媒体已将《实施意见》中的主要创新点梳理出来了：

年限20年以上的老旧住宅区将是"主要的适用对象"；

产权调换标准按照套内建筑面积1:1，或者不超过建筑面积1:1.2的比例确定，可以允许有不超过10平方米的增购奖励，增购价格按同一项目货币补偿计收；

实施模式为"政府主导+人才住房专营机构为主+人才房和保障性住房"；

实现棚改与房屋征收程序的有效衔接，政府可根据公共利益的需要，依法实施房屋征收；

就我个人而言，感觉该《实施意见》与一年多前罗湖区为实质启动"二线插花地"棚户区改造出台的那些政策设计"太像了"，无论是基本理念还是底层逻辑，此份明显地可以看出全面参考了罗湖此前推出的棚改政策条款。

事实上，深圳市住建局此前面向全市印发的《深圳市棚户区改造项目界定标准》，对罗湖在筹划"二线插花地"棚户区改造时所推行的政策拓展和政策创新，就有了多方面的吸纳与借鉴。

当时深圳市住建局有关负责人在回应媒体记者的相关提问时明确表示，与广东省的界定标准相比，深圳市的界定标准有三点差异：一是期限差异，深圳市将广东省界定标准中的"超过40年的危旧房屋"，修订为"30年"（最新《实施意见》中的标准继续降为20年）；二是在广东省界定标准的基础上，深圳市增加了"二线插花地"棚户区改造项目界定标准；三是深圳市将城市更新计划中符合棚户区改造界定标准的改造项目，也纳入了棚户区改造范围。

在城市更新棚改业务模块的"深圳实验"中，我们看到的风景是：从罗湖出发，罗湖区在"二线插花地"进行的棚户区改造，已经成为了深圳市棚改的实质起点，而罗湖区为之所进行的政策探索，也为整个深圳棚改工作提供了几乎全部的核心理念和技术路径。

又一项从罗湖区起步的改革，实现了向深圳市全市范围内的复制与推广。

以改革集聚发展动能，以改革凝结发展人心，以改革谋求发展路径，罗湖的改革从未停步，一直都在路上。

2015年8月29日，深圳市委、市政府对外公布，正式决定在罗湖区启动城市更新改革试点，期限为两年。

决定在罗湖全面推开的城市更新试点，对于深圳来说，它既是着眼于破解罗湖城区空间困境而做出的战略决策，更是对深圳城市永续发展的未雨绸缪和深刻洞察。用深圳开发研究院有关专家的话来说，罗湖的当下，就是深圳其他城区的未来，而深圳的当下，就是全国其他城市的未来。经过三十多年的快速城市化，以空间更新为要义的城市可持续发展命题，终究会在很短的未来，摆在每一个城市主政者的桌面上。从这个意义上讲，罗湖区城市更新的试点不止于对于深圳意义深远，就是对于全国来说，它的影响与价值也是很大的。

关于专家的这种观点，罗湖区城市更新局副局长冯彦对此持认同态度，但冯彦显然多了几分作为具体操作者的体会。

他说："作为深圳最早的建成区，试点城市更新改革自是符合逻辑，但这样的试点放在哪个区其实并不是唯一的，市里将试点选择放在罗湖区，更深一层的意思，在我看来，就是想看你有没有浴火重生的能力，有没有凤凰涅槃的决心，一个老城区能不能重新出发，涉及的东西很多，但关键就在于这两点：舍我其谁的信念，与勇当尖兵的决心。"

其实，很多人都想看一看，一个已有30多年发展历史的"老城区"，在披荆斩棘跋山涉水的历史征程中，在逆水行舟不进则退的时间长河里，是否已经耗尽了自己的所有的动能与激情，是否仍有排除艰难勇往直前的力量。

他们需要答案。

而罗湖也需要拿出有说服力的答案——为当下，更为未来。

试点启动以后，罗湖区立足实际、攻坚克难、勇于创新，很快就总结出了凝聚罗湖智慧的"科学更新、协同更新、高效更新、阳光更新"的改革试点工作逻辑和工作方法，从权限革新、流程再造和效率提升等方面入手，首先将原先分散在7个市直部门的22项城市更新审批权进行系统化的衔接，然后再在区级层面大刀阔斧地进行资源整合，流程再造，审批效率提升，审批环节由25个压缩至12个，审批时间压缩2/3，并强化了城市更新的事后监督和风险防控，并将围绕城市更新的协同性，改革措施在区内多个具体项目中进行了实验和试点，都取得了明显的成效。

2016年10月，深圳市委、市政府决定在全市实行城市更新工作改革，提前复制推广罗湖区更新经验。

至此，罗湖区城市更新改革试点获得成功，提前完成改革创新重任。

罗湖交出了答卷，也交出了自己的全部努力与坚韧，尽管此时此刻的她，并不知道历史这位考官，最后会给这份答卷评上多少分。

当然，棚改、医改和城市更新并不是近年来罗湖区改革的全部，在基层治理、消费中心建设和城区物业管理等方面，罗湖区也是改革动作频频，绩效显著，并凭借这些改革释放出来的动能和红利，提升了多年来落后于深圳全市的经济平均增速，罗湖终于首次赶了上来。

经济增速，当然只是一个方面，更重要的是那个弓身而起奋力奔驰的罗湖，在时隔多年之后，又再度站立在新时代的门口，英姿勃发，神情昂然。

这种看法并不是纯属我个人的观感，事实上我周边的很多同志也都有这样一种类似感觉：三十多年前那个挺身站立在改革原点，引领全国改革的罗湖似乎又回来了，发力奔跑的姿态是那样的熟悉、激情四射势不可挡。

对于一名用笔来记录这段历史的我来说，我需要弄清楚的却是：为什么是罗湖？在它四十年不到的历史中，它是怎样做到这样一次又一次变换自身的奔跑姿态，回应时代需求的？

站在罗湖区委大楼顶上朝东望去，一座大山突显着其雄姿矗立于大鹏湾畔，它就是素有"鹏城第一峰"之称的梧桐山，其主峰海拔943.7米，是深圳最高的山。与此同时，它也是国家级的风景名胜区和森林公园。

梧桐山面临南海，与香港新界山脉相连、溪水相通，梧桐山的山名由来，据说是"乌岽山"的转音。但最早在明朝《广东通志》上，就有："又南七十里曰梧桐山（其木多梧桐）"的记载，当时深圳隶属东莞县管辖，此书为明嘉靖四十年（公元1561年）由黄佐所著，比清嘉庆二十四年（公元1819年）王崇熙编纂的《新安县志》早了258年。由此可见，梧桐山的山名来源于"其木多梧桐"，也就是说，梧桐山的名称是因为山上多有梧桐树而来。

《诗经》中有关于梧桐的记载："凤凰鸣矣，于彼高冈。梧桐生矣，于彼朝阳。菶菶萋萋，雍雍喈喈。"这诗说的是梧桐生长茂盛，引得凤凰啼鸣。《庄子·秋水篇》中也提到梧桐："南方有鸟，其名鹓雏，子知之乎？夫鹓雏发于南海而飞于北海，非梧桐不止……"。这里就把梧桐和凤凰联系在一起了，"鹓雏"就是凤凰的一种。庄子说，凤凰从南海飞到北海，只在梧桐树上才落下。可见梧桐的高贵，唯有梧桐引得凤凰来，凤凰也非梧桐不栖。"凤栖梧桐"的传说，就是这样在民间广为流传开来，因此，梧桐树被赋予了灵性，也表达了人们对梧桐山的美好愿望。

梧桐山还是著名的深圳河的发祥地，主峰山泉汇入天池，天池水顺着山谷而下形成了壮观的瀑布群，而后注入龙潭，龙潭水流至龙珠山汇集八条谷渠水而成深圳河。

梧桐山也是离市区最近的山峰之一。因此，旖旎秀美的风光和清新舒爽的空气，对于忙碌的都市人来说，无疑是一个放飞心情陶冶身心的好去处。只要有空，我时常也会驱车来到山下，拾级而上，在熙攘人流中，感受惬意与脱胎换骨般的片刻释怀。

关于登山我向来有一个习惯，可以放慢一下脚步，花多一点时间，但来了就一定要努力登顶，因为相信屹立峰巅的那一刻，不但诠释了登山的全部意义，也是难得的感悟尘世省思人生的启示时刻。

梧桐山就在海边。再向东望，是南海了无涯际的粼粼波光，向西望则是鳞次栉比的深圳市区楼厦，即是我的深圳我的城。必须承认，这样的时刻，是对日常生活的抽离，更是开启感悟航程的高光时刻。

站在梧桐主峰，无问东西，这样的时刻，最早进入眼眸的总是罗湖，总是离梧桐山最近的这片写满了故事与传奇的土地。

是的。它的传奇，自在它作为中国改革开放出发地的角色，但作为传奇的它，又似乎不尽于此。

更吸引人对它进行深入探究的是，它面对风云变幻的时代，一次次的变动着自己的生命姿态，并在时光隧道上，写下属于自己的新册页。

二

写过《西方的没落》一书的奥斯瓦尔德·斯宾格勒，关于城市曾经有过这样的精彩论述：

将一座城市和一个乡村区别开来的不是它的范围和尺度，而是它与生俱来的城市精神。

奥斯瓦尔德·斯宾格勒是德国著名的历史学家和哲学家，他1880年出生于德国哈茨山巴的布兰肯堡一个邮政官员的家庭，先后就读于哈雷大学、慕尼黑大学和柏林大学。青年时代除了研究历史和艺术之外，他还对数学和博物学有着浓厚的兴趣，所有这些使他的作品具有一种奇特的风格。1904年在哈雷大学获得博士学位后，奥斯瓦尔德·斯宾格勒成为一名中学教师。第一次世界大战爆发时，他因健康原因未被征召入伍。战争期间，他隐居在慕尼黑的一个贫民窟里。1912年，在贫民窟幽暗的小屋里，就着昏暗摇曳的烛光，奥斯瓦尔德·斯宾格勒在几乎与世隔绝的状态下，开始了他宏大的写作计划。6年后的1918年，《西方的没落》一书带着一战的创伤与反省，出现在德国的书店里，虽然有学者用"骇人听闻"来形容书中的某种论述，但依然没有影响它在世界范围的轰动。此书的出版给奥斯瓦尔德·斯宾格勒带来巨大的声誉，许多大学以正式、非正式的方式邀请他前去执教，可他一概拒绝了。此后他一直过着一种近乎隐居的生活，以历史研究和政论写作为生。1936年5月8日凌晨，斯宾格勒死于心脏病，他的妹妹们将其埋葬，未举行任何吊唁仪式。奥斯瓦尔德·斯宾格勒一生写下大量的著作，其中重要的有《普鲁士人民和社会主义》《悲观主义》《德国青年的政治义务》《德国的重建》《人和技术》等。

《西方的没落》一书在中国的出版一波三折：该书自问世以来，

长时期里没有一部完整的中译本问世。1963年，商务印书馆只翻译出版了该书的第二卷，直到近年来上海三联书店等国内多家出版社相继出版了全译本。

在近一个世纪的时间里，奥斯瓦尔德·斯宾格勒与汉语世界结下了不解之缘，他的振聋发聩之作《西方的没落》，曾经让汉语世界的几代知识分子几度兴奋，又几度沮丧。

今天，我读到作为历史学家和哲学家的奥斯瓦尔德·斯宾格勒关于城市的精彩论述，仍受很大的启发。因为在中国这片土地上，总有一些神奇的地方，它坚定得近乎执拗地将自己那种与生俱来的精神，一次次地在历史书页上尽情书写。

作为改革开放原点的罗湖，它曾经创造了很多"第一"：从第一个万元户村——渔民村，到第一家上市商业银行——深圳发展银行；从新中国土地拍卖"第一槌"，到全国首家证券交易所——深交所，作为深圳的"老区"，罗湖这一片土地上，创造了太多的"中国第一"。

这些"第一"，就罗湖而言，没有一项是与它的天然禀赋有关，几乎全部来自于它对历史的深刻洞察，以及进入我的叙述主题的罗湖独特的改革方法论。关于它与生俱来的独特城市精神，在此之前我已有了不少的论述与阐释，此时此刻，我更愿意将思考的眼光，聚焦于另一个别人很少顾及的"罗湖改革方法论"问题，因为我有充分的理由相信，它对于罗湖的美好成长和华丽蝶变，至关重要。

精神与担当，保证的只是我们的出发，而决定我们究竟能走多远，站立在什么样的历史高度上的，恰恰是这种我们姑且称之为方法论的东西。

每一个人都会有自己的梦想，但并不是每一个人都能将自己的梦想化为现实，在这里面，除了那些不可缺少的运气和偶然性因素之外，方法与逻辑就是我们能否抵达梦想之境的决定性因素。

有一次，我与几位朋友在闲聊，其中有一位就职于房地产界的朋友说，华为的这班人如果出来搞房地产，我也相信他们能成为最好的那一批，原因很简单，他们推进工作的那套方法论，决定了他们一定会比别人做得更好。

这一句话给我留下了极为深刻的印象，并刷新了我自己关于方法论的认知与理解。

方法不但区分了工作的效率，更区分了工作的品质。

作为"中国棚改第一难"的"二线插花地"棚户区改造项目，之所以能创造属于自己的改造传奇，除了点燃在棚改现场各个角落的熊熊激情外，我想，我们必须将关注的眼光推进到潜藏在故事背后的，这种所谓的实操方法论层面了。而这，在我看来，它或许更是解读罗湖发展、解读棚改经验的"关键秘钥"。

2018年4月27日，我们再一次来到罗湖"二线插花地"布心片区现场采访，见证了一个重要的历史时刻。

这一天，对于罗湖"二线插花地"棚改工作来说，也是一个值得铭记的时刻。在罗湖区人大常委会主任熊国伟的见证下，在罗湖棚改现场指挥部指挥长、罗湖区委副书记、政法委书记程正华、常务副指挥长卢耀明的现场指挥下，当天下午4点30分，布心片区东区12户"钉子户"最后的6号、7号楼，在履行完所有法定程序并确认安全的情况下，顺利进入了拆除环节。

至此，随着整个棚改区难度最大的布心片区"钉子户"攻坚战的决定性胜利，号称对整个罗湖棚改项目"最严峻考验"的行政征收和行政处罚环节，也宣告全面告捷。

程正华看着眼前轰然倒塌的危楼，按捺不住内心的激动，对于2016年12月20日全区总动员全面打响棚改攻坚战来说，身后这400多个刻骨铭心的日日夜夜，终于迎来了它的华彩尾声。

他说，签约工作当然是整个棚改工作得以顺利推进的基础，工作量浩繁，但谈到矛盾的集中尖锐和工作的激烈严峻程度，行政征收和行政罚没阶段更是首当其冲的。"截至今天，全部违法建筑除了木棉岭还有1户待拆'钉子户'以外，其他完成司法程序的待拆'钉子户'已经全部依法拆除了。最难啃的骨头，我们啃下来了，阻碍罗湖棚改最终成功的所有拥堵点，也已全部打通了，罗湖棚改下一步的建设工作虽然依然艰巨，但已经没有什么可能阻挡我们面向目标的快速迈进了。"

这样的表达是克制的，于棚改工作而言，此时此刻的场景，就恍若古罗马时代迦太基的汉尼拔·巴卡，于风雪中翻越了险峻陡峭的阿尔卑斯山，站立在山巅上动情地瞭望眼前一马平川的波河平原。

即使不能说，罗湖棚改已经全面告捷，但前方却是显而易见的一马平川。一马平川不是表明已经大功告成了，但号称"中国棚改第一难"的罗湖棚改，已经安然闯过了最为艰险的关隘与险滩了，至少成功在望了。

罗湖在自己的城区建设史上，又写下了属于自己的新的一页。

是的，当一页页传奇已经写就，人们对它的追问，更多的是将投向求解"如何做到"的路途。

4月的海南，是最美也是最宜人的季节。每一个到访过海南的人，都可以在每一片闪射出温润光泽的花叶上，找到自己关于美丽生态的所有想象。

4月8日，博鳌亚洲论坛2018年年会在海南省博鳌镇召开。博鳌亚洲论坛是由原菲律宾总统拉莫斯、原澳大利亚前总理霍克及日本前首相细川护熙于1998年倡议，并于2001年2月27日正式宣告成立。中国海南博鳌为论坛总部的永久地所在，从2002年开始，论坛每年定期在博鳌召开年会。

博鳌亚洲论坛成立17年来，规模和影响不断扩大，为凝聚各方共识、深化区域合作、促进共同发展、解决亚洲和全球问题发挥了独特作用。论坛已经成为连接中国和世界的重要桥梁，成为兼具亚洲特色和全球影响的国际交流平台。

2018年博鳌亚洲论坛年会主题为"开放创新的亚洲，繁荣发展的世界"，来自全球政界、商界、学术界和媒体界的知名人士汇聚博鳌。

自然，此刻吸引我的显然不只是海南的生态美景，而是4月10日9时30分，中国国家主席习近平应邀出席博鳌亚洲论坛并发表重要主旨演讲。习近平在南海之南对中国改革开放发出的声音，相较于其他人津津乐道的海南将建设自由贸易试验区和中国特色自由贸易港这些信息外，我个人更关注的是他对中国经济特区来路去途的相关论述。

比如，习近平指出：创办经济特区是我国改革开放的重要方法论，是经过实践检验推进改革开放行之有效的办法。先行先试是经济特区的一项重要职责，目的是探索改革开放的实现路径和实现形式，为全国改革开放探路开路。只有敢于走别人没有走过的路，才能收获别样的风景。

必须承认，语句背后的判断和情怀，此时此刻深深地叩动了我的心灵。习近平的相关论述，按我个人的理解，其实它点明了两点：作为改革方法论的基础，我们必须通过类似于经济特区这样的试点，为当代中国的改革寻找到低成本的可复制、可推广的实现路径和形式；另一个，作为此种方法论的信念基础，是要"敢于走别人没有走过的路"。

罗湖之所以能够攻克"中国棚改第一难"，从方法论上讲，恰恰是实践了习近平总书记点明的中国改革开放方法论两大要义。

2018年，是当代中国改革开放实质启动四十周年。四十年前的1978年，无论是就中国的现代化进程还是就中国城市化浪潮而言，都是一个值得大书特书的年份。

在那个现在看起来仿佛有点遥远的1978年，不要说罗湖，就是深圳，也没有迎来自己的呱呱坠地的一刻，但我始终认为关于罗湖的历史、关于罗湖的改革、关于罗湖的棚改，只有置放在这样长时段的历史背景下予以认真省察，才能发现其中的实质，就如人的生命一样，只有在足够长的时间轴上，才能定义它所经历的意义与价值。

罗纳德·哈里·科斯的关于产权理论的阐发和主张，在当代经济学的发展史上，是最有意义的贡献之一。事实上，他的巍峨身影已经昂然走进了当代思想的伟大殿堂。

罗纳德·哈里·科斯是新制度经济学的鼻祖，美国芝加哥大学教授、芝加哥经济学派代表人物之一，1991年诺贝尔经济学奖的获得者。按照瑞典皇家科学院的公告，罗纳德·哈里·科斯的杰出贡献，是发现并阐明了交换成本和产权在经济组织和制度结构中的重要性，及其在经济活动中的作用。科斯是产权理论的创始人，早在1937年，在以他的本科论文为基础发表的《企业的性质》一文中，就阐明了该理论的一些基本概念，人们至今仍为他当时的洞察力深感惊奇。但该书完成以后，并没有得到人们的太多关注，沉默了近三十年，产权理论才受到重视。20世纪80年代后产权理论更是受到高度评价，科斯也正是因此获得了1991年的诺贝尔经济学奖。

科斯还是一位十分关注中国改革开放的国际经济学家，2008年7月14—18日，改革开放三十周年之际，科斯以98岁的高龄，亲自倡议并主持召开了"中国经济制度变革三十周年国际学术研讨会"。5年后的2013年9月2日，科斯在美国去世，享年103岁。

关于科斯，我们已经听闻太多，但另一个广受忽略的事实却是：他其实也写过一本关于中国改革开放的著作《边缘革命》。在这本书中，他与合著者王宁系统提出了对中国改革的看法。王宁早年就读于北京大学，后赴美求学，获芝加哥大学博士，自1998年起担任科斯助手，现执教于亚利桑那州立大学，兼任浙江大学科斯经济研究中心国际主任。

他们认为，中国的改革在过去三十多年里取得了举世瞩目的成功，主要原因是中国存在两个改革：一个是中国政府推动的改革（可能相当于我们所说的"改革的顶层设计"），另一个是"边缘革命"（应该相当于我们所说的"摸着石头过河"的改革）。科斯他们认为，同样甚至在某些方面发挥着比政府推动更大作用的，是他们所说的"边缘革命"，因为他们把"市场的力量和企业家精神"带回神州大地，这包括分田到户、发展乡镇企业，也包括个体户和深圳等经济特区的试验。这些力量表面上虽然看似处在主流力量的边缘，却以曲折与润物无声的形式，成为了中国经济改革的主导力量。

三

找到这样的一个下午，找到这样一个彼此已经做了充分的思想梳理的对谈环境，真的不容易。我们约了一段时间才安排上，作为罗湖区一把手，贺海涛的工作不是一般的忙，除了棚改工作，还有许多千头万绪的事。那天我们约的是下午上班后的两点半见，但听安排采访的小赵说，贺海涛书记1点45分才从外面基层单位处理完工作回到办公室，坐在那里就眯瞪睡着了。下午接受完我的采访后，他还要和有关环保部门去巡查罗湖境内的河流，安排净化河水工程。就是在这种情况下，2018年4月12日的下午，我在贺海涛办公室里对他做了一次专访。

办公室里只有我们两个人，开始的交谈很安静，我们的谈话内容并不仅仅局限于罗湖棚改，而是放在近些年罗湖的各项改造的实施上。

这几年，罗湖的改革可以说枝繁叶茂，硕果累累，但与此同时，从表面上看，这些覆盖广泛领域却又千差万别的改革，是否真的为某种内在脉络所联结，或者它们根本就是某种随机的项目聚合？采访一开始，我就抛出了事先准备好的提问。

贺海涛显然有着自己的想法。他说，罗湖的改革，表面上确实有兵分多路枝叶繁茂的"形迹"，但实际上却是"形散神聚"的。

他说，我们是中国的经济特区，我们是改革的试验场，因此罗湖的改革价值，或者说，罗湖的改革意义，在于它的试验性，在于它可以通过深圳这样的载体传导出去接受检验，而作为中国改革开放先行地的深圳，它所遭遇到的问题，它所面临的瓶颈，从某种意义上讲，国内其他城市、其他地方或多或少都会遭遇到，所以深圳天然地必须为解决这些问题去探路、去开路。"这是罗湖改革的基本定位，也是罗湖改革行动的逻辑出发点。"

接着，贺海涛话题一转说，比如罗湖这几年着力推动的基层医疗体制机制改革，它的指向是城市化进程中民生问题。就业、教育与医疗，在我看来，是市民最为看重的三大民生问题，罗湖之所以着力去推动基层城区的医疗问题，恰恰就在于罗湖自身的改革定位与改革起点。"看病难、看病贵"几乎是二十年来老百姓最为关注的民生问题之一，在全国和省市区"两会"上，针对这个问题的建议和提案，也一直是人大代表政协委员嘴中手下的高频词。

贺海涛首先为我介绍了罗湖改革题材选定的具体方向性问题。"我们之所以选择基层医疗改革作为我们这几年持续发力的改革题材，有两方面的考虑，一是这确实是老百姓高度关注的民生问题，这样的改革有价值有必要；二是从资源和能力上讲，我们也相信罗湖在这方面可以做点事情，我们可以也应该先行先试，为深圳也为全国探路。从改革题材的选择方法论上讲，我们实践的所有改革动作，都是从这样的审视框架中来界定的，而恰恰是这样的改革题材界定，确保了罗湖的改革'聚精会神'形成自身的严谨逻辑。"

接着，贺海涛讲到了城市更新改革试点。他说："再拿城市更新来说，任何一座城市或早或晚都必然会面临城市空间的更新问题，1978年出发的中国改革开放，同时也开启了中国现代史上规模最大的一轮城市化浪潮。四十年过去了，这一波城市化也确实到了空间重塑，再寻发展新动能的阶段了。罗湖之所以主动去承接城市更新改革试点，根本原因也在这里，我们找到内在需求和外在要求的接驳点，经过三十多年的高速发展，罗湖确实需要从产业融合、城区人文脉络和友好社区营造等角度，去重新理解一个真正美好宜居宜业的生态城区，应该如何去建设的问题。"贺海涛说道。

至于"棚改"，贺海涛的理解是，从根本上讲，这是一个解决"城市病"的问题。"我喜欢从经济学的角度来理解棚户区改造的问题，正如你所分析的那样，它说到底是一种'城市病'，是城市发展过程中带来的外部效益，当然它也是世界性的城市难题。深圳作为一座现代化都市，它的发展历史不算长，但这种世界性的'城市病'问题，在它的身上或多或少也存在着，这一点，马兴瑞省长在多次会议上都曾经跟我讲过，他希望罗湖在解决这种纠缠着历史与现实多种困难的'城市病'问题上，也能寻觅到自己的方法与路径。"

罗湖此前一届一届区委、区政府领导的改革，积累了很多很好的经验和方法、路径。"但我这几年的思考重点，恰恰就放在遴选罗湖在哪些方面、在哪个节点，可以通过以点带面的改革，对接时代和国家需求的改革发力点上，放在这些改革是如何实现彼此支撑上。我个人不赞成为改革而改革。我始终认为，所有的改革必须从罗湖城区发展的实际出发，必须从营造罗湖发展生态的需要出发，必须从推动罗湖发展新动能的角度出发。如果说罗湖这几年的改革有什么方法论的话，我觉得上面这几条就是我们方法论的原则。通俗地讲，就是大处着眼，小处着手，从边缘到中心，既要对即将进行实质推动的改革进行升维思考，又要稳中求进确保所推行的改革在可控的范围推行，确保社会不产生大的波动和逆转。"

必须承认，这样的午后，这样的交谈，这样的采访，是一种思想火花的碰撞。

贺海涛从他的角度，梳理了罗湖近年来改革的精神脉络，对我的写作有很大的启发，

在中国，对于基层治理者来说，改革题材的界定和选择，无论从哪个角度来看，都是至关重要的。因为它关系的不仅是确立改革动作的最终价值，而且还关涉到它到底能够获得多少资源配合，它是整套改革方法论的基石与起点。方向对了，方法就是保证。方法论又是理论的升华，是可以复制的最为宝贵的经验。

贺海涛作为此时罗湖的主政者，他在改革方法论上的理解，自有他自己的角度与思考，但在具体实操者身上，从罗湖棚改出发，他们又

是如何理解改革实操的方法论呢?

我是学汉语语言文学专业的,对经济学真的是一知半解。可我又是一个做传媒工作的,并以报告文学创作为主,所以在工作和创作中不断地学习,尤其是对自己不熟悉不了解的学科领域坚持不懈地读书非常必要。近十年来,我进行的"思辨体"长篇报告文学的创作实践,涉及了许多领域许多学科,大量的系统的前沿学科的阅读学习,开阔了我的眼界,充实了我的思想。所谓"思辨体"的创作,就是要有思想和观点,思想观点从哪儿来,当然靠不断地学习、归纳和思考。因此,我多年来养成的大量阅读习惯,给我的创作帮助不小。

我的阅读一般分为三种形式:一种是碎片式阅读,一种是系统式阅读,一种是消遣式阅读。碎片式阅读是随时随地的,用形象的说法,就是随手翻翻,吸引了我,就往下系统式阅读,系统式阅读是深读精读。消遣式阅读是一种休息式的阅读,在累了时候,休息休息读读书,以好故事讲情感的文学书籍为主。

我对康芒斯这位美国经济学家的了解,就是在碎片式阅读中获得的。一天,我在一位学经济学的朋友那里串门,看到他的书架上有一本经济学专业杂志,我随手翻翻时看到里面有一篇专门介绍康芒斯学术观点的文章。在那篇文章里,我第一次知道了制度经济学派的威斯康星传统。文章里的很多内容深深触动了我,回来以后便开始有意识地在网络上搜集关于康芒斯的相关资料。

康芒斯于1862年出生于美国的俄亥俄州霍兰斯堡,曾经就学于奥柏林学院和约翰·霍普金斯大学,后来辗转于韦斯利、奥柏林、印第安纳、锡拉丘兹和威斯康星等院校任教。作为制度经济学威斯康星传统的奠基人,康芒斯从他的实践的、历史的和以实验为根据的研究中,将经济视为一种冲突而协商的动态过程,更重要的是他对法律与制度别出新声的理解，给我带来了极大的启发。

康芒斯尤其在劳动关系和社会改革方面，得出了他独特的理论见解，这些见解都概括在他的《资本主义法律基础和制度经济学》中。他不仅从经济学，而且从法律、社会学和历史方面吸取了知识。康芒斯不同著作的主线是关于制度的发展。

在康芒斯代表作《制度经济学》里，康芒斯创造性地提出了这样的观点：

所谓制度，是"集体行动对个体行动的控制、扩展和解放"。对很多人来讲，将制度界定为"集体行动对个体行动的控制"是自然而然的事情，即意指集体行动所需遵循的普遍规范对个体行动的约束，而这，在康芒斯看来，这实在只是对制度的消极理解。他在制度经济上的创见完全来自于他将制度同时界定为"集体行动对个体行动的控制、扩展和解放"，他认为只有这样的理解，才是对制度规范的积极理解。换言之，对集体行动具有普遍约束力的制度规范功能，不只是约束和控制个体行动，而且也对个体行动具有积极的引导、扩张和解放作用。

康芒斯早在1945年就去世了，在经济学界有人认为他是已经过时的"旧制度学派"，我对深奥的经济学只是个从门外往里张望的学子，不敢置评，我之所以在此浓墨重彩地介绍康芒斯，主要是因为他的学术洞察，帮助我知晓了罗湖在"二线插花地"棚户区改造过程中，破解城市违建历史难题的实际手法，并让我对于罗湖近年来的改革方法论有了更深的理解。

事实上，这也是"二线插花地"整治改造之初，为什么有人对罗湖接手这个"烫手山芋"心存担忧的原因。在他们看来，这根本就是一个很难完成的任务。

四

谌小林，罗湖区法制办主任。他说，在接手"二线插花地"棚户区改造的政策论证时，他与同事们碰到的第一个难题，恰恰就是如何将已在国内其他广泛推行的棚改政策落地深圳的问题。他说："这一个问题没有解决，其他的也就无从谈起，但比照其他省里规定的相关条款，突出的印象就是找不到任何立足点，很多规定都不适合深圳。但这又是一个不得不完成的任务，所以摆放在罗湖面前的，便是一个如何突破固有的制度局限，从而创新性地找寻到解决现实难题的方法了。"

"破"与"立"之间，折射出来的其实便是改革方法论中的又一个关键命题。改革的实质，说起来万千头绪纷繁复杂，但概言之，实质却是制度变迁或者说是制度创新。

为什么改革是当代中国、当代中国城市化进程的最大红利呢？事实上，就是说通过制度要素的结构性调整和技术性变迁，它能够推动生产要素的集聚和配置效率的提升，这就是通常所说的改革红利。从这个角度上讲，改革的过程中，就是一个由制度均衡到制度不均衡，再到制度均衡的过程，所以如何实现旧制度的"破"与新制度的"立"，并在这"破"与"立"之间，将潜在的制度红利转化为现实收益，这也是每一位改革设计者和改革执行者必须掌握的题中之义。

在谌小林看来，从罗湖近年来相继推出的医改、旧改（城市更新）和棚改这些改革来说，作为方法论而言，恰恰是辩证理解并精准平衡了这种"破与立"的关系，而最值得称道的是他们没有刻板地去理解政策法规，而是将这些乍看起来束缚了改革展开的政策法规，作了类似康芒斯那样的积极理解，既将制度界定为对行动的控制，又将其理解对变革演变行为的积极扩展，以及对固有控制的有序解放。坚持了"破"

和"立"的辩证统一，将改革创新与法治原则有机结合，使其互为依托、相得益彰。

在全国其他地区，棚户区改造大多通过行政征收模式展开，而在深圳，这一政策却无法落地。二线插花地项目启动之初，市有关部门的方案是直接启动行政征收，但结合项目实际情况，这一方案根本无法实行。市里认为，棚户区改造补偿标准可以对《深圳市房屋征收与补偿实施办法（试行）》（以下称248号文）有所突破，但基本原则不应背离。对法外建筑实施产权置换，或超过限额进行置换，均被认为是对248号文颠覆性的突破。而罗湖区面临的"二线插花地"项目，95%以上属于历史遗留违法建筑，85%以上为分户售出的小面积房屋，直接使用市有关部门制定的补偿方案，项目范围内95%以上的主体都不可能接受，谈判难度巨大，强制执行的范围过大，维稳压力极大，这样的方案根本不具备可实施性。

关于补偿标准的争议持续数月，为了积极迅速推进项目落地，在法律框架内制定一套能够符合绝大多数被搬迁人利益的补偿方案，这一艰巨任务最终确定由罗湖区自行完成。

为了完成这一任务，谌小林带队前往到上海、中山等地取经，但最终发现除了一些谈判策略，真正在补偿标准上可借鉴的东西并不多，解决问题只能另辟蹊径。

既要解决问题，又要合法合规。为解决区政府的燃眉之急，谌小林带领法务团队展开了一场头脑风暴。一边是项目的极端复杂性，一边是征收领域的法律红线，除此之外，由于城市更新在深圳的成熟运作，因城市更新"一夜造富"的新闻层出不穷，又进一步推高棚户区当事人的经济预期。在全面梳理行政征收法律法规、棚户区改造政策文件之后，谌小林带领团队开始思考在行政征收和城市更新之间寻找中间路径的可能性。经过研究，为"二线插花地"棚改设置独立的补偿标准，政府以纯粹的协商主体身份，通过平等协商的形式与当事人签约，对协商不成的部分，根据建筑合法与不合法的性质，采取"行政征收+行政处罚"手段的构想逐步形成，这便是棚改最为核心的"两阶段"模式。

为了论证这个模式的合法性，谌小林查阅了上百部法律条文和政策文本，全面思考了这一模式的诉讼风险和社会影响，形成数万字的研究报告。正是有了这样的研究基础，谌小林向区委、区政府提出了"两阶段、三方向、一目标、可回转"的棚改思路，可以说，这一模式和思路的提出，让一度几乎停摆的"二线插花地"棚改工作走出了实质性的第一步。事实证明，这一模式是棚改成功的关键，不仅获得了市委、市政府的认可，更重要的是为棚改片区大多数当事人所接受。

正如前文所说的，2018年3月26日深圳市住建局发布的《关于加强棚户区改造工作的实施意见（征求意见稿）》，从某种程度上讲，就是对罗湖区这种突破的法律固化和认可。事实上，经由罗湖如此这般纵身一跃的改革，棚改也出解决城市历史难题一个边缘性的"急就章"，一跃而成为城市空间更新的又一种主流模式。

当然，棚改并不是此套方法论的孤例，无论是城市更新试点，还是基层医疗改革的推行，罗湖之所以能够捷报频传，原因很多，但在方法论上说，恰恰是深刻理解了"破与立"的关系，并将貌似刻板的制约性政策法规作了积极的理解，充分发挥了它对社会变革领域的扩展与内在推动力的解放。

2018年4月28日，深圳市召开了"拓展空间保障发展"十大专项行动工作会议，罗湖区受邀作了主题发言，主题介绍了该区在推动"二线插花地"棚户区改造工作的经验。贺海涛在发言中对罗湖推进棚改的方法作了如下概括：按照尊重历史、面对现实，穷尽法律、牢守底线的原则，经过全面摸底调查和反复研讨论证，探索形成了适用罗湖的棚改模式及政策标准，充分体现了公共安全至上、公共利益优先、寻找最大公约数的发展理念和创新务实精神。

而他提出的尊重历史、面对现实，穷尽法律、牢守底线的原则，其实就是对罗湖改革方法论"破与立"的又一种诠释与表达。

十年前的2008年，时逢中国改革开放三十周年，深圳报业集团组织了部分报纸的记者对在深退休休息的多位深圳原市委书记进行了一次专访，我在报纸上陆续看到了这系列报道。报道中他们的口述亲身经历，为我们形象展示了深圳经济特区二十八年的曲折发展历程。

其中有一个问答，给我留下了特别深刻的印象。当时有记者问原深圳市委书记厉有为，在他看来，在深圳经济特区建立的二十多年里，什么样的改革动作是他认为最重要的。他的回答是——特区立法权的艰难争取和最终获得。

他的回答显然当即引起了记者的极大兴趣，并最终导致了这个问题以一种持续延展的方式不断走向深入。从报道中可以看出，在厉有为看来，改革之初，很多改革都是要突破固有的传统计划经济体制的，这未免会引来或大或小的争议与质疑，特区的改革者们需要有一个"可靠说法"，来闪躲随时可能加诸于身的极左人士的"大棒"。中央领导的肯定当然是一种办法，但中央领导不可能对于深圳特区每一项改革都给出明确的支持表态，所以有了立法权，从某种程度上讲，深圳的改革就有了起码的"护身符"，此其一。

其二，经济特区建立之初的很多改革，基本都是摸着石头过河，它的前景和可能释放出来的改革红利也不明朗，因此，为避免引发社会动荡和减少改革的成本，它也确实需要某种封闭式的试错和试点，而面向深圳经济特区的立法权，恰恰就解决了这个问题：只在经济特区内实施执行。

美国经济学家科斯在研究了中国的改革开放经验后，对此做法的评价是，以试点复制推广为内核的改革方法论，是中国市场经济持续稳定发展的关键秘钥。而德国学者韩博天也将中国特色决策模式，以小范围反复试错、避免重大决策失误，视为最具中国特色的改革方法。一看韩博天这个名字，你可别把他当作出口转内销的华人学者，其实他是道道地地的德国人，1986年曾在中国南京大学留学，目前就职于德国特里尔大学，任中国政治经济研究中心主任。韩博天教授不仅是一个中国通，而且讲一口流利的中国话。他致力于政治经济学的比较研究，他觉得，中国的经济政策制定过程，是西方的社会科学最难解释的东西，也是不能用现成的模型揭示的现象。和胡鞍钢合著《中国国家能力报告》，推动了中国分税制的建设和改革。现任香港特别行政区策略发展委员会委员、香港中文大学政治与公共行政系系主任的王绍光教授更是认为，中央与地方在政策试点互动中相互学习，最终优化政策执行，是中国前40年改革开放最值得倡扬的改革路径。

2017年5月4日，罗湖方面在棚改现场指挥部召开了一次罗湖"二线插花地"棚户区改造新闻通气会。会上贺海涛正式对外宣布，5月8日起，罗湖棚改将由"民事协商阶段"全面转入"行政征收与行政处罚阶段"。"这意味着，罗湖棚改即将进入矛盾最为尖锐的时期，也给我们的工作提出了最为严峻的考验。"对于罗湖方面来说，这次新闻发布会既是对前一阶段棚改工作的小结，同时也吹响了进军最为艰难的行政征收和行政处罚阶段的攻坚战号角。

但在场的记者，似乎依然对罗湖方面如何处理"二线插花地"范围内的违法建筑，保持着高度的关注热情，少数的几个提问机会就有两个是针对这个问题的。时任罗湖区区长聂新平对此的解释是：罗湖"二线插花地"棚改工作，是深圳市委、市政府从保护人民生命财产安全的高度出发，决策实施的一次重大行动。它的实施背景、插花地历史和现状的复杂性，以及背水一战的紧迫性、别无选择性，决定了罗湖棚改政策的特殊性和唯一性。也正因为这种必要性与紧迫性，罗湖区在"二线插花地"范围内，对历史遗留违法建筑的处理方式，具有特殊性和不可复制性。市委、市政府也已明确相关的处理方式，只在"二线插花地"棚户区改造范围内"封闭运行"，与深圳其他区域实行严格的政策隔离。

罗湖在棚改中提出的寻找"最大公约数"，碰到的第一个问题，即是如何对待和处理"二线插花地"范围内占建筑总数95%以上的违法建筑，它是整个棚改政策设计的"牛鼻子"，关涉到政策设计、政策执行以及具体政策性补偿的种种问题，是一个无法绕开的问题，事实上这也是深圳这么多年来对于这个问题"拿起又放下"的根本原因。

光明特大滑坡事故发生前的几个月，深圳市规划国土部门曾专门就深圳的违法建筑总量举行了一次新闻发布会。在会上深圳市规划和国土资源委员会主任王幼鹏，向在场的新闻记者介绍说，统计数据显示，截至2014年底，全市违法建筑有37.3万栋，总面积达4.28亿平方米。这些违法建筑中，工业类和居住类居多，其中工业类占42%，居住类占40%。这4亿多平方米的违法建筑中，有些是用地不违法但房屋违法的，也有用地违法的，都被归为违法建筑。这些违法建筑约占了全市建筑总量的43%。虽是惊人的违建比例，其实已经比之前有所下降。因为在5年前的2009年时，这一比例甚至达到了49%，也就是说在深圳地界，曾经是两栋建筑中就有一栋是违建。而根据统计部门的相关普查数据，深圳全市租住在违法建筑中的人口，大约有730万人，约占深圳常住人口的一半。数据触目惊心，而深圳为了解决这个问题也是焚膏继晷，决心不改，动作频仍。

1999年3月5日和2002年3月1日，深圳相继出台了《关于坚决查处违法建筑的决定》，以及《深圳经济特区处理历史遗留生产经营性违法建筑若干规定》《深圳经济特区处理历史遗留违法私房若干规定》。但两次立法的实际效果并不理想，由于刺激了违建者"把握最后的机会"的心态，反而引发了抢建潮。

2009年，深圳再次出台《深圳市人大常委会关于农村城市化历史遗留违法建筑的处理决定》，2013年更是出台了《〈深圳市人大常委会关于农村城市化历史遗留违法建筑的处理决定〉试点实施办法》。政策本意是通过确认、拆除、没收、临时使用备案等试点，将这些历史遗留违法建筑纳入法制化的框架内。这折射出深圳已经充分意识到，对于如此体量的违法建筑，以前那种以"堵"和"惩治"为主的治理思路，显然是行不通的，他们开始以"疏"和"导引"的理念，尝试着对违法建筑的另一种治理路径了。

可惜的是，所有的这些努力虽然抑制了违建的增量扩张，但对于存量违建却依然收效甚微。而相关人士对此的解释是，"在现在的法律框架下，很多问题根本找不到折中调整的任何可能"。

历史遗留违法建筑，作为困扰深圳多年的城市发展的一个老大难问题，横亘在深圳一任又一任主政者面前。但由于影响的方方面面众多，牵涉到的利益标的也极为巨大，所以即使多方努力，从成果而言却是收效甚微。

问题，就这样被一种心照不宣的方法悬置起来了，毕竟每一次触碰，给深圳带来的都只是疼痛与不堪。但这一次，罗湖却完全没了退缩与悬置的可能了。

必须啃下来，否则一切免谈！这是罗湖"二线插花地"棚户区改造的坚硬现实。从深圳市委、市政府的推行决心和资源支持来说，啃下这块硬骨头倒不是什么绝对完成不了的难题，问题是——深圳该如何去面对其他地区将其进行类比援引的热情。

另一个现实是：占建筑总量的43%违法建筑，深圳显然还没有找到恰当妥善的治理路径，作为主政者而言，拆除一块多米诺骨牌并不是最难的，难以应对的是设若引发了多米诺骨牌连锁反应怎么办？

在这里，罗湖再一次展现了自己的改革智慧和能力，推出了"区域内封闭运行"的这神来一笔。

或许有人会说，这只不过是权宜之计，实在不便过高评价。对此，我个人倒有不同看法。当代中国的改革，是背负着沉重的计划经济包袱艰难起航的，传统的体制机制不但已对社会各个领域实现了全覆盖，而且还形成了一个板结凝滞的结构性体系，结构内的各个模块既相互支撑更彼此掣肘，它带来的结果，便是任何面向单一问题的局部改革，在这个庞大的惯性结构下，经常是左右为难举步维艰。

所以，在可控范围内进行封闭式试点，是当代中国多年以来行之有效的改革方法。改革开放之初的经济特区的设立，就是这种思路。当下全国各地的自贸区和自由港试点，作为中央高层也依然坚信它是一种降低改革风险、提升改革效率的方法。

罗湖区委常委、区两办主任、区改革办主任李小宁，对于这种改革方法同样有着自己的独特理解。在他看来，城区改革，几乎是中国最低层级的改革，以这样的层级和资源来推动区域改革，受到的各种制约是可想而知的。而"二线插花地"棚户区改造过程中，推行的这种"局部封闭式改革"，从实践成果来看，确实是突破相关制约的最优路径。

"从棚改的实践来看，如果没有这种封闭运行的违建局部解决思路，整个棚户区改造根本就无法展开，市里交给的任务完成不了不说，即使推开了，可以预见的是它也将引起轩然大波，搞不好就是社会稳定层面的又一次'光明滑坡'。"李小宁说道。

谈到这里，我也把心里的疑惑扔给了李小宁，我问道，没有人会怀疑这种"局部封闭式运行"方法在推进包括棚改在内的改革项目中的实际意义，但问题是这样的一种"局部"之于全局，它到底有没有意义？

李小宁对于这个问题显然有他的明确理解。他回答说："这个问题，我思考了好久，我认为展现在棚改这个'局部'封闭运行的违建处理原则，我强调一下，我指的是那些最底层的原则，比如违建处理的公益原则、最大公约数原则、帕累托最优原则、尊重历史原则，等等，这些原则将来在处理深圳违建时一定会有用的，将来的政策设计也必定是寻找这些原则的另一种表达方式而已，棚改过程中的违建处理是这样，罗湖在推进其他改革时所采取的'局部封闭运行'的手法上，也必定是这样的，这是由辩证法所决定的。"

五

老崔是我采访的一位居住在布心片区"二线插花地"的老人了。老，不是年龄，而是在"插花地"内居住的时间长，之所以称呼他为老崔，是因为他始终不告诉我他的全名，为尊重他的意思，我就称呼他为老崔。老崔很热情，也很善谈，说话一脸的笑容，人也总在工作站里不停的出现，对于"二线插花地"的改造不仅支持，而且充满着期待，因此自愿做了"二线插花地"改造区内的一名义工，总在工作站里忙前忙后的，就是始终不愿说出自己的具体名字，他笑着对我说，"最好不要写我，如果要写，在书里头就写我叫老崔"。

老崔，理着平头，总是刮得很干净的脸庞，看起来只有四十多岁的样子，可能实际年龄比这大，由于心态好，一笑起来，给人一种舒服亲切的感觉。老崔自称是个"老插花"了，据他自己说，在布心片区已经生活二十多年了，因为为人厚道，见多识广，性格也开朗，在左邻右舍一直都拥有很好的人缘。"二线插花地"启动棚户区改造的风声传出后，很多朋友邻居都来询问他的意见。他在采访中对我说："说实在的，我也有不少疑问，觉得很有进一步沟通了解的必要，区里街道上的历次交流座谈会，如果没有特别的事情，我都抽时间参加，一来二往，慢慢的就听出点门道来了。这个跟一般的'旧改'还真的不一样，商业因素考虑少，公益性强，区委、区政府真的是在为我们着想，也很能听进去我们的意见和建议，出台的补偿奖励措施，也很实惠很有激励性，我心里真的是越来越亮堂了，问题也算看清楚了。"老崔说起来，有点止不住的感觉，可见他对"棚改"很兴奋。兴奋的原因，就是他认定，政府搞"棚户区改造"真的是为老百姓好。

由于坚定了这个认识，老崔发挥的作用，真的有点让人意外。

2017年1月8日，老崔来到了布心片区棚改指挥部签约，他不是第一个来签约的人，但他却因为一个意外的举动，成了这个阶段最受瞩目的人之一。因为他不仅自己前来签约了，还带动了布心片区9栋、20栋、66栋、77栋等，共计15栋楼80多户的房屋当事人前来签约，更令他声名大噪的是，他还联合这80多户当事人向全体的棚改区当事人发出了积极参与棚改的倡议书。听到这个消息后，罗湖区副区长、布心片区指挥部第一指挥长宋强特意从区政府赶了过来，与老崔及其他倡议者美好地合了张影，留作纪念。

老崔联合大家发出倡议的举动见诸媒体以后，引起了社会各界的广泛关注，众说纷纭，并做出多角度的解读。就我个人而言，我更多的关注显然是试图将清罗湖的棚改奇迹与类似老崔这样的民间举动之间的关系。我始终认为，本书的目的不在于铺陈那些动人事迹，它最好的路径应该通过表象抵达原因，并尽可能描述出我国现代化城市建设进程中的大致图景来。那，我们在这份朴实得似乎有点简单的倡议书中读到了什么呢？

近些年来，政治学上有一个概念，叫人类命运共同体，它描述了自由选择的前提下，寻求共同利益和共同价值的新社会组织形态。而老崔的举动，即使不能说是命运共同体的成熟形态，在我个人看来，它至少是这种共同体的初期形式。经过十多年的社会建设，类似于的共同体形态，在中国已如雨后春笋般健康美好地成长起来了。我之所以依然对它投注了高度的热情，原因在于我通过类似的事例，去认真发掘研究罗湖是如何通过一系列改革动作，将这种美好的社会形态涵育出来。一句话，我探究的是罗湖究竟沿用了怎样的改革方法，将最具活力的这一部分社会力量，纳入改革整体系统中来。

在采访的过程中，有两个细节引起了我特别的关注：一个是罗湖棚户区改造政策设计前的民意数据采集，一个是协商签约过程中的所谓"一户一策"的谈判策略。聂新平区长曾经说过，棚改过程中我们提出了要实现"帕累托最优"，这些不只是口号，我们是有坚实的民意基础和数据支撑的，经过三轮的数据摸底，罗湖方面对"二线插花地"内的所有建筑物和当事人数据，应该说都有确凿的掌握，而整个棚户区改造的政策设计、执行环节和结果的预估，都是建立在这种扎实精准的数据基础上的。"我们提出的目标是棚改政策要让85%以上的当事人，觉得他们参加棚改是有利的，福利是有增益的。有了这85%以上的支持，我们对棚改顺利推进也就有了信心。此外，我们还相信，如果政策执行过程中，我们的工作做得细一点，服务态度再好一点，服务的方法再科学一点，支持率还会有个10%左右的提升，有了这95%的支持与配合，这件事基本上就有成功的把握了。"

聂新平讲的是工作推进的方法，但我却从这个数据中发现了一个非常值得思索的地方，那就是政策对象在这里成了政策主体。在传统的政策模型里，棚户区里的当事人是处于治理对象地位的，从政策设计序列里，他们是处于下位的，但包括棚户区改造在内的罗湖系列改革的政策设计，这样的序列却完全颠覆了，对象在这里身处上位，是整个政策设计的主体和起点，这种变化是历史性划时代的。而这样广泛吸纳公众参与的政策模型，它最明显的优点在于将强制性的政策执行，变成了内驱性的价值共识。通俗地讲，就是"要我做"的改革执行，转化成了"我要做"的改革落实。

这种以打造价值共同体推动公共建设的理念，就是要求以参与、协商等对话和交流活动来恢复公共政策的参与者，对公共政策的价值信仰和公共行为的认同，并由此凝聚关于公共政策的积极行为动力，使得共同体成员在此过程中，获得确定的公共行动意义。

老崔的事例就是这种转型的典型样本，在整个"二线插花地"棚户区改造过程中，这样的事例不胜枚举。而罗湖这种改革模型的革命性转化，并不止于政策设计环节，在政策执行反馈环节也得到了很好地贯彻。

20世纪七八十年代的西方，尤其是在美国掀起了一场声势浩大的"执行运动"，此项运动最值得我们借鉴的，是它重新审视了公共政策执行过程，并将凝聚价值共识的理念，在执行环节也给予充分的考虑并落实。

政策执行，是由一连串的循环反馈流程构成的。这些微观流程包括政策执行的准备、政策执行的宣传与试验、政策执行的组织落实与推广、政策执行的检查和监督等。以前的人们通常会把这个环节当成单向度的政策执行，而"执行运动"的兴起恰恰提醒了我们，这个环节同样也是一个政策共识的凝聚过程，只要把它做好，它同样会产出巨大的执行势能，大幅提升政策执行的效率，就会取得很好的成果。

也正是从这个意义上，我对"二线插花地"棚户区改造过程中推行的"一户一策"协商谈判机制，给予了极高的评价。这里的"一户一策"指的不是一户一个政策，而是根据当事人不同的情况，分别采取不同的谈判策略。在保证政策底线不变的前提下，罗湖区出台了充分尊重当事人主体地位的个性化政策谈判协商机制，将政策执行过程同步为政策价值共识的凝聚过程中，迈开腿，俯下身，将政策宣讲转化为政策服务，将政策执行转化为民意倾听，将政府职能管理变成了社会协同治理，将治理对象转化为相向而行的治理力量。

罗湖的一小步，却折射出当代中国公共治理的一大步。如果要评价罗湖在这里呈现的方法论，那我会说，这是改革系统论问题，要素与要素彼此关联的，而整个系统恰恰取决各个要素之间的合力，最后形成力量。

六

2018年4月21日新华社受权发布了河北雄安新区规划纲要。这一天中央电视台的《新闻联播》对此也给予了充分翔实的报道，正在写作此章节之中的我，那天晚上暂停了写作坐在家里的沙发上，从头到尾仔仔细细看完了《新闻联播》，在雄安新区的规划里，我看到了一种完全不同于世界其他各国治理大都市"城市病"的方略。

从国际经验上来看，解决"大城市病"的问题，基本上都是采用"跳出去"建新城的办法；从首都北京以及国内各大城市的以往经验来看，走的也基本是同样的道路，即是大家通常所说的"摊大饼式"外扩的思路。

但这一次中央采取的却是迥然不同的另一种方略。用官方的话来说，就是"要坚持和强化首都核心功能，调整和弱化不适宜首都的功能，把一些功能转移到河北、天津去，这就是大禹治水的道理"。具体来说，就是在北京中心城区之外，规划建设北京城市副中心和集中承载地，将形成北京新的"两翼"，并将此打造成京津冀区域协同发展的新的增长极。概括来讲就是以"疏解促进发展，发展助力疏解"的基本原则。

深圳市委政策研究室副主任杨立勋，对雄安新区规划纲要出台的评价，我认为是非常到位的。他认为党中央在雄安新区的谋划与布局上，确实充分展现了别具一格的高瞻远瞩和雄才伟略。"在政策设计上，跳出了一城一地的局限，以新发展理念为指导，用宽阔的视野和系统思维统筹，谋划治理和发展的问题，牵住疏解北京非首都功能这个'牛鼻子'，布下疏解整治和协同发展的大棋局。更值得一提的是，他将近百年来人们苦苦思索的'城市病'治理妙手，转变为推动区域协同发展的新契机、新动力。"作为一名长期研究公共政策的学者，杨立勋对于问题分析自成体系别具洞见。

而在我看来，这或许恰恰就是改革方法论中升维原则，而升维这个词，恰恰是我和贺海涛交谈的那一个下午多次言及的问题。贺海涛说，他来到罗湖，痛感到干部队伍的精神状态是罗湖振兴的基础条件，为此他与领导班子其他多方谋划出台了不少措施，目的就是想通过这些举措，提振士气提升能力。但从实践效果来看，成效都不是太理想。等到"二线插花地"棚户区改造任务下达以后，我却惊奇地发现这样一个改革场景，恰恰就是最好的提振干部队伍精神气、提升干部队伍干事创业的平台，所以我与班子其他同志商量，将几乎三分之一的罗湖干部投入到棚改现场中去。"如今从实际效果来看，确实令人非常满意，我在多种场合下也说过，罗湖棚改最大的收获不是我们摘除了一颗高危炸弹，或者说我们罗湖又多了一块宜居宜业的地块，而是我们收获了一大批要干、敢干、善干的干部，收获了能让罗湖再度出发的'棚改精神'。"

以提升思考维度的方法，去审视每一个改革项目，也是罗湖近年来屡屡斩获改革硕果的原因之一。就拿城市更新来说，在一般的城区主政者那里，它意味着就是城市空间的重塑，但在罗湖，关于城市更新很多人却可能讲出更多的体会。

在他们看来，城市的外观和基础是物理空间，从这个意义上讲，城市更新确实就是一个空间更新的问题。但更进一步省察，在城市空间外观之内，其实存在着一个推动城区发展的内在的生态系统，它涵育着城区的生产、生活和生态等各个子系统，它不但为城区的发展提供必不可少的动力，推动着城区的存量更新和增量创新，并更明确规定着一个城市、城区的永续发展路向和它的生命周期。

将手上的改革项目进行升维处理，不但提升了我们对问题的思考视野，更重要的是它拉阔了我们的创新空间，从而为我们推行以需求导向和问题导向的改革实践，提供更多的可能性路径，并最终贡献出卓尔不凡的改革实绩。

从罗湖棚改出发，全面梳理、总结罗湖独特的改革方法论，是我这一章写作的初衷，但我也知道，这样的梳理与总结，需要更多的事例证实，也需要更长的时间沉淀。此书，最难的一部分，不是对棚改历程的记录，而是对经验的总结归纳。好在，不出意外的话，我与罗湖都还拥有这样的机会与时间。因为，正如贺海涛书记自己所说的那样，面向下一个改革开放的四十年，罗湖已经蓄积了更多、更新，也更强的动能和热情，罗湖人一定会前赴后继，付出更大的努力，也会取得更大的成果。

这一段时间，因为采访的缘故，为了收集更多更全面更新鲜的第一手资料，我不断地前往"插花地"棚改现场，因此经常从罗湖区与龙岗区交界处的"二线插花地"以及罗湖区委、区政府和区里的一些职能部门，经由文锦路、沿河路、滨海大道折返至我所住的南山区的家，在这三个地方往来奔走。当车窗外的一切在眼前快骤掠过的时候，闪现在我眼前的不是那些高楼巨厦，也不是那湍急的车流，更不是南方之南这个无雪之城满目四季不败的红花绿叶，而是不断地盘绕在我的脑海里的一个问题：改革开放的四十年中，罗湖区的建设基本上从南边靠近香港沿线的沿河路、文锦渡一带逐步往北推进，一直推到了原特区管理线的山边。到了改革开放四十年后的今天，罗湖改革的再出发，会不会是从罗湖最北边的这一方并不起眼的"二线插花地"棚户区开始起跑？这是另一个话题的开始，也是一个非常有意义的研究课题。

斗转星移，一代一代人在努力，前人给后人打好基础，后人接过前人手中的旗，历史就是这样由一代一代人来奋斗来书写的。也希望有人接过我手中的笔……

第七章
天健的薪尽火传

在世界近现代史上，有一种现象特别值得我们的注意，那就是我们如何去评价国有企业这样的公共机构在各国现代化进程中的作用与意义。

中国在迈向现代化的过程中，国有企业既担当大任，又始终步履维艰。在华夏深沉的大地上，总能生生不息生长出一种自我更新、自我奋进的力量，产生出明确且富有建设性的内生动力，薪尽火传，引领我们一代代人迈向清丽胜景。

一

接，还是不接？

天健集团的班子经营会已经结束了，研究的议题还是没有定案。

不能接——，不同的意见是：企业是什么？企业当然是追求利润回报的，而且我们是一家上市的大型公众公司，向股东负责，为股民服务，责无旁贷。罗湖"二线插花地"棚户区改造项目，是公益性质的项目，应该不会有商业开发面向市场的可能，其结果最大的可能是累个半死，却没有什么利润。没有利润，对于公司也就不会有确切的好的回报，我们为什么要去干呢？一些知名市场主体他们为什么不愿接，道理恐怕也在这里。

接不了——，担忧的声音是：原因有三，项目难度太大，各种权属、利益问题盘根错节，此其一；其二，深圳此前完全没有棚户区改造的经验，无章可循，无从下手；其三，时间太紧了，公司的人才储备、能力储备、技术储备，都不足以支撑在如此之短的时间内，去完成这个项目。

应该接——，支持的理由是：天健集团是市属重点国有控股企业，企业的性质决定了我们必须履行天然的责任，去干一些因为利润单薄，而市场可能不愿承接的项目，去为民分忧，为党委政府分担责任。

意见来自各自不同的角度，都有一定的道理，经营班子会能开成这样，作为一把手的辛杰其实心里是高兴的，因为每一位班子成员都能从公司的角度出发，认真客观地分析业务的利弊得失，这是一个成熟的企业良好的素质。

作为天健集团的党委书记、董事长，他知道必须要对班子内每一个人的发言，做出认真的思考，权衡对企业的利弊，集思广益，最后做出正确的决策。因此，他决定先休会。

回到办公室的辛杰脑子里一直没有停止思考，他往茶杯里换了点茶叶，续上开水，茶香渐次漾起，在袅袅绕绕若有若无的茶香中，提提神，梳理梳理自己的思路，思考着将要决策的问题。如果是在一个重大议题决定后，一杯清茶，淡淡茶香，也可褪去一天的疲累。

会议散了，大家都走了，办公区突然间有了一种久违的寂静——思绪在寂静中又翩然起舞。

辛杰此刻思考的只能是班子会的焦点议题：参不参与罗湖"二线插花地"棚户区改造项目？

吸取光明特别重大滑坡事故教训，深圳将启动罗湖"二线插花地"棚户区改造工作的消息传出后，市里有关领导曾专门跟几家市属国企的老总打了招呼，希望他们能够以某种形式参与到改造工作中来。

为此，他立即与天健集团几位班子成员，带领一个工作团队，专门花了两天时间到罗湖"二线插花地"进行了实地调研。但是，调研后的结果，却给他们泼了一盆冷水，让大家一点也轻松不起来：现场的复杂程度前所未有！

调研团队每一个人对此都抱持这样的看法，对于在深圳市内外承接了几百个项目的上市集团公司来说，这种异口同声的看法，同样是前所未有的。

项目的体量虽然也超出了他们以往承接过的项目，但这倒不是主要问题，让他们倒吸了一口凉气的是这里复杂的产权结构和盘根错节的利益纠缠。

辛杰的感觉也是相同的，有关方面在跟他交流的时候，就用了"历史遗留问题"这样的字眼来描述"二线插花地"这种种复杂、种种欲言还休的现实。

历史的生成，从长时段讲，有它的一定必然性，但就其具体生成而言，它的现实面目，却是由各种行走在偶然与意外轨道上的非逻辑因素，盘结而成的，所以将一团乱麻似的某种现实图景，定义为"历史遗留问题"，确实是个再好不过的方法。

"我们曾经入屋与住在一个很小单间里面的人攀谈过，您可以想象一个五十多平方米的单间，有几位名义上的持有人吗？7个！您没听错，真的是7个。这是什么概念呢？它意味着如果你想拆了这个单位，你必须征得7个以上人的同意，如果出现极端的情况，比如这7个人都有配偶，假如又有不同意见的话，那你麻烦就大了，你的工作量将不得不再翻一番。这样的工作怎么做？作为企业又将怎样计算它的效率？我看着头都大了。"辛杰在后来我的采访中这样形象地介绍说。

"后来，我们得知罗湖方面调查摸底的结果，也印证了我们当初的这种疑虑：62万平方米的土地上，竟然居住了9.3万人。"

"当然，这9.3万人当中有不少是租客，但即使是租客，当你要在这里启动整体无遗漏的搬迁重建工作时，这些租客的工作你也必须去做通做好，否则他们产生的不满将传导到下一个环节，直至各类当事人。

'棚改'我们此前没做过，但'旧改'我们在全国各地都是做过的，有时一个小区两三百户人家，签约时间也会磨个两三年。而这个项目，在我们当时的估计里，是此前的工作量的几十倍，此外，没有成熟的业务路径，没有经验可循，也是非常大的问题，对于要不要承接这个项目，包括我在内，说实话，大家心里真的没底。"辛杰在接受我的采访时已是事隔多日了，但当初的那种心情细节依然清晰如许。

这种调研的结果传导到决策环节中来，必然会在班子会上形成这种情形——所有的犹豫与不决，都在意料之中，完全是可以想象的。无论是什么样的意见，都是从各自不同的角度对公司负责任的思考。

辛杰没有跟我具体讲起那天班子会上，其他人到底说了什么意见，但我可以猜测，作为一家市值两百多亿元的上市集团公司来说，岂止是辛杰，董事会成员、经营班子的每一个人，都有责任去仔细衡量这样一个扑朔迷离的项目，对于他们来说，到底意味着什么。

事实上，这是一个不但欠缺具体执行路径，更是一个没有清晰工作方法的项目。

与当时完全不同的是，现在的深圳关于棚户区改造，已经大体上有了自成体系的法规框架了。那时的"棚改"，对深圳而言，实在是一个陌生而且遥远的存在。

对于这样一个从0到1的项目，它意味着设若天健集团接下了，今后它往前走的每一步，业务模块中的每一个细节，都需要天健集团去摸索去创新，蹚出一条前人没有走过的路途。

当然，作为深圳的根与魂，从特区开创初期就一路走过来的天健集团，她的血管里也流淌着"闯出一条路"来的热血，加上她自身的特殊基因，她的血脉里流淌的恰恰是这种敢为人先的血，但需要考虑的方方面面也确实很多。

没有人告诉过我，那天晚上辛杰到底是什么时候才离开办公室的。可以肯定的是，作为一位国资控股上市公司的主帅，这样的夜晚与忐忑，在他的职业生涯中也是极为罕见的。

他不是不明白作为国企，身上担负的责任和使命，他也不是不明白这样的项目落实，对于深圳来说意味着什么。只是，作为一名集团公司的主要领导，他确实需要更多的衡量与评估，他确实需要多一点时间去谋求共识、去穿透困扰着他的疑问与担心。

翌日上午，辛杰迎来送往一如往常，办公桌上也堆满了需要他阅示的各种批件和报告。

但那天见过他的人，如果你足够敏锐与细腻的话，就会发现今天的辛杰多少有点儿心不在焉，一丝不易觉察的神情飘忽，因为心里有事。

是的，他的心依旧停泊在昨天的思考之中。

中午在集团食堂里草草地吃了一点饭，再三思索之后，一上班他给市委办公厅打了一个电话，再次将罗湖"二线插花地"改造项目启动的背景，和深圳市委、市政府的项目意图等，又详详细细地了解了一下。

放下电话的他，沉吟半晌。然后，他拨通了董事会秘书的座机，说了一句话——通知班子成员，下午开会。

一开始，辛杰通知开会的地点是惯常的班子会会议室，可是到了临近开会时间3点前的一刻钟，他又让办公室的同事将开会的地点，调到了集团荣誉室里。辛杰相信，这样的选择对于即将明确的决断，不但是合适的，或许还是必须的。

特别的时刻，他需要这样一个地点，将某种意绪进行某种刻意的表达。

二

荣誉室的正中间，是一张硕大的黑白照片，照片中的主角是一位穿着军装的男人，他正在接受一面折叠好的军旗。

不了解深圳这段历史的人也许会问，一个上市公司的荣誉室里，为什么会挂着一张军人接旗的照片，而且在一个最醒目的位置当中张挂，成为公司荣誉廊庑中最引人瞩目的所在。

照片中的主角叫田守臣，是天健集团的前身深圳市市政工程公司的首任经理，也是天健集团的精神之源。在成为深圳市市政工程公司经理之前，他的职务是中国工程兵部队31支队302团团长。

辛杰之所以将这个特别的班子会改在荣誉室召开，就是想让经营班子成员在这个充满了历史感荣誉光芒的空间里，将他们的当下与历史进行某种链接，从历史中获知前行的力量和信念。坐在辛杰右侧的天健集团总裁宋扬，一进门就感受到了这种特殊的气氛。

会议一开始，辛杰又介绍了一遍市委、市政府启动罗湖"二线插花地"棚户区改造项目的背景，接着传达了马兴瑞书记许勤市长关于改造罗湖"二线插花地"棚户区的讲话和要求，辛杰在自己的讲话里多了几分"个人感知"。

他说，当年我们基建工程兵302团进入深圳之初的相当一段时间里，住的也是自己搭建的"棚户区"，我虽然不是工程兵出身，也不是302团子弟，但我父亲是工程兵，我小时候一家住在部队大院里，其实也是一个大棚户区。童年印象里每当刮风下雨的时候，父母亲那种担惊受怕彻夜难眠的场景，至今历历在目。

理性的话语，自有它理性的穿透力，但感性的语句，击穿的往往却是我们每一个人内心的柔软之处。这样的会议开头，少见，却具有非凡的话题扩展性，感性叙事为辛杰对项目的推介，赢得了广阔而且自由的言说空间。

大处讲，罗湖"二线插花地"棚户区整治改造，是为了9.3万生活于危墙之下的民众着想，为深圳摘掉一颗随时可能爆炸的超级炸弹，"在光明特别重大滑坡事件以后，深圳再也承受不了任何类似的安全事故了"；往小处讲，天健集团作为一家有着特殊历史渊源的国有企业，它也应该去承担起自己应该履行的社会责任。"作为一个也是从棚户区起步的由部队工程兵转业的企业，我们应该以感同身受的角度，去理解这个项目，否则我们对不起田守臣老团长，对不起橱窗里的那面军旗，对不起我们自己写就的天健公司价值观。"

是的，这里提到了一面军旗。一家上市的国有企业的荣誉室里，珍藏着一面军旗，这是一段比较漫长的叙说，更是一段关于铁血军魂的传奇。

那是一个现在看起来，多少有点遥远的上一个世纪的故事，但却和今天的天健集团血脉相连——

天健集团的老员工邓发金，已经退休在家休息，如今仍对这面军旗一往情深，他满怀深情地向我们回忆起了这面军旗的来历。

回忆是从一条小河开始的，那条河叫漳河。漳河是一条发源于湖北南漳县境内的河流，它流经远安、荆门，于当阳市两河口与沮河汇流为沮漳河，再经枝江、荆州，于沙市注入长江。然后，它就随着长江一直往东去了，直到注入东海，再也不会回头。漳河虽不是邓发金的故乡河，但他当时参军所在的部队基建工程兵302团，就驻扎在漳河边的荆门多年，所以他对漳河有一种故乡河的情感。

当时的邓发金是302团的团参谋，部队的驻扎地是由漳河边的一个旧机械厂改造成的营房。邓发金说，直到今天自己仿佛依然能瞭望到，漳河对岸村庄里那时时升起的炊烟，以及低矮砖房上空随时变幻的云朵。"我们是基建工程兵部队，时常会开拔到其他地方去进行军事或者民事工程的建设。但转几个月或一年半载的，就会回来，又回到漳河边的营地。因此，漳河边就是我们的家。"

但是，那天早上的出发，也像漳河奔入东海一样，就再也没有回去。所以漳河边的这方小小的营地，似乎就成了邓发金怀念部队生活，怀念自己青春岁月的重要记忆了。

随着时间的流逝，邓发金已经记不清很多历史细节了，曾经的一切在岁月的浸泡下，渐渐的，漫漶不清了。但你和他谈起36年前1982年的那个深秋，他的耳畔就会不由自主地响起火车车轮敲击铁轨的声音，多年了，这样的声响，似乎已经跟那个秋天紧紧地黏在一起了。以至于多年以后，只要一提起1982年，他回忆起的每一个细节，似乎都不可避免地响着那个"咣当、咣当"的声响。这个"咣当、咣当"声，一直留在他生命的所有角落。因为，他的命运，就是在那个早晨，在"咣当、咣当"的声响中发生了转折。

1979年，一切的美好似乎已经开始萌发，虽然美好的传导，需要一点时间和恰当的方式，但站立在漳河边的他，已经呼吸到不同以往的空气，清新而且充满想象的可能。从报纸上，从广播中，从部队学习的一些文件里，他得知，国家开始改革开放了，要搞经济建设了。接着，在沿海地区开始建设经济特区。但，他没有想到的是，很快这一切就那样真实地来到了自己的身边。

1982年的深秋，中央为支持深圳经济特区建设，调拨了基建工程兵8个团两万多人南下深圳，邓发金所在的302团是其中之一。那时的他们，谁也没有去过深圳，也不认识那个少见的"圳"字，以至于都把"深圳"说成"深川"。

当时的302团团长田守臣是去过深圳的，所以他能准确地念出"深圳"的正确读音。当然，关于那片即将进入自己生命的土地，所有的消息，都来自包括田守臣团长在内的先遣组，似是而非的传达与宣传。那些影影绰绰的传说，只是拉大了邓发金他们的想象空间，作为军人的他们，中央军委和国务院的决定才是最为关键的。

简单的逻辑思维是这样形成的：特区是"试验田"了，在这里将生长出很多不同的种子，将这样的种子播撒到全国，一个更加美好的中国就出来了。而党中央和中央军委命令他们去参与这里的建设，所以他们责无旁贷，使命光荣。

1982年的深秋10月，302团1000多名官兵，在团长田守臣、政委霍云震的带领下，从湖北荆门乘坐绿皮闷罐车出发了。同时，两万多工程兵从全国各地出发，整整坐满了100多个专列。

闷罐车缓慢前行，从湖北荆门到深圳，如今高铁恐怕只要几个小时，而他们走了整整四天。近100个小时的长途跋涉并不容易，有时邓发金也会透过对面那个小小的车窗，看看列车旁快速掠过的风景，过去、现在、未来，在不绝于耳的"咣当、咣当"声响中，以一种匪夷所思的方式，纠缠拼接在一起。那时，他想了许多，怎么也没有想到后来的命运转折。

时隔多年，现在回忆起来，那时的中国，留给他的也是如此这般疾驰而过的印象，阳光以一种精致的方式，将来路一寸一寸地铺满。

100多辆专列向前，目标只有一个方向——深圳。

在那个时节深圳火车站里，到处都是身穿绿军装的人，基本都是工程兵。他们的身上背着的是折叠成方块的被褥，迈着整齐划一的步伐，行走在陌生而又充满憧憬的南方之南的土地上，嘹亮的军歌，也在深圳这片寂静已久的土地上空不时地响起，在罗湖上空久久地回荡。

这是注定将永留在深圳史册上的动人一幕，而他们的出现，也为深圳这片热土，注入了别样的精神血液，并坚强得有点执拗地生长出鲜红的花朵。

深圳作为一座城市的历史，恰恰就是从这一天翻开了新的一页。像一条河，翻腾在那个中国历史的勃发时节，而当它和其他的几条河流汇合的时候，深圳这座神奇的城市，就打开了一个又一个瑰丽的可能性，无穷无尽。

邓发金后来也问过自己的战友，你们会想到命运的转折就在这一天吗？想过自己的未来，会跟这片土地紧紧联系在一起么？他们都说，根本没有想到。因为军人嘛，铁打的营盘，流水的兵，自古如此。如果，不在那天早晨命运发生转折，那么，他们绝大部分都会像所有的军人一样，服役完后，复员回到自己的家乡。

邓发金自然也没想到，可作为302团的团参谋，他只知道当时1000多人的队伍，进入深圳时所带的全部现金，只有52800元，这可是1000多人吃饭的钱。

所有抒情与温暖，都只是停泊在多年以后的回望里，而那时的出发，对于无数像邓发金这样的军人来说，只是一种责任。那时他们的天职，恰恰就是服从命令。

部队到达深圳以后，邓发金回忆说，“当时接待我们302团的深圳市政府有关人员，将我们带到了离罗湖约有十几公里、现在的深圳香蜜湖路口那个位置，然后朝北一指，如今高楼林立的地方，当年是一座荒草丛生的小山头，他对我们团长田守臣说，田团长，你们的驻地就安排在那儿"。

从当地的老百姓那里打听到，这座小山叫狮岭山。当时的狮岭山上，一棵棵桉树密密麻麻地竖立着，还有许多不能准确叫出名字的南方灌木，零零落落的掺杂其间，高高的荒草都有一人多高，整座山坡上没有一处能称得上是路的地方，只有一条羊肠小道穿行其间。那是当地村民上山砍柴，踩踏出来的山间小路。

在湖北荆门，10月被称为金秋，一年当中气候最好的季节，天气不冷不热。可没有想到，一到深圳，亚热带的气候，太阳竟然是火辣辣的。战士们只好各自在不同的树荫底下，找到了自己的憩息地，三天四夜的旅途，大家实在都有点累了，即使赤日炎炎，除了团领导还在那里开着会，其他人都很快就进入了梦乡。

进入深圳的第一天，他们是在一片树荫下度过的。

睡了一会儿，邓发金就醒了。起身坐在狮岭山上，他往南瞭望，越过现今已经是深圳市中心的福田，当时除了荒岗就是一块一块的稻田，远处一条逶迤弯曲的小河向西流去，他却分不清"哪里是属于我们深圳的，哪里是属于香港的"。曾经听团长政委说过，深圳是边境城市，离香港很近，有一条河叫深圳河，是界河，有的地方窄得扔块石头就过界了，但此时此刻的他却不知道，哪里才是传说中的那个香港。

极目望去，他不知道远处那条小河就是深圳河，因为它比漳河小多了，最宽处也不过50来米，弯弯曲曲的，河水也没漳河清。他后来才得知，那就是深圳河，由东北向西南流入深圳湾，最后进了伶仃洋。

狮岭山的山坡中间，有一块显然是特意平整出来的空地，这就是特区政府给302团安营扎寨的地方。当时整个特区都在基建的初期，几十万人一下涌进原本只有几万人的边陲小镇，一时间什么都缺，最缺的就是住人的房子。虽然在荆门住的也是旧厂房改建的营房，但那毕竟有房子，可现在就是一片空地，而且是在野外的小山上。当然，这些难不倒基建工程兵，给了地方，就是给了扎下来的基本条件，房子可以自己动手盖。于是，最初他们在深圳住的都是自己搭建的简易房，也就是说302团进入深圳，很长一段时间就住在自己盖的"棚户区"里。

可是他们没有想到的是，深圳是亚热带地区，又面临南海，一年当中有很长的时间是台风季节。很快他们就吃到了台风的苦头，突然而至的狂风，无数次的刮倒了他们搭建的"棚户区"。

当第一次台风把"棚户区"营地刮成一片狼藉，1000多工程兵根本无法想象，在他们的身后即将要发生些什么，他们只知道，既然来了，不一样的未来就注定要发生的。而，一座传奇的城市，正在沉入他们的双眼——那多少夹杂着忐忑和憧憬的世界里。这是一个历史转折的时刻，对于未来的深圳和中国来说都是。

困难是存在的，而且很大，但一股黎明晨露般的清新气息，也已经在这片沉睡已久的大地上，开始流转、弥散……

这两万多人无一例外地将他们的青春与热血，融入了这座城市的一个一个角落，并和其他的力量一道见证了它的美好成长。

它就像一条河，翻腾在那个中国历史的勃发时节，而当它和其他几条河流汇合的时候，它们冲开的是一扇关于一座世界城市的神奇隧道，瑰丽的风景在这条神奇的隧道上，一次次华彩绽放。

也许这样的书写多少有点过于感性。包括302团在内的这两万多名工程兵，在几乎一年不到的时间里，以一栋栋拔地而起的楼宇，一段段无尽延伸的路基，为这座城市奠定了物理框架和城市基础。

邓发金的描述虽然简略，我们却通过这种简略，窥探到历史的大致本真。

在那两年里，这两万多工程兵，究竟做了多少个工程项目呢？

"一年下来，我们做了200多个项目！那时的深圳只有一条大路，后来修成了深圳这座城市的主干道——深南大道，而当时深圳主干道的两旁，许多楼房都是我们建的。这些项目既包括像现在的深圳市委大院、南头直升机场这些大项目，也包括比如像单位家属楼这些并不很大但总面积也不小的项目。如果你恰好是1982年来到深圳的，你就可以发现，只要有在建的工地，你都可以看到我们基建工程兵的影子，绿色的军装和从粉尘中腾空而起的军歌，是那时深圳最具激情的迷人风景。"邓发金不无自豪地说。

也正是从那时起，这片沉睡了亿万年的土地，开始生长出通常意义上所说的城市轮廓，虽然这时它的模样比起它后来所书写的传奇，显得有些潦草和粗疏。

但和世界上所有的伟大城市一样，它拔节而起的地方，却来自于充满生命力的这些粗疏与潦草。而更有意思的是，在时隔三十多年后，这些粗疏与潦草，又由和他们一样有着同样精神血脉的人，来进行矫正与提升。

历史的奇妙，有时恰恰就是通过这样的巧合，将伟大的主题，以不同的话语方式，一次次地表达，并形成自己的精神薪火。

1983年中央军委、国务院根据国内军队改革和深圳建设的实际需要，决定将入深的两万多工程兵整体转业到地方，支持地方建设。

302团的集体转业仪式，就在刚刚由棚户区改造而来的302团家属区狮岭山顶，一块刚刚平整出来的土地上举行。

我不知道，军旅生涯是否为人生最难忘的经历，以至于很多人会将它刻意存放在自己的生命记忆最高的那个位阶上，并将所有的美好灌注其间，一生呵护。或许军人，向来就为荷尔蒙所着力浇注，所以它在展现这种奇妙特征时，有着更为显而易见的激烈与豪迈。几乎每一个退伍军人，都会无比清晰地铭记自己告别军旗、摘下领章的那个日子，那个场景，历久弥新。

302团的老兵向远新说，他一辈子都不会忘记1983年9月15日，整个302团集体转业的日子。

"仪式就在狮岭山一个刚刚推平的山头上，主席台就在现在深圳市政大厦生活区30号楼那个位置。"向远新介绍说。

上午9点，集体转业仪式正式开始，全体起立奏国歌，团政委霍云震宣读中央军委、国务院的集体转业命令，然后就是奏军歌。"4个人踢着正步，走向主席台前的旗杆，升起了军旗。"

事情已经过去了三分之一个世纪了，向远新描述接下来敬的最后一个军礼时，依然难掩内心的激动。"是团长田守臣下达的口令：向军旗最后敬礼！礼毕后，我看到很多战友眼睛里都闪着泪花，团长喊礼毕的时间，也比往常长了许多。很多战友在团长喊礼毕之后，也依然不愿将手放下，当军歌再度奏响时，啜泣声更是此起彼伏，不绝于耳。"军人的情感，仍然是对部队的留念。

向远新对于整个302团集体转业仪式的讲述，细致而且充满画面感：然后军旗缓缓降下，执旗手收旗后，将军旗认真折叠后交给了团长，有人拍下了这个珍贵的画面，而装箱是收旗的最后一个环节。

这就是如今收藏在天健集团荣誉室的那面军旗的来历，它是天健集团的传家宝。

从他们热泪盈眶地举起手肩，敬最后一个军礼起，这面军旗和凝结在军旗上的"铁军"精神，就成了天健集团企业文化的精神源泉，汩汩而出，滔滔至今。

岁月无声，在很多时候军旗就这样静静地珍藏在荣誉室里，但由它开始并永续诠释的热血、拼搏、担当精神，也以一种润物细无声的姿态，融化在每一个天健人的血液中，汹涌澎湃，落地有声。

今天的会议在这面军旗下召开，虽然辛杰没有提半句军旗的事，但他介绍完他从马兴瑞书记许勤市长那里了解到的项目背景后，他的眼光刻意掠过的，也恰恰是那个装有军旗的箱子，以及正上方的那张多少有点泛黄的接旗照片。

辛杰也没有就此展开，他只是将目光在这一刹那刻意停留了一下。

人，特别是中国人，恰恰最能从留白处读懂更多，就如同中国文人画传统留给我们的审美体验一般，计白当黑。

参加此次会议的天健集团财务总监胡皓华说，当时他本来还想再强调一下承接此公益性项目可能遇到的财务风险。"但听了辛总的那一番话后，不知道为什么，我觉得我不能再提出那样的问题了，既然决定承担，就要自己解决困难。"

会议的最终决定：接标！

班子会达成了一致意见。履行社会责任，国企担当，天健集团领导班子的决心是下了。

三

第一次见到辛杰，已是2017年年初，是我开始采访的时候，地点就在罗湖围岭公园罗湖棚改现场指挥部，辛杰在那里设了自己的办公室。

辛杰是2009年调入天健集团的，此前他在深圳外贸集团、长城物业公司等多家国企供职。辛杰的父亲也是一位搞基建的工程兵，他幼小的时候所在东北的部队大院里，由于当时国家困难，他们居住的也是一个如罗湖"二线插花地"这般的大棚户区。"工程兵与其他兵种不同，他们经常要随国防工程项目的变换而流走，因为是临时营房，所以基本上都是因陋就简就地取材，但不论怎么取材搭建，都脱不了棚户区的范式。"

他说，天健集团义无反顾地参与到罗湖棚改中来，既有上级领导的动员，也有国企的天然使命，但他也并不否认个人的情感在其中的作用。

"项目调研时，我来过几次'二线插花地'，也不知道是什么原因，总感觉自己有义务去帮助他们，特别是从那些在小巷窄道里快乐奔跑的小男孩们的身上，我似乎看到了自己儿时的影子和那些逝去的岁月。"

人与人之间的所谓投缘，有时真的就来自于这些言语碎片，我对辛杰说，除夕夜我也来过这里，感觉也是仿佛回到了自己的故土时光。

辛杰看了看我，露出了笑容，一种来自默契与认同的笑容。

但我并没有在这些情感性问题上做过多的停留，此时此刻我更想知道的是，作为一家资产超过两百亿元的上市公司，为什么会对这个利润率极低的项目，投入了如此之大的热情与资源？

有情感，但更是责任！这是辛杰的回答。

那天采访结束后，晚上我在家中的书房里整理采访笔记，看到笔记本中记下的辛杰所说的话，不知为什么一下子让我想到，敬完最后一个军礼的302团脱胎换骨的艰难历程。因为我觉得，302团的真正转型，不在南下深圳，而是在集体转业之后。

脱下军装摘下帽徽转身之间，他们似乎就已被时代推向了又一个前途未卜的境地，其实很难全部领会他们的新身份——深圳市政工程公司的员工，对于自己来说，意味着什么？

邓发金也好，向远新也好，依旧睡在那个几乎没有任何分别的集体通铺上，依旧苦苦地思索着，这个名叫深圳经济特区地方的内涵与意义，自己今后的生活，在这里将发生怎样的变化。

而那个晚上，田守臣也是辗转反侧彻夜难眠。作为一名有着二十多年军龄的老兵，突然摘下帽徽领章，心中的那份不舍与眷恋自不待言。但在这个夜晚，他考虑更多的是明天队伍的早餐在哪里？

当时的302团只留下了146万元的固定资产，20.8万元的流动资金，这就是集体转业后，深圳市政工程公司1680名干部职工和数百名家属的全部家当，一个人仅仅可以分到100多块钱。

以前虽然艰苦，但在部队并不需要去考虑吃饭问题，田守臣他们要做的，只是把上级下达的任务完成好就行，早餐自然会有人送到，而现在他们就像一个断了奶的孩子，一切都要靠自己的成长。

睡不着干脆披衣而起，踱出门外的田守臣多少有点意外，月光下政委霍云震也在楼底下抽烟。

他们两人就在树底下，你一根我一根地抽着烟，并没有太多的话语，要说的东西很多，只是不知从何说起……

市场经济，这个将成为中国社会生活主题词的东西，对此时的他们来说，依然是一个遥远而陌生的存在。

随后的几个月，田守臣霍云震的所有担忧都得到了全面证实，公司下属工程队几乎没有一个接到工程的。田守臣看着一个个原来的营长连长，如今的蔫头耷脑的工程队队长，心里差点都急出火来了，但他知道，他不能有丝毫发火的表现，因为他是公司的主心骨，他一倒，队伍也就散了。

市政公司的老员工曾经跟我讲过一个细节，他们说，当时因为没活干，员工们的工资，基本上都只能靠向银行借贷，有的每月只能发30元，效益最好的也不过是每人每月80元。

或许，此时此刻，我们才能逼近脱下军装的那一个夜晚，田守臣和霍云震他们，为何会有彻夜难眠的煎熬与思索。

在天健集团的历史档案中，我们找到了这样的记述：这些脱下军装的昔日的英雄营长连长们，为了给公司找活干，为了给员工们找饭吃，他们几乎跑断了双腿，看尽了各式各样的眉高眼低，受尽了各种各样的闷气甚至屈辱。在那段艰苦的日子里，即使小到给生产队装电表，为当地农民建小楼，给香港人搞装修，建别墅，修厕所，他们都会干。只要有活干就行，什么活都接，目的就是希望被市场认同，拿到更多的工程，取得好的效益。

这是另一种方式的"杀出一条血路来"，这些省略了细节的历史，没有详细向我们介绍当时这些脱下军装的军人，在中国市场经济的萌芽期，是如何以一种军人独有的坚韧与勇气，去开辟一条此前他们完全没有走过的道路。但他们留下的实绩，却为我们打开了充分的想象空间。

让我们难堪的是，当时代转动它庞大的身躯时，总是将一个个难题，毫不留情地甩给我们。此时，再坚持一会儿，也就成为了一种必须，有时它甚至是我们对抗难题的唯一手段。

而再坚持一会儿，来自坚韧的心脏，更来自某种信心，或者说信仰。

筚路蓝缕，栉风沐雨。完成改制的深圳市政工程公司，在度过最为艰难的创业岁月后，在20世纪80年代中期开始渐渐步入正轨，市场开拓与市场营收呈现了稳步增长的良好势头，但就在此时，他们的老团长却累病了。

作为基建工程兵302团最后一任团长，作为改制公司后的首任经理，他因长期的过度操劳，积劳成疾，得了重症肝炎，不得不入院治疗。

消息传来，整个市政大院顿时陷入了一种空前的惊慌之中，主心骨病了。邓发金说，以前的人与现在的人观念是不一样的。现在的组织领导，他们更多地承担的是机构业务方向的设计和推进监控，"但我们那时不是这样想的，是老团长把我们带进深圳的，团长不但是我们业务上的领导，他更是我们精神上的领导，是我们精神上的梁柱子，现在的年轻人很难理解这种关系"。邓发金的说明，让我对于老团长病倒入院的消息传来，在市政大院所引起的震动，有了更真切的体认。

对于老302团的这些老部属来说，他们从来都认为自己的团长就是他们的主心骨，是精神支柱。"在情感上我们很难将老团长与'生病''住院'联系在一起，所以消息传来，整个市政大院上上下下真的惊呆了。要知道，那一年老团长才50岁呀。"邓发金说。

但这一次，田守臣真的病倒了，而且病情很重。

应该说，当时市政公司上上下下，都在千方百计地想办法，挽救老团长的生命。推荐各种民间偏方，介绍各类专家医生，邓发金说，当时公司办公室隔三岔五就会进来一位工程兵老兵，拿着一个电话号码或者一个地址什么的，推荐医生和偏方，都想让老团长重新站起来。而公司也多次以组织的形式，从北京、上海请来专家进行会诊。

但终究回天乏力，302团的老团长田守臣，还是于1990年4月不幸逝世，享年只有51岁。

作为亲历者，陈德伦还跟我讲了田守臣临终前的两个细节：

一个是田守臣临终前向公司提出要看年度财务报表，一个是他弥留之际跟公司其他班子成员的嘱托。

1989年市政公司实现总产值1.58亿元，比1983年改制时增长了59倍，利润增长了19倍。

年度报表一般是翌年的三四月份才出来的，陈德伦介绍说。"但在病榻上的田守臣，一直念叨着公司的业绩情况，所以我们让财务连续加了几个班，把财务报表整理了出来。当时老团长已经看不清字了，我们在他的耳畔说财务报表来了，他指了指旁边的妻子，要她念给他听。当一个个数字报给他听时，我真的看到了笑容从他的嘴角，一点点地漾上来，最后他说了一句，'兄弟们的日子会好过一点啦'。"

陈德伦介绍说，当听到老团长最后的这句话时，他的眼泪蹭地一下就涌上来了，为了不影响老团长，他跑到院子里的大树底下大哭起来。"多少事一下子就全涌上脑海了，一切的一切，都历历在目啊！"

另一个细节则是，在生命弥留的最后一天，了解到相关情况后，公司几位主要负责人结伴到医院来探视他。当时他刚从昏迷中醒转过来，精神状态稍微好了一些。眼睛虽然看不太清楚，但听觉、语言表达却都还好。

他最后对大家说的话是："别忘了你们都是老工程兵，互相支持，齐心努力，把公司的工作搞得更好。"

陈德伦记得非常清楚，此时的老团长努力地张开双眼，脸上也刻意地绽放出笑容，用尽全力将自己的话表达得更清楚些，"说得很慢，他想让我们每一个人都能听清楚"。

这，就是他留在人世间的最后一句话！翌日噩耗传来，公司上下无不为之动容……

陈德伦说，老团长的有些做法，现在看起来，作为对一个现代企业管理的方式，今天确实有值得商榷的地方。但他真的是把公司上上下下的每一个人，都当成他自己的兄弟，他是以一个命运共同体的认知来经营公司的。

一座城市的伟大与否，在于生活其间已经认同了它的价值，并自愿以一种命运共同体的态度来与这座城市生死与共。

而万万千千像田守臣这样的人，不但标高了我们这座城市的人文高度，更为重要的是，他以自己的所作所为，为生活在这座城市的人，提供了某种价值样本，而且开启了自己的精神皈依之旅。

有了这种精神的传承，以后的302团的发展，非同一般。

1983年改制以后，为了适应市场化运营的需要，公司也大量地引进各方面的专业人才，但老工程兵依然是公司的中坚力量。

从零起步，从为当地村民装电表为港企修厕所开始，他们以一种军人特有的拼劲与坚韧，和着泪，也流着血，一步一个脚印，先后承建了深圳直升机场、深南大道、滨河大道、北环大道等深圳市主要的三条大道，还有区的一些主要交通干道，承接了笔架山水厂、盐田港后方市政排污工程和福田河改造等市政建设项目，将精神化为一种现实的力量，硬生生从市场中冲杀出一条生路来。从此前单纯的施工建设企业，逐步发展成为以建筑施工、地产开发和城市服务横向联合、纵向一体的三大主业。

1992年度就被国家建设部、国家统计局评为"中国建筑施工企业综合实力百强第一名"。

1993年1月,又被国务院发展研究中心、国家建设部、国家统计局评为"中国500家最佳经济效益建筑企业一级第一名"。

1993年经深圳市人民政府深府662号文批准,由原深圳市建设(集团)公司(后更名为深圳市建设投资控股公司)作为发起人,将其由基建工程兵302团改制而成的深圳市市政工程公司(后更名为深圳市市政工程总公司),以及包括深圳市香蜜房地产开发公司(后更名为深圳市天健房地产开发实业有限公司)在内的六家市政公司全资子公司合并重组,同时吸收定向法人和上述六家公司内部职工参股,组建了深圳市天健(集团)股份有限公司。

深圳市天健(集团)股份有限公司成立以后,在新领导班子的带领下,公司一方面通过各种方式,以现代企业制度为标杆,持续推进公司的规范化治理。另一方面通过多番科技创新,不断提升公司的竞争能力和适应能力,逐渐成为深圳乃至全国的明星建筑企业。

……

1999年7月21日上午9时30分,天健集团在深交所上市。股票代码000090,以及20.8元的开盘价,嗖的一声就从面前的电子显示屏上弹了出来。

这是1300多名天健集团员工翘首以待的时刻,但对于原302团老工程兵员工来说,这样的时刻对他们的意味更多。

15年的风雨兼程,15年的披荆斩棘,15年的筚路蓝缕,只有他们才真正体会到这里面的眼泪与笑容,痛苦与尊严,挣扎与豪迈。

关于深圳,关于这座城市的种种传奇,相关的解读与诠释已经太多了，但就我个人而言，这些理论至少缺乏了一个维度：他们很少关注到，作为成建制进入深圳的这个人群——基建工程兵，以及他们已经用青春与生命，贯注到这片土地的精神血脉。

是的，任何时代都会遭遇到各种各样的问题，这些问题又会以大同小异的形态，在不同的地方予以呈现。如何化解这些难题，标刻了你的成就高度，而解决问题是否达到"帕累托最优"，又取决于你面对难题时的思维逻辑和基本方法。

军人，作为人类一个独特的群落，在漫长的人类历史中，它显然已经沉淀了很多属于它自己的思维逻辑和基本方法。

上市第二年，"深天健"被权威机构评为2000年最具投资价值的50只个股之一，这自然又是一个传奇，但至少在天健人看来，它又是一个自然而然的逻辑结果。而我相信，当专注与认真，为爱与坚韧等所护航的时候，它的旅程将无远弗届。

辛杰用了"情感和责任"这两个词，解答了我们关于一家上市公司，为什么会承接这种利润很低的项目。"我们在整个工程中，只收取很低的服务费，这些服务费的大部分，我们都投入到棚改的各项工作当中。作为企业我们当然不能没有一点利润，我们是上市公司，我们还要服务股民，但棚改这个项目的利润确实是很低的。"

他接着说，"这是你的企业性质决定的，你坐在国企这样一个位置上，就必然要求你去干一些国企应该去干的事情"。

辛杰对于责任与担当这两个词的含义，有着他特别的理解与表述。

四

在世界的近现代史上，有一种现象特别值得我们的注意，那就是我们该如何去评价，像国有企业这样的公共机构，在各国现代化进程中的作用与意义？

在严格的市场原教旨主义者看来，这或许就不该成为问题，因为他们从来都相信市场在资源配置方面的绝对效率，相信从终极原因上讲，一切美好都来源于市场的奇妙作用，相信对于市场自由竞争的任何干预，就将扭曲市场固有的价值，并最终导致低效和资源浪费。

在很长的一段时间里，我对此的认知也有过曲折与反复，特别是亲眼目睹国有企业因为效率与体制原因走向失败的案例以后。

但随着近些年来，我对现代化这个论题，进行了较为系统的深入观察、思考和研讨以后，我开始对此前的看法有了新的判断，我认为对于包括国有企业在内的公共机构，在市场经济中的作用与价值的质疑与指摘，并不一定是客观全面的，至少有某些内涵被我们忽视了。

维尔纳·桑巴特是一个奇怪的经济学家，之所以说他"奇怪"，是因为桑巴特一生著述甚丰，思想却多变。他1863年1月19日生于德国的埃姆斯莱本，1941年5月18日卒于柏林。早年在柏林和罗马学习法律、经济学、历史学和哲学，1888年获得柏林大学哲学博士学位。1890年他得到了布列斯劳大学经济学特别教授的教职，在这里，他开始了资本主义和社会主义问题的研究，并取得了丰富的成果。1906年，在完成了《为什么美国没有社会主义》一书后不久，他离开了布列斯劳大学，来到柏林商业大学，并在那里获得了教授职位。1931年他成为荣誉退休教授，结束了正式的学术生涯。

桑巴特对社会学理论的主要贡献，集中在经济社会学和宗教社会学领域。他借用卡尔·马克思的观点，分析了资本主义社会的历史、社会结构，特别是阶级结构和资本主义精神。他在解释社会历史发展的原因时，常常摇摆于物质因素与精神因素之间。

桑巴特一生撰写了二十多本著作，其中的部分作品已经成为经典，他的大部分作品都被翻译成多种文字出版。他早年倾向于马克思主义，后又受到韦伯和历史主义的影响。他认为，社会学不是一门包罗万象的学科，而是一门有明确内容和特殊方法的独立学科，其任务在于提出有关精神领域的社会联系的理论。他反对人文科学中的价值取向，主张价值中立。

桑巴特一生学术生涯中，其思想的发展经历过一个明显的转折，体现了其思想的复杂性。在其学术生涯的前半段，桑巴特关心社会公正和改革，基本属于持社会主义观点的资本主义批评者。在其《现代资本主义》一书中，声称他的工作是马克思工作的继续和对马克思工作的完善。但在其学术研究的后半段，桑巴特背弃了马克思主义。

作为德国享誉世界的著名经济学家，如果光看他的成名作《现代资本主义》，或只是浏览过关于他的简介，你也许会认为他只是一位为资本主义辩解与正名的学者，但只要你深入地阅读这本书，你就会发现桑巴特深刻而真诚的思考，已经引领他抵达了思考王国的另一片疆域。

比如，对于国有企业，他就说过这样的一段话：国有企业对于现代产业发展的重要性是不可低估的，它不仅是产业发展的模式，同时也是发展过程中新的组织形式。因为某种需要而建立起来的国有企业，经常成为工业发展的催化剂。

不只是桑巴特，像同为德国出生同样早年沉迷于马克思和黑格尔研究的著名发展经济学家赫希曼，和创立了工业区位理论，深刻影响了现代地理学发展的阿尔弗雷德·韦伯，这些经济学大师，也都承认国有企业是后发展国家，推进国家整体现代化中很好的制度安排，它在集中资源形成竞争优势和实现技术外溢、引导产业发展等方面，都有非同寻常的作用。

先不说巴西、印度、墨西哥这些发展中国家现代化进程中的产业路径安排，就拿中国近代的现代化努力来说，我们也可以清晰地看到，国有公共机构在国家政府的支持下，通过产业资源的高效组织，实现了现代产业的迎头赶上，并以此引领整个国家快速奔向现代化。

发展经济学先驱人物之一，奥地利学派著名经济学家保罗·罗森斯坦·罗丹也曾指出，一个国家的现代化进程，之所以出现迟滞的现象，在很大程度上讲，就是社会经济大规模协作失灵的结果，为此他提出了所谓的"大推进"的社会发展策略，要求政府直接组建各类国有企业，来完成促进社会协调运转的投资，并认为国有企业在国家现代化进程中，是"促进关键部门和主导产业发展的最直接和最有效的手段"。

但关于国有企业与国家现代化的共生关系，并不是我在这里所想全面展开的，我想说的却是国有企业的另一种作用，也就是国有企业在面对市场失灵的固有价值与积极作用。

市场失灵，学术化的定义是市场无法实现资源配置最优。一般认为，导致市场失灵的原因包括垄断、外部性、公共物品和不完全信息。

更为通俗的说法是，总有一些东西是市场这只号称最具效率的手，无法或不愿触碰的，市场也无法对所有资源进行具有效率的配置，人世间总有市场失去"灵验"的地方。

比如像贫民窟等游民临时居住区的改造与重建，也比如对于社会经济发展所带来的诸多"城市病"的治理，等等。

罗湖"二线插花地"棚户区的改造工作，为什么延宕多年，迟迟无法实质启动呢？

一言以蔽之，就是市场失灵。因为种种原因，市场这只手始终不敢、不愿抑或不屑伸展开来触碰这个地方。

从某种意义上讲，国企天健集团的担当，却再一次生动地诠释了国有企业之于中国、之于中国现代化、之于深圳的无形价值与深刻意义。

但以何种方式参与、参与到什么程度，这些却都还是一个未知数。事实上，这样的合作参与模式，时至今日依旧是开放式的论题。

临危受命的罗诚此时进入了我们的叙述笔端。罗诚，是天健集团下属二级工程建筑公司的经理，经历过多个"旧改"项目，对于深圳的"旧改"政策和谈判策略颇为熟悉，更为重要的是，罗诚最大的优势，是他超强的对业务进行结构化的能力。

那天我在天健集团办公楼对罗诚进行了采访。坐在我面前的罗诚，人长得精神，言谈的逻辑性也强，几句话过后，他似乎便已知晓你需要他介绍什么内容，以及他应该如何回应我的提问，是一个头脑很灵光的人。

作为一个记者出身的我，几十年的采访经历，最怕遇上两种人，一是问一句答一句，甚至问一句答半句，而且答非所问；一是，一说就滔滔不绝，停不下来，不按你所提的问题回答，天马行空，话题十万八千里。而罗诚属于那种清楚明白地知道采访者想要了解哪些问题，然后尽其所知回答你。

这样的采访，自然省了不少心，整个过程中你需要的似乎就是将他说的重点记下来。

对于不熟悉罗湖棚改模式的人来说，天健集团这样大的一个以建筑为主的开发商,最终为何选择了以服务商的角色,介入罗湖"二线插花地"棚户区改造是抱有疑问的。

在一般人看来,以开发商或者承建商的角色进入,似乎更符合情理。实际上,经过这些年的努力,在这两块业务上,天健集团恰恰驾轻就熟优势明显。

在罗诚看来,天健介入罗湖棚改的角色,是一开始就被命定的。"天健的角色,完全取决于'二线插花地'独特的产权形态和项目的目标,复杂到几乎无解的产权形态,决定了它的启动必须由政府来主导,而此项目的公共目标是确保安全,而不仅仅是更新城市空间,所以它必定是一个公益性的项目。也只有公益性质,才能使得项目迅速启动,而公益性质也决定了它改造后的用地性质,只能是保障性的住房。这两头一旦限定,中间留给我们天健集团的回旋想象空间,其实是极为有限的,当我把情况向集团领导汇报后,集团班子立即就明白,他们一致认为我们以服务商的角度进入,以我们专业服务能力,收取定额的服务管理费,是比较合适的参与形式。"

其实参与罗湖"二线插花地"棚户区改造项目招标的,还有其他几家市属国有企业,但天健集团几乎从一开始就清晰地表达了他们愿意以服务商的角色承接介入项目。"在这一点上,我们与其他几家国企有不一样的地方,他们还提出了不少其他的合作方式,但我们没有,而且我们还提供了充分的说明。"罗诚介绍说。

罗诚还向我们透露,董事长辛杰和总裁宋扬找他谈话的时候,还向他交代了一件事。

这到底是一件什么事呢?

其实,辛杰宋扬他们除了前面所说的国企担当,决然承接介入"二线插花地"改造项目外,他们还看到未来像这种政府介入方式的城市更新，可望会成为某种主流，或至少是当时流行的几种城市更新模式的重要补充。

"在尊重产权和社会和谐的目标下，我们现在非常强调拆迁和更新的居民合意率，有时甚至强调必须有百分之百的同意率，如此一来，个别坐地起价钉子户的存在，就会极大延缓项目的进展，这无疑会极大拖慢项目的进度，对于整个社会来说，也是损害了公共利益的。别的不说，像罗湖的木头龙小区和金钻豪园小区，这种一拖就是十年八年的城市更新项目，那是整个公共利益的失败。而辛杰宋扬就给我分析说，像'二线插花地'这样政府主导色彩明显的项目，它一定会在更新策略上有所突破的，而这对于深圳这个亟须通过城市更新，提升城市品质的城市来说，它的实验意义非凡。"罗诚介绍说。

2016年4月28日，经过严格的招标程序，天健集团中标罗湖"二线插花地"棚户区改造项目，并与罗湖区住建局正式签订了"深圳市罗湖'二线插化地'棚户区改造政府购买服务合同"。

签约仪式据说极为简朴，我从报道的现场照片中看到，签约的代表罗湖方面是时任罗湖区住建局局长的宋太平，天健集团方面是总裁宋扬。不知道是记者抓拍的时机极为恰当，还是整个签约仪式对于在场内的每一个人来说，都有发自内心的喜悦，从照片上来看，他们当中的每一个人都笑得极为灿烂。

而此时的罗诚，作为具体的负责人和见证者，他就坐在签约仪式现场一个并不显眼的角落。他说，那时的他心里其实并没有那么开心，"反而有些七上八下的"。

他的忐忑与不安，来自于不确切和对于背水一战的巨大压力。

罗诚说："签约仪式结束后，我回到了公司办公室，经过童庆火书记的门口时，恰好碰到他出来倒开水，童书记看到我，向我笑了笑，问我压力大不大？"

"我当然说压力山大，他没说什么，反而招呼我到他的办公室坐坐。"

罗诚这里讲的童书记，是天健集团的党委副书记兼纪委书记。

罗诚说："童书记那天跟我讲了很多，有他个人的人生经验，但更多的是当年修建南头直升机场和香港机场东涌地铁站及隧道工程的老工程兵的传统。童书记的意思是说，任何事情在做成功之前都是'第一次'，都是'前所未有'，就像天健此前拓展的新业务线一样。但他相信，用天健原有的工程兵的工作精神和工作逻辑去做，那么就总能杀出一条血路来，知道你难，但我们作为老工程兵的魂不能丢。"

据了解，当年进入深圳的8个基建工程兵团，在业务作风方面都各有擅长，但302团却因为在项目实施工程攻坚方面的"狠劲"和"拼劲"，赢得"铁军"称赞。

坐言起行。翌日从天健集团内部抽调来的10名员工，成为了罗湖棚改天健项目部的创始团员，这也是深圳城市历史上首支城市棚改专业团队。随着罗湖"二线插花地"棚户区改造向纵深推进，工作量飞速的上升，这支10人的团队快速地增至350人，而等到罗湖棚改誓师大会召开后，签约工作全面铺开时，这支团队已扩至800多人。此外天健集团方面还专门聘请了100多人的律师和法务咨询团队，将罗湖棚改项目的天健团队扩充到近千人的专业团队，成为了罗湖棚改工作3400多人团队中的一支重要"方面军"，他们的身影活跃在"二线插花地"的每一个角落、每一个环节和每一个工作现场。

五

这是赵晶第十个夜晚蹲守在罗湖棚户区玉龙片区89栋楼房的门口，而他的所有目标看起来都是那样的无足轻重，仅仅是为了与89栋的当事人说上那么几句话，了解一下楼房的相关信息。

连他自己也忘了在这栋楼房前吃了多少次闭门羹，听了多少次冷言冷语，但他依然每天晚上八点钟开始就蹲守在楼房门口，等待着当事人的归来。

89栋陈姓当事人，在附近的布吉农批市场做农贸特产生意，每天凌晨四五点钟就得起床到市场接货卸货，最早也得忙到晚上八九点钟，才可能回到玉龙片区家中睡觉。

可能是工作的劳累，也可能是对棚改工作不太理解，他对前来进行房屋信息采集的工作人员并不友善，有时还出言不逊。

但作为天健集团棚改玉龙片区指挥部副经理的赵晶却始终如一，他幽默地的自虐道：当事人虐我千百遍，我待当事人如初恋。

由于当事人回家后一般不开门迎客，所以留给赵晶的工作窗口，往往就只有在门口相遇的这短短几分钟。"因此在等待的那段时间里，就是我每个晚上的全部工作主题，有时我甚至连手机都不敢看，就怕低头这一小会儿，当事人从我身边走过去了，而我再抬头时就只能看到当事人的背影了，因为你想再让他转过身来，和你谈话会困难很多。因此，每天晚上于当事人家门口等待的时刻，真的如同等待自己的初恋情人一般，生怕错过了表达的时机。"出生于1990年的赵晶，是个标准的90后，他的谈话自有自己的一套话术，自然的俏皮与幽默。

这一晚，月光依然如水照在门前布满裂痕的小路上，人来人往的玉龙片区不胜扰攘，但这种热闹按赵晶的话来说，就是"那都是别人家的"。

这天，当事人回来得比往常更晚一些，赵晶已经喝完了同事送来的第三瓶矿泉水以后，才看到陈姓当事人姗姗来迟的身影，赵晶远远地望着他时特意看了看手表，时针已经指向了晚上10点36分。

"陈先生好，今天是不是更忙一些啊，干你们这一行的实在是太辛苦了，早出晚归的。"赵晶介绍当时的情景也是绘声绘色的，"当事人抬头看了看我，我觉得他当时心里是有所触动了，脸上突然间有了一种平时少见的温和神色，甚至还回了我一句，小赵你也很辛苦哦。"

更让赵晶想不到的是，他竟然第一次主动请他到屋里坐坐，"关于89栋所有的信息数据，都是在那个晚上全面真实地采集到的"。

聂新平曾经说过，罗湖棚改的成功经验之一，在于通过扎实的信息采集，设计出一整套覆盖85%以上当事人的棚改政策，实现了当事人利益的"帕累托最优"。而广东省住房和城乡建设厅厅长张少康，在总结罗湖棚改经验时也讲了四个方面，其中之一便是政策科学合理，而政策的科学合理，无疑来自于事先扎实细致周全的数据采集和数据分析。

而第一批房屋与当事人的信息数据，就是天健集团团队采集的，而这一批数据通过多轮次、多语种的公示，不但成为棚改政策设计的底层支撑，更是固化了房屋与当事人的关系，消除了政策执行过程中，可能出现的各种变数，确保了棚改政策"一把尺子量到底"。

现在大家都在讲数据信息的好处，但很少人能够理解天健集团在进行信息数据采集时的艰难。因为在2016年四五月份，"二线插花地"的改造项目，到底执行怎样的政策路径并不是太明确，当事人对于信息采集并不是十分接受，而且在很多情况下，将天健方面的入屋采集和访谈，误认为是开发商的商业行为，并引发了抵触情绪。

吃了闭门羹还是小事，有的甚至还遭到当事人和租客的人身辱骂甚至肢体攻击，但天健集团项目团队呈现的是"铁军风采"。按罗诚他们的讲法就是，"坚定、坚强和多路径触达目标"。

"我们团队的专业优势，恰恰是在这种困难的情况下，开始展现出来了，我们搞过一些'旧改'的项目，虽然情况并不完全一样，但信息采集的底层逻辑是相通的，通过一定程度的变形变种，这些方法基本上都能用得上，行得通。"罗诚最后还做了一个小小的归纳。

谈到像天健集团这样的企业服务团队，加入棚改工作后，带来什么样的好处或者说改变？每一个人都会有自己的感受与表述，但来自罗湖区政府工作效能督查办的梁浩却认为，天健的加入带来的改变，最明显的莫过于服务精神的植入。

梁浩说："我们现在党委、政府也讲服务精神、服务细节，但与一线企业相比起来，我个人认为还是有差距的。尽管这些年来，以人民为中心，提升服务群众的能力和态度讲的很多，但比起市场上的企业来说，我更认同他们这种深深根植于灵魂的服务精神。领导在总结棚改经验时，经常说我们的服务态度扎实细致，是棚改工作顺利推进的原因之一，而这在我看来，天健一线人员的加入，带来的正面效应不可忽视。"

2018年2月14日是西方传统的情人节，这一天有一个从"西方"来的名叫"克磊镘"的大家伙，入驻了罗湖棚改玉龙片区工地现场，它的到来一下子就成了工作人员心目中的"大众情人"。因为这个家伙太可爱了，它准确的学名应该叫做"移动反击式破碎机和移动式筛分机"，它是从遥远的德国漂洋过海来到深圳的，目的就是为了使得罗湖的棚改拆迁成为"绿色拆迁"的样板。

天健集团现场技术指导郭世勇说，之所以花费重金引入这台大家伙，主要还是为了专业高效、环保便民地处理好棚改拆迁现场产出的大量建筑废弃物。有了它，我们现在可以将拆迁下来的建筑垃圾，卸入"移动反击式破碎机"进料口后，振动筛会对建筑垃圾进行一次过滤，泥土渣料将被筛分排出，其余的将进入"克磊镘"的破碎仓进行反击破碎，然后通过皮带传送至筛分机入口处，过程中将通过电磁式除铁器，将钢筋等金属类杂质分拣排出。理论上这台大家伙每小时可以"吃"掉350吨建筑垃圾，不但提升了建筑废弃物人工筛选、分类处置的效率，同时也极大降低了建筑垃圾的填埋量，最终实现将98%的建筑废弃物，就地消化保护环境的目的。

据了解，罗湖棚改拆迁估计将产生200万吨建筑废弃物，而目前深圳的填埋场基本已停止工作，垃圾外运的运输成本又非常高昂。因此，将建筑废弃物就地再生利用是优选方案，除了环保，还具有良好的经济效益。

"克磊镘"的引进，是罗湖棚改技术流程创新的一个典型样本，在罗湖的棚改推进过程中敢担当、善作为、讲奉献、论实绩的精神讲的比较多，但就我个人而言，对于这个所谓的"中国棚改第一难"的攻克，创新思维肯定在里面发挥了巨大的作用。

而讲到创新，理念创新、制度创新自然是罗湖党委政府层面贡献多些，但以技术、流程层面的创新，我们不能不看到天健集团将市场化的一些理念，带到棚改现场的重要意义。

比如，工作中的法治思维、数据思维、科技思维等。

2018年5月18日下午，广东省住房和城乡建设厅组织召开的"珠三角地区棚户区改造（城市更新）暨违法建设治理工作现场会"，特意在罗湖"二线插花地"棚改现场举行。

广东省住房和城乡建设厅厅长张少康出席会议并作讲话，深圳市委常委杨洪、罗湖区委书记贺海涛等出席了此次会议。

与会人员现场观摩调研了深圳市罗湖区"二线插花地"棚改现场玉龙、木棉岭和布心三个片区。眼前所见的场景，令会议代表们深感震撼。

张少康厅长对罗湖棚改的推进速度、模式创新做出了高度评价，并动情地说道，"罗湖棚改形成了可借鉴、可复制、可推广的经验，不仅对深圳的城市建设作出了贡献，也在全省起到了示范带动作用"。

而罗湖区委书记贺海涛也向现场与会的代表，详细地介绍了"政府主导+国企服务+三房建设"的罗湖棚改模式。他说："'政府主导'保证项目的公信力和执行力；'国企服务'是以政府购买服务的方式，由国企作为棚改项目的承接服务商；'三房建设'是指项目重建后除了回迁安置房，剩余的全部是人才住房和保障性住房，保证了项目的公益性。"

张少康的讲话，被人们解读为罗湖棚改模式，得到了上级主管部门的肯定，并最终完成了自身的模式输出。

是的，与会嘉宾的提问，也是直指为什么罗湖棚改模式，采用了国企作为棚改项目的承接服务商，会取得如此的成功，迸发出如此惊人的效率？

我注意到，在2018年5月18日举行的"珠三角地区棚改罗湖现场会"上，罗湖方面领导在和与会嘉宾交流罗湖棚改经验时，特别提到了罗湖棚改在进行顶层政策设计过程中的一些数据：借鉴北京、上海、成都等地的棚改模式，深入研究168部法律法规、规章制度与司法案例，共800万字资料，依托三轮大规模摸底调查数据，召开了17场群众意见征集会，最终适用28部相关法律法规，形成了168页的制度文本设计，研究论证了25次。在此基础上形成的棚改政策，既尊重历史以人为本，又不违背现行法律政策，为棚改破冰，提供了有力的法规政策支撑。

而在这过程中，包括罗诚在内的天健集团员工，与罗湖区相关部门密切合作，全程参与、研究、讨论和编制了包括罗湖棚改的模式设计、工作流程，以及搬迁补偿、安置标准实施细则等一整套政策包和操作规程。

罗诚总结说："从2016年的5月到12月，历时8个月，与罗湖的工作人员一样，我们也度过了无数个不眠之夜，我们不分彼此，精诚合作，走南闯北，穷尽一切可能性，以我们专业的服务能力和多年的实操经验，为罗湖棚改贡献了我们天健人的全部心力，对于我们来说，那也是一段激情燃烧的岁月。

"我受命出任罗湖棚改项目部时，集团领导就跟我说，一定要为棚改寻找到强有力的法律支撑，只有这样才能将罗湖棚改的项目经验，打造成一个全新的产品线，所以我们与罗湖方面一拍即合，并将我们多年进行"旧改"的实际经验，和专门部门的法律研究，进行了很好的对接，终于成功地为罗湖棚改设计出一套可行的实施政策。"

而辛杰在谈到罗湖棚改的创新时，也谈到了罗湖"二线插花地"棚改的初步成功。他说，这是模式的成功，当然也有一定的道理。但在我看来，我们通过法治创新、数据运用创新和流程技术创新，或许也是棚改工作得以顺利推进的原因。

罗湖棚改数据管理上，"棚改云"的出现，绝对是一个值得称道的东西，也是信息化手段助力棚改工作的一个典型样本，它将当事人房屋的大数据、云计算和数据监管三个方面，统一进一个技术系统，确实为棚改决策、政策执行、效能摸底提供了准确依据。

而据介绍，最早提出学习国内其他地方的棚改经验，借助信息化手段赋能棚改工作的想法，就是天健集团技术人员提出的，而且他们在极短的时间内，就完成了5大类32项技术功能的开发、测试工作，并完成了三类系统展示端的开发。

"棚改云"的出现，确实使得棚改的工作进度、工作督查和工作反馈，得到了实时的管理，使得指挥部门可以针对实际情况，随时进行策略调整、路径调整和人员调整。

而有人在谈到罗湖棚改令人赞叹的签约效率时，也谈到了天健集团专业服务团队的加入所带来的良好推动。

"政府方面的人员在与当事人进行协商谈判时，一般做法会较为偏向依法依规按部就班，而天健方面，由于积累了大量从市场淘洗而来的经验体会，所以在推行'一户一策'的签约谈判时，往往会体现更多的灵活性和针对性，艺术策略也相对多一些，在工作手法上会有不少新鲜的做法，在具体的工作方式上、工作逻辑上，天健确实给罗湖棚改带来了不少创新气息，形成了一整套棚改工作方案和专业服务体系。"这位人士向我谈了自己的看法。

据介绍，整个罗湖棚改工作现场的队伍大约有3400多人，主要有三个来源，即罗湖、龙岗两区党委政府的基层干部、罗湖"二线插花地"内原有的社区工作人员、网格员以及法务服务团队，再有一个自然就是天健集团的专业服务队伍了。

在各个业务模块上，这三部分基本上都是进行混编的，很多人在刚开始的时候也曾怀疑，这三部分人到底能否从物理混合到化学融合，将各自的优势融合进具体的业务模块上，但从实际效果上来看，这种融合进行得非常好，具体表现在良好的工作效率上。

来自党委政府的，熟悉法规政策，了解工作的基本方向；来自基层社区的，则熟悉当事人情况；而天健团队，他们掌握着更多来自市场的工作方法和工作策略。加上整个棚改工作团队健康、向上的团队文化，所以在实际工作中，这三部分优势叠加起来，形成强大的工作势能，推高了效率，收获了良好的工作效果。

蜚声棚改工作现场的"茂名小分队"，是跨网格、跨专门工作组组成的，"小分队"三天两夜辗转粤西3000公里，上门为8名常年在市外的3市5县居住的当事人，提供签约服务的事迹，经媒体报道后，在社会上产生了广泛影响。大家从"茂名小分队"的人员构成上可以看出，他们恰恰就是上述三部分人员的混融：梁智亨、苏奇勇来自天健棚改公司的专业人员，熟悉签约流程；叶妙城来自社区工作站，熟悉当事人情况；网格律师李江昊则为罗湖区政府聘请来的律师，提供专门的法律服务。而站在他们背后的，则是玉龙片区指挥长清水河街道党工委书记王华生。

谈到之所以会产生如此奇妙的作用，王华生的意见可能已经揭示了其中的所有奥妙：党委政府和国有企业从本质来说都是体制内的人，他们在精神基因、思维基因和工作基因方面确实比较接近，都比较讲奉献、讲规矩、讲纪律、讲担当，所以天然地具有融合的可能。"政府主导+国企服务"，事实上就是将两种优势资源，以一种融合的方式将它们效能叠加起来。

从客观上来看，天健集团的加入，不但最终促成"罗湖棚改"实现了模式的创新，而且也为国企的角色注入了更多的内涵。

从1982年到2017年，中间的时间跨度恰恰是35年。

从302团南下参与特区建设，到302团的"后裔"衔命承接罗湖棚改项目，在这里面，我们看到的是一种可以命名为担当与使命必达的精神。

<h1 style="text-align:center">六</h1>

《庄子·养生主》中有这么一句话：指穷于为薪，火传也，不知其尽也。后人将这句话的意思概括为一句成语：薪尽火传。

2018年，是中国改革开放四十周年，时代的巨轮也将我们推到了一个全新的时期，35年前那支身穿绿色军装的基建工程兵，在完成了新旧动能的转接以后，与我们一样又站在了一个新时代的起跑线上。

但天健集团将以怎样的一种状态，进入又一轮四十年呢？

参与棚改的举措似乎就是一种说明，就是一种答案。

2017年10月17日，原深圳水务集团的董事长韩德宏调任天健集团董事长，而辛杰则调任深圳地铁集团董事长。新到任的韩德宏到岗的当天，就到罗湖"二线插花地"棚改现场办公了，可见他知道罗湖棚改工作的重要性。他在现场十分认真地观察调研，仔细了解罗湖"二线插花地"棚改建设下一步的进度和目前的困难。薪尽火传，新一代的天健领头人接过了火。

2018年的1月9日，我与韩德宏董事长相约于他的办公室，对这位天健集团的新当家人，进行了一次深入的采访。

我对韩德宏是熟悉的，他原是一位水务方面的专家，同济大学给排水专业的博士、教授级高级工程师。他原本是大学的老师，1990年为参加特区建设来到深圳，在原深圳市自来水公司供水管理科担任工程师。近三十年来，一步一个脚印，一直在城市供水和排污方面贡献着自己的才干。2004年深圳首次面向全球公开招聘四位国企总经理，韩德宏脱颖而出，通过竞争被挑选担任了深圳市水务集团的总经理，后又担任了水务集团的董事长。这次由深圳市国资委通过岗位交流到天健集团任董事长，这对韩德宏是一个新的挑战。韩德宏肯干勤奋，善于钻研。采访中，他给我留下最深刻的印象是他的工作思路。他到任后不仅抓紧抓实"二线插花地"棚改的当前工作，还在考虑思索这块土地上建成后新的小区可能出现的新情况，以及如何管理好"二线插花地"里的原居民重新搬进新家园的生活服务等一系列问题。他说，政府花了这么大的气力，改造了这片棚户区，我们同样要让入住新家园的群众，有更好的生活更好的幸福体验。

我觉得，韩德宏的思考很有前瞻性。

采访结束后，他送我走到大厅时，特意在天健集团LOGO前面停了下来。他说，天健集团的LOGO是由黄橙两色为主色调，这既代表了我们的国企性质，又规定了我们的责任与承担，也代表了我们有如大海般的博大梦想，它标示了我们应有的努力和锐意创新。但我认为，在这两种色调之外，应该再涂抹上一层绿色，因为我们的基因里，最为核心的恰恰是来自绿军装，它不但蕴含着我们的前世今生，更标示出我们企业文化最为独特的图景：一种为家国情怀所注解的军魂。

逝者如斯夫，不舍昼夜。天健，这艘巨轮似乎又要驶向另一个时代，另一个远方，但心中的家国，不但是他们的精神泊位，更是他们出发的逻辑起点。

由于历史沉重，中国在迈向现代化的过程中，始终步履维艰，辗转曲折，但令人惊讶的是，在这个文化母体当中，在这片深沉的大地上，它总能生生不息生长出一种自我矫正、自我更新、自我奋进的力量出来，并在命运共同体的名义下，在团结、同情、渴望美好事物的情绪中，产生出明确且富于建设性的内生动力，引领我们一代代人迈向清丽胜景。

2018年1月29日，又一场签约仪式举行了。

这场签约也与棚改有关，不过合同方中的罗湖已经悄然换成了宝安人才安居公司。

宝安区委常委双德会、宝安区住建局局长彭颖，市人才安居集团董事长贾保安、副书记李安、天健集团董事长韩德宏、总裁宋扬、副总裁何云武等出席活动。

天健集团总裁宋扬讲话后，市人才安居集团党委副书记李安对合作签约内容作了清晰的表述，市人才安居集团和天健集团共同出资成立棚改公司，拉开了两家兄弟企业战略协同、优势互补、合作共赢的序幕，希望迅速完成合资公司组建，优质高效推进项目进程，合力共同探索打造"高效率、高水平、高质量"的区级棚改业务平台，充分发挥天健集团作为棚改先锋引领作用，为宝安区的棚改和人才安居工程积极贡献力量。

而此前，天健集团与深圳第一村南岭村，合作推行305栋小产权房棚改的消息，也悄然传出，加上此次与宝安方面的合作，这昭示着天健集团在推动深圳棚改方面，已先后落子罗湖、宝安、龙岗。

2016年4月，天健集团与罗湖住建局签订服务合同，负责罗湖棚改的前期可行性研究、报批报建、实地核查、协助确定补偿标准、政策宣讲、当事人信息采集、信息公示和房屋拆除等方面的工作。

但不长的时间里，一切已发生了天翻地覆的变化，一个基于担当和使命的服务项目，经过两年的持续探索，在天健集团那里，已经被他们打造成了又一个产品业务线，棚改业务建设已经成为了天健知名的业务品牌，逐步形成了一整套可持续、可复制、可推广的棚改全新模式，它在罗湖“二线插花地”淬就的深圳棚改模式，已在全市、全省甚至更广阔区域形成了品牌效应。

我想此时此刻的辛杰，看到这样的一条新闻，心里肯定是有感触的。

他是否又在动情地回望两年前那个犹豫与忐忑的中午，他是否又想起了那个在荣誉室召开的会议，他的脑海里是否又重现他与公司同事们一次次进入棚改现场时，见证了激情燃烧的棚改画面——

因为只有参与过整个过程中的天健人，才能真正洞悉，他们在每一个细节里的坚持与付出，而这，正如歌中所唱的那样：在理想世界里，这就是一道光芒。

是的，我相信，他一定不会无动于衷。

又如新任董事长韩德宏所说的那样，迎难而上，每一次难题的挑战，终将成为自身能力拔节而起的契机，也总有一天，我们也都会发现，我们艰难跨过的这些沟沟坎坎里，已经开满了灿烂的成功之花。

第八章
以人为本的栖居家园

如果我们相信文艺复兴所倡导的人文精神，为世界范围内的现代化进程提供了基本原则的话，那么，这种人本主义在城市空间上的落实与展现，就成了当下城市复兴的题中之义。

如果我们认同城市的核心是人，那么它的存在和发展，就在于解决人的安居乐业问题。这是城市工作的价值取向。

一

从时间轴上，我们可以看到，世界范围内的现代化进程和城市增长几乎是同步的，从某种程度上讲，现代化的进程，恰恰是借助着城市这个空间平台，实现自身演进的。

与此同时，我们也惊讶地发现，对于城市的反思与对现代化的反思，几乎也是同步的。那些曾经相信城市就是"地面上的伊甸园"的人们，开始发现其实城市给人类带来的苦恼，一点也不比此前那个牧歌式的乡村社会少。

失业、贫困、污染和尊严感、价值感的流失，让那些满怀理想和憧憬的城市寻梦者，突然之间便有了一种泥足深陷的迷惘和绝望。关于现代化，关于城市化，人们也再度开启了一段价值反思和重新想象的历史行程。

而在这股思潮中，世界银行东亚和太平洋地区首席经济学家贝尔特·霍夫曼，于2014年在中国一次城市学论坛提出的"重新想象城市"，在业界引发了强度最为激烈的广泛讨论。

霍夫曼认为，中国（主要指内地）的城镇化，支撑了中国令人瞩目的增长和快速经济转型，但与此同时，日益扩大的城镇与农村的差距，增加了中国收入和财富的不平等。这种剧烈的不平等性，也存在于城市的内部。而交通堵塞、生态污染、能源紧缺、犯罪行为等各种城市病，也都在深刻蠹蚀着城市这个"中国奇迹"引擎的健康躯体。所以，关于中国城市的未来，已经到了必须"重新想象"的阶段了，到了必须重新审视人与城市、城市与产业、城市与生态、城市与生活等关系问题的时候了，并在人的主体旗帜下，再度梳理、定位这种种复杂的关系。

而在霍夫曼和他的思想同好们那里，人与城市空间的关系，同样被他们视为"重新想象城市"的核心课题。在他们的理论视域内，他们坚定地认为：我们不能再将城市化等同于物理空间的塑造与熔铸，城市化也不是创造更多的建筑盒子，而是要在人的价值维度上，重新思考城市多种关系，而重新思考人与城市关系的逻辑起点，则必须打破原先的盒子。

他们的观点有着完整的理论依据和现实支撑，但触发我将这种思潮与本书联系起来的，毫无疑问，就是"重新想象城市"这六个字。而这其间，则是人与城市空间的那种复杂与微妙的关系，更是我的兴趣焦点。

对于"二线插花地"棚户区改造项目，这又是一个里程碑的时刻！

2017年12月28日，距离罗湖"二线插花地"棚户区改造正式启动，恰恰一年的时间，罗湖"二线插花地"棚户区改造项目开工仪式，在布心片区罗湖棚改服务中心举行。

市有关领导以及深圳市棚改领导小组成员单位及部分市直单位、罗湖区、龙岗区和天健集团相关领导、罗湖棚改现场指挥部负责人出席了开工仪式，共同见证了这一激动人心、满怀憧憬的一刻。作为特邀嘉宾，我也出席了此次开工仪式。当然作为全幅见证罗湖"二线插花地"棚户区改造的我，内心的激动与感慨自不待言。但作为一名作家，除了激动与感慨，在脑海里持续翻腾的显然还有很多。

在多位领导发表了讲话以后，贺海涛终于登台讲话了。他说，从今天开始，罗湖"二线插花地"棚户区改造将全面进入建设施工阶段，这是罗湖棚改的里程碑，更是一个新起点。在不久的将来，这里将彻底告别"棚户区"的重大隐患和无序发展，崭新崛起一片产权清晰、品质高端、配套完善、生态宜居的现代化城区。

可以看出，在这些登台讲话的领导中，他讲的最为动情，365里路，已经留在身后，留给历史，但作为一名项目的全程参与者和项目的主要谋划者来说，那些绘染着情绪与感慨的细节与记忆，此时此刻一定会在他的心中激荡起不一样浪花。

因为投入，所以动情。

因为真诚，所以感慨。

又一个里程碑，又一个新起点。汉语真是一种奇特的语言，有时你会感动于它对于纤毫细节的形象呈现，有时你又会慨叹它的粗略，让你要费劲地理解它半天。里程碑和新起点，真的能够全幅传导出这个仪式的全部意义么？

在围观的群众中，我发现了一个熟悉的面孔，原来是我曾经采访过的棚户区改造项目布心片区的一位女当事人。我想了解一下她们对于开工进度的想法，于是上前打了个招呼。王女士有点不好意思，她笑着说，她是听了现场施工队的工人们说，才知道今天举行开工仪式，所以就来了。我趁机与她攀谈起来，作为棚户区改造项目的当事人之一，她谈到对未来的憧憬非常实在，40多岁的她最大的愿望就是新房有了电梯就可以把在老家的妈妈接过来住。"深圳气候冬天比较温暖，老人一直很想来，可就是家里住不下，又在6楼，没有电梯。"她接着说，"棚户区改造后配套了很多公共设施，前几天我也到服务中心看了意向性示意效果图，那上面规划了不少供居民休闲的花园绿地，配套了许多老人儿童设施，我感到很高兴，年迈的妈妈来了也有个散步开心的地方。"

王女士介绍说，她妈妈今年已经70岁了，10年前就来过深圳一次，那时这里杂乱得连下脚地方都没有，而且是又爬坡又爬楼，妈妈身体上明显感觉吃不消。"如今老人家年纪已经很大了，我希望可以快点动工，快点改造完毕，不要像木头龙小区那样，拖到有的老人都去世了，留下无尽的遗憾。罗湖棚改是政府主导的，它的效率让我们安心。"据了解，王女士早年从江苏来到深圳，在华强北做家居布艺生意。生意有了起色，她便注册了一家公司，招录了一些员工在公司里帮忙。为了解决员工和自己的居住问题，2003年公司在布心山庄购买了几套小户型的房子。"当时没有什么钱，买不起商品房，所以选择了这里的自建房，现在能够改造，而且居住品质也将有巨大的提升，我感觉我很幸运，所以，我举双手支持政府，早早地就完成签约交了楼。"

站在旁边的还有个张女士，仪式举行时恰好就挤到我的身旁，借此机会我也与她聊了几句。她说，自己是木棉岭片区69栋404房屋的当事人，她一家人已经在木棉岭住了十几年的时间了，家里的几个亲戚也先后在木棉岭购买了房子。"那些年最担心的还是安全问题，特别是家旁边的木棉岭165栋前面挡土墙发生开裂倾斜事件以后，我就更是每天提心吊胆了。"张女士说，"我们还是希望给小孩提供一个更好的成长环境，毕竟上了岁数，孩子的事才是最让我们担心的。"张女士表示，棚户区改造后不仅解决了自己最为担心的安全隐患问题，而且方案中还增配了很多公共设施，无论是交通出行社区休闲，还是小孩入学紧急医疗，将来都更加方便了，我们的后代比我们过得更好一些，这就是我们最大的心愿。"所以对于改造我们非常赞成，我是全面启动签约当天整个棚户区第11个完成签协议的，这个序号是签约人员告诉我的，我听了也很高兴。"

二

彼特拉克是闻名于世的意大利学者、诗人，同时也被广泛视为"文艺复兴第一个人文主义者"，甚至有人将之称为"文艺复兴之父"，他曾经说过这么一句话：我是凡人，我只要凡人的幸福。

对于事物的意义，我们习惯了所谓的理论概括与思想总结，但在很多情况下，我却发自肺腑地喜爱这种带着浓郁泥土味的回答。不为别的，就是喜欢它的率真与平实。

凡人的幸福，其实才真正的幸福——坚实，而且恒久。

对于这两位棚户区的当事人来说，她们的幸福是一种可以望到的幸福，虽然就时间长度来说，这种幸福演化成一种可以感受与体验的现实，还有一段不算长也不算短的距离：3年。但从她们的反应来看，付出这样一段时间，等来自己所期盼的幸福，无论如何是值得的。

罗湖"二线插花地"棚户区改造项目的规划及建筑设计方案，是由中国中建设计集团有限公司直营总部总建筑师赵中宇所领导的团队负责执行的。在罗湖区委宣传部有关领导的引荐安排下，开工仪式后赵中宇在服务中心二楼那间小小的办公室接受了我们的采访。

专业、严谨，刚接触时似乎还有点腼腆和不习惯，但一旦触碰到他的专业领域，则是另一番风景，另一种气象。

谈到罗湖"二线插花地"项目的规划思路时，赵中宇的第一句话就深深地吸引了我。他说，解决罗湖"二线插花地"棚户区的问题，不能仅就棚户区谈棚户区，他更愿意从深圳发展脉络、城市未来走向的角度，来定位棚户区项目规划的基本设计。赵中宇说话的声音不大，即使接受采访，也很少直面采访者。我想，他一定是把这当成了一次面对自己专业的内心对话。很多作家可能并不太喜欢这样的访谈，因为被访问者，并不顺着你的采访问题作答。但就我个人而言，却是非常认可这种谈话，这样的对话更真实更真诚。更为重要的，他的第一句话就从某种程度上，恰恰呼应了我关于"二线插花地"棚户区改造的基本判断。在这里，它接续了深圳这座城市的独特脉络，又展开了这座城市关于未来的无数想象。

人们常说，技术思维和人文思维，那是两道没有交叉点的平行线。但在"二线插花地"棚户区改造这个样本上，它们并不是这样的。我始终相信在一个问题的终极点上，任何思维路径都有可能实现殊途同归，肩并肩一起来到一个真理绚烂之境。

赵中宇说，"二线插花地"项目不是他们团队承接标的最大的项目，但却是他们团队认为"最有意义的一个项目"，而且这种感觉不只是他一个人的，几乎整个团队里的每一个人，都认为这是一个非常有意义的项目。

这是为什么呢？

赵中宇沉吟了一小会儿，说，"就我个人而言，大概是我们可以将多年认知到的理念，在这个项目上进行实践与表达吧"。

应约参与竞标的他们，首先做的还是对相关项目进行了系统的了解和分析。赵中宇说，我们收集到的案例大约有一百多个，资料堆得有一人多高，我们团队为此花费了一个多月的时间，进行了仔细的分析。我们认为，城市建设是一个复杂的系统工程，要确保棚户区改造后，具备更完善的功能和更好的生活环境，就必须在基础设施、景观、文化、环境等各个方面予以统筹考虑。把城市看作是一个生产、生活、生态、精神等多种因素交织在一起的复杂综合体去考虑。对"二线插花地"应当借棚户区改造之机，进行必要的品质提升，不能仅仅停留在实现棚户居民"住得好"的纯建筑本位改造理念上。

赵中宇说，他们团队的认知是，城市与人的关系，首先是人与空间的关系，他们要做的就是通过空间的营造，涵育出一个健康正向的人居系统，激发出居住此间人的活力。"而这些目标中，我们最看重的是人的精神价值和文化需求，在这里可以得到肯定和弘扬。"

在具体的规划理念上，赵中宇的团队提出了项目四个方面的目标与定位：即"秀山溪谷·生态罗湖""乐业安居·魅力罗湖""岭南风韵·文化罗湖""典雅现代·时尚罗湖"。

看起来有点眼花缭乱，其实这样的理念，是一个多种元素彼此融汇的逻辑结构，但在深层上却又完全着眼于罗湖的人文历史、自然生态和城区现实，他们的团队查了很多罗湖方面的资料，也接触了不少罗湖的干部居民，后来的方案也结合了不少当下世界城市建设的前沿理念，最后融进了罗湖方面的企盼要求，形成最后方案。

赵中宇说，深圳处在亚热带地区，植物茂盛。罗湖"二线插花地"棚户区改造项目北侧的山体，绿色植被的条件非常不错，放眼国内的一线城市，在市区内已经很难找到这样的一片绿色生态空间了。"这是一种馈赠，对于罗湖和我们来说，都是一种馈赠。"

"以前我们在谋划城区建设的时候，对原有的生态条件并不是十分尊重，我们对于城市的理解，更多的只是放眼在居住和产业考虑上。

对于自然，对于生态，在规划要求上，很少被置放在优先项的，索取的
成分占了很大的比例，甚至给城市生态空间带来创伤。罗湖'二线插花
地'的人居空间，之所以最后会变得如此满目疮痍，有它历史的独特原
因，但从理念而言，恰恰是对生态的不珍惜，对于人与自然和谐相处的
理解不到位，外在功利性的考虑完全成了压倒性的因素，人与自然的主
体地位，没有得到很好的尊重。因此，我们团队就想在实践中改变一
下。我们希望重新建设的这一片区域，让这里的居民在小区里，走着走
着就能看见树，遇上草，摸到花，人、城市、自然之间，可以以一种更
好的方式融合在一起。"

赵中宇仍然在自己的思绪中。他说："我们希望通过棚户区改
造，实现城市形态的修补与生态环境的修复，另外我们还试图通过空间
的重新想象，在这里创造出更为丰富的景观，让居住在这里的人，能够
拥有愉快多彩的生活。人，不是一种物质性的存在，而是一种主体精神
性的存在，如果说我们这个方案，与其他有明显区别的话，就是在这一
点上。"

他的声音依然很低，甚至有点喑哑，喃喃自语，但静水流淌般的
述说，却让我有了一种春风扑面的感觉。

三

作家，作为一种独特的生存状态，本身是痛苦的，因为他的创作
必须让自己沉浸在人类的一切困境中，以普通读者的角度体验思考，才
有可能走向深刻与独特。也正因为这种感同身受的切肤之痛，才有可能
决绝地以一己之力，去瞭望突围之路。所以他无法不痛苦，所以他不可
能不无时无刻身陷煎熬的火池。因此他在通向精神涅槃的路途中，可能

会遇见很多有趣的灵魂，并和无数充满智慧光芒的人握手。

我是20世纪90年代初期从安徽迁居深圳的，二十多年间我搬过好几次房子，总体而言，居住硬件自然是越来越好，但总感觉都市生活其实是少了点什么？

那究竟是什么呢？很长的一段时间，我也没有想明白。在接触了来自美国的访问教授马立安以后，她的分析帮助我加深了对这个问题的认知，特别是她对人居空间中的人的精神需求的肯定和重视，对我个人而言，有很大的启发。

身为美国人，马立安教授却对深圳这座城市献上了无尽的爱意。作为布朗大学建筑学的博士后，她年复一年地来到深圳，来到深圳大学，用自己灼热的内心和永不停歇的脚步，以一种深情且又深刻的专业眼光，细致地检视、剖析着深圳的城市脉络和人文肌理。她的一个观点成了我往后分析社区人文空间的理论框架。

马立安教授说，她更喜欢社区深处的一个小型咖啡店，或者一个不起眼但独具特色的饭馆或食肆。她认为，一个开于闹市中的星巴克，实际上并无太大的意义，因为它无法为一个富有温度与情感的都市人，奉上太多关于历史与现代的对比感，而一个存在于传统社区中的星巴克就完全不同了，它既有现代情绪在传统环境中的表现，又会带着具体的、历史的痕迹，这会激发都市人某种怀念感。城市的建筑，便是驱动这种缅怀情绪的记忆载体，通过这些载体和标本，我们彼此之间能看到深圳的过去、现在和未来。

马立安教授的人居理论已经足够通俗了，她以"怀念感"为自己学术概念强调了人居空间的精神需求，进而肯定了人居空间的人本理念，这一点对于我们来说，具有明确的启示意义。

不过，同样的认知，对于绝大部分来自乡土中国的都市人来说，他们的体悟显然更为具体，更为本土化，同时也更多地通过一些日常细节来实现。在他们的印象中，缺少的那么一点东西或许就是寻常日子里的家长里短，或许就是掀开帘子邻里送来的几个热气腾腾的包子，或许就是头痛脑热时别人送上的那句嘘寒问暖，或许就是太阳底下老墙根儿下，天南地北的龙门阵。

它是日常，也是生活。

这是一种带有体温与情感的耳鬓厮磨。也是人类精神之河上的一叶方舟，承载过去，驶向未来，它是更为生动和真实的人类历史。

社区的人际交往和社区的人文涵育，其实才是城市空间最具价值的生动情节。当代的都市化在很大程度上，强行删除的恰恰就是这种无法宏阔书写，却又须臾难离的人文细节和情感触碰。而它的存在，不但提供了公共空间走向，阳光生态的充沛活力，而且串联起所有公共空间的精神脉络，埋伏了城市走向美好未来的最为坚韧的线索。

我们居住在敞亮的大屋里，我们的门铃除了快递小哥却没人按响。我们布置了精致的书房，精心陈设了高雅的客厅，却只是自己在其间走来穿去，陡增了打扫卫生的劳累。我们每一个人都仿佛枯坐在钢筋水泥构筑而成的都市沙漠里，心灵少了润泽，也少了一扇能让我们向上呼吸的窗口。

我不知道美国著名城市规划理论家芒福德，把"文化贮存、文化传播和交流、文化创造和发展"称为"城市的三项基本功能"，是不是也应合了上述的意指。但就我个人看来，这种从来就缺少书写的东西，或许也是一座城市持续前行的动力之一，或许也是一座城市保持充沛活力的源泉之一，而当社会演进到一个阶段，它的供给和满足就必须在城市的空间设计上，予以实现和优先考虑。

这让我想起，一次我去杭州中国美术学院去看一位油画系教授，晚上他约我在西湖边的一间茶楼里叙旧。闲聊中，没想到生活在中国最柔软和旖旎的都市杭州的他，竟然说出了他感受不到城市存在的体会。

他说，人和城市的当下关系，已经从最原初的人汇集为城市，转变为城市独立成一个非人格化的单独运转系统。提起城市，我们脑中浮现的都是抽象化的符号，或者是具象化的画面。城市越来越系统化、模块化，我们每一个人都处在城市运转的一个小小的节点上，每天跟随着这个大系统的运行，过着自己的生活。因此，以前那种经由人际交往的温情片段累积起来的城市意象，已经荡然无存了。而在他看来，之所以会出现这种局面，完全是因为现代化的城市公共空间的理解上的偏差，缺乏以公共空间的供给，缔造带有人文温度的人际互动，而究其实质，则在于人的主体价值，没有在城市空间中得到必要的重视和实现。

简·雅各布斯在《美国大城市的生与死》，也约略谈到了社区公共交往和情感触碰的必要性和重要性，并坚定地认为，一座城市的生命存续和全部活力，恰恰来自于很多人认为可以忽略的社区人际多样性交往。

如果我们相信文艺复兴所倡导的人文精神，为世界范围内的现代化进程提供了基本原则的话，那么，这种人本主义在城市空间上的落实与展现，就成了当下城市复兴的题中之义。

我不知道，赵中宇团队对于城市有着怎样的想象和理解，这个问题几次到了我嘴边，但终究没有说出来，因为我相信在他所领导的团队呈交的方案中，一定会说出关于这个问题的全部答案。

赵中宇似乎并不急于交出关于这个问题的答案，他的讲述依旧航行在他的技术讲解的航线上：

以木棉岭片区北侧的蚊帐山自然山体为依托，我们在规划方案中将设计两条贯穿园区的东西向景观带和南北向景观带，并在景观带中布置多处景观节点，形成"一山、两带、多院落"的规划结构。

而在布心片区，我们的设计是以求水山公园和围岭公园两处自然山体为依托，以规划的两个景观公园为媒介，形成四个主要景观节点，多条视觉通廊，构成了"两山、四中心、双园、多通廊"的规划结构。

赵中宇继续介绍说，这些建成以后，任何一位居民下楼就可以非常方便地走进中央景观走廊，而社区内的花台溪水以及骑楼、庭院、冷巷等具有明显岭南特色的建筑形式，也随处可见。我们倡导社区内的配套服务空间，对城市完全开放，更为社区内居民所共享。

他说，项目改造之后，园区外部是自然的山水，内部则由人工打造出中央景观走廊，借助高差的变化，形成台地、叠水、花街，这些画面相映成趣，让居民走在不同的位置，感受到不同的主题与趣味。每个地块的景观节点，还将细节化设计多个主题的景观小品，通过景观轴线的指引，给以后入住这里的居民，带来步移景异的空间感受。这是重新想象城市建筑主题的一部分，是一种具有革命性颠覆意味的城市原则，重新确立和具体落实。

赵中宇的热情，似乎在这种深度讲述中，渐渐被点燃起来了……

后来，我在最后完成的方案中，看到了未来棚户区改造完成后的蓝图，在规划中提出的"四大发展愿景"，又是如何落实在未来居住区具体的建设中的？我尽量不做文学描述，力求准确地归纳如下：

一为"秀山溪谷·生态罗湖"。所谓"秀山溪谷"是借势周边的自然山水环境，引入"城市修复、自然修补"的规划原则，依山就势利用场地自然高差，以"秀山溪谷"为主题，营造出"虽由人作，宛若天成"的园区环境，体现出现代居住社区的生态理念。

二为"乐业康居·魅力罗湖"。即规划不仅以空间营建为目标，更强调以人为本的建设理念，通过室内外丰富的空间组织和老人与儿童多样化的活动场地，以完善的社区配套与商业服务实施，精心营造一个业态完善、空间灵活的绿色生态型社区。

三为"岭南风韵·文化罗湖"。这是一个文化建设理念，体现的是传统"岭南"文化特色。规划中借鉴岭南传统建筑的空间手法，结合岭南的气候特征，巧妙地将岭南所特有的"骑楼、冷巷、庭院、遮阳、架空"等传统建筑语汇，与当今潮流的现代建筑风格糅合在一起，有机地将地域文化融入现代生活之中。

四为"典雅现代·时尚罗湖"。所谓"典雅现代"，主要表现在设计中采用现代建筑风格，规划、环境与单体建筑三位一体的设计思想，实现整体空间感受的连续性体验。整个社区在色调上，以浅灰色为基调，穿插以跳跃的暖黄与蓝灰色彩，结合木格栅的细部处理，营造出典雅现代的社区气质。

与此同时，还规划了完善的社区配套。

教育方面，两个片区共设置四所幼儿园与两所九年制义务学校，为社区居民提供充分的义务教育保障。健康医疗，规划在合理的服务半径内，配置了两处社区健康服务中心，实现居民小病在社区，初检在社区，保健在社区的便利医疗。社区服务，建有便民服务站三处，还规划设置了老年人日间照料中心两处，为需要一定照料的老年人提供日间托老服务。片区内还建有菜市场三处，方便居民生活。

文化设施，在两个片区内建有文化室三处。体育设施方面，设置多处社区体育活动场地，拥有篮球、羽毛球、健身器材等体育运动设施，为社区居民提供健身休闲场所。

特别值得一提的是，在布心片区中部还将建一座文体中心，里面有一个棚改展示厅，可让后来的居住者了解自己所居住的片区历史脉络。

不知不觉中，整个访谈已经整整延续了一个多小时，时近晌午。但"已经进入状态"的赵中宇，却没有一星半点倦意，在专业性技术性的介绍之后，我完全可以相信他的讲述，即将进入关于城市、关于自己的建筑美学的核心环节了。

果然，赵中宇说，呈现在方案中的似乎只是棚改区未来的居住图景，和他们团队关于城市正确生活的想象。但对于他来说，在这份方案中的每一个字、每一条线、每一个理念细节中，引入的却是他和他的团队，关于城市的终极价值的认真思考。

"我认为一座有温度的城市，必定是以人为本的，在政治目标、产业目标、安全目标之上，高高地站立着一个大写的人字。"赵中宇的语调一反此前低沉缓慢的格调，突然提高了好几度，原本静谧流淌的言语之流，此时此刻，却骤然涌起了若干个浪花，构成了一个显眼的存在。

赵中宇说，他希望改造后的这方城市空间，是一个包容的空间、需要的空间、参与的空间、创造的空间、分享的空间，一个社会性与空间性内在结合的、能促进居民互动的有温度的空间。

有温度的空间，是不是我们重新想象城市的必由之路，是不是我们重建社区人文空间的必由之路？赵中宇没有直接回答我的提问，但我相信，如果这一点能够在罗湖"二线插花地"棚户区改造项目中得到落实和执行，那么罗湖棚改的意义与价值，必定添加浓墨重彩的一笔，而且这种书写，对于一个城区或者一座城市来讲尤具意义。

如果中国所有的城市都能将这种原则落实下去，那么中国城市化的一个关键性转折就出现了。

一句话，人在这里不是疏离，是被认可的，是被尊重的，是居于一切之上的主体，他们都在过着一种有希望的生活。除了人、城、自然之间能在这里实现水乳交融外，还是一个邻里之间可以充分交流的和谐空间。

四

开工仪式上，除了方案描摹的一切，我们眼前看到的依然是一片废墟，但赵中宇的讲述，却让我对于这一片正在重生的土地，有了坚定的信心。这里的未来必将成长一切美好和圆满。

"一种有希望的生活"，这八个字在赵中宇讲述中是一闪而过，却被我敏锐地捕捉到了。因为在此前的某一个时刻，也有一个人说过同样的一句话：给人民以希望。这个人就叫李克强，新中国第七任总理。在相关报道中，我们清楚地了解到李克强总理是在辽宁考察棚户区改造工作时，说了这句话。

关于中国棚户区改造的必要性和深远意义，这位新中国历史上最具书卷气的总理发表过很多讲话。但我认为，理解了这句"给人民以希望"，也就理解了他为推进中国棚户区改造讲过的千言万语。

我看过李克强总理在各个棚户区视察的视频，风雪中的他穿着厚大衣，在没膝的积雪中执拗地穿行。他很少对此进行自我注解，但"给人民以希望"这句话，我相信它不但表达了全国铺开的棚改工程的动力，更是诠释了棚改的所有意义。在这种诠释中，人在城市空间中的地位，其实已经得到了前所未有的肯定和提升。

　　一种有希望的生活，就是人的主体价值得到释放和张扬的生活，几百年的现代化进程，终于在21世纪之初的中国，走上了一条更为明确的轨道。

　　其实，那天的赵中宇对方案还讲了许多：街区制、海绵城市、地下综合管廊、智慧小区、绿色建筑标准和建筑工业化等很多新兴技术规范。

　　同时规划设计中提出了要将罗湖"二线插花地"棚户区改造项目，打造成现代化的"人居环境示范社区""儿童友好型社区""绿色生态型社区"的愿景。但我却执拗地坚信，就规划建设理念而言，这些当然都是很前沿很具有前瞻性的建设技术，它笃定会给罗湖"二线插花地"棚改带来一个灿烂的未来。但"给人民以希望"，是罗湖"二线插花地"未来的最高原则和逻辑起点。

　　方案也好，理念也好，只有当它们成为一种现实的体验，成为一种可以把握的存在，它才具有非凡的意义与价值，而所有这一切的希望，不但建构了它的现实意义，还为一切的奔赴提供了源源不断的动能。

　　大家对那个叫潘多拉匣子的希腊神话故事应该都已耳熟能详了：当名字就意味着"众神礼物"的潘多拉，打开了那个神送给她的神秘匣子——幸福、瘟疫、忧伤、友情、灾祸、爱情，等等，如化为一阵烟冲了出来，已经不胜慌乱的潘多拉，忙不迭地把匣子又盖住了，但一切似乎都已经太迟了，匣子里此时只剩下了"希望"。但恰恰有了"希望"这一件东西，即使人类在往后漫长的岁月里不断地备受折磨，但是由于心中还留有宝贵的希望，人类也就有了继续前行的动力，就有了实现自身价值和梦想的可能。

　　死亡之前，希望永远存在。"希望"不但是人类生活动力的来源，它更是人类于一切不幸中最为依靠的慰藉。

在中国现代史上，有若干个城市化迅速发展期，如果仅从人居空间的价值考察来看，我个人认为，最为显眼的改变，在于人作为一种生存层面的功能性工具，逐步向价值的主体性存在演进，并且这种演进在人居空间中得到了逐步的落实。

这一点上，棚户区的历史就是一种典型的说明。

2017年春节过后，我和相关人员特意抽出了十几天功夫，到了上海、辽宁、内蒙古等几个棚户区改造做得比较好的地方，进行了实地考察。应该说这几个地方的棚户区改造，都探索出了自己的独特路径。从政策设计角度看，上海的棚改政策相对精细些，展现出海派文化的固有特点；辽宁作为中国大规模棚改的发轫地，力度大，见效明显，政府已经积累了一套结合市场的成熟做法；内蒙古我们去了李克强总理亲自挂点的包头北梁，在那里，我们看到了内蒙古政府在北梁棚户区改造项目中的决心和毅力。

我除了对棚改的政策设计、执行效果和它在城市化进程中的价值进行了较为详细的了解外，还对各地棚户区形成的人居历史，也充满了强烈的兴趣。

上海市政部门关于上海棚户区形成历史的介绍，自然是中国棚户区形成的绝好样本。据了解，上海最早的棚户区基本上都散布在黄浦江到苏州河一带。开埠以后，如潮水般涌进上海的除了外国人、本土巨贾以及受过教育的寻梦青年外，同时，亦不断有贫穷民众摇着所谓的"舭舭船"来到了上海，舭舭船是一种由芦席盖顶的木船，虽条件简陋，却是一些贫苦人家在上海的立锥之地，他们后来成了中国近现代史上第一批城市化中由农村进入城市的人口。

这些长久停泊在江边的舭舭船，在时间的侵蚀下因为失修和残损，渐渐也都搁浅在黄浦岸边了。久而久之，便形成了近代上海棚户区的最早雏形。上海人甚至为这种聚居区创造了一个新名词——"滚地龙"，取其棚屋连片，酷似龙形之意。

"滚地龙"的人居条件相对而言略好于舭舭船，但从现在的角度来看，这样的人居条件依然称得上"十分恶劣"。居住的棚户基本上都是由茅草与黄泥搭建而成的，因为房屋过于低矮，居住在里面的居民往往只能从门洞里爬进爬出。后来，经济条件有所好转的棚户区居民，得以采用瓦片搭建棚户。而随着来上海讨生活的农村人口的增多，上海的棚户区慢慢地从黄浦江向苏州河及内陆延伸拓展。

民国时期，当时的政府也曾有过对其进行改造的想法，但因为各种主客观原因，在提供了900多套房屋之后，此项颇具雄心的计划，终究也逃不过不了了之的结局。新中国成立以后，上海政府开始陆陆续续改造这些"滚地龙"，一些工人新村开始建设，到改革开放以后，上海棚户区的改造才最终得到了实质性推进，取得了举世瞩目的成就。

从这段历史中我们可以了解到，棚户区里的人的价值考虑是维持在生存层面的，他们是作为城市运转一个功能性螺丝钉而存在的，至于人作为一种主体性的存在，人的精神需求和文化需求，在这里是根本无暇顾及的。

而我们在辽宁调研时，围绕着厂矿周围而衍生出来的大大小小的棚户区，同样引发了我类似的思考。

在中国"煤都"抚顺，众多被棚户区改造影响的普通人中，现年已92岁的王文章老人的经历，在我采访中被相关人士一再提起。

对于这位把一辈子奉献给抚顺龙凤煤矿的老矿工而言，在人生很长的一段时间里，他的生活都是黑色的。退休前他的工作地点在700多米深的矿井里，四处都是黑黢黢的矿石、煤渣，每天都见不到阳光。下班回到家里，他又要和全家6口人挤在一间30多平方米矿里给他们搭建的简易工棚里，连着炕头的灶台，把墙面熏得灰黑灰黑的。

他的历史里其实曾有过不少值得书写的人生段落。在抚顺龙凤煤矿这座上万人的国有大矿中，王文章曾是名扬一时的技术能手。20世纪60年代，全国范围内的60多个矿务局，有四五十个都专门派人前来抚顺，跟他学习一种不用架子就能固定涵洞的新技术。

但这些辉煌，并未能够实现覆盖他生活中黑色的主色调。自1951年来到抚顺，到1978年退休，甚至直到几个子女都从煤矿退了休，他始终住在那间破旧潮湿的小平房里，他所服务的煤矿从没给他提供过搬离的机会。

沈阳住建局有关领导向我介绍说，直至2004年底之前，像王文章这样生活在厂矿棚户区里的居民，在工业大省辽宁有35万户，超过120万人。在依托煤矿发展的重工业城市抚顺，当年就有31万人生活在棚户区里，占全市总人口的22.4%，大约四个抚顺人里就有一位居住在棚户区里。

王文章老人的经历，给我带来的思考是多方面的。关于现代化，关于城市化，不同的专家学者都会有自己的定义和思考，但就我而言，我认为所谓的现代化，其实就是人从功能性的地位，渐渐回归到价值主体的过程中。

在现代化之前，人的意义主要表现在他在整个社会系统中的功能性作用。比如王文章老人，他的意义就来自于他掌握了"不用架子就能固定涵洞的技术"，而不是他作为主体的人的意义。由此开来，棚户区的初衷，也恰恰在于为一个"不搭架子就能固定涵洞的人"提供了一个让他能延续生命的逼仄空间，以便他能继续为煤矿提供涵洞技术，让煤矿能够以更高的效率产出煤。

一声叹息。我们谁也无法挣脱历史对于我们的局限,这种局限包括了身体和思想,也包括非个人化的社会物质和社会认知。现代化的意义不在于我们是否能够超越历史的局限,而在于我们是否永远心怀美好,对于这种局限的持续认知和不断突破。从狭窄走向阔大,从迷惘走向清晰,从一个美好走向另一个美好。

此书开篇之始,我执拗地认为,罗湖"二线插花地"棚户区改造项目,只有放在中国城市现代化的宏观背景下来写,才有可能获得它本来的意义和深度。这一点开始大家还没有完全理解,因为我始终相信,棚户区表面上看只是一个人居空间更新供给的问题,但实际上它关联的却是一个在现代城市演进中,如何定义人、如何确认人的价值与意义的问题。

当代名声最为显赫的城市学专家芒福德,在综合马克思、恩格斯及西方社会学家的相关研究的基础上,得出了这么一个判断:

以古代雅典为代表的希腊城市,是文化城市的杰出代表,而以罗马城为代表的罗马城市,则是文化城市的反面典型。希腊化的基本特征在于,"人们在城邦里形成聚居,不是因出生和习惯,而是为了追求一种更好的生活";罗马化的基本特征是"物质建设的最高水准与社会人文发展的最坏状况"。

希腊化的城市认知和罗马化的城市认知,当然只是为了区分的方便,从当代的实际情况来看,你已经很难将任何城市粗鲁地归之于希腊化或者罗马化,但从整个世界范围内来看,"半人半兽"的城市,却是呈现出明显的从罗马化向希腊化演进的趋势。这其中最为显眼的线索,就是提取城市与城市中人的关系——不仅包括城市的经济与政治,而且更多在于城市的人文价值。

几乎所有的城市都在探索一种新的人化秩序与城市人文伦理，在这个双向互动、彼此建构的过程中，人的主体地位的提升，已经成为了空间构成、生产和转换的基本潮流，它带来的结果是多方面的。城市中的人也从以前的从属和功能性的泥淖中，决然地走了出来，获得了自身的全部意义与价值判定。

在我的理解中，如果我们认同城市的核心是人，那么它的存续和发展就在于关键的12个字：衣食住行、生老病死、安居乐业。解决好人的问题，是城市工作的价值指向；让人民群众在城市生活得更方便、更舒心、更美好，是城市管理和服务的重要标尺。

我并不十分认同哲学大师萨特所谓的"你的存在就是你自己"的存在主义理念，但我相信：一个衡量城市新尺度，它揭示出城市发展的目的，不是城市人口增加，也不是经济总量与财富的聚集，而在于城市是否提供了一种"有价值、有意义、有梦想的生活方式"。

一个现代化的美好城市该是什么模样呢？

这个问题肯定会有万万千千的不同答案，但我个人始终相信，所有这些答案，最终必定都会聚焦到这一点之上：人，即对人的尊重、人的安全以及人的福祉。

2018年7月，整个采访写作已经持续了近20个月的时间了，贺海涛也因为突出的基层工作实绩，升任了深圳市人大常委会党组成员，也就是说，他已经是严格意义上的深圳市级领导了，同时还兼着罗湖区委书记的职务。百忙之中，他依然关注着"二线插花地"棚户区改造项目的推进和建设。

在7月份，整个世界都沉浸在足球世界杯的狂热的7月份，在我的提议下，我们又有一次面对面晤谈的机会，又有了一次关于棚改话题的深入探讨。而这一次，我们没有再去仔细推敲罗湖"二线插花地"那些严谨而又多少有点儿琐碎刻板的政策辨识了，我们从改造项目的建设方案入题，在一个更为宽松、自由的讨论空间下，就一些更为终极性的问题，又进行了一次非常有意义的讨论。

贺海涛说，毋庸讳饰，刚接下"二线插花地"棚户区改造这个项目，他对于这个项目的理解，当然是消除安全隐患，避免光明特大滑坡灾难在"二线插花地"这个高危地区再度发生，"所以我的看法是生命高于一切，摘掉这个炸弹，坚决完成省市领导交给我们罗湖的这个艰巨却又光荣的任务。"

对于一个事物的认知，从来都是有广度和深度两个维度的，而且它本身更是一个动态掘进的持续过程。到了建设方案阶段，贺海涛对于"二线插花地"棚户区改造，又有什么样的认知更新呢？

贺海涛说，几乎在协商签约阶段，罗湖区会同省市多个部门，就已启动了项目建设方案的讨论和草拟，核心的一点就是：一个理想的人居社区，应该是什么样的？

随着开工仪式的举行，罗湖"二线插花地"棚户区改造项目的建设方案，也终于宣告定案，这个方案凝聚了很多人的心血和智慧。贺海涛说："这个项目方案给我们罗湖带来的不仅仅只是一个社区的脱胎换骨，也不仅仅只是一个曾经危机四伏的社区，在不久的将来，将崛起一个国内领先的人居环境示范社区，从根本上讲，它带给我们的是一种面向更加美好未来的全新城区理念。"

一个健康美好的城区发展，一是要讲城市伦理的，而所谓的城区伦理最为核心的因素，就是以人民为中心，尊重每一个人的付出，并尽其所能为他们提供一个有尊严、有希望、有未来的工作生活环境，当然这里面就包括人居环境，宜居宜业环境。一个以人民为中心的城区规划也好，或者说，一个更为具体的社区规划，它的前提必定要充分考虑人的需求，在细节上还要考虑所谓的"宜人的尺度"，满足人的行为和活动要求，并使人们感到舒适和方便。在具体细节上，我们还必须充分考虑社区内的道路宽度、建筑物的体量，带给市民的视觉感受，要将宜人的视觉景观和社区的总体风貌，纳入方案的考察范围。

将这种社区规划建设理念更进一步推广，那就涉及更为宽广的城区发展层面了，人是一切发展的动力和源泉，也是一切发展的依归和目标。以人民为中心，就是要将尊重人、依靠人、为了人、解放人、开发人，放在一切的前提，落实到每一个细节中去，只要做到这一点，一个健康正向美好的城区，自然就是一个水到渠成的问题了。

贺海涛说，罗湖的全面振兴，区委领导班子的基本共识，是要围绕"生产、生活、生态"三个关键词有序展开，这两年关键中的关键，还是要建设一个宜居、宜业的生态化城区系统，这是一个惠及千秋万代的事情。

据介绍，贺海涛已经按照市里的整体部署，让罗湖发展改革部门将罗湖城区各个系统的发展短板认认真真梳理一下，他提出，埋下身去久久为功，一项项去补齐，去提升。都提升了，一个宜居、宜业的生态系统，也就有可能被慢慢涵育出来，罗湖的全面振兴，也就有了坚实的基础与可能了。

在我们的交流中，他还告诉我，2018年3月，国务院正式批复，同意深圳市等建设可持续发展议程创新示范区。罗湖区已经制定出创新示范区建设行动方案（2018—2020），其中提出打造"一半山水一半城"的美好家园，探索老城区生态发展新模式。目前正在征求各方意见，完善方案。

五

罗湖"二线插花地"棚户区改造的问题，表面上基于城市形态的修补与生态环境的修复，及城区空间迭代更新。但说到底是人与空间的问题，空间的外在形态表征的恰恰是人类的生存景象，和人类作为一种主体性存在的认知问题。

城市何为？

现代化何为？

这个问题近十年来一直是我思考的主题，也是我写作此书的初衷，因为我相信这个关于城市空间的题材，将让我的思考有一条全新的路径，并将我的思考提升到另一个层面。

为了引领世界范围内的各个国家，将人本思潮落实到具体的人居建设中去，联合国特意推出了"城市人居环境指数"。在这项"城市人居环境指数"中，它囊括了一定的地理系统背景，包含着居住、工作、文化、教育、卫生、娱乐等多个参数。与此同时，它还通过评价参数的精心设置，将自然要素、人文要素和空间要素，作为人居环境统一体，提出了具体而且细致的要求。

为了深入地推动世界各国对普通人群的人居环境建设的重视，联合国人居署还持续多年对宜居国家和宜居城市进行了排名，在此项评选中，北欧国家挪威多次排名第一。而在世界最宜居的城市评选中，瑞士的苏黎世也以其人性化的建设细节和闪耀人文光泽的建设理念，多次折桂。

联合国人居署每年在公布相关评选结果的同时，往往也会发布他们基于样本考察得出的城市空间与市民关系的报告。他们在报告中指出，现代城市里人与人居空间之间的关系，呈现出两个看似矛盾的趋势：一方面，人与居住空间关系的内涵日趋复杂和丰富；另一方面，在各种技术和精神异化的压迫下，人从居住空间获得的安全感和归属感，却呈现出一条与以往历史完全不同的下降曲线。

为此，联合国人居署对世界各国发出了郑重的警示，必须将人文要素置放在城市空间建设的核心地位，同时以一种更加安全、包容和尊重多样性价值观的态度重新规划城市的人居空间。否则作为人类最为伟大发明之一的城市，将有可能异化成为高度危险的人类空间。

在这里还可以对联合国的"人居中心"升格为人居署进行必要的补笔。1978年10月，为了展现联合国对于人居环境的关注，联合国特意成立了"人居中心"。2001年12月，随着人居环境问题在实现人类可持续发展目标中的地位的提升，联合国大会56/206号决议决定，将联合国"人居中心"升格为联合国人居署。

正如联合国人居署在自己官网上所阐述的那样，人居署的目标就是促进社会和环境的可持续性人居发展，达到为所有人提供合适居所的目标。通过支持城市发展和规划，推动经济增长和社会发展，减少贫困和不平等。

联合国人居署的升格，也从侧面反映了人居问题，特别是城市的人居问题，随着人们对现代化进程认知的加深，以及社会发展的现实呈现，在21世纪来临之后，实至名归地成为了人类可持续发展的核心议题。

正在写作此章节的时候，2018年7月11日，联合国人居署发表了最新一期的年度综合报告。在报告中，人居署指出，虽然地方和国家层面在推进2030年城市发展纲要，实现让城市安全、包容、有弹性和可持续性等发展目标方面，取得一定的进展，但这些关键目标的实现，仍存在不同地方、不同目标之间的不均衡现象。

2015年，联合国会员国针对世界各国的城市人居问题，一致通过了可持续发展第11项目标，这是首次给城市和城镇发展设立单独的目标。其他与城市化直接相关的可持续发展目标，还包括饮水、卫生、可负担得起的能源供应、环境和可持续消费等。

"在可持续发展方面，城市化是最重要的问题之一，也是可持续发展各个需要谨慎平衡目标中很重要的一个指标。如果我们要实现可持续发展目标，并迈向一个消除贫困、保护地球以及每个人享受和平与繁荣的世界，那么我们必须确保我们行事正确。"联合国人居署执行主任马慕娜·莫哈德·谢里夫说，"城市是整合所有可持续发展目标，为应对贫困、排斥、气候变化和风险等挑战，提供全面解决方案的空间。"

报告指出，按照当前的扩张速度，到2030年将有700多个城市的人口超过100万。如果没有适当的规划和监管，由于贫民窟扩大、清洁用水和卫生条件的缺乏、交通的拥堵，以及开放空间的减少，那么有可能导致贫困、犯罪、污染和疾病的飙升。而人道主义危机、与气候变化有关的灾害、冲突和移民等问题，也与城市密切相关。

联合国人居署执行主任马慕娜·莫哈德·谢里夫在发布会上特意指出，为进入城市的人口提供体面的住房和使人们摆脱非正规住宅区域方面，是当下最需优先处理的可持续发展目标，因为"只有通过人居环境的改善，确保每一位城市市民的尊重和基本生活需求，才能让确保城市化成为挑战不平等、创造有利环境，让每个人都能发挥自己潜力的真正变革力量"。

即使是开工仪式过去了六七个月，我在罗湖"二线插花地"棚户区改造现场看到的，也基本是拆除危房后整治出适合全面施工的现场，那个已经重新想象的棚户区改造社区，依然是概念性的未来，但正如同

行的助手小林所说的那样，即使这里现在还是一片废墟，我也不怀疑这
里必将绽放的绚丽。他说，一年多来，让他对于这片土地有了一种非同
寻常的信仰。而我相信，关于未来，信仰其实就是一种力量，也正是这
种力量，不确切的未来也就有了化为一种确定现实的可能。

四十年的罗湖是这样的，几乎一百年前的中国也是这样的，上溯
两百年前的中国，无数的仁人志士凭借的也是这样的一种信仰力量，引
领着中华民族顽强地走向伟大复兴。

此时，"二线插花地"的改造工地，夯击声成了压倒一切的旋
律，一下，一下，又一下，我相信，这是我们人类行进的脚步声，坚定
而且自信。

第九章
迎来不一样的罗湖

等到"二线插花地"棚户区全部建好的时候，我一定要带着家人来看看，看看人改变世界的天翻地覆的力量。

那些眼花缭乱的专业设计数据，对我来说或许过于陌生，但规划愿景却足以让我对改造后的这片土地，怀有足够的期待。

因为，我坚信将有一个不一样的"插花地"，一个不一样的罗湖。

一

因为自2008年以来，我一直聚焦于追寻近代中国现代化脚印思辨体系列报告文学的采访与写作，为了扩大自己的视野，阅读了不少中外关于现代化研究方面的书籍，虽然都是浮光掠影般的泛读，但也有些自己浅陋的体会，因此我也把自己的读书心得放在书中与读者分享。

2017年上半年，当我正进入罗湖"二线插花地"棚改现场开始采访期间，有一本名叫《现代世界的诞生》的书，在知识界引起热议，当然也吸引了我，我立即买了一本来读。

该书的成书背景其实并不是特别清楚，通过序言大致了解了一下，原来是清华大学国学院与英国有关方面合作，举办了一个系列学术讲座，主要是邀请世界各地的史学大师前来中国讲学交流，而这次请来的主讲嘉宾，是英国史学大家艾伦·麦克法兰。

艾伦·麦克法兰我略有耳闻，他是英国剑桥大学社会人类学系教授，英国科学院与欧洲科学院院士、英国皇家人类学会名誉副会长。

艾伦·麦克法兰出生于印度，但是在英国受的系统教育，先后在牛津大学、伦敦政治经济学院和伦敦大学东方和非洲研究学院学习历史和人类学，并获得博士学位。

不知道是不是因为在印度出生的原因，艾伦·麦克法兰在喜马拉雅山区有三十年的田野考察经验，他还研究日本历史。他关注现代世界的起源及特性之比较研究，主要研究方向为历史、历史人口统计、人类学、社会学、法律史等，研究对象覆盖三大文化区域：西欧、喜马拉雅地区（主要是尼泊尔和印度的阿萨姆邦）和日本。

麦克法兰学术研究成果颇丰，出版有关于英国、尼泊尔、日本及中国人类学及历史研究专著二十余部，如《玻璃的世界》《都铎和斯图亚特王朝英国的巫术》《英国个人主义的根源》《资本主义文化》和《绿色的金子：茶叶帝国》等。其著作被翻译成法文、德文、西班牙文、日文、韩文、中文等多种文字，在几十个国家出版。目前，麦克法兰的著作已有四本在中国翻译出版，分别是《玻璃的世界》《绿色的金子：茶叶帝国》《给莉莉的信：关于世界之道》《英国个人主义的根源：家庭、财产和社会变迁》。

而《现代世界的诞生》一书，是麦克法兰以数十年来潜心欧美亚澳等文明间的比较研究为基础，以英国的现代化进程为论述线索，举重若轻地以大纵深全景式的梳理手法，细致剖析了英国在世界范围内的现代化崛起，以及它的这种进化历程，对21世纪的中国现代化崛起，可能带来的昭示与潜在的教训。此书由清华大学国学研究院主编，上海人民出版社出版。

初步通读，我看到麦克法兰在书中延续了早年《英国个人主义的起源》这部革命性著作中的观点，以翔实的史料，颠覆了马克思、韦伯、涂尔干和彭慕兰等思想家和学者关于旧制度与现代世界"大分流"的经典理论，将现代世界的源头，上溯至12—18世纪工业化的英国，与欧亚大陆之间的分道扬镳，并对现代性的本质和特征提出了独到的见解，那就是经济、社会、政治和意识形态（或曰宗教）等领域的彻底分立与组合。

麦克法兰以最古老的现代国家英格兰为例，通过描述英格兰社会方方面面的独特性，丝丝入扣地剖析开启现代化大门的每一把钥匙，及其之间的关系。他希望这幅关于"英格兰奇迹"的比较性画面，可以帮助中国读者理解西方的历史与中国的现状，思考如何在个人主义的现代社会，解决最棘手的"社会凝聚"问题。

该书就是将演讲与相关交流内容结集出版的，此书的出版在学术界引起了一定的反响，书中的个别观点和独特的研究思路，对于我个人而言也颇多启发。

作为麦克法兰笔下现代化世界诞生地的英国，我并不陌生，2013年我还曾专门访问过英国传统大报《泰晤士报》，受到时任该报总编辑的接待。近年我又重访了英国，主要参观了伦敦金融城，然后在朋友的提议下，我特意踏访了此前完全没有听说过的地方——伦敦金丝雀码头。

我乘地铁去的金丝雀码头，出了地铁口时，天色已晚，夜幕降临。当我站立在金丝雀码头塔（其正式名称叫第一加拿大广场）下的时候，必须承认，这是与白天完全不同的视觉冲击和情感体验。

现代、时尚、活力四射。即使是入夜时分，那种沉着的力量感和仿佛潜藏无限可能的活力感，让我有幸体会到了另一个英格兰，目睹了另一个别样的伦敦。

但这种视觉冲击于我而言，却不是陌生的，甚至还有点似曾相识的感觉，我想到了我们深圳，想到了香港的维多利亚港湾，想到了上海的外滩，我甚至还想到了山城重庆那璀璨夜晚的灯光。我不知道这样一种似曾相识，是否就是我们常说的"地球村"体验。但这种印象在我踏上了地铁口那一刻起，就真切而且强烈的袭来，夯击脑海。

没错，当我站立在楼高235.1米的金丝雀码头塔的时候，恍惚之间，我真的有一种站在深圳京基100楼下的时空倒错之感。当然在这里我也有点自豪感，因为深圳京基100是楼高441.8米，差不多比金丝雀码头塔高出一倍。

往来穿梭的人流，奔驰而过的车流，线条高抽的建筑，流光溢彩的街景，甚至是那些沿街开放的世界性奢侈品品牌店也都如出一辙，令人惊讶的是，这里也和京基100一样，周围环伺也是一些闻名遐迩的世界级银行。

在这里，我看到了全英格兰最高的三座大厦——235.1米高的第一加拿大广场，亦称"金丝雀码头塔"、第八加拿大广场，亦称"汇丰银行塔"和花旗集团中心，它们均楼高199.5米。

金丝雀码头在英国近代史中的地位非同一般，它位于伦敦多克兰地区西印度码头的中心，离现在的金融城并不算太远，最多也就二三十公里远，属于伦敦的中心区。

金丝雀码头最早出现在大英帝国历史上的大航海时代，是当时伦敦的核心码头。类似后来的香港维多利亚港和上海的外滩码头。作为号称"日不落"的世界性帝国，英格兰的各个港口，在那个时代无不是世界贸易的集散地。繁华而先进，具体而形象，呈现出一个日渐浮现的现代化世界的模样，运出的货物和进口的商品，一一昭示着一个全球化世界的往来脉络。

曾听在美国学习金融的女儿说过，她在纽约读书期间，研读过不少英格兰航运码头的各种历史介绍文本，而金丝雀码头的影像资料，是其中最为引人注目的一部分。她的介绍也吸引我查找了一些有关英国在大航海时代后航运衰退的史料阅读，通过这些已经多少有点漫漶不清的资料，我们大致可以了解：

那时的金丝雀码头是一个不夜码头，几乎每一天水面上都会停泊着大大小小正在忙碌装卸的货船，而更多的巨轮则在不远处的外缘锚地，焦急地等待入港的通知，它们在夜幕下闪射而出的灯光，是船员们望穿秋水的眼睛。

岸地上更是车水马龙，"机"声鼎沸。鳞次栉比的高高起重机，不舍昼夜地拉吊着硕大无比的货箱，不知疲倦地往货车上放，或者又将岸上的货箱吊进船舱里。川流不息的车辆则满载着货物运出去，运进来，它们把自己硕大的身躯留在了迷幻的夕阳里，或者影影绰绰的晨曦里。

感受大英帝国曾经荣光的方式很多，但在我的心目中，类似这样的远洋码头或许更是一个生动而可感的选择。

正如一名流行歌手唱的那样"流水带走了光阴，故事改变了一个人"。到了20世纪60年代，由于海运事业的萎缩，或者航运公司需要寻找更大、更有效的深水港口，伦敦的原有港口码头，不约而同地走向了无可奈何的衰落之路。

金丝雀这个面积达22平方公里的码头，就是这些衰落码头中的一个，或许它还是其中最为典型的一个。

存在于伦敦市中心的这块伤疤，深深地刺疼了向来骄傲的英国绅士们。

我不知道有着极大视觉冲击力的纪录片《人类消失后的世界》的取景地，是不是就在这里，但我有充分的理由相信，电影里的场景一定也与那个曾经的金丝雀码头类似：

死一般的寂静，到处都是一片混乱，工厂和居民区残破不堪，墙面已经斑驳了，方砖裸露在外，墙上的玻璃已经破碎很久，只留下锈蚀的黑漆漆的窗框。街道也不再完整，水泥和沙石一起被风化，杂草和灌木从龟裂的路面和残破的墙缝中生长出来。城市的繁华早已消逝，昔日的运动场、博物馆、电影院、教堂、学校、商店……，一一都已经不存在了。

到1960年，金丝雀码头终于在无限下滑的轨迹中，找到了自己一段生命的终点——正式对外宣告停止运营。

刻板而且隐忍的英国绅士们，是如何看待承载着帝国荣光的金丝雀从辉煌走向终结的，实在是难以猜测。但这一段的时光心情，行走在痕迹斑驳的历史隧道上，一定会是：伤感闪烁，思绪恍惚悠远。

正如英国人从来没有忘怀自己的帝国辉煌一样，他们也无法忘记自己的金丝雀码头。

他们相信：一切都没有死去，生命轮回需要的只是一个——终结之始，金丝雀码头的复兴行动，正是在这样一种信仰力量的推动下，坚定与执着的展开。

20世纪80年代中期，也即是撒切尔夫人执政时期，伦敦市政府成立了码头区开发公司，开始着手改造复兴这一地区。对于他们来说，即使打赢了马岛战争，如果无法抚平伦敦中心的这一块伤疤，那个看起来已经有点久远的帝国之梦，也无法重回英伦三岛。

在自身实力无法推动庞大的帝国复兴计划时，他们采取的策略是整合一切可以整合的力量来推进这个计划。

而来自大西洋彼岸的一家加拿大开发公司此时适时地出现了，他们不但包下了这块地盘，而且提出了将码头全面打造成金融区的宏大计划。

很快英国人就发现，他们原本的担心是不必要的，加拿大开发商凭借其雄厚的经济实力，充分展现出了他们推行金丝雀码头生态性复兴的决心和速度。

他们在18个月内，建成了7座高楼，这显然创下了伦敦建筑史上的一个传奇。虽然其钢筋水泥和玻璃幕墙的建筑群落，引来了当时不少具有传统审美的伦敦人士的"恶感"。但实现了城市空间的华彩重塑，以及它很快就带来的城区复兴迹象，刹那间就让伦敦绅士们心中的不满烟消云散。

曾经沉寂的金丝雀码头，也几乎在一夜之间，就又站到了人们赞叹的眼眸里，昔日的喧嚣又回到了这里。

几年之间，在金丝雀码头，争相挺立的摩天大楼中，许多银行的总部、分部和商业巨头的总公司——汇丰银行、花旗银行、巴克莱银行以及英格兰银行、渣打银行、罗斯恰尔兹贴现公司、摩根大通，以及《每日电讯》、《独立报》、路透社和《镜报》等都尾随而至，纷纷选择了在这里落户开业，以往已经人迹罕至的老金丝雀码头区，很快就聚集了8万多名形形色色的白领员工。

这里面不只是有金融、商业、出版行业，敏锐的教育人士也插足进来了。一种以空间重塑为前导，以产城融合为宗旨的金丝雀码头复兴运动，以一种自带势能的方式迅即展开。

闻讯而来的伦敦城市大学，更是给了蓝调的金丝雀码头植入了久违的人文气息和智慧光芒。更为重要的是，在金融战略性产业的引领下，与之配套的周边服务行业也纷至沓来。如国际知名品牌四季酒店、万豪酒店、弗雷泽宫酒店以及宜必思酒店，还有形形色色相当之多的酒吧和餐馆林立其间，随着它们的到来，一个风姿绰约的社区也渐渐浮现，金丝雀码头不再只是一个工作的地方了。

而前卫现代的建筑群落，为时尚购物天堂的营造，提供了富饶丰美的土壤与空间，从商业街购物中心，到设计成十分个性化的品牌店，从高档的社交场所，到潮流的休闲酒吧，都如雨后春笋般争相出现。而在这里定期举办的形形色色的展览，以及非同凡响的公共艺术展，不但提升了这里的空间品质和生活品质，更是涵育了一种内生的城区活力。

按伦敦当地人的说法，不到十年的功夫，这里已经成为了一个全新的世界。绅士们也都认为曾经悄然远走的繁华与荣光，借着金丝雀码头的复兴，似乎又重回伦敦中心了。那种心情与兴奋，就恍若多年以前维多利亚战船，带着难以计算的战利品，回到伦敦时的情景，又或者英格兰足球队再次夺得世界杯。

而金丝雀码头的复兴，也成了世界性的一个学术话题，并迅速进入很多高校的案例教材。如今它的生态化有机更新，更是被世界各地无数正在推动老旧城区复兴的精英人士奉为经典范式。

声名鹊起的金丝雀码头金融城，甚至引起了万里之外的深圳的关注。2017年3月，时任深圳市委常委、常务副市长的张虎，在深圳会见了来访的英国金丝雀码头集团主席兼首席执行官乔治·伊克贝斯科爵士一行，此行中英双方还就码头集团与前海合作"中英金融科技城"项目，进行了深入的交流。

而深圳民营企业家中的敏锐者，早已把目光投身世界舞台。其中实力雄厚民企老板陈红天，在不到5个月的时间里，连续斥资6.8亿英镑，买下了伦敦金丝雀码头金融城"20 Canada Square"和"5 Churchill Place"两栋大楼，并即时出租给摩根大通的并购行动，更是震惊了英国上下。

对于一些所谓的超级城市来讲，是否存在像金丝雀码头这样成功地"重回原点"的城市再生模式，学界存在不同看法，但从伦敦、费城、巴黎的实践经验来看，"重回原点"的复兴模式，显然是必须予以认真审视的一种可能。

事实上，金丝雀码头的成功路径，也是在辗转曲折的找寻之下才得以开拓的。

1946年，英国伦敦基于经济迅猛发展，人口过快增长，以及管理上遭遇到接踵而至的交通拥堵、环境污染、房价高企等"大城市病"，为解决这些制约发展的问题，当局以疏解外扩的理念，制定了《新城法》。

《新城法》纳入规划的面积达到6735平方公里，涵盖周边与之紧密联系的134个地方自治政府，涉及1250万人。具体方案是：计划在伦敦第三圈绿化带以外的区域，新建8个具有独立性的卫星城，其中就包括Harlow和Crawley等新城，与伦敦核心区相距在30到60公里左右。

这种做法直到今天也依然是很多城市解决城市病的普遍做法。然而，从伦敦的实施情况来看，这个看上去完美无瑕的规划，并没有获得实践的认可。

在实施中，由于这8个卫星城依然处于大伦敦的通勤区间内，住在卫星城的人难以抗拒伦敦中心区巨大的吸引力，在经过多年的权衡比较之后，依然选择回到中心区工作，最后卫星城逐渐沦为功能单一的"睡城"。如此一来，不仅没有达到疏散人口的目的，反而增添了很多长距离通勤的客流，让伦敦的交通不仅没有缓解，反而压力陡增。

在宣告《新城法》失败的同时，伦敦决定痛定思痛，主动承认错误并重新制定战略，表示尊重市场和人的选择，回归伦敦市中心，甚至鼓励核心区域加密竖向紧凑发展。

2004年2月，伦敦颁布了新的规划——《大伦敦空间发展战略》，描绘了伦敦未来30年的战略发展，并明确了市中心在空间发展上的优先权。

正是在这个背景上，Wapping、金丝雀码头、Shoreditch等原来被忽略了的中心区地带，迅速被重视起来，最近二三十年伦敦更是倾注了绝大部分优势资源，大力推动原有中心区的复兴开发。

其中，目前的金丝雀码头，已经发展为一座可与伦敦金融城媲美的新金融中心，而Shoreditch更是汇聚了思科、英特尔、亚马逊等科技公司，已经在世界范围内，建树了自己的"伦敦科技"之城。而Wapping则凭借自己位于老金融城与金丝雀码头中间，毗邻伦敦科技城Shoreditch的地利优势，重新生长成为一座综合性的宜居、宜业的现代化新城。

我在去考察杭州棚户区改造情况时，顺便去考察了杭州的上城区，它是杭州传统的中心城区，面积约18万平方公里，东挽钱塘、南枕吴山，西濒西湖，北接运河，是杭州文化历史资源最为丰沃的老城区。进入21世纪以来，上城区以"有机更新"的理念，创造出一条"有限城区，无限发展"的城区复兴解决路径，终于重塑了上城区的内在活力，实现了产业和人居系统的全面升级转型。

如果说伦敦金丝雀码头的案例，为我们印证了"重回原点"的老城区复兴的国外现实案例，那么杭州上城区的转型，则又为我们提供了老城区通过自身的努力，重回城市中心的借鉴样本。

从世界城市发展史上可以看得出来，当城市一次开发全部完成以后，很多城市也就走上重回老城区的回归时代。生产要素和城市功能的聚集与扩散，是贯穿于城市发展过程中始终的一对矛盾。在城市发展的早期和中期，聚集占据主导地位，表现为生产要素和城市功能向中心城区的快速集中。当这种集中达到饱和时，扩散逐渐占据主导地位，城市的发展将经过郊区化阶段，而后进入逆城市化阶段。在逆城市化阶段，原城市中心的人口与产业，进一步向郊外分散，从而使城市中心部出现空洞化，开始陷入停滞或衰退状态。老城区的衰退，往往是由内外部多种因素共同作用的结果，并且是一个合乎规律的过程。

在2011年就提出，罗湖在未来将重回深圳中心的深圳本土城市学专家高海燕，认为城市重回老城区的观点，是基于老城区固有的文化积淀、城市的运动惯性、资源的积累，更是人们重新寻找自己的城市记忆，重新书写城市的密码，重新回溯自己的城市故事，包括资本重新寻找新一轮的开发兴奋点。老旧城区回归中心的轨迹，也就成了理所当然的事情了。

就深圳的城市中心而言，它呈现的是一路向西的基本轨迹，先是罗湖区充当了毫无异议的城市中心，然后是福田区，接着又是南山区，现在朝着前海自贸区去了。那下一个四十年呢？它会不会按照上述规律那样重新回到罗湖区呢？

我不想套用那句"一切皆有可能"的流行语，我只想说借由罗湖"二线插花地"的改造，这经典一役，我已经瞭望到这种极有可能的前景：重回原点，重回罗湖。

二

喷泉在优美的音乐和绚丽的灯光映衬下，不断变幻着自己的姿态和形式，久久不停，令人为之迷醉。必须承认，一个似曾相识的陌生空间，总是让人浮想联翩。

关于世界的终极原因，不同的人会提出不同的观点。有人说，那就是爱，正是它使得我们人类历经颠沛流离，依然顽强前行；有人也会说，还是金钱与利益，它为人类提供持续奋斗的动力，也让世间的一切，都有了可以衡量的标准；但如果让我选择的话，我会认为是——时间。

因为世界没有什么东西不受它的主宰与决定，个别的人是这样，很多个别人的族群是这样，甚至作为本书一直在探索的城市，也是这样。

而我们在古埃及、古希腊和两河流域，乃至我们的黄河流域，那些随处可见的古城市遗址，都明白无误地告诉我们，它们走过的时光，也是有恍若人类生老病死的生命节律，有繁华兴旺的时刻，也免不了斜阳残阙未央宫的没落与衰退。

思古幽情之外，它们的存在，也加深了我们对于时间本身的感叹。

有一年我去浙江宁波参加笔会，会议之余，朋友邀请我去距离宁波市区只有20公里的余姚市河姆渡遗址参观。

作为一个文化人，对于类似的邀约，我当然是欣然前往的，不管学界对于河姆渡能不能算是中国最早的城市持有不同看法，但对于这个出现在中小学历史教材里的文明遗迹，我其实心仪已久。

据考古发现，河姆渡遗址是中国晚期新石器时代遗址，位于余姚市河姆渡镇，面积大约有4万平方米，1973年开始发掘，是中国已发现的最早的新石器时期文化遗址之一。

河姆渡遗址发掘发现的文物遗存，种类丰富数量巨大，为研究距今七八千年前的氏族公社繁荣时期人们的生产、生活情况提供了比较全面的资料。出土的纺织工具有纺轮、绕纱棒、分径木、经轴、机刀、梭形器、骨针近10种。根据这些部件，可以复原当时的织机。它的文化特色主要还是在稻作农业、干栏式建筑、纺织和水上交通方面。

河姆渡遗址两次考古发掘的大多数探坑中，都发现了有20～50厘米厚的稻谷、谷壳、稻叶、茎秆和木屑、苇编交互混杂的堆积层。伴随稻谷一起出土的还有大量农具、主要是骨耜，其中2件骨耜柄部，还留着残木柄和捆绑的藤条。骨耜的功能，类似后世的铲，是翻土农具，说明河姆渡原始稻作农业已进入"耜耕阶段"。

河姆渡遗址发掘范围内，还发现大量干栏式建筑遗迹，分布面积大，数量多。建筑专家根据桩木排列、走向推算，在第四文化层时至少有6幢建筑，其中有幢建筑长23米以上，进深6.4米，檐下还有1.3米宽的走廊。建造如此庞大的干栏式建筑，远比同时期黄河流域居民的半地穴式建筑要复杂。据考古专家们的发现，当时的建筑技术说明河姆渡人已具有现代人一样较高的智商。

中国考古学家夏鼐，把这一发现称为新中国成立以来新石器时代考古的一项重大成果，并指出河姆渡文化发现的意义在于"表示长江下游地区在新石器早期的重要性，这里当时已有相当发达的文化"。

曾在1936年11月连续发现三具"北京人"头盖骨震惊考古界的人类学和考古学家贾兰坡先生说："河姆渡遗址的发现，使人耳目一新，过去谁会想到远在距今7000—5000年前，长江下游会存在着如此灿烂的文化呢！"

河姆渡遗址的南面据说叫四明山，北面则有所谓的慈南山和乌石山，河姆渡遗址1973年进行首次发掘，1982年，国务院将河姆渡遗址确定为第二批全国重点文物保护单位，我们参观的河姆渡博物馆，是1993年在遗址西侧建立起来，而现在这里已经开始成为了河姆渡遗址原始生态区。

给我留下深刻印象的一件命名为双鸟朝阳的纹象牙雕件，正中阴刻有5个圆圈，两侧各有一只鸷鸟画面，整个雕件布局严谨，线条虚实结合，很难想象几千年前的先人，竟然就具有了如此之高的艺术造诣。河姆渡遗址发现的原始艺术品，充分表现了河姆渡人的审美兴趣和文明程度。

在写有河姆渡遗址字样的巨石前，我的思考却与同行的朋友不同，我不确定在严格学术意义上，河姆渡算不算得上是中国最早的城市，但至少可以肯定的是，河姆渡曾经一定是个繁华的存在，一个族群生活的中心空间。

此时我思绪飞扬，浮想联翩，我在猜想河姆渡是如何从繁华与荣光中，渐渐走向毁灭的种种可能。

东流逝水，叶落纷纷，荏苒的时光越出人类巨手的缝隙，悄然漏滴，没有声音，也没有踪迹。

脚步一旦启开，展开的便是没有尽头的一段又一段的跋涉。在随后的那几年里，我一口气持续游览了半坡、大汶口、二里头等都邑遗址，凭着一抔热血，将中国文明这段起始苦苦地追寻。有些地方我还不是第一次去，例如西安的半坡遗址，我早在1984年就去过一次，至今还保留着一张在半坡遗址前的黑白照片，那时的我还很年轻，如今再次重访，岁月匆匆。今天我最想去的地方，是我在本书序言部分所提到的安徽省含山县凌家滩原始部落遗址，那里于1998年发现了迄今为止考古发现的中国最早的城市遗址。凌家滩遗址位于长江、淮河之间的巢湖流域。据考古专家披露，凌家滩在远古时期是一座繁华、热闹的城市。在这个遗址中，发现了居住区、庭院区等，房子带有明显的"城市规划"

的痕迹。这一发现的重大意义，在于中国城市文明的起源，远远早于人们过去所作的估计。只是，现在的凌家滩遗址还在发掘中，仍然无法开放给人们参观。

从生态角度看，城市也是一个生命体，走过的也是一段与生老病死有关的时光。

在城市学的研究当中，学者们普遍认为，除了战争的极端因素之外，随着城市支撑资源的枯竭、主导产业的衰退，或者技术发展的影响，城市或者城区之间原有的优劣格局将被打破，而那些无法适应这种调整变化的城市（城区）将不可避免地出现经济、政治、文化、社会等方面的停滞与倒退，最严重的便是出现不可逆转的毁灭与废弃。

年轻的深圳，也会有自己的生命节律，而且它是以一种加速度的节律，将其他地方现代城市两三百年的时光，在自己的身上迅速演化。但历史也是公平的，在快速生长的同时，也快速地将生老病死的生命节律，堆放在深圳身上。

我是20世纪90年代初期南下的，自那时起，我感受到的是深圳充沛的青春气息，以及它堪称日新月异的迅猛发展，几乎每天它都会给我带来不同的变化与惊叹。

我曾经天真地认为，在深圳这座城市里，是不可能与老化或者生病之类的形容词联系起来的，它总是朝气蓬勃日新月异。

但当我接触到罗湖"二线插花地"，并以此为契机，对进入更新计划的深圳各个小区、厂区进行观察时，我才骇然发现，自己此前的认知是多么的幼稚与不合适。

任何城市，即使建成时间很短的城市，在时间演进的主宰下，它也很难逃避，类似于人类生老病死的生命形态的刻蚀与冲刷。

作为深圳最早的建成区，罗湖自然正是这种城市生态的典型缩影,而"二线插花地"在这更是扮演了"缩影中的缩影"角色。

必须承认,这种感觉多少有点儿像自己心中的孩子一样,在你的印象中,他或她还是一个整日在你跟前撒娇玩耍的孩子,一眨眼工夫就有突如其来的这么一天,你却发现他来到你的跟前,原来是来与你挥手告别并即将远行的。

这样的时刻,奇妙而且令人感慨万千。

三

罗湖"老"了,对于任何一位从罗湖起步的深圳人来说,承认这样的事实是艰难的,但更为艰难的是,如何将罗湖这位曾经青春无敌的小伙子,拉回到活力与朝气的正确轨道上来。

贺海涛是2011年从深圳的中心区福田调任罗湖,出任罗湖区区长的。刚到罗湖的时候,他与区委书记倪泽望搭档,也就是从那时候起,他们开始对外宣告了推动罗湖城区振兴的计划。

后来,随着倪泽望转任深圳市深创投集团党委书记、董事长,2015年8月贺海涛任罗湖区区委书记,成为了罗湖的掌舵人。

本书的写作目的,就我个人而言,我本是想通过罗湖"二线插花地"棚户区改造,折入中国"城市病"的治理,以及中国城市化、现代化诸多问题的研究的。但在写作推进的过程中,有一个问题却越来越引起我的关注:那就是具体而为的棚改,对于罗湖自身来说意味着什么?而罗湖又为何愿意投入如此巨大的热情与资源,到这个项目上来?

而要深入了解这一切,我认为必须对罗湖的主政者,特别是罗湖的领导班子和区委书记贺海涛,有一个深入的研究与洞察,唯有如此才可能对眼前的一切,有个恰如其分的分析。

2016年9月28日这一天，罗湖召开了区委七届一次全会。此次会议选举贺海涛为区委书记，聂新平、程正华为区委副书记，当选为区委常委的还有周益川、王守睿、唐汉隆、王萍、宋延、范德繁、李小宁。

在此次会议上，贺海涛代表六届区委作了工作报告，但我个人认为，贺海涛在当选后发表的讲话，或许更真实地展现了他对于罗湖未来发展的具体思路。

为此，我专门找来了翌日的《深圳特区报》，在一篇洋洋洒洒两千多字的报道中，我按自己的理解，梳理出如下的关键词，我认为深入理解这些关键词，或许将帮助我更为贴近贺海涛的治理思路，并为罗湖棚改找到它自身出发的真实逻辑。

最为关键的莫过于"罗湖正处在新旧发展模式转变的关键时期"这样的论断；而第二个关键词，依我理解应该就是罗湖"必须主动求新求变，打破资源约束，适应、把握和引领新常态，实现罗湖全面振兴。"在这里，贺海涛不但提出了罗湖所有工作的目标都将指向"实现罗湖全面振兴"，还明确提出了罗湖当下最大瓶颈是"空间约束"。然后，贺海涛更是提出了罗湖"实现全面振兴"的两个具体路径——创新驱动与转型升级。

创新驱动的目的，向罗湖振兴"要动力""要资源""要空间"；而转型升级的着力点，则在于罗湖的产业升级和经济转型，为城区的持续健康发展，注入血液与元气。

在贺海涛看来，实现城区振兴的枢纽，是产业引导产城融合的生态化道路，而这一切的前提，是解决罗湖的空间瓶颈。在他看来，只有采取包括城市更新诸形态在内的方法，彻底解决罗湖的空间治理水平和提升罗湖的空间品质，并在此基础上加速释放产业空间，营造宜居、乐业空间，才是罗湖实现全面振兴的正确道路。

而所有这一切，原因就在于罗湖不能败——因为它是中国改革开放的先行区，和改革开放前四十年的主战场。

事实上，进入新世纪以后，罗湖囿于自身的产业等级、城区空间和内在活力等多方面的原因，在与深圳其他区的比较中，已经渐渐呈露出下滑、停滞的迹象，为此罗湖历届的区委、区政府，为此都无不殚精竭虑，寻找着将罗湖拽出迟滞泥塘的各种办法和可能路径。

客观来讲，他们对罗湖产业等级落后的问题还是看得比较准的，已充分认识到产业是城区发展的基础和动力，为此他们也根据罗湖实际情况，提出过种种升级产业等级，优化罗湖经济结构的构想和计划。他们都看到了产业升级转型的前提，其实是空间容纳的问题。

没有可以容纳新兴产业的空间，没有空间产权流转的完善机制，没有回应产业需要的空间拓展，产业的引进和升级，也就成了空中楼阁，难以落地。事实上，那些年罗湖纳税大户外迁，优质企业和重点税源流失的趋势，并没有随着产业升级口号的提出，出现根本性的扭转。

聂新平在接受我们的采访时曾经说过一句话，马兴瑞之于罗湖是具有再造之功的。他的意思是指马兴瑞履任深圳之后，很快就切中肯綮地指出，罗湖的核心问题就是：空间。而这个问题的提出，与为此进行的突围之路，是泽及罗湖未来的莫大功德。

空间更新和重塑是起点，只有夯实这个起点，才有可能实现产业引进和产业升级，而产业空间的拓展，又是一个涉及宜居宜业生态系统锻造的系统性营造。

2018年3月的那个下午，我对贺海涛的专访，使我明白了贺海涛的一些思考。

那天下午，尽管时间很紧，但我们还是聊了不少。关于罗湖的过去，更关于罗湖的未来，关于棚改，也关于棚改之外的建设发展。

就我个人而言，关于棚改的其他细节，我已经从一线同志们那里了解到许多，我需要的是贺海涛帮我理清这些棚改动作背后的逻辑和思考。

而其中最为关键的提问，自然是关于"二线插花地"棚户区改造，对于罗湖来说意味着什么？

我说，城市更新的试点，对于罗湖是一个空间重塑的问题，它面向的是产业升级和人居生态建设的问题，而表面上讲"二线插花地"出发点，却是责任担当和公共安全方面的考虑，因为改造后的这里，除了少数的人才保障房供给外，对于产业空间和居住空间的拓展，并没有多少特别大的贡献值。

听到了我的提问，贺海涛哈哈地笑了笑，并没有立即回应我的问题，而是绕开话题谈了他初到罗湖的几点感受：

一是士气不高。这是他初到罗湖时的突出印象。二是干部队伍精神状态不佳。"罗湖干部队伍总体上还是能迎难而上的，也希望通过自身的努力让罗湖走上全面振兴的轨道，但也不容否认，干部队伍中，也有这样一部分人，精神状态不佳，缺乏激情。"贺海涛分析道，"我看过很多世界上其他地方城区复兴的材料，几乎所有的地方，城区复兴的原动力都来自当地政府，来自于政府主导的广泛社会协作，也就是说，罗湖干部队伍的精气神上不来，创新没有强劲的内驱力，没有落实计划任务的必要执行力，罗湖的振兴是没有动能的。"三是体制机制无法提供城区振兴的必要支持。

精神、制度、执行力，是罗湖启动城区振兴的起点，而这些，光靠平时的宣传号召是不够的，它需要一个切切实实的抓手，或者说一个触发点。

"罗湖新一届领导班子上来以后，我就在想罗湖的全面振兴，着力点和工作路径是明确的，但在我看来，让这一切真正动起来，还亟须一个触发点。这个触发点要触发什么呢？罗湖的干部队伍！罗湖的全面振兴，是需要踏踏实实的工作的，而工作是需要人去做的，人是一切工作的真正动能。”贺海涛的回答，正在逐步接近我的提问。

非常有意思的是，2017年3月履新省委常委、深圳市委书记的王伟中，在他到任后实地调研棚改工作时，指出的恰恰也是罗湖干部队伍的工作作风、工作方法。他要求罗湖要以敢于碰硬的作风，下硬功夫，打好涉及公共安全的这场棚改硬仗。从他的要求来看，后来被贺海涛概括为推进棚改工作的“三硬”。

而罗湖“二线插花地”棚户区改造的工作体量、复杂程度、潜在风险，都是此前罗湖推动振兴工作中前所未有的，而且它跟城市更新项目不同，它不是一项由市场主导的工作，而是由党委、政府主导的一项工作，如果说要推动罗湖干部队伍全面提振精气神，没有什么比这个工作抓手更合适的了。

它是一把标尺！更是一块试金石！

我就是要看看罗湖干部队伍，能不能找回四十年前的那股挺身而起、直面困难的精气神，就是要看我们能否以真正的“硬作风”“硬功夫”，来坚决落实完成棚改这项“硬任务”，贺海涛说。

人是需要一种精神的，城区的振兴也需要一种精神。

信仰在很多时候真的就是一种力量，具体到罗湖的全面振兴，以及下一个四十年的再出发，它就是一种汹涌澎湃的动能。

2018年4月27日下午4点30分，经过“二线插花地”棚改一线的工作人员5个昼夜的耐心劝解，布心片区东区进入依法强制拆除程序的最后两栋违建里的“钉子户”，终于走出了楼房，宣告棚改法治攻坚决胜的

"最后一公里"大局已定。

随着这两栋违建楼房被拆除，举目所至，整个"二线插花地"已是一片逐渐被平整的土地了。

一年多的时间过去了，这里发生的一切我算是全程见证了：从启动的宣传发动，到签约商谈的动人场景，从9.3万人搬迁再到法治攻坚，以及正在62万平方米的"插花地"上，如火如荼展开的生态拆除，700多个日日夜夜在这里激情燃烧。

站在一片瓦砾地上的我，回忆着自己这二十多个月来深入其间的过程，第一次深入棚户区的那种惊叹，第一次走进指挥部的那种氛围，第一次与现场工作人员谈心的那种感动，第一次与老居民交流后的那种理解，第一次在除夕之日穿行在陋巷危楼之中的那种焦虑，等等。我又想起，为了写好这本书，在沈阳冒着风雪，在北京顶着严寒，在包头深入风沙，在杭州感受着骄阳，在上海目睹百年里弄的沧桑，在罗湖桥头追寻着近代中国的脚印。于是，我记录，我思考，我分析，我归纳，一个字一个字从我手卜流出，然后一章一章累积成书。此时，有那么一种东西触动着我的内心，报告文学的创作总是在抵达现场，深入接触世间的种种变化，观察着岁月匆匆地流逝。报告文学作家也在一字一字，一章一章，一本一本书的写作中，渐渐地老去，留下的是一个记录世界变化的文本。此时，我竟有点情难自已。

四

回到现实，随着棚改工作这"最后一公里"的大局已定，最为艰难的违建依法强制拆除环节已经攻克，罗湖棚改工作总算穿越千山万水，来到了桃红柳绿的胜利彼岸。

　　而这在随后召开的通气会上，也被贺海涛描述为罗湖"二线插花地"棚户区改造工作，已经取得了决定性的胜利。

　　因为承接此书写作的缘故，罗湖方面也邀请我出席了此次通气会，会后领导与来宾也已散去。我便上前去和贺海涛打个招呼，半开玩笑半认真地说了句：绷了两年的神经应该可以放松一下了吧。

　　贺海涛爽朗的笑声算是回应了我的提问，而我的第二个问题也接踵而至：走过了这七百天，作为个人的你和罗湖，感觉上会有什么不一样吗？

　　对于这个问题，他沉吟了半晌答道，这是一个好问题，我想我应该回去好好想一想。但第一个肯定是百感交集，此前我曾经说罗湖棚改于我而言，有"四个一"：完成了一个省委省政府市委、市政府交给的任务；收获一批想干事能干事的干部队伍，成就了一种"敢担当善作为讲奉献论实绩"的棚改精神，设计了一套棚改好政策。但现在我觉得还有更多，保持联系，我考虑清楚再来向你交这份答卷。

　　这确实是一个需要认真对待的问题，应该给予贺海涛必要的时间准备，而我显然也需要更多的耐心。

　　2018年1月23日，罗湖区第七届党代会第二次会议召开，会上发布了2017年经济成绩。

　　在这份成绩单中，我认为有三个数字是最值得关注的：2017年罗湖区的地区生产总值达到2150亿元，首次突破2000亿元大关，继续跻身"广东经济十强区"；第二个是增速，同比增长8.7%左右，10年来首次赶上全市增速；固定资产投资完成229亿元，增长24.2%，总量创建区以来新高。

　　不同的人，对于这份成绩单会有不同的读解，甚至同一个人，从不同的角度观察，也会得出不同的观点。就我个人而言，有两方面是可以重点予以观察的：一是增速的回升，是否意味着新旧动能已经顺利变换，并开始产生驱动力；二是固定资产投资的增速，是否说明了宜居、乐业的生态建设，已经开始彰显拉动。至少在我了解的专家范围内，我的观点是得到绝大部分人的支持和赞同的。

当然，即使如此，我们也无法得到罗湖已经踏上了振兴快车道的所有证据，但在我看来，至少罗湖的全面振兴各种必备要素，经由棚改这一战役，已经得到了全面激活。

事实上，在过去一年，罗湖在大梧桐新兴产业带、红岭创新金融产业带、国际消费中心核心区建设方面，也取得多项实质性进展。而罗湖在打造一流的营商环境、政务服务环境，推动构建经济高质量发展体制机制方面，也是捷报频传。而所谓的"找短板、补欠账、惠民生"工作三年行动计划的推行实施，也全面牵动引领罗湖整个治理理念、治理体系和治理体制机制的深刻调整。

一个面向未来健康而且美好的宜居乐业生态体系，正在逐步浮出水面，赋能罗湖的生产、生活、生态的三大系统建设。

很多人跟我的感觉一样，这两年的罗湖"动起来了"，每一个人对于"动起来了"或许都会有自己的理解，于我而言，就是罗湖全面振兴各种积极因素都"动起来了"。我相信，任何伟大的抵达，都始于怀抱美好的出发，都源于听到内心呼唤的"动起来了"。

这些日子一直扎在罗湖，自然对于罗湖的任何信息都十分关注，罗湖我本来就不陌生，几任区委领导因为工作上的关系，都有过接触，罗湖的干部也认识不少。那天恰好碰到以前也曾任职罗湖区委，后来又到了市里其他部门工作的老黄，本来是阔别多时的寒暄，言谈中知道我在写罗湖"二线插花地"的改造，话题立即就拐到了罗湖这几年的变化上来了，老黄说：罗湖这两年真有点儿三十多年前我在那里的味道，精神面貌变化很大。

不知道这在贺海涛那里，算不算是棚改的一大收获？但至少在我看来，这或许就是最大的收获。

2018年6月1日《深圳市人民政府关于加强棚户区改造工作的实施意见》正式印发实施。该实施意见的出台，意味着发轫于罗湖"二线插花地"棚户区改造的经验与模式，已经复制推广到全市范围了，在全国范围内也产生了强烈的社会反响。

翌日，罗湖方面发布了罗湖另外两个棚改项目正式启动，它们分别是罗湖区南湖街道边检二大院、莲塘街道景福花园棚户区改造项目。

这是罗湖继"二线插花地"棚户区改造项目之后，针对旧住宅区推出的两个新棚改项目，据了解，这两个棚改项目主要是为了保障市里春风隧道建设和地铁2号线这两个全市性的重大交通工程项目。初步匡算，这两个棚改项目除了提供足够的安置房屋外，还将为罗湖提供约6万平方米的人才住房。

空间重塑问题，无疑是罗湖实现振兴的核心问题。罗湖先是通过承接城市更新试点，此次又通过"二线插花地"棚户区改造，创新了深圳城市空间二次开发的城市更新和棚户区改造新模式，再加上旧改、整备、查违、城中村综合整治等模式，罗湖在城市空间治理方面显然已经存放了目前所能收集到所有的政策工具，空间发展质量和空间发展效率的提升也就有了坚实的基础，而罗湖的产业空间拓展和人居生态系统建设显然也在此找到了抓手。

从无到有，罗湖经由这场命名为"二线插花地"的棚改实践，收获一整套设计精巧、可行有效的棚改政策，这是不是也是一种收获呢？
更何况，棚改政策设计过程中留存下来的工作逻辑、工作方法、工作程
序，对于罗湖未来几年进行城区振兴的路径设计，也肯定会有良好的经
验支持，有着极大的借鉴意义。

5月2日，也就是通气会不久，我和贺海涛有了一次交流，他在电话
中回答了我上次的提问。

他说，就他个人而言，通过棚改他认识到的一个问题是，无论是
"城市病"的治理，还是城区的振兴，一个关键性的概念是"人"。

他说，他自己这样的认识，是从棚户区具体的形成历史中分析出
来的：

了解中国棚户区历史的人都知道，中国最典型的棚户区，基本上
都是围绕厂矿项目展开的，是为了解决产业工人的居住需要而潦草构
筑的。

罗湖"二线插花地"建筑群的自发生成，从某种意义上讲，周围
的水贝、田贝和布吉农批市场等产业区，恰恰就是它扩张蔓延的最初
动力。

当我们对于棚户区这个原初概念进行探究的时候，我们发现一个
非常有意思的问题，这项以人为本的人居改善计划，折射出来的恰恰就
是非人本的功能性理念。

这些人居区，从根本上讲是服务、是服从于产业的布局和发展
的，是基于对人的功能性定位的。

粗陋、潦草、无序，充满着各种隐而不彰的危险与威胁，而棚改
的启动，既是对这种非人本的人居思想的矫正，也为我们深入思考城市
与人的终极关系，提供了逻辑起点。

城区的复兴，这是一个世界性的论题，方法、路径万万千千，但

就其底层理念，无疑是人——人的回归以及人的解放，产业虽是前导，但这种产业设计一定是要以激发人的潜能、活力，彰显人的价值，回应人的需求为前提的。以人民为中心的说法也好，以人为本的价值倡导也好，说到底是要以人乐意在此生活、创业，能在这里实现它的价值与梦想。

贺海涛对此确实有着自己独到的理解，罗湖棚改的政策设计，社会各界反响都不错，但作为整个政策设计的牵头人，他自己最为自得的不是棚改模式的设计，也不是"两阶段三方式一目标可回转"的路径设计，贺海涛说，"你可能都猜不到，我自己比较满意的恰恰就是设计出了那些细小户型的当事人，可以通过较低的价格，增购至满足基本居住条件面积的房子，也就是人们常说的'下保居住'理念，这一个在市里通过的棚改条例中也吸纳了这一点"。

贺海涛说，在棚改的过程中，工作再忙，隔个十天八天他都会去现场看看，也与难以计数的当事人面对面攀谈过。"也不瞒你说，在前期他们在我眼里更多的是工作对象的意义，但聊着聊着，随着我对他们以往经历的了解，我慢慢地就觉得他们与我们其实都是一样的，都是追求梦想的人，即使是居住在那么危险的地方，他们也是我们罗湖发展的动力与能量源，罗湖振兴的路径设计，恰恰就是以这些寻梦人的需求与愿望为出发点和落脚点，而且这些考虑，要落到细节、落到实处，以获得感情上的依归。2015年，习近平总书记在中央城市工作会议上讲过这样的话：要顺应城市工作新形势、改革发展新要求、人民群众新期待，坚持以人民为中心的发展思想，坚持人民城市为人民。我发自内心的认为，这样的主张与认知，标示了城区发展的道路的广阔。"

五

追寻近代中国现代化的脚印，近些年来我将几乎所有的精力，都投注到这个主题的思考与写作中来，事实上，这也是几百年来，无数智者学人苦苦追寻的主题，他们殚精竭虑，倾尽全力试图揭示现代化的所有奥秘，为人类美好的未来，探索提供切实可行的处方。

这种探索有从历史角度的，有从制度层面的，有从经济技术层面的，也有从文化路径的，林林总总。应该说他们的努力，都揭示了人类走向美好的某种可能。但就我个人粗浅的看法来讲，我认为将人的自由与解放，置放在整个社会设计的顶层，是人类社会现代化最为起码的条件。而城市的周期性兴衰，从表层上看，它的原因千差万别，但究其实质，还是要看他们是否将回应人类的需要，营造人类走向美好的内驱动力方面，做得到不到位。

工矿资源型城市随着产业转型、资源枯竭走向失败的例子很多，但在世界范围内，此类城市通过内部生态的再造，决然跃出失败的泥塘，迈向新一轮发展的样本，同样不胜枚举。

城市的发展充满了无限的可能性，说到底还是在于政策设计者们是否明白驱动城区发展，还是在于内在人文生态系统的涵育问题，在于它将生长于斯的人，置放在城市价值阶梯的什么位置上。

中国古代有一本辞典类著作，叫《释名》。关于城市的定义，它有一种非常有意思的注解：城，盛也，盛受国都也。

在这里，城不定义于宗教指向，也不是来自于政治或军事意义，它只是某种盛放人类生活生产的东西。

我不知道《释名》是不是真的是东汉刘熙所写的，但我认为，我国先贤这种认知，确实超越了世界范围内很多同时代的智者。

在城市文明发展的过程中，人的因素是具有决定性意义的。这种决定性，就在于认识了事物的发展规律之后，依据这些规律，通过发挥人的主观能动性，改变不利条件，创造有利条件。

本章的标题是"迎来不一样的罗湖"，我个人的目的，是想通过这一章的归纳，梳理出罗湖"二线插花地"棚户区改造，给罗湖带来了怎样的变化和收获。但贺海涛的回答，却让我深深地认识到，这或许是个不会有全面回应的提问，理论上它是一个面对未来、持续变更的开放性提问。

4月27日，见证了罗湖棚改攻坚克难"最后一公里"后，我刻意在已是残垣断壁的布心片区走了好长一段时间。写作的人都知道，如果你在写作的时候，没有把自己以一种适当的方式，摆放进笔下的场景中去，是写不出真正有分量的作品的，我的所有报告文学写作，始终坚持这一点，因此你会在我所有的作品中，清晰地看到我的行动和思考，我虽然是个书写者，但我也是我作品中的一员。因此，一旦将自己置放在故事的场景中去，有时你会不免发生情难自己的情形。

我想，等到"二线插花地"棚改区全部建好的时候，我一定要带着家人来这里看看，看看人改变世界的天翻地覆的力量。据相关建设规划，罗湖"二线插花地"，在3年内将完成化身国际水准人居示范区的华丽转变。

《罗湖"二线插花地"棚户区改造专项规划》里，那些眼花缭绕的专业数据，对于我来说或许都过于陌生，但规划愿景却已足以让我对改造后的这片土地，怀有足够的期待。

据说，整个规划以打造国际水准的"人居环境示范社区"为鹄的，以"儿童友好型社区"和"绿色生态型社区"为特色，充分体现生态、魅力、文化、时尚以及宜居乐业的理念，并继续倡导对前沿建筑技术、理念的实践，将同时采用街区制、海绵城市、智慧社区、综合管廊、绿色建筑、水资源综合利用、再生资源利用、BIM等新兴技术。

虽然对上述的技术概念不是特别的理解，但我依然相信这些前沿技术，将给三年后入住此地的居民，带来实实在在的福祉和便利。但对于一名作家来讲，我更为欣喜的是改造建设工作全面完成后，人在这里，将高高站立在其他一切功能考虑之上，人本理念也已深深地夯筑进每一个细节、每一寸土地。

第十章
那一番可能的风景

　　"城市病"的历史，几乎与现代城市的历史一样长。"城市病"的治理，也很难在短时间内得到全面康复。

　　而城市的再生，关系到国家现代化的进程，是每一个国家实现复兴不可或缺且最为重要的资源。因此，我们需要殚精竭虑倾力以赴，这是全民族的责任。

一

这会不会是当下中国语文流行中最为广泛的误读，我并不知道，我只知道，无数人和我一样无数次地读过郭沫若先生所写的诗歌《凤凰涅槃》，那是"五四"以来，整整几代人对于一个新中国的热切期盼与动情迎接。

在序言里，郭沫若是这样写的："天方国古有神鸟'菲尼克司'，满五百岁后，集香木自焚，复从死灰中更生，鲜美异常，不再死。按此鸟殆即中国所谓凤凰，雄为凤，雌为凰。《孔演图》云：'凤凰火精，生丹穴。'《广雅》云：凤凰……雄鸣曰即即，雌鸣曰足足。"

郭沫若后来在介绍自己的《凤凰涅槃》诗篇时说，之所以要以凤凰每500年自焚为灰烬，浴火重生，循环不已走向永生，作为自己诗歌创作的意象，"就是因为凤凰是人世间幸福的使者，每500年，它就要背负着积累于人世间的所有不快和仇恨恩怨，投身于熊熊烈火中自焚，以生命和美丽的终结，换取人世的祥和与幸福。同样在肉体经受了巨大的痛苦和磨练后，它们才能得以更美好的躯体得以重生"。他在这里要喻示的是，一个充满新鲜元气的中国，也需要如凤凰这般经历巨大的痛苦与磨练，才有可能迎来自己的新生。

时至今日，我依然清楚地记得，现代文学史教师在课室上泪流满面地吟诵这首诗的情景，也正是在那堂课上，这位可敬的真诚的女老师告诉我们，凤凰，根本就不是西方的不死鸟，这完全是两种完全不同的物种——郭沫若其实是错了！

但这又有什么关系呢？随着知识的增长，我慢慢懂得了，重要的不是"菲尼克斯"究竟是不是中国古典文献里的凤凰，而是它恰当地描述了我们在漫长的时间轴上，需要时时留意旧我、小我对于自己的深刻约束，勇敢地走向自我某种形式的重生，坚信唯有痛苦的超越，才能迎来属于未来时代的光辉前景。

事实上，人们对于郭沫若凤凰涅槃意象的借用，在我看来，恰恰也是超越旧我，决然迎接美好未来的信念。

诗歌意象的学术厘清是一回事，但我们更应该予以认真审视的是，流行话语本身反映的是怎样一种社会认同与民众心里诉求。

一辈子追索语言背后哲学意义的语言分析大师维特根斯坦，对此就曾说过这样的话：

语言绝非是传统意义上的表意工具，语言就是行为本身，选择什么样的语言表达方式，就是选择什么样的思维方式。

维特根斯坦还说，哲学的本质就是语言，语言是人类思想的表达，是整个文明的基础，哲学的本质只能在语言中寻找。

不少资料上都说维特根斯坦是德国人，其实他出生于奥地利的维也纳，纳粹德国吞并奥地利以后，他转入了英国籍。维特根斯坦是20世纪最有影响力的哲学家之一，其研究领域主要在精神哲学和语言哲学等方面，曾经师从英国著名作家和哲学家罗素。

凤凰不是西方的不死鸟，或许就是一个正确的流行谬误，但鹰的重生故事却是已为学界确证的事实存在。

我在前面章节中曾详细描述过鹰的重生经历，能活七十岁的鹰，却在它四十岁时候，因为喙、爪子、羽毛的老化，让这曾经的空中骄子感受到生命的重压。这时摆在它面前的只有两种选择：要么慢慢地死亡，要么历经痛苦走向重生。

那些决然选择了重生的雄鹰，必须要经历一次鲜血淋淋的人类根本无法想象的痛楚与挣扎。那一根根一片片被自己拔掉的、飞舞在空中带着血丝的羽毛与喙骨，其实是一种信念。只有在如此血与痛的轮回中，鹰才可以重新振翅高飞。还可以再活三十年的鹰，才能继续翱翔在广阔的天际，俯瞰美好与眷恋。

我们都是时间的儿子，从某种意义上讲，在血与痛的时间轮回里，就是我们无可规避的宿命，而或许像鹰那样的磨砺，才是我们获取傲然前行的唯一正途。

一个人是如此。那么一座城呢？

一座沐浴在荣光与期盼中的城，又该如何走向发展的道路呢？

二

我又想起那年七八月雨季的一天，一个南方溽热的午后。

此事发生在1980年，时任国家进出口管理委员会副主任的江泽民同志来到深圳考察，他此行的目的是为刚刚决定设立经济特区的深圳寻找一个建设的起点。

进入七八月的深圳，是亚热带的雨季，一片乌云就可能带来一阵风雨交加，那一天也是如此，正在罗湖口岸考察的江泽民同志恰好就赶上了一场暴雨。

可以想象，即使多年以后，我们也仍然可以在罗湖口岸，看到雨后积下的那一片汪洋，那时的口岸也到处是没膝的水与各种狼狈与尴尬。

据说，江泽民同志看到了许多过境而来的香港女市民，将高跟鞋顶在脑袋上，站在浑浊的雨水里，等待着即将到来的火车。

江泽民本人据说也被大雨淋了个湿透，陪同进行调研的深圳市领导刚要汇报开发罗湖的问题，江泽民同志就半开玩笑半认真地说：“不必了，老天爷已经替你作了汇报了。”

后来江泽民同志在出席广东省专题会议上就明确表述：三十年（意思是指已有三十年历史的罗湖桥口岸）的南大门，一下雨就泡在水里。我不久前去了，就泡在水里，香港来的人，高跟鞋、丝袜都泡在水里，罗湖、文锦渡无论如何都要搞得最好，深圳经济特区建设不从罗湖开始不行，这个规划应该定下来了。

一锤定音。

就这样，特区从哪里开始建设的问题，在历经纷纷扰扰之后，借由此拍板，最终确定了深圳走向未来的具体路线图。

传奇，由此起笔，写就自己的锦绣与辉煌。

一个现代化的城区，由此开始了自己的生命书写，一座用三十多年工夫就完成了从边陲小镇一跃成为亚洲第八大城市的传奇之城，也正是从那时候起，吹响了自己的冲锋号。

更重要的是，这样的历史地位，给罗湖带来的不只是建成时序的优先，而是它将一种历史记忆和使命意识，深深地植入了这个城区的各个角落，并以一种无声的文化传承，融入了罗湖人的生命自觉里，恍如一面高高扬起的旗帜，成为了罗湖的城区图腾。

深圳从罗湖出发，中国改革开放从深圳出发，南方之南这块弹丸之地，以一种令人难以想象的方式，完成了自己一跃成为撬动中国现代化进程支点的历史担当。

设若现在的你是通过高空无人机的拍摄来看深圳的话，你可以发现东西狭长的深圳，其实是有一条主动脉的，这里几乎汇聚了深圳所有的地标建筑，并成为了深圳故事的承载地，她的名字就叫：深南大道。

她的经纬度是东经113°46′～114°37′，北纬22°27′～22°52′，在这条东西长约49公里，南北平均宽7公里的狭长地带，逶迤而去，精彩绽放。

深圳市刚刚成立的时候，除了罗湖域内的人民路和解放路铺了水泥外，其他地方基本都是土路，加上当时各种土建项目如火如荼，对于过境前来投资办事的港商港人来说，到处飞扬的尘土和蓬头垢面的过境经历，实在不是什么好的体验。为了留住这些港商，深圳市政府决定对原有的107国道进行改造，铺上沥青，最早的规划就是从罗湖口岸到上步工业区那么几公里长，没想到当初这个只是想改善一下过境港商体验友好度的市政设施改善计划，最终却成为了深圳最为重要的一条市政主干道的建设动因。

所谓的蝴蝶效应，似乎也在这个小小的时空中，得到了又一次诠释与注解。

曾任深圳市规划国土局总规划师的郁万钧，是深南大道建设的见证者，他在回忆这段经历时说："最初我们并没有给这条路想好一个名字，等到从罗湖口岸到上步工业区这一段修好后，就想到该给这条路定名的时候了，我们慢慢地也就有了'更为远大的想法了'，想把这条路计划从原来所谓的深圳镇一直往南头镇修，由此就定下来把它叫做深南路，以后就这样一路叫下来了。"

为了写作的需求，我也曾求证过深南大道最早的那一段，是什么时候修成的，问了好几个人，但他们都不甚了解。由于时间的关系，我也只好暂时放弃了我向来的"考据癖"。我只知道这条49公里长的深南大道，从东向西，自1980年一直修到1993年。我是1992年元月到的深圳，记得那时深南大道还没有完全贯通，沿途一些地方还是尘土飞扬，从罗湖去南头或蛇口采访，路上还要花费不少时间。直到1993年以后，深南大道用了十三年才实现了"深圳镇到南头镇"的全线贯通，在随后的时间里，它也随着整座城市的功能需要和规划需求，反复进行多次装饰和整修。

当时的人恐怕谁都没有意识到，正是这条大道，最终做到的却是把深圳这个城市带出狭小的罗湖，带出了深圳，带出了中国，走向了广袤与美好的未来。

从最初的三四公里到49公里，从一条两边都是水田鱼塘的三四米宽的小路，演变成一条中国当时最宽阔的城市主干道之一；从低矮简陋的棚屋、厂房、食街到摩天大楼的聚集；从孺子牛雕塑到邓小平画像的矗立——深南大道以一种独特的方式，讲述着中国改革开放和中国城市化运动的历史变革故事。

在随后的三十多年里，它的内涵也随着深圳这座城市的惊人崛起，变得日渐丰富深刻起来。

在2018年的全国"两会"上，习近平总书记根据深圳和广东在改革开放当中的实绩，将之定义为：展示当代中国改革开放的窗口和外国观察当代中国的窗口。毫无疑问，这样的判断和定义，是极具时代洞察力和历史穿透力的。

循着此种思路，如果深圳是展示中国改革开放的窗口，那么我们是不是也可以将深南大道定义为观察深圳的橱窗呢？

至少在我个人看来，只要你对深南大道的建设历史，和那一栋栋建筑背后的人与事，有了起码的了解和知悉，我相信上述的判断和定义是没有疑义的。

我南下深圳工作已经有二十六年了，早期工作的深圳特区报9层的老办公楼，以及后来新建的42层深圳报业集团大厦，都建在深南大道边上，甚至我也长时间居住在深南大道旁边的特区报业公寓。我和深南大道的缘分如此之深，二十多年来，一直就行走在深南大道上。尽管如此，每一次在它上面经过的时候，我时常在不经意间就会恍惚出神起来。是的，我仿佛就穿越在中国改革开放的陈列馆里，并在这条道路上的每一寸土地上，体验着这个奇迹城市的种种不可思议。

著名的美国城市学家斯皮罗·科斯托夫，在其代表作《城市的形成——历史进程中城市模式和城市意义》一书中，就曾这样精准地描述了城市和它主干道之间的关系。他认为："在与城市的完美组合中，街道反射了城市的荣耀，并推动了城市的发展。"

从物理与心理的角度看，自1980年起，深南大道几乎每时每刻都在进行着某种形式的延伸与拓展，并形象地记录着深圳的每一个关键节点，而深圳也持续地以深南大道为主轴，执着地将一种关于伟大与传奇，从东到西一路书写。

如果把深圳土地比成是印有一个个格子的彩笺，突然有一天，深圳骇然发现，奋笔疾书的他，看到薄薄的几页纸上的每一个格子，似乎都已写满了自己的努力和奇思妙想了。

从深圳的城市实践来看，开发的时间维度是先罗湖，后福田南山前海，方向维度则是从东到西，同时以深南大道为主轴南北推开的。

可惜的是，深圳的土地空间实在是太小了，充其量只是内地一个县的面积大，与国内其他城市相比，这种差距就更是明显了。它大概只有总面积6300平方公里的上海和7300平方公里的广州的三分之一，更是面积多达16800多平方公里的北京的八分之一，深圳的总面积1997平方公里，仿佛一夜之间就完成了它几乎所有的建设布局。

据说，改革开放初期在划定深圳的地理范围时，有不少人认为不宜给深圳划出太大的范围，原因是"太大了就不好管理，也容易捅娄子，招大麻烦"，但短短三十多年，土地空间不足却成为了制约深圳更大发展的最大问题。

有深圳学者对深圳每一个建成区的开发时间进行过数据统计，无论是从罗湖的实践，还是后来进入充分开发的福田、南山、宝安、龙岗等城区来看，一个建成区的充分开发时间，都大约在八年左右，而这也基本上与深圳的产业升级转型的时间梯度差不多，时间这位公正得多少令人有点儿难堪的老人，很快就证实了当初那些怕深圳面积太大了就不好管理的人的历史局限性原来是那么大。

存量土地空间不足是一个大问题，更为严重的是，曾经以为离自己是那么遥远的人口膨胀、交通堵塞、环境污染、治安严峻等，曾经出现在无数国外著名都市的城市病问题，也开始在只有短短三十几年历史的深圳身上逐步显现了。

2004年，当时主政深圳的市委书记李鸿忠同志，率先提出了深圳发展要警惕并积极化解"四个难以为继"的问题，即"土地、资源、人口、环境"方面的难以为继。翌年的上半年公布的全省经济数据，同样让深圳人体会到前所未有的压力，那年的1至6月，深圳市实现生产总值2561亿元，同比增长了13.5%，而广东省同期的生产总值，不但首次实现了突破万亿大关，增速也达到了14.4%。这意味着，自建立经济特区以来，深圳的GDP增速，首次低于广东省的平均水平。

虽然对于相关增速落差，当时的深圳主政者给出了经济产业转型和固定投资不足引致的解析，但这样的经济数据，这样的历史首次，对于许许多多的深圳人来说，都是极为尴尬的当头一棒。

一向高歌猛进内心骄傲的深圳人，实在难以接受竟然也会发生自己只能看着别人后脑勺奔跑的现实。从后来的发展情况来看，也正是从那一年起，深圳人开始慢慢地意识到：如果自己还想继续发力奔跑的话，那么也到了必须认真审视自己身上存在的各种问题的时候了。

那一年，公元2005年，此时离深圳经济特区的建立，仅仅过去了二十五年，短短的二十五年，深圳发展的动能表面上看，似乎已经耗尽了。当然，这只是表面上来看的迹象。

午夜十字路口的场景，总是让人思绪万千欲言又止，对于一座骄傲而且充满理想情怀的城市来说，这样的时刻，就远远不只是让人思绪万千的问题了。那篇曾在人民网火爆一时的《深圳，你被谁抛弃》的网文，虽然今天看来有点危言耸听，但在当时确实在鹏城上上下下引发了广泛的关注与讨论，仿佛在一夜之间，它再度引爆了这座城市所有的焦虑与不安，那样的叩问，重重撞击着无数深圳人的内心，一下又一下，沉重而且切实。

深圳，何去何从？

也就是在那段日子里，我曾应约与李鸿忠同志进行过一次长谈，然后再经过采访和资料研究后，我写出了4万多字的中篇报告文学《寻践新路——深圳市落实科学发展观纪事》，发表在《中国作家》杂志上。我在这篇作品的开头序语里写道：人类文明的创造过程，充满着曲折和艰险，这是一个歧路丛生，不断面临路径选择的演进历程。人类文明的发展，从一开始就让自然与人类本身付出代价，它似乎不可避免地伴随着人类文明的整个进程。这种文明的悖论，是人类一直在试图破解的终极问题。

这是我十几年前的认识，它还有一个重大的背景，即2003年初春，那场惊动世界的"非典"疫情的流行，对经济发展以及人们心理的冲击。我也是在第一时间里，投入到抗击"非典"一线的采访，写出了报告文学《守护生命》。接着，我又用了7个月的时间，完成了我的第一部思辨体长篇报告文学《瘟疫，人类的影子——"非典"溯源》，对刚刚过去的"非典"疫情的发生，进行了深度的反思。也就是在这个时候，胡锦涛同志在视察广东时，提出了"科学发展观"的战略思想。就是在这种种背景下，我写出了《寻践新路》。

也是从那个时候开始，我从欲望对人异化的微观探微，转而从宏观世界观察经济社会的发展，苦苦追寻着近代中国现代化之路的崎岖脚印。对深圳经济特区的发展观察，最初就是从"四个难以为继"开始的。

三

关注深圳，不可能不关注罗湖。

我发现那几年，无论是对深圳还是对罗湖来说，都是一段与未来有关的痛苦迷惘期。

是破茧而出，还是沦陷在那片停滞中？深圳在思考，作为深圳最早建成区的罗湖也在思考。2011年，对于中国城市现代化进程来说，这是一个特别值得铭记的年份，这一年中国的城市人口首次超过了农村人口。来自国家统计部门的权威数据显示，2011年中国的城镇人口为69079万，比上年末增加了2100万人，乡村人口为65656万人，减少了

1456万人，城镇人口占人口比重首次突破50%大关，达到了51.27%。

对于农耕立国的中国来说，它不仅是几千年文明历史中的第一次，而且这个关键指标还表达着多重的意义与影响。

毕竟在欧美的一些学者眼中，这就是标注现代化进程最为关键的指标，没有之一。

而这一年对于深圳来说，也是自身城市化进程中一个关键的节点：深圳也没地了。

深圳整个土地面积是1997平方公里（含内伶仃岛），2011年年末的统计数据显示，当年全深圳的建设用地已经占到了46%，深圳的国土规划部门，在对全世界几十个最为主要的代表性城市进行研究后发现，这样的开发强度已经是全世界最高的土地开发比例了。

同期对应的是，北京是20%、上海30%、香港24%。更让深圳主政者寝食难安的是，根据中央生态建设要求，深圳确认的建设用地，最大规模将不能突破50%，这就意味着未来每年仅有4%的建设用地可扩张。深圳未来10年土地供应，仅剩59平方公里，年均不足6平方公里，这在中国一线城市是最少的。

一个县级地域的省级经济体，如果以此来形容深圳是恰当的话，那么，发展空间的局限和经济发展的冲动之间，这一根紧绷的神经，在这一年里，终于由全体的深圳人所体会与确认。

在专业学者看来，城市的空间是有价值的，这种价值是由城市能级决定的，而城市的能级在很大程度上，来源于城市的经济实力，以及它内生的持续创新能力。

不可否认，改革开放以来，以深圳为龙头的"小珠三角"地区，以"三来一补"经济为主要发展模式，尽管工业化、大城市化程度高，经济增长速度快，但经历了一段较长时间的高速发展以后，长三角和珠三角以及京津冀城市群，这些改革开放以来增长迅猛的先发城市，却不约而同地在这段时间里，发现自身的可持续发展能力正在减弱，而这里面最突出的表现，就是资源短缺、市场狭窄、腹地缩减、发展的空间日益受到挤压。

不同的城市基于各自的实际情况，选择了不同的突围路径，对于没有任何资源的深圳来说，除了依仗创新实现内生动力的迭代升级，和基于城市空间二次开发的城市结构优化之外，摆在它面前的路径其实并不多。

也就是在这一年，喊出了"二次改革"的深圳人，也才真正懂得：城市化并不能与现代化画等号，一座城市从它建立的那一天起，其实也就成为了一个与人一样的有机体。它既不是空间信息和数据的集合，也不是目标和任务的目录，更不是阐述何时何地做什么的政府工作任务摘要，它也是一个生态有机体，它也会生老病死，也需要不断涵育，不断提升优化自我。

曾几何时，我们只知道，城市是另一种生活方式，它与乡村生活的区别只在于它相对美好和舒适，从某种程度上讲，它还是一种身份象征，它是文明优裕的代名词。

但经历了那一切的人们，此时此刻才开始认识到，作为一个生命有机体的城市，它也会对人类活动做出反馈，它同样也会有自己的生命节律，甚至它也如同人类一样，会生病，会生很严重的病，它也有自己的边界，你不可能对它无限度地索取。

曾经以为城市就是一个像深南大道一样一路美好、一路成长的深圳人，此时却发现，自己的认知是多么的幼稚。

而一个此前并不常用的经济学概念"经济密度"，终于如期而至，成为了迷惘期的深圳暗自用力的突围理念。

在"经济密度"的概念下，深圳终于明白了，在经济空间物理局限的面前，深圳只能将希望寄托于通过城市空间的持续优化，实现不断提升单位面积经济的产出率，内生创新动力的激发、体制机制的改革，乃至产业结构的调整，归根结底就是追求空间价值最大化的过程。而在更为具体的推进层面，有一种关系也终于在艰难转型的过程中，逐渐袒露出它本然的应有面目。

因改革而生，应改革成长的深圳，向来都是将创新、改革当作自己的城市灵魂，面对各种内外约束压力的时候，它首先想到了是自己灵魂的升华和改善，它曾经执拗地相信城市内在体制、机制的调整与突破，就必定会为自己迎来凤凰涅槃的时刻，自己也会像恍若浴血重生的苍鹰一样，迎来自己的重生时刻。

但在那些年的实践中，深圳人也终于认识到这样的认识，或许未必是全面的，对于城市外在依托的空间问题，可能需要予以更深入的认知与考察。

城市的发展从某种程度上讲，也有可能来自某种精神的需求，但在城市的发展过程中，内在的软要素，终究需要外在的硬条件支撑，携手共进。

以深圳为例，内在的体制机制创新，也需要外在的空间更新支撑。城市空间的重塑和结构性优化，从某种程度上讲，才是这座城市突破约束的逻辑起点，提纲挈领系统推进，才有可能带出旧城走出停滞的泥淖，迎接属于自己的未来。

现在看来，这已经是一个常识了，但在中国城市规模化发展的初期，人们对此并不是有着充分的认识，那时的人们依然乐此不疲地在城市外扩式发展的道路上，头也不回地疾驰着，不舍昼夜。

显而易见，城市发展的各种要素，在结构性聚合并持续优化以后，它必须也只能在城市空间这样一个物理化平台上，来进行具有现实性的实验和落实，并对之进行反馈与校正，推动顶层设计进行合规性的深化。

解决城市的可持续发展议程是如此，解决城市发展过程中的外部性问题，比如交通拥堵、环境污染，人口膨胀这些所谓的"城市病"问题，也是如此。

作为此种认知深化的一个现实结果，以《深圳市城市更新办法》的出台为标志，深圳不但提升了自己此前对于城市空间"升级改造"的理念，而且首次提出城市更新的概念，一种"内外兼修"的城市持续发展理念，终于正式浮出水面。虽然关于它的全面理解，依然是一个漫长的时光经历。

但即使这种"内外兼修"的理念，在艰难探索努力下，已日渐清晰。但作为一个城市再出发的有机体系，它重生系统的锻造，也依赖一种系统论的思维，需要各项工作合理地构成一个彼此支撑价值叠加的体系，而这，对于深圳来说，也有一个认知逐步深化的过程，需要的是一场马拉松式的坚定探索与不懈努力。

在随后的几年里，深圳一直在寻找解决这"四个难以为继"的突围之路，在解决"城市病"的问题上，也进行着多角度多路径的探索。寻寻觅觅，兜兜转转，应该说也取得了很多突破性的进展，创新了很多解决问题的路径，也为深圳的再度出发，集聚了更多能量，蓄积了转型的势能。但必须承认的是，一个有逻辑成体系的解决办法，依然没有出现。

终于有一天，他们把眼光投向了一个长期以来似乎已经长久站立在关注之外的存在——罗湖，深圳的出发地。

作为深圳最早的城市中心，作为深圳的长子，它似乎已经将其他人在各自人生轨迹中，势必经历过的"城市故事"——演绎了，希望与失望、信仰与怀疑、光明与黑暗、春天与冬天、天堂与地狱、最好与最坏……

用更为官方的话来说，就是作为传统理念下的城区发展实践，它在创造了种种传奇与辉煌的同时，也将传统模式的种种弊端误区、负外部性率先充分地暴露出来了。"而且是暴露得最早也最充分，所以罗湖对转变城区发展方式的迫切性的体认，也是最直接、最痛切和最深刻的。"

这样的认知不是否定前人，而是我们当中的每一个人，都身处历史局限之中，从哲学的层面上讲，这就是我们生而为人的宿命，我们无法完全做到，在每一件事上都从未来审视现在，也无法从过去直接跳跃到更为美好的未来。

能做的，或只是尽可能地从长远的观察框架下，审视当下，做好当下，久久为功，保持开放的心态，拥抱一切，面向美好的可能和坚持。

事实上，也只有从这个角度看，我们才能理解2015年马兴瑞、许勤为什么要将城市更新路径、方法和体制机制创新的任务交给罗湖，也才能理解他们把任务交给罗湖时的期待和托付，也才能理解贺海涛、聂新平为什么会将城市更新、"插花地"棚改，当成"再造罗湖"的逻辑和工作起点。

这一次依然需要罗湖负重前行，依然需要罗湖去为深圳未来探路，去为中国城市的现代化进程去探路，就像火光中的那只凤凰一样。

但自己却需要如同孤崖上的那只鹰，在痛楚与煎熬中，在自我否定与承重的思索中前行。

四

1980年的那个上午，那场突如其来的豪雨，或许只是一个偶然，但事后看来，它更像一个必然的开端，充满了众多深刻得多少有点儿神秘的启示和角色命定。

就像历史上无数已被证实的事例一样，一个偶然的开端，给未来注入的，往往却是精神性的使命认同和共同体意识。

罗湖理解自己的发展方位，更理解这座城市对它的嘱托与期盼，但摆在她面前的，却依然是一条布满荆棘的突围之路！

以空间重塑为抓手，以营造城区面向未来美好发展的生态系统为着力点，带动产业、民生、社会生态和治理全方位的提质升级，罗湖走向蝶变重生的基本逻辑和实践方法，经过多年的艰苦探索，此时已经基本写就。

城市更新试点的高效推进，不但昭示了罗湖找到了城区振兴的正确抓手，更为罗湖重树了信心与希望。

但正如有人所说的那样，对于罗湖重生来说，城市只是更新切题之作，它理顺的只是一种空间重塑操作程序，重新激发并最终养成了一种空间重塑的内在活力，对于以空间重塑带动城市发展生态的全面激活，还有很多工作要做，还有很长的路要走。

而此时，说是机缘巧合也好，说是偶然中的必然也好，又一个机会摆在罗湖面前，那就是——棚改。

至少在我个人看来，由于棚改工作自身对于城市生态的带动力和引领力更强，覆盖面也更广，我认为它才是罗湖在城区空间重塑、城区生态营造方面的破题之作。

中国的棚户区改造工作，你很难具体认定它始于什么时间，但在学界，一般会将2005年视为当下如火如荼展开的中国棚户区改造行动的开端。

正是在那一年，伴随着中国在东北三省正式启动振兴战略，规模化的棚户区改造工作，也随之宣告正式启动。

据不完全统计，到2015年全国各地已有2500万户6000万人的居住条件，得到了根本性的改善，从忧居迅步走向了宜居、乐居。

中国的努力，中国政府的善政，经由棚户区改造的全国性工程，再一次引起了世界范围内的广泛称许和肯定。

联合国人类发展署专家欧让·班吉，在实地观摩了中国的棚户区改造实践后，由衷地称道，中国对于城市人口的人居改善探索的"棚户区改造工作"，是一个世界奇迹；而来自南半球的澳大利亚悉尼大学城市与规划研究中心教授爱德华·布莱克利，在辽宁抚顺莫地沟看到棚改后的人居环境，也由衷地竖起了大拇指，认为中国的棚户区改造工程，"是人类一项伟大的工程"。

当然，最值得我们铭记的，是那些搬入新居后，市民的说法和赞叹。

在浩如烟海的报道资料中，国务院总理李克强关于棚户区改造的一个说法，引起了我的特别注意，他说棚户区改造是"推进以人为核心的新型城镇的重要内容和抓手"。依我粗浅理解，棚户区改造不仅指向了城市空间更新的命题，更指向了"城市病"疗治的命题，即使不说它所牵动的现代城市生态创造性营造的课题，它的意义与价值也是多重的。

而李克强总理说的"重要内容和抓手",则是我们理解所有这一切的钥匙与通道。

城市的再生也好,国家的现代化进程的启动也好,它们都无一例外地有一个前提,那就是所在的城市、所处的国家,点燃起某种精神性的火炬,并使之成为感召、动员和集合大众力量的支点,这种使命和情感的召唤,是每一个族群、每一个地方、每一个国家,推进现代化进程,实现地区性复兴,不可或缺且最为重要的资源。

为了此书的创作,我购买了一大批关于城市历史、城市发展和"城市病"治理的世界前沿学科的著作阅读学习,写作此章节时,我又将书架上的乔尔·科特金的《全球城市史》拿下来通读了一遍,令我欣喜的是,此前乔尔·科特金提及的,我一直不甚了解的"神圣空间"描述,在这一次重读中又有了全新的理解。

乔尔·科特金,1952年生于纽约,是全球公认的世界经济和城市发展趋势问题权威,《福布斯》杂志"全球未来十年发展最快城市"榜单的缔造者。他曾在纽约城市大学纽曼研究所和南加州建筑学院任教,也是《华盛顿邮报》《华尔街杂志》《美国企业界》和《洛杉矶时报》等媒体炙手可热的专栏作家。他还曾担任《纽约时报》周日财富和经营版的专栏作家。乔尔·科特金,在未来学和城市问题等领域的研究,受到各国广泛关注,颇具权威性。

在《全球城市史》一书中,乔尔·科特金对城市的功能价值作了三个定位:构建神圣的空间;提供基本的安全保障;生成一个商业市场。

后面两个,都比较好理解,而"神圣空间"的概念创设,则相对陌生，但重读之后，我相信我理解了乔尔·科特金的思想了，他说：宏伟的建筑物和城市的基本物理属性——沿河、靠海、接近贸易通道，吸引人的绿色空间，或高速公路交叉要道，这些有助于促成一个伟大城市产生，或可以帮助城市的发展，但却不能维持城市的长久繁荣。

乔尔·科特说，最终一个伟大城市所要依靠的是，城市居民对他们的城市，所产生的那份特殊的深深眷恋，一份让这个地方有别于其他地方的独特感情，最终必须通过一种共同享有的认同意识，将全体城市居民凝聚在一起。无论是在传统的城市中心，还是在新的发展模式下，正在扩展中的城市周边地区，认同感和社区意识等问题，很大程度上仍然决定着哪些地方将取得最后的成功。在这点上，今天的城市居民，与早期世界所有地方的城市开拓者一样，都被相同的问题所困扰。

即使时至今日，不少人依旧将城市的繁华和希望，寄托在时新、超然、精当等转瞬即逝的价值上，但是正如乔尔·科特金所说的那样，这些方面无论其表面如何多有吸引力，都不能取代城市固有的使命感、市民文化、共同体意识等，这些源于对所在空间的"神圣性"认知的精神要素，而这，在乔尔·科特金看来，才是维系一座城市长久繁荣的真正根基。

"二线插花地"棚户区改造，对于罗湖的振兴和城区的动态现代化推进的第一层意义，在我看来，首先在于它将罗湖源于自我历史的"神圣精神"激活起来，很多参与到"二线插花地"棚改的工作人员，在接受我的采访时总喜欢用"激情燃烧的时刻""重回改革开放初期的激情岁月"，来描述他们在棚改现场的感受，而这恰恰将罗湖在建成历史中形成并积淀下来的精神文脉，再度展现到工作中来，再度投注于罗湖再出发的营造中来。

　　而这，不但造就了罗湖艰辛磨砺出来的振兴认知和振兴逻辑，有了落地开花的可能，而且将它作为旗帜高高举起，成为了罗湖面向下一个四十年改革开放的核心动能。

　　如果说，1980年8月那个充满启示的时刻，是罗湖光荣故事的起笔之处，难能可贵，历尽千帆，罗湖依旧将这种来于自身经历的精神，以某种隐秘而深刻的方式，将这种精神传承下来，并因应时代的变迁，不断迭代它的最新版本。

　　根据乔尔·科特金的理论，一座城市也好，一个国家的现代化也好，都必然地离不开精神的引领，它所具有的动力功能、导向功能、凝聚功能、融合功能、约束功能，也必然引领、催生和滋润着地区的现代化推进，鼓动着这个地区朝向更加美好的未来。

　　哈佛大学教授、全球著名城市经济学家爱德华·格莱泽在《城市的胜利》一书中，也曾过说类似的话：在这些城市近些年的发展背后，存在一个富有教育意义的关于交流和创造力的古老故事，这也为老城区的重新振兴，奠定了基础。

　　而具体到罗湖来说，这个富有教育意义的关于交流和创造力的古老故事，自然是与中国改革开放的起笔之处有关。

　　前文我已多少有所涉及了，中国的现代化之路，是严格区别于其他国家的现代化探索的，甚至它与其他的社会主义国家，也有着迥然不同的路径。当然随着我们对于这条独特的中国道路认识的深化，我们已经将其命名为中国特色社会主义道路。事实上，在世界性的现代化道路探索中，我们通过艰难曲折的实践与坚定的探索与中国智慧，终于写就了完全属于中国的现代化方案。

　　具体到中国的城市发展中，我们也是可以清晰地看到地方党委政府，是推动城市现代化发展的第一主体，更是影响城市发展的第一关键变量。

一个高效、负责、公平和包容的地方党委政府，事实上都是实现城市现代化的内容和价值的前提条件。所以，罗湖能否实现自身城区振兴的目标，解决城区发展过程中出现的各种"城市病"，乃至为深圳下一步的持续质量发展探路，从某种程度上讲，恰恰在于罗湖是否拥有一支具有"硬作风"，善于制定有针对性的"硬措施"，确保完成"硬任务"的干部队伍，一个融合了社会各界智慧、力量和参与热情的治理人员方阵。

而正如罗湖区委书记贺海涛在被新闻媒体记者问到，罗湖"二线插花地"棚户区改造推进过程中，他个人认为最大的收获是什么时，贺海涛的回答是：收获了一批生动体现了棚户区改造精神的优秀基层干部。

在我看来，贺海涛的回答也从另一个角度，诠释了"二线插花地"棚户区改造给城区振兴带来的价值与意义。

1938年，毛泽东写过一篇文章，名字就叫做《中国共产党在民族战争中的地位》，其中有一句流传甚广的名言：正确的政治路线确定之后，干部就是决定的因素。

热情、果敢、持之不懈和智慧，如此的关键词，我相信在"二线插花地"棚户区改造过程中的每一个环节中，都可以看到它们在罗湖棚改干部队伍中光彩闪亮。

他们在棚改第一线"5+2""白+黑"，将努力做到的拼搏精神，自然值得我们大书特书，但我们更赞赏的是，他们在进行棚户区改造过程中的政策设计，事实上，使罗湖成功地推进了"中国棚改第一难"，之所以赢得了全国影响，成为全国各地前来学习交流的棚改样本，除了他们敢干、善干、巧干的工作风貌外，他们根据具体国情、省情和市情设计出来的罗湖棚改模式，更是让他们声名大震的加分项。

当然，贺海涛的看法是基于他所处的时代语境的，但当我们进入中国近现代史的细节肌理里，我们就可以发现，跟其他国家不同的是，中国的现代化进程中，一直活跃着中国精英分子的身影，即使在当时并不为社会大众所广泛认同，他们也一直以自己内心的坚信与外在的坚毅，引领中国的现代化进程。

洋务运动，离开了黄宗宪、左宗棠、李鸿章这些多少有些孤独的身影，是无法想象它能在中国开展的。而在民国时代所谓的"黄金十年"，我们也无法想象没有了陈独秀、胡适、荣德生、卢作孚这些精英人物，它是否真的会在中国历史上出现。更不用说，以共产党人为代表的新中国和改革开放时期了，精英人物引领中国现代化航向的判断，不但有现实依据，同样也有深远绵长的历史脉络。

与欧美不同的是，中国的现代化进程，是在一个有着三千多年确凿文明史的国家土地上推进的，传统文化形成的惯性和阻力，是外界所难以想象的。更何况在内忧外患的情势下，很多人更愿意躺在一个慵懒顽陋的中国晒太阳，而不是在一个昂扬向上的中国拼搏。在这种历史格局下，中国现代化的推动，就需要一些比一般人更早洞察历史进程、更早瞭望到社会发展方向，内心更加强大的精英人物的发动与牵引。否则，中国的现代化进程是完全无法想象的。

正是他们，将现代文明的内容和价值主张，深深地植入了中国大地，成就了三千年未有之大变局。

卡尔·菲尔普斯是南非发行量最大的《星期日时报》记者部主

任，南非世界杯期间，因为联系采访的缘故，他成为了担任我此次创作的助手、深圳《晶报》副总编林航的朋友，卡尔·菲尔普斯是位年少有为的报业精英，随后，他多次到访过中国，也多次造访深圳。

2017年年底，他率队到北京采访完中国共产党第十九次全国代表大会后，顺道到访深圳。林航告知我这个消息后，我突然想到了南非约翰内斯堡闻名世界的贫民窟，于是我请林航趁此机会对他做一次专访，请他谈一谈对中国的棚户区改造的观感，因为他对约翰内斯堡的贫民窟了解甚多，应该有他自己独特的观点。

之所以有这个念头，是因为我于2006年曾到访过南非，在约翰内斯堡访问期间，曾经经过一个很大的贫民窟，那漫山遍野搭建的棚屋，给我留下的印象太深刻了，至今仍清晰地留在脑海里。南非约翰内斯堡的索维托贫民窟，号称是世界十大贫民窟之一，它是在南非种族隔离时代就有的黑人聚居的地区，也正因为如此，那里既是南非诸多尖锐社会矛盾的缩影，也是南非种族大冲突历史中最为典型的地区。但令人惊心的是，今天的南非约翰内斯堡的贫民窟并非黑人独有。自1994年解除种族隔离以后，白人失去了很多特权，再加上黑人全面掌权后，并非完全客观公正的对待白人，许多白人失去了工作机会。我从新华网上看到的一份2016年3月5号的报道说，据研究人员估计，在南非450万白人当中，约有45万人即10%生活在贫困线以下，于是在南非出现了白人贫民窟。这个贫民窟村坐落在克鲁格斯多，位于约翰内斯堡的加冕地区，是南非唯一的一个白人贫民窟。

林航在采访卡尔·菲尔普斯时，向他介绍了深圳罗湖"二线插花地"棚户区改造的情况，没想到，这立即引起了菲尔普斯的强烈兴趣。他当即提出要到"二线插花地"现场去看一看。

那时的罗湖"二线插花地"棚改现场基本上已是一片废墟，但林航还是详细地进行了介绍，让他对于棚户区以前的情况有大致的了解。但在菲尔普斯看来，深圳罗湖"二线插花地"的棚户区与南非的贫民窟不可同日而语。他笑着说："如果让南非贫民窟里的人，住上深圳罗湖'二线插花地'里拆除的那些房子，那他们就住进了梦中的幸福家园了。"

但他的兴奋点显然不在于此，他清楚这其中的区别与不同，令他赞叹不已的是，中国竟然能够在如此之短的时间内，解决了人居环境问题，解决了包括南非在内其他各国都很难解决的城市低端人口恶劣居住环境的大问题。

他说，约翰内斯堡是南非经济最为发达的城市之一，工业产值约占南非全国工业产值的一半。表面上，约翰内斯堡也是高楼林立车水马龙，但光鲜的背后，是约翰内斯堡名扬世界的贫民窟问题。菲尔普斯介绍，南非政府和约翰内斯堡市政府在过去的几十年间，也曾多次提出改造约翰内斯堡市贫民窟，实现城市人口居住条件的均等化，但这样的计划却因为种种原因，始终没有得到落实。那片由石棉瓦搭建的聚居了几十万人的小河边贫民窟，作为约翰内斯堡市身上一块显眼的疤痕，也始终如一留存在约翰内斯堡这座号称南非最为发达的城市身上，"即使是在南非世界杯的时候，我们约翰内斯堡的贫民窟问题也依然束手无策"。

"而你们显然比我们厉害多了，我可以不抱偏见的说，深圳在解决此类问题上的能力和展现出来的决心，在世界范围内都是这个的。"说到这里，菲尔普斯可能因为找不到合适的形容词，而不无调皮地竖起了大拇指。

作为报业的一位精英，菲尔普斯也不会喜欢说什么阿附之辞，所以，我相信他的赞许，也一定来自他内心的真实判断和高度的认可。

作为城市发展的外部性问题，"城市病"的历史几乎与现代城市历史一样长，病来如山倒，病去如抽丝，"城市病"的生成、发病、治疗，我们也无法强求诱因多元、表象多样的"城市病"，在很短的时间就能得到全面康复。

世界上很多城市为了解决"城市病"问题，也无不殚精竭虑倾力以赴，但从实际而言，收效都不太明显，个别地方甚至愈演愈烈，将"病"恶化成"症"，恶化成"城市之癌"。

虽然我们也很难得出罗湖"二线插花地"棚户区改造，已经为成功求解出这个世界性难题的答案，但我们至少可以说，它的成功推进，为我们解决"城市病"，提供了一种新的思路，拓展了一种新的解决路径。

在菲尔普斯看来，罗湖"二线插花地"棚户区改造，确实有很多方面的经验，是可以提供给同样在为解决"城市病"而努力奔走的其他的城市借鉴的，例如：政府主导以及像天健集团这样的国有企业介入，等等，甚至是罗湖相关政策设计的那些闪耀着智慧火花的技术细节，也同样引起菲尔普斯的强烈兴趣。

五

在为期两年采访罗湖"二线插花地"棚户区改造项目的过程中，我采访过的人约有两三百之多，在罗湖棚改现场指挥部有关人员的协助下，我曾经在一天之内，从早到晚与三十多名当事人进行了深入的交流。与他们的接触，不但深化了我对罗湖棚改意义的认知，也拓宽了我对于城市发展、城市再生的理解。因此，进入我脑海的棚改故事少说也有成百上千，它们无不给我留下了深刻印象，由于写作篇幅局限的缘故，很多情况下，他们的故事在我这里只能以笼统的概括予以呈现，事实上，我对此内心是充满遗憾的。

至今那围岭公园内棚改现场指挥部里的灯光、3000多名棚改区内师生的安置、布心片区东区12户"钉子户"的拆迁等，仍然印象鲜明记忆深刻地留在我的脑海里。另外一个可能会与其他人的认识有一点儿不同的，就是布心山庄77栋当事人崔先生，联合总计15栋房屋当事人集体签约的事情。原因非常简单，因为它具象地展示了城市空间重塑和城市再生过程中的公众基于合意的参与模式。

从20世纪60年代起，英国为了实现国内各大城市的再度振兴，陆续出台了包括"城市更新""内城政策""企业区计划"等一系列解决城市发展滞胀问题，重振大英帝国昔日雄风的城市复兴计划，虽然这些计划都发挥了一定的效果，但从城市复兴的整体性来看，这些被寄予厚望的城市复兴，也都很难说已经实现它们提出时所宣称的目标。

直到1988年撒切尔夫人在竞选中获胜，并发表了在英国城市发展史上留下深刻影响的《城市行动纲领》。

在这一纲领中，撒切尔夫人清楚无误地介绍说，这一政策真正的目的，是希望调动城市居民的积极性，释放二战以后官僚体制的压抑，并期望以此激发社会各界的参与热情，从而达到调集更多的社会资源，支持政府提出的城市行动计划中来。作为此项政策的亮点，城市行动纲领，强调了私有部门、城市居民，在城市复兴中的中坚作用，并鼓励他们在城市复兴进程中的积极参与。

《城市行动纲领》的颁布，第一次将社会公众参与城市现代化建设的意义与价值，置放在世界的镁光灯下，人们终于深刻地认识到，在城市复兴的道路上，社会各界协同参与的重要性和必要性。

奥地利经济学派的主力干将路德维希·冯·米瑟斯，在出版于1949年的《人类行为》一书中曾经说过这样的一句话。

他说，只有在意志成为合意，行动成为合作，才有可能存在着一个我们所谓的社会，而他们共同努力去实现个体根本不能实现，或不能达到同等效果的社会目标时，也才有可能出现我们长久向往的、那个可以命名为美好的现代化社会。

也正是在这个意义上，我认为"二线插花地"内崔先生的举动，彰显了罗湖棚改的另一层关键意义，那就是罗湖棚改的"以人为本"和"寻求最大公约数"的个人利益"帕累托增进"的政策设计，不但极大地调动了城区复兴的公众参与水平，而且将城区协同治理水平，推高到一个新的层面，而这，恰恰是城区复兴和地区现代化增进的关键因素。

它的出现，不但降低了城区治理的成本，而且从根本上提升了城区振兴的效率。如果罗湖能持续推进共建共治共享城区治理格局的深化，让罗湖在城区的各项行动中出现更多的"崔先生"，那么它收获的将会更多，而来自民间这股合意协同的澎湃动力，也必将罗湖的发展，推向另一个高度与峰巅，这是一种真正而且持久的力量。

来自新加坡的中国问题专家郑永年，也曾就中国现代化推进问题说过内容大致如此的话。他认为，各国在面向现代化的问题上，必须认识到发展是有好坏之分的，好的发展一定是一种参与型的发展，而不是一种排他性的或者垄断性的发展，占人口绝大多数的普通百姓，必须能够参与并分享发展的成果。

没有精英引领的现代化，最大可能是走向平庸的泥淖，而缺乏公众基于自愿合意参与的现代化，带来的却极有可能是垄断式或者"跛足"的现代化。

应该是2017年的七八月份，我受邀出席了一场棚改政策的座谈会。与其说是座谈会，毋宁说是听证会更为确切。整个会议各个环节，充斥着各种各样的专业数据和法律术语，说实在的我并没有完全明白这其中的逻辑和意义，但从罗湖一线人员身上，我却清晰地看到了一种姿态，一种真诚的合作态度：有事好商量，大家的事大家商量的全新政策设计模式。

这场座谈会开得很晚，我记得我走出会议的召开地清水河街道办会议室时，已是凌晨两点多钟了，而我，却是一点睡意也没有，长年的夜晚写作习惯是原因之一，但显然不是全部，我想，我是为面向现代化的美好萌芽感动了。

凌晨时分的罗湖，空气是那样的清新，怡人心脾。

2015年中央城市工作会议之后，《中国青年报》特意做了一期关于“城市病”治理的报道专辑，记者们采访了国内外多位专家、学者和一线的政策设计者，其中法国建筑大师、建筑新未来主义创始人德尼斯·兰明，在接受采访时说的一句话，给我留下了极为深刻的印象。

大师表示，解决“城市病”，一定要将“人”作为主要的衡量尺度。因为，一座城市给人提供的功能，不仅是一个屋檐，而应该是一种幸福的生活。

醍醐灌顶。

大师之所以成为大师，在我看来，很大程度上并不在于他在自己从事的领域里，奉献了多少前人从未提及的专业创新，而是大师往往能够将我们带到这个领域里前人从未达到的认知高度，而在那里我们得以重新书写一撇一捺的“人”字。

比如报道中的这个德尼斯·兰明，又或如其他领域那些历经时光洗涤，依旧熠熠生辉的人道主义者。

关于罗湖"二线插花地"棚户区改造项目，促进了罗湖在城区治理、城区建设方面的理念更新方面，有一个非常有意思的细节，是值得我们细细玩味的。

人——人性——人道，应该也必然是，我们走向现代化未来的最高准则。

令我兴奋的是，南方之南的这一方角落里，这样的理念已如春花般开始绽放了，虽然绽放得还是那样的羞羞答答。

但我对此却是乐观的：种子落地了，就有开花结果的可能。

就恍如当年经济特区的设立，就恍如三十多年前罗湖背负历史重托的坚定出发。

草蛇灰线，伏行千里。尽管很多事物现在看起来依然影影绰绰，但我执拗地相信，三十多年后的今天，在深圳经济特区最为独特的地理存在——"二线插花地"，这一群来自中国改革开放出发地的人们，用自己的努力、热情和智慧，埋下了很多面向美好未来的种子，而这些种子，正如他们三十多年前种下的那一批一样，它们也将在未来的某一个时刻，迎风绽放，拔节而起。

而这正是整个深圳，整个中国所期盼，所需要的。

国外有一个学术团队，对20世纪数十个发展中国家的现代化努力，作了一次全景式的分析研究，他们得出的研究结果，却大出人们的意料。

无论是从定量的指标分析，还是定性的结构分析，他们得出的结论都是一样的，即整个20世纪只有一个韩国，从发展中国家顺利地迈进了发达的现代化国家。

必须承认，这样的研究结果与我们的认知，是存在明显差距的，我仔细分析了他们的研究逻辑和研究手段，又不得不承认，他们的研究结论是可以成立的，不存在明显的瑕疵与漏洞。

而这部足足有五十多页的研究报告里，给我带来最大的启示，却是他们在论文中提出的"发展锁定"的概念。他们认为发展中国家，在向现代化迈进的过程中，很大概率会遇上这种所谓的"发展锁定"。而他们无法有效突破这种"发展锁定"的直接后果，便是整个国家在某一时刻来临之际，便陷入于一种莫名其妙的停滞状态。这种无法向上突破的停滞状态，有着不同的描述与定义，其中的一种说法，就叫做：现代化的陷阱。

而韩国之所以能够跨过这一道坎，主要的原因有三条：他们建立了一种政府主导型的向上突破体制，对事关现代化进程的关键领域，给予了持续刺激与扶持；探索并建立了一整套相对完整，并具有持续发展可能的国家创新体系；最后一点，韩国一直积极主动地融入世界经济发展格局，并对国内的治理体系随时做出调整。

我相信，这样的研究是极具价值的，特别是对于经过四十年的发展，已经成为世界第二经济体的中国来说，它的借鉴与启发意义就更大了。

所谓的"高位过坎"，事实上就是从另一个角度，承认了我们在通达社会主义现代化的过程中，已经或必将遭到类似的"发展锁定"问题，向上成功突破，将迎来美好的未来，设若突破受阻，面前或将又是一片暗淡无光的泥淖。

正是在这一点上，我认为才能完全表达我之所以关注罗湖，关注"二线插花地"的原因与情感。

棚改，是罗湖转型谋求跳出传统发展窠臼的抓手，而只要罗湖成功转型了，找到向上突破的路径，深圳才有成功转身的可能，而作为中国现代化探索典型样本的深圳成功转身了，也才有可能为新时代背景下中国特色社会主义现代化、城市化提供更多可复制、可推广、可证实的精神、经验、路径、方法和逻辑。

而已经在现代化迷思中辗转了差不多两个世纪的中国，确实太需要这种经验、路径、方法和逻辑了。

毕竟，所谓的"蝴蝶效应"，已经是我们在社会学经常引用的一个分析框架，毕竟三十多年前这样的连锁反应，已经被充分证实、广泛承认。

我一直非常喜欢关于"蝴蝶效应"的如下阐述是：

一只南美洲亚马逊河流域热带雨林中的蝴蝶，偶尔扇动了几下翅膀，可以在两周以后，引起美国得克萨斯州的一场龙卷风。

我想，那只携带着憧憬与美好的蝴蝶，或许已经在南方之南的这一片写满了传奇与激越的土地上，翩然起舞了。

定稿于2018年中秋之夜